Pluie de sang

MEG O'BRIEN

Pluie de sang

BEST SELLERS

HARLEQUIN®

*Cet ouvrage a été publié en langue anglaise
sous le titre :*
CRIMSON RAIN

Traduction française de
BARBARA VERSINI

HARLEQUIN®

est une marque déposée du Groupe Harlequin
et Les Best-Sellers® est une marque déposée d'Harlequin S.A.

*Toute représentation ou reproduction, par quelque procédé que ce soit, constituerait
une contrefaçon sanctionnée par les articles 425 et suivants du Code pénal.*
© 2002, Meg O'Brien. © 2004, Traduction française : Harlequin S.A.
83-85, boulevard Vincent-Auriol, 75013 PARIS — Tél. : 01 42 16 63 63
Service Lectrices — Tél. : 01 45 82 47 47
ISBN 2-280-08610-7 — ISSN 1248-511X

REMERCIEMENTS

Merci à Cathy Landrum pour ses précieuses recherches, et à Al Wilding, ex-officier de la police de Seattle, qui m'a aidée pour la vraisemblance de certains passages.

Tous mes remerciements et tout mon amour à ma famille qui m'a soutenue alors que, immobilisée, j'achevais d'écrire ce roman. Merci de vous être occupés des courses, du ménage, de mon courrier, de mon ordinateur et des oiseaux du jardin. Dieu vous bénisse, Kevin, Robin, Kaiti, Greg, Darrel, Tiffany et Scott. Merci également à Peggy, dont je suis si fière, et à sa maman, Amy, qui vient de décrocher brillamment son diplôme universitaire. Et pour finir, je ne veux surtout pas oublier de serrer bien fort et d'embrasser tendrement Courtney et Jonathan, dont les visites m'apportent tant, ainsi qu'Emily, « la petite », qui a illuminé mes journées de sa présence et de son rire.

Je tiens également à remercier l'ensemble des éditions MIRA, car j'ai l'habitude de me lier d'amitié avec mes collègues de travail. Mille mercis à Dianne Moggy et Amy Moore-Benson qui me soutiennent depuis toujours. Merci également à Miranda Stecyck, pour avoir corrigé le manuscrit. Son engagement, son travail et son enthousiasme m'ont beaucoup aidée, à une période où je me demandais si je trouverais le courage d'aller jusqu'au bout de mon roman.

Bien sûr, je n'oublie pas mes nombreux et formidables lecteurs. Merci pour vos lettres et vos encouragements qui me donnent la force de poursuivre mon œuvre. Continuez à me communiquer vos impressions. Je lis personnellement chaque lettre et chaque e-mail, même si je n'ai pas le temps de répondre à tout le monde. Vos commentaires me seront toujours précieux. Vous pouvez me joindre en m'envoyant un e-mail (megobrien@earthlink.net) ou en consultant mon site Internet (www.megobrien.com).

Prologue

Seattle, Etat de Washington
Veille de Noël

Jusqu'à cet épisode infernal qui allait pour toujours bouleverser leur famille, Gina et Paul Bradley n'avaient que des raisons d'être heureux. Pourtant, les faits étaient là. Leur bonheur s'était écroulé en un instant, comme un château de cartes. Plus tard, Paul se demanderait si, ce soir-là, il n'avait pas été victime d'un étrange caprice de son imagination.

Seul un miracle aurait pu les sauver. Mais doit-on croire aux miracles ? Certains prétendent qu'il ne faut rien attendre du ciel. Libre à chacun de créer sur cette terre son paradis… ou son enfer.

Paul et Gina avaient fait des choix. Bien sûr, ils auraient pu emprunter d'autres voies et modifier ainsi le cours de leur destinée. Mais comment deviner qu'un démon les attendait au détour du chemin ?

Le tragique incident qui avait précipité les événements — pouvait-on affirmer pour autant que tout avait commencé à cet instant précis ? — s'était produit dix-sept ans auparavant, au cours d'une nuit bénie entre toutes mais où s'était infiltré le souffle impur du péché. Cette nuit-là,

Paul se trouvait en compagnie de Gina dans la cuisine de leur vieille demeure de Queen Anne Hill. Ils avaient eu la chance de dénicher dans l'un des plus vieux quartiers de Seattle une maison spacieuse, à leur goût, et entourée d'un des plus grands jardins du voisinage. L'endroit ne cessait de prendre de la valeur, même si certains le dédaignaient encore, et de nouvelles constructions luxueuses — maisons, appartements ou bureaux — apparaissaient chaque jour au bas de la colline.

Dominant cette agitation, la maison des Bradley jouissait d'une vue magnifique. Par temps clair, on apercevait le détroit de Seattle et l'ouest de la ville. Et quand le brouillard envahissait la cité, l'étrange soucoupe qui surmonte la tour Space Needle semblait flotter au-dessus des nuages, tel un vaisseau sur la mer.

Paul se félicitait du tour qu'avait pris leur existence. Il possédait déjà sa propre affaire, un magasin d'antiquités fréquenté par une clientèle de nantis — des millionnaires de l'industrie informatique pour la plupart —, et Gina, elle, n'allait pas tarder à asseoir sa réputation d'architecte d'intérieur. Les projets qu'ils s'étaient fixés avant leur mariage prenaient forme — à l'exception de quelques incidents de parcours.

Parmi ces ratés figurait en bonne place le fait que Gina ne pouvait avoir d'enfants, ce qu'ils avaient appris peu après leur union. Impatients de fonder un foyer, ils n'avaient pas voulu attendre davantage pour entreprendre les démarches d'adoption. Rachel et Angela, deux jumelles âgées d'un an, avaient donc fait irruption dans leur vie par une chaude journée d'août, alors qu'ils fêtaient leur premier anniversaire de mariage.

Au moment de l'adoption, le psychiatre de St Sympatica les avait simplement mis en garde : les petites ayant souffert d'un manque de soins maternels pendant les premiers mois de leur existence, il était possible qu'elles montrent des séquelles. Elles avaient été trouvées sur les marches de l'orphelinat, avec un mot mentionnant leur âge — douze semaines — et leurs prénoms — Rachel et Angela. De leur mère on ne savait rien, avait précisé le psychiatre.

Il s'agissait de fausses jumelles, mais elles avaient les mêmes cheveux bruns, les mêmes yeux noisette pleins de douceur. Séduits, Paul et Gina avaient décidé de les adopter sitôt qu'ils les avaient tenues dans leurs bras.

Tout s'était merveilleusement bien déroulé, jusqu'à ce que, vers l'âge de quatre ans, Angela commence à manifester une angoisse et une agressivité singulières. Elle semblait indifférente aux sentiments des autres et ne montrait aucune culpabilité quand il lui arrivait de blesser ceux qui partageaient ses jeux. Ils avaient dû se résoudre à l'emmener chez un psychiatre de Seattle, Victoria Lessing. Celle-ci avait diagnostiqué chez la fillette des « désordres affectifs précoces » et, depuis, la suivait régulièrement, faisant parfois participer ses parents ou sa sœur aux séances. Progressivement, la thérapie avait porté ses fruits et, depuis quelques mois, ils commençaient à se sentir plus rassurés.

Quant à Rachel, Dieu merci, elle s'était toujours montrée calme, réservée, et ne leur donnait aucun sujet d'inquiétude. « Mieux vaut tout de même rester vigilant, les avait prévenus Victoria. Ce syndrome peut se révéler brusquement à l'adolescence, voire plus tard. »

Bah, ils verraient bien. En attendant, Paul avait l'intention de profiter de leur bonheur retrouvé. Et ce soir encore, il se sentait d'humeur joyeuse tandis qu'il attirait sa femme contre lui. Depuis le salon leur parvenaient les chants de Noël, ponctués par les légers bruits que les petites faisaient en jouant près du sapin.

— Tu ne trouves pas que nous avons beaucoup de chance ? murmura Paul, la bouche enfouie dans la chevelure de Gina.

Hmm, cette odeur de pomme et de cannelle… Il chérissait sa femme par-dessus tout et avait envie de lui faire l'amour. Sans délai.

Mais il ne fallait pas espérer convaincre deux enfants de cinq ans, excitées par l'attente du Père Noël, de se coucher tôt. Gina et Paul eux-mêmes savouraient à l'avance le moment où elles se lèveraient le matin, découvrant avec émerveillement leurs jouets au pied du sapin.

Paul sourit. Sa bouche chercha celle de Gina, et il l'attira plus près de lui, la berçant doucement, avec une tendresse infinie. Il sentait monter les premiers picotements du désir, tandis que la langue de Gina fouillait déjà sa bouche. Il lui rendit son baiser, lentement, avec insistance. De plus en plus pressante, elle raffermit son étreinte, le serrant si fort contre elle qu'ils pouvaient à peine respirer. Comme il aimait cet instant où, se laissant emporter par la passion, elle se cramponnait à lui comme à une bouée de sauvetage ! Son désir s'en trouvait décuplé, et il perdit peu à peu conscience du monde qui l'entourait. Aucun des deux ne prit garde au crescendo de bruit et d'agitation en provenance du salon.

C'est un terrible fracas qui les ramena brusquement à la réalité. Le fracas, mais aussi les hurlements stridents de Rachel.

— Seigneur, mais qu'est-ce qu'elles fabriquent ? s'écria Gina d'un ton à la fois amusé et inquiet.

Elle s'arracha aux bras de Paul et franchit en courant la porte de la cuisine. Il la suivait de près lorsqu'elle se figea sur place, les mains sur la bouche, les yeux exorbités.

— Non ! hurla-t-elle en se précipitant vers les petites.

Stupéfait, il ne comprit pas tout de suite ce qui se passait. Puis il découvrit un spectacle… incroyable. Leur sapin de deux mètres était tombé et, avec lui, le socle plein d'eau dans lequel ils l'avaient installé. Les boules de Noël s'étaient brisées dans la chute, recouvrant la moquette de minces tessons de verre et des stalactites en papier aluminium. Quant au train miniature qui, quelques instants plus tôt, tournait au pied de l'arbre, il avait déraillé.

Angela se tenait debout près de sa sœur, dans sa robe blanche nouée à la taille par une ceinture de satin rouge. Elle avait un grand couteau de cuisine à la main. A ses pieds, Rachel, couchée sur le dos, levait les bras dans une tentative dérisoire de défense. Ses cris de détresse transpercèrent Paul de part en part, répandant une douleur aiguë dans tout son être.

Angela ne leva pas une seule fois les yeux ni ne parut entendre le hurlement de Gina qui se précipitait vers elle. Paul courut aussi, avec l'impression que la scène se déployait au ralenti. Ses jambes pesaient lourdement, et son cerveau ne parvenait toujours pas à donner un sens à la scène qu'il avait devant lui.

Avant qu'ils n'aient pu l'en empêcher, Angela porta un coup à sa sœur. Dans un état second, Paul devança Gina et se jeta sur sa fille pour lui arracher son arme. Elle se défendit avec la férocité d'un animal. Lui mordant le bras. Lui décochant des coups de pied dans les testicules…

Malgré la douleur, il ne la lâcha pas. Il jeta un rapide coup d'œil par-dessus son épaule et aperçut sa femme, agenouillée près de Rachel. Elle l'avait prise dans ses bras. Du sang tachait leurs vêtements, se répandait par terre.

Autour d'eux, la chaîne continuait de déverser ses chants de Noël. « Jour d'allégresse, le Seigneur est parmi nous… »

Baissant la tête, Paul scruta les yeux noisette d'Angela. Il n'y vit ni peur, ni remords. Rien que l'étincelle du mal. Ses pupilles, à présent plus sombres que ses cheveux, s'étaient transformées en deux énormes taches noires enflammées de haine. Elle entrouvrit les lèvres et lui cracha à la figure.

Paul sentit son cœur se briser. Il lui sembla que Satan, et non pas le Seigneur, venait d'entrer dans sa maison.

1.

Seattle, Etat de Washington
20 décembre, seize ans plus tard

Etroitement moulée dans une robe de chambre de satin doré qui laissait deviner chaque frémissement de ses muscles, elle traversa la chambre d'une démarche chaloupée en direction de Paul. Tout en le provoquant du regard, elle posa un doigt sur ses lèvres et l'humecta du bout de la langue avant de l'introduire doucement dans sa bouche. Le fin tissu de la robe, tendu à l'extrême sur sa peau, la recouvrait d'un voile lumineux qui soulignait sa poitrine et son décolleté plongeant.

Seigneur, elle était d'une beauté éclatante ! Combien d'heures par jour consacrait-elle à entretenir cette silhouette irréprochable ?

Non sans une pointe de remords, il pensa à Gina et au sentiment qui les unissait au début de leur mariage.

C'était il y a vingt ans. Ils avaient fait de leur mieux pour préserver leur relation, mais tout avait irrémédiablement basculé depuis ce terrible Noël où Angela…

Il écarta aussitôt cette pensée. Il avait appris à se couper d'une partie de lui-même pour lutter contre ses mauvais souvenirs. Pour l'heure, il préférait se concentrer sur son sexe qui commençait à durcir. Lacey avait le pouvoir de l'enflammer d'un simple regard, et déjà il la désirait à tel point que c'en était presque douloureux. Mais cette douleur lui faisait du bien car elle lui rappelait qu'il était en vie.

Il laissa ses pensées s'envoler au loin, tandis qu'elle s'approchait et levait une jambe admirablement élancée pour venir s'allonger sur lui. Au passage, ses longs cheveux blonds lui balayèrent les joues, et elle laissa fuser un rire coquin quand ses seins ronds s'échappèrent du déshabillé.

Il agrippa la combinaison à hauteur du profond décolleté et tira d'un coup sec, son désir décuplé par le bruit du bouton qui saute et du fin tissu qui se déchire. Elle rit tendrement. Elle se prêtait volontiers à ces simulacres de violence, initiait même parfois ces petits jeux destinés à pimenter leurs préliminaires — après tout, il avait les moyens de lui acheter de la lingerie neuve chaque fois qu'ils faisaient l'amour. Cependant, il n'allait jamais jusqu'à la brutaliser, ce qu'elle ne lui demandait d'ailleurs pas.

Elle se redressa afin de le chevaucher, renversa la tête et se mit à onduler au-dessus de lui, battant l'air de ses cheveux blonds. D'une main, elle s'empara de son sexe et le fit glisser en elle. Elle avait coutume de réclamer sans pudeur ses caresses et s'inclina légèrement vers lui pour lui offrir ses seins, tout en entamant un mouvement de va-et-vient ponctué de gémissements.

La gorge nouée, il obéit à son invite et saisit ses mamelons jusqu'à ce qu'ils deviennent deux petites noisettes pointées dans sa direction. Résistant à la tentation de les mordiller, il se contenta d'en suivre le doux contour du bout des doigts et de laisser les sensations l'envahir, sans plus penser à rien. Sous les caresses de Lacey, son esprit devenait une ardoise blanche. Il oubliait les malheurs passés, les peines du présent et la triste perspective du futur.

Quand leur étreinte prit fin, il eut l'impression d'avoir accompli quelque chose d'essentiel, une rencontre obligée avec lui-même, qu'il ne pouvait réaliser qu'en envoyant au diable sa mémoire.

Epuisé par leurs ébats, il fixa le plafond sans bouger. Cela faisait maintenant trois mois que Lacey Allison se consacrait exclusivement à lui, trois mois que son unique tâche consistait à tenir en respect les fantômes qui le hantaient.

Lorsqu'il l'avait installée dans ce luxueux appartement, elle avait quitté sans hésiter son emploi de secrétaire de direction par intérim. Désormais, elle l'attendait tous les soirs. Elle ne se séparait jamais de son portable afin qu'il puisse la joindre à tout moment — une idée d'elle — et restait à son entière disposition. Elle désirait le retrouver chaque fois que c'était possible.

Depuis qu'il avait une liaison, chose jusque-là inconcevable à ses yeux, Paul ne se rassasiait pas de sa maîtresse. Il aurait voulu la posséder totalement, se fondre en elle, pour toujours.

Il tendit la main pour lui effleurer la peau et se retrouva hors du temps, dans un monde où plus rien ne comptait, pas même le sexe. Elle détenait le pouvoir de le transporter au milieu de nulle part, où elle-même finissait par disparaître.

Gina Bradley ouvrit la porte d'entrée et se tint un moment immobile sur le seuil, guettant un signe de vie à l'intérieur de la maison. Puis, avec un soupir, elle changea de main le lourd sac de courses. Qui espérait-elle donc entendre ?

Pas Paul, en tout cas. Il n'était que 17 heures, et depuis quelques mois il rentrait de plus en plus tard. Autrefois, elle lui aurait mis son dîner de côté et le lui aurait réchauffé à son arrivée. Maintenant, elle ne se donnait plus cette peine. Elle-même se contentait d'un sandwich qu'elle grignotait dans sa chambre, en regardant la télévision. Quelquefois, elle lisait jusqu'à son retour. Il était souvent minuit quand elle entendait enfin la voiture freiner dans l'allée. La lumière des phares balayait rapidement les fenêtres, comme pour avertir de son arrivée. Puis il entrait à pas de loup dans la chambre, en s'excusant vaguement.

Invariablement, il prétendait s'être attardé au travail — ce qu'elle n'avait aucune raison de mettre en doute. De toute façon, Paul se montrait toujours sombre et renfermé à l'approche de Noël. La perte d'Angela, seize ans plus tôt, l'avait changé au point qu'il lui arrivait de ne pas le reconnaître.

Elle aussi souffrait de l'absence de cette enfant, même si cela remontait loin. Elle avait choisi de faire abstraction du passé et de se réfugier dans sa carrière, mais elle n'avait rien oublié pour autant. La perte d'un enfant vous infligeait une blessure incurable. Une blessure profonde qui vous laissait entre la vie et la mort.

Paul et elle avaient cru mourir de chagrin. Puis ils avaient surmonté cette épreuve — du moins, en apparence — en devenant amnésiques. D'un accord tacite, ils avaient décidé d'abandonner leurs souvenirs, en même temps qu'ils donnaient les vêtements et les jouets d'Angela, brûlaient ses photographies et faisaient disparaître tout ce qui pouvait la leur rappeler.

Tout, sauf bien sûr Rachel.

Au moment de l'adoption, ils avaient un peu regretté qu'el-les ne soient pas de vraies jumelles — il eût été tellement amusant de provoquer l'admiration et l'attendrissement des passants en les promenant, habillées de la même façon, dans leur poussette double. Mais après les tragiques événements, ils s'étaient sentis soulagés de ne pas avoir à affronter chaque matin un sosie d'Angela. En grandissant, Rachel s'était mise à ressembler par mimétisme à ses parents adoptifs, ce qui avait encore contribué à estomper l'image de sa sœur.

Cependant, à l'approche de Noël, les souvenirs revenaient en force. Ils ne vivraient jamais assez vieux pour que s'efface de leur mémoire la scène atroce de cette nuit-là, l'expression diabolique de leur fille, debout dans sa robe blanche à la large ceinture écarlate. Jamais ils n'oublieraient le cri qui leur avait échappé quand elle avait abaissé le couteau et atteint sa sœur à la poitrine, là, devant les lumières scintillantes du sapin, au son des chants de Noël.

Comme l'avait si bien dit Paul, le démon en personne s'était introduit chez eux. Un démon sous les traits de la fillette qu'ils avaient accueillie et élevée avec sa sœur jumelle, soucieux de leur éviter le traumatisme d'une séparation.

Qui aurait pu se douter que l'une d'elles se révélerait capable de tuer ? Et comment admettre pareille atrocité ? On reste longtemps incrédule quand on découvre de si noirs penchants chez son enfant. On préfère ne rien voir, jusqu'à ce qu'il ne soit plus possible de faire autrement. Comme ce soir-là, un soir de Noël où ils auraient dû participer à la liesse générale.

Au lieu de cela, ils avaient été frappés d'épouvante. Ensuite, ils avaient choisi de tout oublier. Qu'auraient-ils pu faire d'autre ?

Gina s'essuya les yeux tout en déballant les courses. Chaque fois qu'elle se laissait aller à évoquer son enfant perdue, ses larmes se mettaient à couler et elle se sentait ployer sous le fardeau d'une terrible douleur. L'image d'Angela leur faisant signe depuis les marches de l'orphelinat — la dernière qu'elle emportait d'elle — la poursuivrait à jamais.

Le pire était qu'Angela se montrait parfois si douce et affectueuse qu'on lui aurait donné le bon Dieu sans confession. Pourtant, il y avait eu quelques sonnettes d'alarme. Rachel tombant dans les escaliers. De la mort-aux-rats provenant de la cabane à outils dans son bol de lait…

Plus d'une fois, Rachel avait frôlé la catastrophe. Et sa sœur ne se trouvait jamais bien loin. Cependant, ils n'avaient aucune preuve qu'Angela fût à l'origine de ces « accidents ». D'ailleurs, Rachel l'excusait systématiquement, prétendant avoir buté sur un jouet en peluche qui traînait sur les marches — sauf qu'il avait bien fallu que quelqu'un dissimule des jouets dans ce coin sombre de l'escalier… De même, il était invraisemblable qu'une fillette de quatre ans subtilisât du poison pour le diluer dans le lait de sa sœur — mais alors, qui avait placé l'escabeau devant l'étagère où était rangée la mort-aux-rats ? Qui d'autre que quelqu'un de trop petit pour l'atteindre sans marchepied ?

Ils ne pouvaient se résoudre à accuser Angela. Pourtant, le soir de cette veillée de Noël, force leur avait été d'admettre qu'elle représentait un danger pour sa sœur. C'était même un miracle qu'elle ne l'ait pas tuée… Paul était intervenu *in extremis* pour éviter le pire. Désormais, il était impensable de laisser les deux fillettes ensemble sans mettre Rachel en péril.

Ils avaient dû prendre une terrible décision, la plus douloureuse de toute leur vie. Sur les conseils de Victoria Lessing, ils avaient ramené l'enfant à St Sympatica. L'orphelinat, soutenu par de riches donateurs, prodiguait aux enfants d'excellents soins, notamment en cas de troubles psychiatriques.

En refaisant le long trajet en avion jusqu'au Minnesota, Gina se rappelait la première fois où ils s'y étaient rendus afin de poser leur candidature dans l'orphelinat. Ils avaient alors répondu à des questionnaires, rempli des papiers, suivi pas à pas la longue procédure légale de l'adoption. Et lorsqu'ils avaient enfin tenu les jumelles dans leurs bras, ils avaient cru avoir la juste récompense de leurs efforts.

Paul avait marqué très vite une prédilection pour Angela, et Gina n'avait pas tardé à s'apercevoir qu'il existait entre eux un lien privilégié. D'un naturel extraverti, la fillette avait le don de le faire rire avec ses pitreries. Notamment avec la danse des ours… Rachel, quant à elle, se montrait plutôt réservée, préférant se tenir en retrait et observer sa sœur qui monopolisait l'attention.

Devinant qu'elle se sentait délaissée, Gina avait essayé de redoubler d'attention envers elle. Ç'avait alors été au tour d'Angela d'endurer les affres de la jalousie. Au début, elle l'avait manifestée par des caprices, des colères au cours desquelles elle se mettait à trépigner et à donner des coups de pied. Puis, vers l'âge de quatre ans, elle avait commencé à s'en prendre directement à sa sœur. Le jour où elle lui avait poché un œil, Paul et Gina s'étaient décidés à consulter un psychiatre. Victoria Lessing les avait d'abord rassurés, leur expliquant que les bagarres n'avaient rien d'exceptionnel dans une fratrie. Certes, Angela semblait perturbée et le bleu qu'exhibait Rachel dépassait un peu le cadre d'une simple altercation entre enfants, mais la petite fille n'avait sans doute pas mesuré les conséquences de son acte. Maintenant qu'elle avait compris qu'elle pouvait blesser, son affection à l'égard de sa sœur tempérerait son agressivité.

L'ennui, c'était qu'Angela ne témoignait pas à Rachel l'amour qu'on aurait pu attendre d'une jumelle. Bien au contraire, Gina avait parfois l'impression qu'elle la haïssait férocement.

Elle avait tenté d'en parler avec Paul, mais ce dernier, aveuglé par son amour, se refusait à la voir telle qu'elle était. Angela ne manifestait aucun écart de conduite en sa présence, de sorte qu'il avait de bonnes raisons de prendre sa défense. Il mettait ses débordements sur le compte d'une personnalité plus affirmée que celle de Rachel. Sans doute s'assagirait-elle en grandissant et son défaut deviendrait-il son principal atout plus tard.

Plus tard...

Pour être honnête, Gina devait reconnaître qu'elle-même était loin de soupçonner ce que l'avenir leur réservait.

Perdue dans ses pensées, Gina sursauta quand la sonnerie du téléphone retentit. Devinant qu'il s'agissait de sa mère, elle leva les yeux au ciel avec un soupir.

— Salut, maman ! lança-t-elle en décrochant le combiné de la cuisine.

— Comment as-tu deviné que c'était moi ? demanda Roberta Evans à l'autre bout du fil. Tu as un mouchard sur ton téléphone, c'est ça ?

— C'est ça, mentit-elle.

Il était plus facile d'abonder dans son sens que de lui expliquer qu'elle avait développé un sixième sens à l'approche des importuns.

— Quelque chose ne va pas, maman ?

— C'est bien ce soir que Rachel rentre à la maison ? J'ai oublié à quelle heure atterrit son avion.

— A 17 h 05. Tu penses venir l'attendre avec nous ?

— Tu veux que j'aille jusqu'à l'aéroport de Seattle, en pleine période de fête ? s'exclama sa mère d'un ton horrifié.

Je préférerais encore affronter un ours polaire. Comment se fait-il qu'elle n'arrive que maintenant ?

Gina l'entendit souffler la fumée de sa cigarette. Elle l'imaginait sans peine, assise près du téléphone, avec ses cheveux rouges et ses lèvres ourlées de noir. En dépit de ses excentricités, ou peut-être à cause d'elles, elle aimait beaucoup sa mère, sans doute plus qu'elle ne voulait bien se l'avouer.

— Elle a été obligée de prendre le dernier vol. Il lui restait encore des examens à passer aujourd'hui.

— Voilà bien la chose la plus stupide que j'aie jamais entendue ! Des examens, cinq jours avant Noël ! Rien n'est épargné à ces pauvres enfants, de nos jours !

— C'est exceptionnel. Officiellement, le trimestre se terminait le 14, mais il lui restait encore une option à passer.

Tout en rangeant une boîte de céréales dans le buffet, Gina soupira.

— Nous l'emmenons dîner quelque part sur le trajet du retour, déclara-t-elle, histoire de changer de sujet. Nous rentrerons probablement assez tard.

— Tu dis « nous », fit remarquer Roberta tout à trac. Ça signifie que Paul t'accompagne ?

— Évidemment. Tu sais bien que nous allons toujours accueillir Rachel ensemble quand elle vient pour les vacances.

— Ce que je sais, c'est que je n'ai pas eu souvent le loisir de lui parler ces derniers temps. On dirait qu'il n'est jamais à la maison quand je t'appelle.

— Tu as dû mal tomber.

— Je parie qu'en ce moment même, il n'est pas là.

— Non, mais…

— Il était aussi absent quand j'ai téléphoné hier soir.

23

Gina attrapa un verre en cristal et sortit une bouteille de chardonnay du réfrigérateur. Elle s'en versa un peu, puis, haussant les épaules, acheva de remplir son verre. *Qu'est-ce que ça pouvait bien faire après tout ?*

— Maman, reprit-elle patiemment après avoir bu une gorgée de vin, tu sais que Paul travaille toujours très tard à l'approche de Noël. Une sorte de remède qui l'aide à mieux supporter la situation.

— Ça ne me regarde sans doute pas, mais il me semble qu'il a dû trouver quelque autre remède au-dehors.

— Effectivement, chère maman, répliqua Gina en fronçant les sourcils, ça ne te concerne pas.

— Inutile de le prendre de haut, Gina Evans Bradley. Il ne serait pas le premier mari à batifoler.

— Sans doute. Mais comme je te l'ai déjà dit, ce n'est pas du tout son genre.

— Ho-ho. Pour ça, tous les hommes se valent, ma petite.

Elle ne voulait à aucun prix s'engager dans une telle discussion. Malheureusement, si elle se contentait d'éluder le sujet, cela risquait d'apporter de l'eau au moulin de sa mère.

— Paul est bien trop fatigué en ce moment pour avoir une maîtresse. Il est littéralement épuisé. Je me fais même du souci à son sujet.

— Es-tu en train de me dire qu'il est épuisé le soir, en rentrant ? Vous n'avez plus de relations sexuelles ?

Elle reposa brusquement le verre qu'elle tenait à la main et gronda :

— Ça suffit, maman ! Ne parlons plus de ça.

— Parce que si c'est le cas, ça prouverait plutôt que j'ai raison, tu sais.

— J'ai un autre appel, la coupa Gina en appuyant sur une touche du téléphone. C'est peut-être Rachel. Nous parlerons demain matin, d'accord ?

— Oh, pour l'amour de Dieu ! Arrête de tripoter ce truc. Je sais très bien que tu n'as pas d'appel en attente.

— Au revoir, maman.

Elle raccrocha avec un sourire.

Pour une sexagénaire, sa mère avait l'esprit bien aiguisé. Par moments, elle manifestait même des dons de double vue.

Mais en ce qui concernait Paul, elle se trompait sur toute la ligne. Il n'avait pas de liaison. Gina le connaissait, et s'il y avait une chose dont elle était absolument sûre, c'est que ce n'était pas du tout son genre.

Tout en se rhabillant, Paul regarda Lacey. Allongée sur le lit, elle suivait chacun de ses mouvements avec un sourire enjôleur. Sans rouge à lèvres, sa bouche encore rose et gonflée de leurs baisers lui donnait des airs de petite fille gourmande. Mais il savait parfaitement qu'elle était une femme. Une femme experte en matière de sexe.

Il enfila son pantalon et entreprit maladroitement de rabattre les pans de sa chemise. Alors qu'il lui restait à peine la force de s'habiller, voilà que Lacey cherchait de nouveau à l'exciter. Renversée sur l'oreiller, elle se caressait un sein tout en le couvant des yeux. Aussi incroyable que ça puisse paraître, elle en redemandait.

Paul se serait bien laissé tenter, mais il avait déjà trop tardé. Surtout ne pas éveiller les soupçons de Gina. Elle serait profondément blessée si elle apprenait sa liaison, et il ne pouvait supporter l'idée de la faire souffrir. De même qu'il ne pouvait se résoudre à quitter Lacey. Gina et Lacey appartenaient à deux mondes séparés, comme s'il avait eu deux existences parallèles et également nécessaires, et qu'il n'avait pu renoncer à aucune.

Lacey se souleva et tendit un bras vers lui. Il esquiva sa caresse en riant.

— Ça suffit ! Tu veux que je meure d'un arrêt cardiaque ?

Elle se glissa hors des draps de satin, enfila un bikini et se pencha en avant, pour mieux ajuster ses seins dans les bonnets de son soutien-gorge. La bouche sèche, il ne pouvait détacher son regard de ses jambes si longues et de la rondeur de sa poitrine.

— Un arrêt cardiaque, hein ? répéta-t-elle en gloussant. Ça m'étonnerait ! Tu es fort comme un ours.

Les paupières plissées, elle le sonda de ses magnifiques yeux verts, les plus beaux qu'il ait jamais vus.

— Non, tu es bien trop long et fin pour être un ours. Tu ressemblerais plutôt à une panthère noire. Une panthère d'un certain âge tout de même, avec tes tempes grisonnantes.

Il n'y tint plus. Allongeant le bras, il glissa une main dans le soutien-gorge et emprisonna son sein. Il fit un pas vers elle et, la serrant contre lui, enfouit son menton dans ses cheveux en fermant les yeux.

— Mon Dieu, comme je me sens bien près de toi !

Malgré lui, il la désirait de nouveau. Tournant la tête vers la table de nuit, il jeta un regard à la petite pendule ornée de chérubins peints à la main — un des rares objets que Lacey avait gardés de son ancienne vie. Il avait voulu l'aider à déménager, mais elle avait préféré confier ses affaires à un garde-meubles. Il avait été heureux de lui offrir une existence plus confortable que celle qu'elle menait à Atlanta dans la maison de ses parents, de braves gens qui travaillaient dur sans parvenir à joindre les deux bouts.

La pendule indiquait 20 h 45. Il fit un rapide calcul. Il lui fallait tout au plus vingt minutes pour rentrer chez lui. En partant d'ici vers 23 h 30, il arriverait avant minuit. Cela lui laissait donc quarante-cinq minutes.

Il embrassa Lacey passionnément et la renversa sur le lit, en lui ôtant fébrilement ses sous-vêtements pour ne plus sentir que le contact de sa peau.

Quand la sonnerie du téléphone retentit de nouveau, Gina pensa cette fois qu'il s'agissait de Paul. Elle coupa le son de la télévision et s'empara du téléphone sans fil de la chambre.

— Salut, maman ! s'écria la voix juvénile de Rachel.

— C'est toi, ma chérie ? fit Gina en se redressant d'un bond. Pourquoi m'appelles-tu si tard ? Quelque chose ne va pas ?

— Non, je me sens juste un peu… angoissée. Je suppose que c'est à cause du voyage.

En mère attentionnée, elle s'efforça de la réconforter.

— Voyons, pense au nombre de fois où tu as pris l'avion. Tu es toujours arrivée saine et sauve. Je suis sûre que tout va bien se passer.

Elle oublia de mentionner qu'elle-même n'était jamais rassurée de savoir sa fille dans les airs.

— J'ai réservé une table à Space Needle, ajouta-t-elle. Penses-y, ça te donnera du courage.

Elle pouvait voir d'ici le sourire épanoui de Rachel.

— Génial ! Je vais faire mon premier vrai repas depuis des jours et profiter en même temps de la vue de Seattle. Euh, papa sera là ?

— Bien sûr. Pourquoi me poses-tu cette question ? Il vient toujours ! Tu sais bien qu'il ne manquerait pour rien au monde ton arrivée.

— C'est que… il a l'air plutôt occupé ces derniers temps. Ça fait plusieurs semaines qu'il ne m'a pas envoyé d'e-mail.

— Tu sais que ton père est toujours débordé à cette période de l'année.

— Ouais. Dis, maman, j'ai un besoin urgent de nouveaux vêtements. Ça ne t'ennuierait pas de m'accompagner dans les magasins ?

— Bien sûr que non. Nous irons samedi.

— Mais il y aura foule, avec les achats de Noël.

— Je fendrai la foule, comme l'an passé, assura Gina en souriant. Rien ni personne ne pourra me résister.

Elle croyait que cette boutade amuserait Rachel, mais elle n'eut droit qu'à un « Voyons, m'man !» consterné.

Un an plus tôt, alors qu'elle déblayait le perron, elle s'était fait une entorse à la cheville en glissant sur une plaque de verglas. A peine deux semaines plus tard, elle écumait les magasins avec Rachel en s'aidant d'une canne. Elle avait craint le pire, à cause de la cohue mais, à sa grande surprise, elle avait découvert que les gens s'écartaient respectueusement pour la laisser passer. La foule s'ouvrait devant elle comme la mer Rouge devant Moïse. Elle pensait jusque-là que sa fille en avait gardé un bon souvenir mais, apparemment, ce n'était pas le cas.

— Je pourrais me bander une cheville, plaisanta-t-elle. Personne ne se doutera que c'est du chiqué.

Cette fois, Rachel parut vraiment exaspérée.

— Pour l'amour du ciel, ce n'est pas ma mère qui parle ! Ne serais-tu pas plutôt sa jumelle ? Une sorte de jumelle maléfique…

Elle se tut brusquement, prenant conscience de ce qu'elle venait de dire. Une telle maladresse était plutôt étrange de sa part, car elle avait toujours évité de parler de sa sœur devant ses parents, ou même d'y faire allusion.

— Désolée, maman.

— Ce n'est rien, ma chérie, lui dit gentiment Gina. Je sais que tu n'avais aucune arrière-pensée.

Mais comment en être sûre ? Comment savoir à quel point Rachel avait souffert du brusque départ de sa sœur ? Après tout, elle restait souvent silencieuse et se confiait difficilement, y compris à sa thérapeute. Paul et Gina s'efforçaient depuis toujours de lui offrir tout leur amour et de la rassurer. Mais c'était tout ce qu'ils pouvaient faire.

La remarque maladroite de Rachel avait jeté un froid, et la conversation ne s'éternisa pas. Après avoir raccroché, Gina éteignit sa lampe de chevet et tira en frissonnant l'édredon sur ses épaules. Il était déjà regrettable que Paul se replie sur lui-même à cette période de l'année. Que deviendrait-elle si Rachel commençait à en faire autant ?

Au volant de sa voiture, Paul se préparait à passer de l'appartement de Lacey, un univers de chrome et de verre, à l'atmosphère chaude et élégante de la demeure de Queen Anne Hill. D'habitude, il profitait du trajet pour se détendre en écoutant de la musique classique mais, devant les multiples décorations de Noël, il sentait poindre l'habituelle dépression. Comment avaient-ils pu en arriver là, après être passés si près du bonheur ?

Quelque vingt ans plus tôt, il était entré dans la vie d'adulte avec l'enthousiasme d'un jeune diplômé. Il lui semblait alors que le monde était à ses pieds.

Rencontrer la femme de sa vie avait paru couler de source. Gina et lui étaient tombés amoureux dans une caféféria du campus, lors de leur dernière année à l'université de l'Etat de Washington. Ils s'étaient rapidement fiancés, puis mariés peu de temps après l'obtention de leur diplôme. Ensemble, ils s'étaient amusés à écrire noir sur blanc leurs projets, à programmer leur vie. Elle travaillerait jusqu'à ce qu'ils soient bien installés et qu'il gagne assez d'argent afin de faire vivre la famille. Ensuite, elle resterait à la maison pour s'occuper de leurs enfants et les élever. Ils prévoyaient d'en avoir deux, le nombre idéal dans les années quatre-vingts, période où la population mondiale avait considérablement augmenté et où il semblait avisé de ne pas se reproduire inconsidérément.

Tous les deux n'avaient aucune intention de s'abîmer dans le travail. Ils pensaient au visage terne de leurs pères, partant tous les matins au bureau en costume-cravate. Les pauvres avaient trimé toute leur vie durant pour acheter à crédit une maison, qu'ils n'auraient même pas fini de payer à leur mort. Ils n'oubliaient pas non plus leurs mères, cloîtrées à la maison dès l'âge de dix-huit ans à s'occuper d'une ribambelle d'enfants, usées par les tâches quotidiennes, s'apercevant trop tard qu'elles avaient piétiné les rêves de toute une vie…

Ils s'étaient juré de ne jamais en arriver là. Issus d'une autre génération, ils avaient la chance de vivre les années Reagan, une période de reprise économique où l'on pouvait espérer mieux. Ils briguaient tous deux des emplois bien payés, leur laissant du temps pour voyager en Europe et prendre des vacances au ski ou ailleurs. Gina ne s'enfermerait pas pour toujours à la maison comme les femmes d'autrefois. Et, dès que les enfants iraient à l'école, elle reprendrait sa carrière pendant qu'il était encore temps.

Pourtant, dès les premiers mois de leur mariage, leur vie avait pris un tour inattendu quand Gina avait appris qu'elle était stérile à cause d'une malformation congénitale. Elle n'avait rien à espérer d'un quelconque traitement. Pour le reste, ils gagnaient effectivement beaucoup d'argent. Ils n'avaient pas hésité à s'offrir cette belle maison sur la colline, mais le travail les accaparait au point que, six mois après leur lune de miel, ils avaient à peine eu le temps de se connaître mieux. Ils possédaient la maison de leurs rêves, sans avoir le loisir d'en profiter. Ils disposaient, comme il se doit, de deux voitures, mais qui ne leur servaient que pour aller au bureau au milieu des embouteillages.

Au bout de huit mois, Gina avait refusé de continuer cette vie insipide ; il lui fallait autre chose qu'une existence vouée au travail. Elle désirait ardemment un bébé. Et ne voulait pas attendre. Après tout, ils avaient les moyens de subvenir aux besoins d'un enfant.

Ils avaient donc adopté les jumelles. Un geste qui devait donner un sens à leur vie. Hélas, le rêve s'était transformé en un cauchemar dont Paul ne parvenait pas à s'éveiller. Il se mouvait dans un monde de pénibles souvenirs, dans un monde privé du plus petit rayon de lumière.

Jusqu'à ce que Lacey fasse irruption dans sa vie. Elle lui avait rendu le goût de vivre, et il remerciait Dieu chaque jour de l'avoir placée sur son chemin. Sans elle, il n'aurait pas survécu à son chagrin. Il lui arrivait même de se demander si elle n'était pas devenue son unique raison d'exister.

2.

Après avoir beurré une tranche de pain grillé, Gina la déposa sur une assiette et la fit adroitement glisser vers Rachel, à l'autre bout du comptoir en granit noir. La jeune fille se mit à dévorer comme si elle n'avait pas mangé à sa faim depuis des semaines.

Ce qui était peut-être le cas, exception faite du dîner de la veille à la tour Space Needle. Gina fronça les sourcils avec inquiétude en considérant sa fille. Rachel avait perdu plusieurs kilos depuis les vacances d'été, cela crevait les yeux. Elle n'avait plus cette carrure athlétique qu'elle devait à l'aviron, une discipline à laquelle elle s'était adonnée avec passion dès sa première année de lycée. Gina et Paul avaient pensé qu'elle demanderait une bourse d'études pour l'université de l'Etat de Washington, ce qui lui aurait permis de continuer à s'entraîner. Mais Rachel avait préféré partir vers le sud, sous des cieux plus cléments, optant pour Berkeley, en Californie du Nord. Gina avait trouvé naturel que sa fille éprouve le besoin de voler de ses propres ailes, de s'éloigner du giron maternel. Cela ne pouvait que lui faire du bien.

A présent, elle se surprenait à en douter. Là, sur ce tabouret, sans maquillage et avec ses longs cheveux châtains tirés en queue-de-cheval, Rachel paraissait encore bien jeune, tellement vulnérable. Gina la revoyait à l'époque où elles prenaient leur petit déjeuner ensemble le matin et papotaient joyeusement jusqu'à l'arrivée du bus scolaire. La perspective d'une sortie au cinéma le week-end suffisait alors à la rendre heureuse. Quelquefois, elles jardinaient ensemble et plantaient des bulbes, retournant côte à côte la terre humide sans avoir besoin d'échanger un mot.

Or, depuis son arrivée, Rachel se montrait renfrognée et distante. Gina s'apercevait avec regret qu'il ne restait plus rien de leur chaleureuse complicité d'autrefois.

— Rachel, qu'est-ce qui ne va pas ? demanda-t-elle enfin. On dirait que tu as changé depuis cet été.

— Et alors ?

— Je ne suis pas sûre que ce soit forcément en bien. Hier, à l'aéroport, par exemple...

— Oh, maman, arrête ! J'étais simplement à bout à cause du voyage. Comment se fait-il que papa ne soit pas venu ? Tu m'avais assuré qu'il serait avec toi.

— Il a eu un empêchement de dernière minute.

Gina fourragea distraitement dans ses cheveux châtains coupés court, dérangeant les mèches qu'elle avait disciplinées avec tant d'application le matin même.

— Un empêchement ? répéta Rachel, les yeux ronds. A la boutique ?

— Oui, répondit Gina avec un certain embarras. Où voudrais-tu que ce soit ?

La jeune fille haussa les épaules et se plongea dans la contemplation de son deuxième toast, qu'elle dégusta cette fois par petites bouchées appliquées.

— Nulle part. Tu as raison.

Gina ne put s'empêcher de soupirer. Décidément, le séjour de Rachel ne s'annonçait pas sous les meilleurs auspices.

— Si tu as quelque chose sur le cœur, dis-le carrément, s'il te plaît.

Rachel se laissa glisser du tabouret, jeta le reste de son toast à la poubelle et déposa sa tasse et son assiette dans l'évier. Le dos tourné, elle se risqua enfin à lâcher :

— J'ai l'impression que quelque chose ne tourne pas rond.

— Comme quoi ?

— Je ne sais pas vraiment. Peut-être que… Je me demande si papa n'est pas malade, ou quelque chose dans ce genre.

— Tu crois qu'il est malade ? Vraiment ?

Rachel revint près du comptoir et se hissa de nouveau sur le tabouret. Gina crut déceler une pointe de colère dans son regard.

— On dirait qu'il n'est plus lui-même. Ne me dis pas que tu n'as rien remarqué.

— Non, je n'ai rien remarqué, fit Gina en plissant le front. Qu'est-ce qui te fait croire ça ?

Rachel haussa de nouveau les épaules.

— Il ne m'a presque pas envoyé d'e-mails de tout le semestre. Tu sais, c'est ce qui s'est passé pour une de mes copines. D'un seul coup, son père a cessé de l'appeler. C'est comme ça qu'elle s'est doutée qu'il était malade. Le cancer. Il n'osait plus lui parler au téléphone, parce qu'il avait peur qu'elle devine.

— Voyons, mon ange, je peux t'assurer que ton père n'a pas le cancer ! Il se porte comme un charme, et il te le confirmera lui-même aussitôt qu'il descendra nous rejoindre.

— Ce n'est pas la seule chose qui m'inquiète à son sujet. Comment se fait-il qu'il rentre si tard à la maison ?

Gina serra les dents. La situation devenait embarrassante. Rien à voir avec l'époque où Rachel, âgée de sept ans, la harcelait de questions au point de lui donner la migraine.

— Il n'est que 10 heures, déclara-t-elle en regardant sa montre. Et en parlant d'heure, il vaudrait mieux que nous

34

partions rapidement, si nous voulons devancer un peu la foule.

Elle mit sa tasse et sa petite cuillère en argent dans sa soucoupe et alla déposer le tout dans l'évier.

— Maman, tu ne vas pas…

— Il me semble que j'ai été suffisamment claire, la coupat-elle. Maintenant, Rachel, va t'habiller. Si tu rencontres ton père dans l'escalier, tu pourras lui poser toutes tes questions, si ça te chante. Ça me fera des vacances.

Et pour atténuer la dureté de ses paroles, elle lui adressa un sourire et lui déposa un léger baiser sur sa joue. Rachel sourit à contrecœur, puis s'échappa. Gina suivit des yeux sa queue-de-cheval qui se balançait alors qu'elle franchissait en courant la porte de la cuisine. Des gamineries… Rachel n'était plus une enfant, pourtant ! Décidément, la journée s'annonçait mal.

Tout en rinçant les couverts avant de les ranger dans le lave-vaisselle, Gina regarda par la fenêtre. L'hiver, le ciel était parfois gris, mais du moins, avec la pluie, la pelouse et les cèdres restaient-ils verts. Les parterres de fleurs, eux, avaient malheureusement rendu l'âme, mis à part quelques chrysanthèmes ici et là. Gina se languissait du printemps, comme ces marins qui guettent désespérément la terre lorsqu'ils naviguent depuis trop longtemps.

Quand même, ils avaient de la chance de vivre dans cette magnifique demeure, acquise de justesse avant que les prix ne flambent. Elle ne se lassait pas de la vue sur la baie et sur Space Needle. Finalement, ils n'avaient pas à se plaindre.

Leurs déboires avec Angela appartenaient maintenant au passé. Ils avaient obtenu ce qu'ils désiraient, ce qu'ils avaient projeté quand ils étaient encore jeunes mariés : une maison agréable et bien à eux, de l'argent pour voyager et une vie confortable, libérée du stress quotidien qui restait le lot de beaucoup de gens…

Brusquement, un sentiment de désespoir la submergea, comme si tout cela ne la concernait pas. Comme si elle avait perdu le goût de vivre. Tapi au plus profond d'elle-même, quelque chose était mort depuis longtemps. Elle fit un effort pour se raccrocher à la réalité. Il fallait qu'elle s'arrête boire un café quelque part avec Rachel, avant de s'attaquer aux boutiques. Une tasse supplémentaire, voilà qui lui ferait le plus grand bien. C'était tout ce dont elle avait besoin, au même titre que ces milliers de gens qui souffraient comme elle des rigueurs de l'hiver. Et de leur dépendance à la caféine.

Paul s'attardait dans la salle de bains, étudiant d'un air préoccupé son reflet dans le miroir. De larges cernes s'étaient creusés sous ses yeux depuis le retour de sa fille. La veille au soir, ils s'étaient vaguement croisés quand il était revenu de chez Lacey, juste au moment où Rachel rentrait du restaurant avec sa mère. Il n'avait pas eu le courage de quitter le lit de sa maîtresse pour les rejoindre. Non seulement il n'avait pas accueilli sa fille à sa descente d'avion, mais il s'était absenté le soir de son arrivée. Il avait pourtant promis à Gina de les retrouver pour le dîner — se persuadant, histoire de se donner bonne conscience, qu'elle ne verrait pas d'inconvénient à passer un moment seule avec sa fille. Ensuite, auprès de Lacey, ses bonnes résolutions avaient fondu comme neige au soleil. Il avait eu à choisir entre Rachel et Lacey, et il avait opté pour Lacey. Un comportement indigne…

Nul doute que Rachel lui en voulait. Cependant, cela ne suffisait pas à expliquer qu'il la trouve tellement changée. Depuis deux ans qu'elle étudiait à Berkeley, ils ne la voyaient que pendant les vacances et, jusque-là, jamais il n'avait eu l'impression d'avoir affaire à une étrangère. Or, à présent, elle le dévisageait avec une étrange intensité, comme si elle avait voulu pénétrer son âme pour en lire les secrets.

Cette sensation désagréable d'être percé à jour lui donnait envie de l'éviter. Ce qu'il ne s'avouait pas sans un certain embarras.

Il finit par s'obliger à la rejoindre dans la cuisine et arbora un sourire de circonstance en la découvrant en pleine conversation téléphonique. Se dirigeant vers elle, il lui planta un baiser sur la joue.

Quand elle eut raccroché, il la serra dans ses bras.

— C'est bon de t'avoir à la maison.

— Ah, oui ?

Elle s'écarta et leva vers lui un regard inquisiteur.

— Récemment, j'ai vu à la télé une émission qui analysait les expressions chez l'homme. John Cleese — tu sais, le type des Monty Pyton — expliquait que quand quelqu'un te sourit, on peut savoir s'il est sincère rien qu'en regardant les muscles de son visage.

Il lui lança un regard perplexe.

— Et alors ? Où veux-tu en venir ?

— Je me demande si je dois te croire quand tu prétends te réjouir de m'avoir à la maison.

— Mais bien sûr, enfin ! se défendit-il. Et tu le sais parfaitement.

— Dans ce cas, pourquoi n'es-tu pas venu avec nous au restaurant, hier ?

La froideur de son ton le fit tressaillir.

— Je regrette, Rachel. Tu penses bien que j'avais projeté de dîner avec vous. Mais j'ai eu des choses à faire au dernier moment.

Elle lui tourna le dos pour fouiller dans le réfrigérateur et s'empara d'une bouteille d'eau.

— Quel genre de choses ? demanda-t-elle en dévissant le bouchon.

Il avait la désagréable impression de mener une conversation à double sens. Non, c'était impossible. Car, même si Rachel avait su qu'il se trouvait chez Lacey la nuit précédente — ce qui ne pouvait pas être le cas —, elle ne se serait jamais amusée à ce genre d'allusions déplacées.

Néanmoins, quelque chose le dérangeait, dans cet interrogatoire. Quelque chose qui n'avait rien à voir avec sa propre culpabilité.

— Comment s'est passé ce premier semestre ?

— Tu veux que je te montre mon bulletin scolaire ? répliqua-t-elle âprement.

— Oui, si tu veux, mais je ne te demandais pas ça pour...

— J'ai passé mes partiels avec succès, si c'est ce qui t'inquiète.

Elle lui lança un regard furieux tout en s'adossant contre le réfrigérateur.

— Rachel, fit-il avec un soupir, que se passe-t-il ? Qu'est-ce qui ne va pas ?

— Pourquoi ne me dis-tu pas la vérité ?

— Mais de quoi parles-tu, enfin ?

— Tu ne m'as pas envoyé beaucoup d'e-mails ces derniers temps. Avant, on s'écrivait tout le temps. (Sa voix se brisa légèrement.) J'aimais bien ces petits mots dans lesquels on parlait de tout et de rien. Je les ai attendus. C'était probablement stupide de ma part, ajouta-t-elle en lui tournant de nouveau le dos.

Il abandonna sa tasse de café sur le comptoir, s'approcha d'elle et posa fermement les mains sur ses épaules, l'obligeant à se retourner pour le regarder en face. Les yeux de sa fille étaient humides de larmes, ce qui le toucha profondément.

— Oh, Rachel, ma chérie... Non, ce n'était pas stupide. C'est vrai que j'aurais dû t'écrire, mais j'ai été tellement occupé ces derniers mois que je n'ai pas vu le temps passer.

— Je croyais que tu avais l'intention de mettre la pédale douce, de consacrer plus de temps à maman. En tout cas, c'est ce que tu disais cet été.

De grosses larmes roulaient sur ses joues. Il les essuya tendrement d'un revers du pouce, comme il avait coutume de le faire quand elle était petite.

— Tu sais, ma chérie, ta mère a eu beaucoup à faire, elle aussi. C'est vrai que nous pensions nous détendre un peu, mais elle a plus de travail que jamais. Elle s'absente beaucoup.

Il n'avait pas dit cela dans le but de critiquer Gina ou de rejeter le blâme de ses propres défaillances sur elle, mais Rachel l'entendit comme un reproche.

— D'après maman, c'est plutôt toi qui t'absentes, rétorqua-t-elle, visiblement énervée.

Il soupira.

— Les choses ne sont pas si simples. C'est normal que ta mère soit plus souvent ici. L'entretien d'une maison prend beaucoup de temps.

— Ah, oui ? Pourtant, il me semble que vous vous occupez surtout des maisons des autres tous les deux.

Il ne voulait à aucun prix entamer une polémique sur ce sujet. Aussi fit-il un effort pour se maîtriser.

— Rach, répondit-il doucement, je ne comprends pas ce qui t'arrive. Tu as complètement changé depuis l'été dernier. Et, pardonne-moi de te le faire remarquer, j'ai du mal à croire que tu m'en veuilles simplement pour une histoire d'e-mails.

— Tout d'abord, je ne suis plus une petite fille, cher papa, répliqua-t-elle en imitant son ton emprunté. J'ai vingt et un ans, et ça fait plus de deux ans que j'ai quitté la maison. Il me semble que je suis en âge d'avoir ma propre opinion sur certains sujets.

— Je n'en doute pas, mais enfin… Explique-moi ce que tu veux. Qu'est-ce que je peux faire pour toi ?

Il se souvint de lui avoir posé la question à plusieurs reprises. Chaque fois, cela lui donnait la désagréable impression de faire partie de ces parents qui, par désintérêt ou par ignorance, ne comprennent rien aux sentiments de leurs enfants. Certes, il aimait Rachel, mais il se montrait plutôt maladroit lorsqu'il s'agissait de le lui montrer.

Il fallait reconnaître qu'elle-même n'était pas très claire sur ce qu'elle attendait de lui. Cela faisait des années qu'il essayait de la comprendre, de communiquer avec elle. Et quand il lui semblait atteindre son but, il échouait. Comme ces coureurs qui tombent d'épuisement juste devant la ligne d'arrivée. La course l'essoufflait, et il ne se sentait plus capable de faire de nouveaux efforts.

Rachel lui tournait de nouveau le dos. Paul la contempla, le cœur serré. Elle paraissait si jeune, si fragile… Pourquoi n'avaient-ils jamais pu aller l'un vers l'autre, alors qu'il la chérissait sincèrement ?

Il décida de donner un tour plus léger à leur conversation.

— Ta mère veut que nous choisissions le sapin demain, lui apprit-il. Ça te dirait que je t'emmène déjeuner avant ?

Rien que toi et moi. Tu dois avoir quantité de choses à me raconter depuis cet été.

Elle ne répondit pas, mais il la sentit abandonner la raideur militaire qu'elle avait adoptée depuis le début de leur discussion. Elle se retourna lentement vers lui et vint lui passer les bras autour du cou.

— Bien sûr, papa, murmura-t-elle, la bouche contre son épaule. Je veux bien déjeuner avec toi.

Le lendemain, Paul se dépêcha de quitter *Soleil Antique*, dans la ferme intention d'arriver avant sa fille au restaurant de l'hôtel *Four Seasons* où ils étaient convenus de se retrouver. Pourtant, quand il entra dans le hall de l'établissement à midi pile, Rachel l'attendait déjà. Avec, visiblement, une envie pressante de repartir.

— Je déteste cet endroit, déclara-t-elle en jetant un regard nerveux autour d'elle. Allons ailleurs.

Sans lui donner le temps de répondre, elle se détourna et se dirigea vers la porte. Lorsqu'ils se retrouvèrent sur le trottoir, Paul ne put s'empêcher de l'interroger sur ce brusque revirement.

— Qu'est-ce qui te prend ? Tu adorais ce restaurant quand tu étais ado.

— Je trouve le décor un peu… surchargé, expliqua-t-elle. Les chandeliers… et tout le reste. Surtout quand on s'est nourri des mois durant de soufflés au fromage et de hamburgers ! En plus, je crois bien que la salle de restaurant est fermée à midi aujourd'hui.

— Tu as sans doute raison. Ça fait un sacré bout de temps que je n'y ai pas mis les pieds. Peu importe, on peut manger où tu veux. J'ai tout mon temps. Toi aussi ?

Un silence, puis elle enfonça les mains dans ses poches en lâchant d'un ton mauvais :

— En fait, je ne voudrais pas que ça s'éternise.

Sans prévenir, elle tourna les talons et fila, l'obligeant à la suivre. Le bruit de ses bottes à talons sur le trottoir résonnait devant lui comme une vague menace. Il fut frappé de constater à quel point ses épaules paraissaient menues, dans ce vieux pardessus à capuche beige dont elle refusait de se séparer depuis des années. Le vêtement devenait de plus en plus informe, mais elle ne semblait pas s'en soucier.

Comme elle était mince ! songea-t-il. Quand avait-elle perdu du poids ?

Mon Dieu, faites qu'elle ne soit pas anorexique...

Ses craintes à ce sujet furent bientôt apaisées lorsque Rachel s'arrêta devant la vitrine d'une gargote, avec l'intention manifeste d'y déjeuner.

C'était une petite salle tout en longueur. Des banquettes en vinyle à l'aspect miteux s'alignaient le long du mur, en face du bar.

Les quelques clients qui se trouvaient à l'intérieur, cinq hommes et une femme, semblaient faire partie du décor. Paul se sentit dévisagé avec méfiance, au point qu'il se demanda si on ne les prenait pas, Rachel et lui, pour des flics en civil. Il sourit intérieurement. S'il avait eu un badge, il aurait nettoyé la place sans la moindre hésitation en les virant vite fait. Dire qu'il y avait peut-être parmi eux des malfaiteurs recherchés sur tout le territoire américain. Des criminels qui tuaient le temps en se saoulant dans les quartiers mal famés de Seattle, jusqu'à leur prochaine incarcération.

Rachel prit place dans un box. Paul, qui hésitait à s'asseoir sur la banquette éventrée, décida finalement de l'essuyer avec une serviette en papier pour la débarrasser des miettes. Puis, levant la tête vers sa fille, il surprit son air ironique.

— Quand je pense que j'avais mis mon plus beau costume pour déjeuner avec toi, fit-il avec un sourire contrit.

Elle ne répondit pas.

Le barman s'approcha d'eux en s'essuyant les mains sur le torchon douteux qui pendait à sa ceinture.

— Qu'est-ce que je vous sers ?

Rachel commanda un Pepsi et un hot dog. Paul se contenta d'une bière et d'un paquet de chips.

— Tu ne manges pas ? s'enquit-elle.

— Je préfère me cantonner à des denrées servies sous emballage, si tu vois ce que je veux dire, expliqua-t-il en souriant.

Quelques personnes s'étaient rassemblées autour des tables de billard, et le claquement des boules résonnait dans la salle.

— Tu es déjà venue ici ? demanda-t-il sans pouvoir s'en empêcher.

La question lui brûlait les lèvres depuis qu'ils étaient entrés.

Elle haussa les épaules.

— On trouve pas mal de restos du même genre à Berkeley. Les étudiants les repèrent vite. C'est moins cher qu'ailleurs.

— Enfin, Rachel, nous t'envoyons assez d'argent pour que tu te nourrisses correctement ! A quoi le dépenses-tu, si ce n'est pas à la nourriture ?

— Qu'est-ce qui te fait croire que je le dépense ? Peut-être que j'économise, en cas de coup dur.

Il ne put retenir un sourire.

— Tu t'attends à des coups durs ?

— On n'est jamais trop prudent, répliqua-t-elle sèchement.

Il aurait bien voulu la questionner plus avant au sujet de l'argent, mais décida de s'abstenir.

— Tu sais, quand j'étais à l'université, je mangeais tous les jours des hamburgers ou des pizzas, parce que je n'avais pas un centime…

— Tu m'as déjà raconté tout ça, papa, l'interrompit-elle. Tu ne vas pas recommencer, quand même !

Sa désinvolture le blessa, mais il s'efforça de répondre gentiment.

— Je voulais seulement te dire que j'étais surpris que tu ne profites pas de mon invitation pour choisir un endroit un peu plus… chic.

— Ce n'est pas le cadre qui compte. C'est ce dont nous avons à parler.

Il baissa les yeux vers la serviette en papier qu'il avait gardée dans la main. S'il avait pu se souvenir des étapes du pliage, il aurait confectionné un oiseau, comme quand Rachel était petite. Histoire de détendre l'atmosphère.

De toute façon, le fin carré blanc tombait déjà en lambeaux. De même que cet endroit, probablement. De même que cette journée et sa relation avec sa propre fille.

Le serveur apporta leur commande. Rachel dévora avec un appétit féroce son hot dog, copieusement arrosé de Pepsi, tandis que Paul, lui, picorait ses chips. Il but cependant sa bière jusqu'à la dernière goutte, regrettant de ne pas avoir commandé un whisky ou toute autre boisson susceptible de le calmer rapidement. Il appréhendait le moment où Rachel se déciderait à aborder le sujet qui lui tenait à cœur. Et la bière ne lui était pas d'un grand secours.

Au bout de quelques minutes, elle finit par se lancer.

— Dis-moi, papa, j'aimerais que tu me parles de ce qui occupe tes pensées en ce moment. Ou plutôt de *celle* qui occupe tes pensées.

Lui qui pensait s'être préparé à tout resta interdit devant une entrée en matière aussi directe. Soucieux de n'en rien laisser paraître, il reposa tranquillement son verre vide.

— Mais de quoi diable parles-tu ?

— Oh, je t'en prie. Maman est peut-être trop occupée pour s'en rendre compte, mais pour moi qui suis de passage, ça crève les yeux. Tu ne passes pas tes soirées à *Soleil Antique,* hein ? Hier soir, tu étais, comment dire, en bonne compagnie.

La gorge sèche, il ouvrit la bouche sans parvenir à articuler un seul son. Il se versa un peu d'eau et en but une gorgée.

— Je ne vois pas de quoi tu parles, se défendit-il enfin.

La voix de sa fille devint glaciale.

— Tu as l'air de me prendre pour une andouille. Maman aussi, d'ailleurs.

— Rachel, je ne vois vraiment pas...

— Oh, arrête un peu, papa ! Tu as dépensé suffisamment d'argent pour m'envoyer à l'université. Alors, fais-moi l'honneur de croire que je ne suis pas complètement idiote.

— Je ne t'ai jamais considérée comme telle !

— Dans ce cas, pourquoi ne pas me dire tout simplement depuis combien de temps dure cette histoire ?

Il en resta sans voix. Il trouvait regrettable qu'elle ait deviné sa liaison, et indécent qu'elle s'attende à recueillir ses confidences. Et il lui déplaisait de parler de sa relation avec Lacey. Cela la rendait sordide, tout à coup.

Elle émit un petit grognement qui rompit le silence.

— Je sais bien qu'elle a toujours été ta préférée, mais je ne pensais pas que tu la laisserais entrer de nouveau dans ta vie. Et dans la mienne, par la même occasion.

— Ma préférée ? répéta-t-il, étonné.

Brusquement, il comprit. Un immense soulagement l'envahit, comme si tout son corps se détendait après s'être préparé à une lutte sans merci.

— Tu veux parler d'Angela, lâcha-t-il en s'abandonnant contre le dossier de la banquette. Où as-tu pêché une idée pareille ? La dernière fois que j'ai vu Angela, elle n'avait que six ans.

L'idée lui paraissait tellement grotesque qu'il laissa échapper un petit rire.

— Tu es un menteur plutôt convaincant, convint Rachel avec un étrange rictus qui lui donna le frisson. Pas mal, papa. Pour un peu, je serais fière de toi.

Il secoua la tête. Ces accusations le stupéfiaient à un point tel qu'il ne savait plus quoi répondre. Décidément, il ne la reconnaissait pas. Quelle mouche l'avait donc piquée ?

— Je ne vois pas ce qui te fait croire que j'ai rencontré Angela, rétorqua-t-il d'une voix qu'il voulait ferme. Mais, même si c'était le cas, Rachel, je suis ton père. Je n'ai aucun compte à te rendre.

— Apparemment non, si on se réfère au nombre de fois où tu as pris la peine de me donner de tes nouvelles depuis cet été.

Il se raidit.

— C'est ça qui te tracasse, n'est-ce pas ? Ecoute, Rachel, j'ai pensé que tu étais très occupée. Autant que moi. Jamais je ne me serais douté que tu attendais mes messages. Je suis désolé. Sincèrement.

— Bon sang, papa, il n'y a pas que les e-mails ! Je parle de toutes ces années où tu ne me voyais même pas, où tu ne vivais que pour le souvenir d'Angela. Tu t'imagines que je n'en ai pas souffert ? Tu ne sais pas que les enfants ont un sixième sens pour détecter ce genre de choses ? Même quand ils sont petits ?

Surpris par le tour imprévu qu'avait pris la conversation, il ne s'était pas défendu, mais la moutarde commençait à lui monter au nez.

— Tout ça est très loin. Alors, pourquoi en parler maintenant ? Tu as travaillé là-dessus avec Victoria pendant des années... Qu'est-ce que ça t'apporte, de ressasser cette histoire ?

— Je ne veux pas que ça recommence. J'aimerais qu'Angela sorte de notre vie pour toujours.

— Mais elle n'est pas dans notre vie, fit-il remarquer. Je t'ai dit que la dernière fois que je l'ai vue, elle avait six ans.

Elle le scruta avec attention.

— C'est la vérité ?

— Oui, je peux te le jurer. Depuis que je suis allé lui rendre visite dans le Minnesota avec ta mère. Cela fait une quinzaine d'années, maintenant.

— Elle ne t'a pas écrit récemment, ou téléphoné ?

— Mais non ! Pas du tout. Et si cela avait été le cas, je ne te l'aurais pas caché.

— Ah, fit-elle avec dédain.

Il se redressa, les sourcils froncés.

— Que signifie ce « Ah » ?

— A l'époque, vous ne m'avez pas expliqué ce qui se passait. Vous êtes partis avec elle, et je n'ai même pas pu lui rendre visite une seule fois.

Il soupira.

— Ta mère et moi pensions agir pour le mieux. Nous nous sommes toujours efforcés d'agir pour le mieux avec toi, Rachel. Nous t'aimons. Profondément. J'espère que ça, au moins, tu le crois.

Il s'attendait à ce qu'elle fasse un commentaire, mais elle ne répondit pas, se contentant de hausser les épaules.

— Allons-y. Maman doit nous attendre pour l'arbre de Noël.

Paul ne savait pas s'il devait être déçu ou soulagé. Même s'il appréciait d'avoir un véritable échange avec sa fille, il redoutait de poursuivre cette conversation.

Il déposa sur la table une somme suffisante pour couvrir leurs consommations et le pourboire, et sortit à la suite de Rachel. Elle ne prit même pas la peine de retenir la porte qui faillit le heurter de plein fouet.

On aurait dit qu'elle faisait tout pour que leur relation empire, pour ériger une barrière entre eux. Tout en marchant vers le *Four Seasons* où ils avaient garé leurs voitures, il réfléchit. Il ne fallait pas qu'il laisse cette barrière s'installer, ou elle pourrait bien devenir infranchissable.

Quand ils rejoignirent Gina, elle était en train de ménager de la place à l'arrière de sa Crown Victoria pour le sapin. Il y aurait assez d'espace, à condition de laisser le coffre entrouvert et de l'attacher avec une corde.

— Laisse-moi t'aider, proposa Paul en lui prenant des mains un pack d'eau minérale.

Elle lui lança un regard reconnaissant et rajusta son châle sur ses épaules. L'air froid et brumeux avait adouci les petites rides autour de ses yeux, et son regard brillant d'impatience lui donnait un air juvénile. A l'image de la jeune fille qui l'avait séduit à l'université. Gina se comportait comme une enfant à l'approche de Noël. Comment avait-il pu l'oublier ?

Ils commencèrent par faire le tour des trois fermes de Snohomish. La circulation étant fluide, la promenade se révéla agréable. On était à deux jours de Noël, et les plus beaux arbres avaient été vendus depuis longtemps. Sans paraître remarquer le manque d'enthousiasme de ses partenaires, Gina fredonnait dans la voiture des chants de circonstance. Elle voulait à tout prix profiter des joies de cette chasse au sapin.

En s'éloignant progressivement de la ville, ils finirent par découvrir un endroit qui semblait avoir échappé à la razzia générale. Ils descendirent de voiture et commencèrent à faire leurs repérages. Frissonnantes, Gina et Rachel déambulaient dans la boue au milieu des rangées de sapins. Au bout d'un quart d'heure, ils avaient déjà éliminé quatre candidats.

— Que penses-tu de celui-ci ? demanda Gina à Rachel.

— Pas assez touffu. Je préfère celui-là, ajouta la jeune fille en attrapant la branche d'un sapin haut de près de trois mètres.

— Mais il ne passerait même pas la porte !

Paul se trouvait trois rangées plus loin quand il les héla.

— Hé, venez voir !

Elles se frayèrent vaillamment un chemin au milieu des ornières. Paul se tenait devant un beau sapin, grand et bien proportionné.

— Il me plaît beaucoup ! s'écria aussitôt Rachel.

Elle pencha la tête de côté d'un air satisfait et sourit.

— Bien touffu. Pas de branches cassées. C'est toujours toi qui trouves le plus beau sapin, papa.

— Ma foi, je n'y suis pour rien. On dirait que c'est le sapin qui m'accroche au passage.

Il retroussa légèrement sa manche de veste pour consulter sa montre.

— Deux heures et quatre points de vente, cette fois.

Il souriait, soulagé de voir qu'elle se laissait gagner par l'esprit de Noël. Peut-être que la journée se terminerait bien, après tout.

Cette quête de « l'arbre parfait » faisait partie d'une coutume familiale qu'ils avaient toujours entretenue, même quand il avait songé à quitter Gina, leur relation lui semblant trop vide de sens. Il y avait quelque chose de sain et de rassurant dans ces joies simples, dans l'accomplissement de ces actes qu'ils répéteraient toute leur vie, années après années. Les mauvais souvenirs associés à Noël se trouvaient momentanément balayés.

Tout bien considéré, les choses ne se passaient pas si mal dans son couple. Certes, Gina s'était éloignée de lui, mais elle restait présente à la maison et pour Rachel. Elle s'attachait à sauvegarder une apparence de foyer. Lui-même n'avait jamais pensé avoir une aventure un jour... jusqu'à ce que Lacey fasse irruption dans sa vie. Elle avait apporté un regain d'énergie et de joie dans son existence morne et de plus en plus sombre.

— Allô, papa, ici la terre ! lança Rachel. Ohé ?

Il revint brusquement à la réalité.

— Alors, celui-ci vous plaît ? Je peux commencer à le couper ?

— Oui. Tu es d'accord, maman ?

— Coupe, acquiesça Gina en soufflant dans ses mains afin de les réchauffer. Et dépêche-toi. J'ai envie de partir.

— Je t'avais bien dit de prendre des gants. Mais ne t'inquiète pas. Ça ne sera pas long.

Rachel passa un bras autour des épaules de sa mère, et toutes les deux le regardèrent scier le tronc avec une certaine admiration.

— C'est presque fini, annonça-t-il, un peu haletant. On va pouvoir aller se réchauffer dans le salon de thé.

L'arbre s'abattit, salué par les exclamations de Rachel.

— Quel homme ! Tu ferais honte à Paul Bunyan lui-même.

Paul se contenta de grogner. Devant le sourire qui éclairait leurs visages, conscient de l'effort qu'elles faisaient pour manifester une bonne humeur de circonstance, il regrettait de ne pas être Paul Bunyan. De ne pas être un super héros qui posséderait le pouvoir de fixer à jamais le bonheur de cet instant.

Après avoir transporté l'arbre jusqu'à la maison et passé des vêtements propres, ils remontèrent tous en voiture pour redescendre jusqu'au fameux salon de thé. Situé au pied de la colline, cette vieille maison de style victorien était composée d'une pièce principale dotée d'une immense cheminée et de plusieurs petites salles, chaudes et accueillantes. La sono diffusait une douce musique de chambre. L'odeur appétissante des pommes, de la cannelle et autres gâteries traditionnelles, rappelait à Paul les Noëls d'antan, qui lui apportaient tant de joie quand il était enfant.

Leur halte dans cet endroit participait également de la tradition familiale. Chaque année, ils achetaient un sapin spécialement planté pour Noël, afin de ménager la susceptibilité de Rachel — laquelle avait à cœur le respect des forêts de la planète. Ensuite, ils venaient boire un thé ici afin de se réchauffer.

Bercé par le chuchotis des conversations et le doux tintement des tasses contre les soucoupes, Paul contemplait sa femme et sa fille. Rachel portait une écharpe rose vif qui soulignait ses joues encore rougies par le froid. Les bougies allumaient des reflets dans ses yeux. Brusquement, un souvenir le submergea : celui d'Angela, de ses magnifiques yeux noisette, pareils à ceux de Rachel, mais avec cette lueur malicieuse qui n'appartenait qu'à elle.

Rachel se trompait quand elle le soupçonnait d'avoir eu récemment des contacts avec sa sœur. Mais il ne pouvait nier qu'il vivait avec son fantôme. Surtout à cette période de l'année où il sentait plus que jamais le lourd fardeau qui pesait sur lui depuis si longtemps. Il s'efforçait de ne pas y penser. En vain.

Sans ce stress d'avant-Noël, sans doute n'aurait-il jamais éprouvé le besoin d'avoir une maîtresse. Il s'était tourné vers Lacey au mois d'octobre, au moment où les décorations et les jouets de Noël commençaient à apparaître dans les vitrines. Un étalage qu'il vivait comme une agression permanente. Chaque année, à la même époque, il oscillait entre le désespoir de ne plus rien avoir à attendre de la vie et le désir qu'on le laisse simplement tranquille.

Pendant l'été, Gina et lui s'étaient à peine croisées. Elle travaillait à l'aménagement d'une maison sur Camano Island, à plus d'une heure de trajet de chez eux, et rentrait souvent tard. Petit à petit, il avait pris l'habitude de dîner en ville. Il affectionnait tout particulièrement le *Gordon Biersch Brewery*, un restaurant toujours bondé et fréquenté par des clients jeunes, gais et insouciants. Du moins arboraient-ils le masque de l'insouciance pour boire et s'amuser après leur journée de travail. Paul ne trouvait rien d'excitant à se réunir dans un bar dans le but de consommer de l'alcool ; en revanche, il se sentait moins seul lorsqu'il dînait là, au milieu de ces gens qui riaient et se divertissaient sans arrière-pensées.

Il ne cherchait pas d'aventure et s'était persuadé qu'il ne venait ici que pour tuer le temps. Aussi, lorsqu'il avait remarqué cette jeune personne qui le regardait avec insistance, avait-il été plutôt gêné. D'autant que ses derniers

flirts dataient de sa rencontre avec Gina à l'université...
Mais ce soir-là, il avait envie de parler à quelqu'un. Juste
parler, s'était-il promis.

Leurs regards s'étaient croisés plusieurs fois avant qu'il
s'enhardisse à le soutenir. La jeune femme lui avait adressé
un sourire, qu'il avait interprété comme une invite à venir
s'installer près d'elle et à lui offrir un verre.

Au début, il était tellement intimidé qu'il avait eu du mal
à articuler un mot. Pitoyable ! Lui qui cherchait désespérément quelqu'un à qui parler, voilà qu'il restait muet comme
une carpe !

Heureusement, elle lui avait facilité la tâche.

— Salut, je m'appelle Lacey, déclara-t-elle doucement.
Je peux vous offrir un verre ?

Il sourit et serra la main qu'elle lui tendait

— Je croyais que c'était à moi de le faire.

Renversant la tête en arrière, elle partit d'un grand éclat
de rire. Ses yeux étaient d'un vert si soutenu que Paul se
sentit soudain l'âme d'un poète. Il percevait le ridicule de la
situation — un homme de son âge qui s'amourachait d'une
jeunette, c'était tellement classique —, mais ne pouvait s'empêcher d'admirer ces longs cheveux blonds, de plonger dans
ces yeux verts, comme dans les profondeurs oubliées de
l'océan. Les lèvres rouge vif assorties à son vernis à ongles,
elle avait un teint laiteux et une peau sans défaut, excepté
une petite cicatrice en forme de demi-lune au coin de l'œil
droit, qu'elle dissimulait sous son maquillage. Paul l'avait
à peine remarquée de loin, mais de près et à la lumière des
néons, elle se détachait nettement. Bizarrement, cette petite
imperfection le soulagea, comme si elle rendait sa beauté
moins intimidante.

— Vous êtes un peu vieux jeu, observa-t-elle. Pourquoi
serait-ce toujours à l'homme de payer ?

Elle fit signe au barman et montra du doigt le verre vide de Paul.

— Ne me dites rien. Je parie que vous êtes marié et que ça fait des années que vous n'avez pas abordé une femme. Et que vous ne voulez rien de sérieux. Ça tombe bien, moi non plus.

Le serveur lui apporta un autre verre qui le détendit. Ils parlèrent longuement, de sorte qu'à 22 heures, ils étaient toujours là. Paul, surpris de l'heure tardive, finit par se lever.

— Je vous reverrai peut-être, avança-t-il timidement.

Il ne voulait pas lui donner de rendez-vous, mais espérait bien la retrouver au même endroit.

— Peut-être. Je viens de temps à autre, en sortant du travail. On verra bien, conclut-elle en lui effleurant la joue d'un doigt.

Cela remontait au mois de septembre. Quatre mois seulement, et il avait l'impression de la connaître depuis toujours.

Lors de cette soirée, ils avaient soigneusement évité d'aborder leurs vies privées, se perdant dans des considérations générales sur les sujets les plus divers : Microsoft, les huskys, l'équipe des Mariners, le groupe Boeing, la circulation. Par la suite, Paul avait commencé à lui parler de Gina et Rachel. Lacey, quant à elle, lui avait appris qu'elle s'était installée à Seattle au mois de juin et travaillait comme intérimaire. Elle ne disposait pas de beaucoup d'argent mais, apparemment, ça n'avait pas d'importance. Si elle avait rencontré quelques difficultés en arrivant, à présent, elle pensait pouvoir décrocher assez facilement un poste d'assistante de direction grâce à son agence d'intérim.

Lacey semblant ne rechercher que son amitié, Paul n'avait pas hésité à multiplier leurs rencontres sans se sentir coupable. Mais au bout d'un mois, il ne pouvait plus se passer des moments qu'ils partageaient trois ou quatre fois par semaine au *Gordon Biersch*. Il s'était justifié auprès de Gina en prétendant travailler tard — une excuse qu'elle avait tranquillement acceptée.

En regardant sa femme attablée en face de lui, il songea que sa réaction n'avait pas été surprenante. Après tout, il ne lui avait jamais donné de raisons de douter de lui.

Il n'aurait su dire si elle se rendait compte à quel point leur relation s'était détériorée ou si elle était parvenue à se convaincre que tout allait bien. En tout cas, elle s'efforçait de recréer un semblant de vie familiale pendant la durée des vacances, maintenant les traditions pour les fêtes et dissimulant soigneusement à leur fille que leur mariage ne tenait plus qu'à un fil.

Parfois, il se haïssait de l'avoir trahie et se surprenait à prier pour avoir la force de mettre fin à sa liaison.

— Est-ce qu'on peut décorer le sapin ce soir ? demanda Rachel depuis la banquette arrière, alors que la voiture s'engageait dans l'allée.

Gina réprima un bâillement.

— Oh, je ne sais pas…

— Allez, maman. Papa, essaie de la convaincre, s'il te plaît !

Comme chaque année, ils avaient déposé le sapin dans un seau d'eau devant une fenêtre qui donnait sur la baie, face à la ville et au détroit. Une fois décoré et illuminé, on le voyait depuis la route qui grimpait la colline. Selon Rachel, c'était *d'enfer*.

— Il nous reste encore deux jours avant Noël, objecta Paul qui rêvait d'un bon lit. Ça ne peut pas attendre ?

— Vous êtes vraiment des rabat-joie, cette année, grogna-t-elle avec une moue.

Elle se glissa hors de la voiture et grimpa en courant les marches du porche.

— Le dernier arrivé démêle les guirlandes électriques !

Elle introduisit sa clef dans la serrure, ouvrit et disparut à l'intérieur de la maison. La lumière ne tarda pas à apparaître dans le couloir, puis dans le salon. Gina haussa les épaules en regardant son mari.

— Qu'en penses-tu ?

Il soupira.

— Au moins, elle a l'air contente. Je commençais à me demander…

— Je sais. C'est vraiment un ours en ce moment.

— On peut tenter de la convaincre de s'en tenir aux guirlandes électriques pour ce soir. Tu crois qu'elle acceptera ?

— Essayons toujours.

Ils se dirigeaient ensemble vers la maison quand un cri les fit sursauter.

Aussitôt, ils se mirent à courir, guidés par la voix de Rachel, et firent irruption dans le salon. L'arbre de Noël gisait sur le parquet, entouré d'une mare d'eau. A côté, le seau renversé était vide.

Gina se précipita et, ôtant son écharpe, s'agenouilla afin d'éponger l'eau.

— Bon sang, Paul, je t'avais demandé de bien caler le sapin pour qu'il ne tombe pas !

— Mais c'est ce que j'ai fait ! se défendit-il, agacé par le reproche. Je vais chercher des serviettes.

— Pas la peine. Rachel, donne-moi le plaid, ordonna-t-elle en montrant du doigt une couverture posée sur une chaise.

La jeune fille ne fit pas un geste. Les yeux fixés sur l'arbre, elle pâlissait à vue d'œil.

— Rachel ?

Gina, plus inquiète qu'en colère, s'approcha d'elle, mais Rachel prit peur et recula d'un pas.

— Ne me touche pas ! s'écria-t-elle en levant les mains comme pour se protéger. Va-t'en !

Gina tressaillit. Paul s'arrêta net et considéra sa fille.

— Rachel ? fit-il doucement. Rachel, tout va bien.

Les yeux de la jeune fille allaient de sa mère au sapin. Elle était comme pétrifiée. Puis, brusquement, son visage se décomposa, et ses yeux se remplirent de larmes.

— Non, ça ne va pas ! cria-t-elle. Rien ne sera plus jamais comme avant.

3.

Le lendemain, Victoria Lessing, la psychiatre qui avait suivi Rachel entre six et seize ans, accepta de la recevoir en urgence. Rachel la trouva vieillie, bien qu'elle possédât toujours sa chevelure blonde parsemée de quelques fils argentés et ces terribles yeux mauves qui semblaient lire dans vos pensées.

— Ça fait un bout de temps, Rachel.

Elle laissa échapper un soupir.

— Ouais. Je croyais qu'on en avait fini avec tout ça.

— Tes parents sont inquiets à ton sujet.

Elle haussa les épaules sans répondre.

— Tu trouves qu'ils en font un peu trop ? s'enquit Victoria.

— Oui. Hier soir, devant ce sapin renversé, j'ai été brusquement projetée dix-sept ans en arrière. Nous sommes bien la veille de Noël aujourd'hui. Rien d'anormal à ce que je sois un peu perturbée, non ?

— Il est bien difficile de savoir ce qui est normal et ce qui ne l'est pas, observa la psychiatre avec un sourire sibyllin.

— Peut-être...

— Est-ce que tu penses à ta sœur plus que de coutume, en ce moment ?

— Je ne sais pas. Possible.

— Et tu sais pourquoi ?

— Non.

— Je crois pourtant que tu dois bien avoir une idée, insista doucement Victoria.

Rachel haussa de nouveau les épaules.

— Je crois que je l'ai aperçue une fois. A Berkeley.

La psychiatre s'adossa à son fauteuil et posa les bras sur les accoudoirs.

— Vraiment ?

— Je traversais le campus quand j'ai vu cette... femme. Elle avait les cheveux bruns, comme moi, et... je ne sais pas trop. Elle me regardait d'une façon étrange.

— Tu penses qu'elle te suivait ?

Rachel plissa les yeux.

— Etes-vous en train d'insinuer que je suis parano ?

— Non. Ce n'est pas du tout ce que je voulais dire.

— Mais vous l'avez pensé : « Rachel se fait encore des idées. »

— Non, absolument pas, assura fermement Victoria. Quand tu confondais les cauchemars où Angela te poursuivait avec la réalité, tu n'étais encore qu'une enfant. Je suis sûre que ça ne t'arriverait plus, maintenant.

— De toute façon, je n'ai pas imaginé une seconde que cette femme me suivait. Il m'a juste semblé qu'elle me regardait avec insistance. Je me suis dit que, peut-être, Angela...

Rachel se tut et regarda ses mains.

— Tu t'es dit qu'il n'y avait rien de surprenant à ce que ta sœur jumelle se retrouve dans la même université que toi. Tu ne peux t'empêcher de penser qu'en dépit de votre éloignement, vous avez tendance à faire des choix similaires. C'est ça ?

— Je crois, oui. Ça m'a traversé l'esprit.

— Mais vous n'êtes pas de vraies jumelles, Rachel.

— Est-ce qu'il y a une différence ?

— Je ne peux rien affirmer. Vous n'avez pas le même patrimoine génétique, mais qui sait ? As-tu vérifié si elle était inscrite à Berkeley ? Il doit bien avoir un bureau qui recense les étudiants.

— Non, je ne l'ai pas fait, répliqua-t-elle, tranchante.

— Tu avais peur de la vérité. Peur de devoir aller vers elle, de la rencontrer.

Elle fronça les sourcils.

— J'aurais préféré que vous ne lisiez pas aussi facilement dans mes pensées.

— Ça te gêne ?

— Bien sûr. Ça m'a toujours rendue dingue.

Elle demeura silencieuse un instant, puis laissa échapper un petit rire.

— Je suppose que ce n'est pas précisément le genre de choses à dire à un psychiatre, ajouta-t-elle.

Victoria sourit.

— Ça fait longtemps que nous nous connaissons, Rachel. Tu devrais savoir que tu peux tout me dire.

Il régnait une douce tiédeur dans la pièce, mais Rachel frissonna et croisa frileusement ses bras sur sa poitrine.

— C'est ridicule que mes parents s'inquiètent à ce point. L'autre soir, j'ai eu l'impression de revivre le passé. Ce sont des choses qui arrivent...

— Ta mère m'a dit que tu étais restée debout toute la nuit, à déambuler. Et que tu n'avais rien pris au petit déjeuner.

— D'accord, j'étais un peu perturbée. Maintenant, ça va.

— Tu en es bien sûre ?

— Mais oui, bon sang ! s'exclama-t-elle en lui jetant un regard de défi.

Victoria rit.

— Je n'avais pas eu droit à ces yeux-là depuis bien long-temps. La dernière fois, tu devais avoir sept ou huit ans.

Rachel se radoucit aussitôt et sourit.

La psychiatre attrapa une assiette posée derrière elle, sur un petit meuble à tiroirs en acajou.

— Un biscuit ?

— Merde ! Je n'arrive pas à croire que vous utilisiez encore ce vieux truc des biscuits au chocolat !

— On dirait que ça marche, commenta Victoria avec un sourire.

Rachel prit un gâteau.

— C'est supposé amadouer vos patients ?

— Exact.

— Et c'est efficace ? Même quand le patient est suffi-samment malin pour déjouer la manœuvre ?

— Peut-être que les gâteaux sont simplement destinés à camoufler la vraie manœuvre.

— C'est à ça que vous vous êtes amusée avec moi, pen-dant toutes ces années ? A de subtiles manipulations de l'esprit ?

— Pourquoi y voir une manipulation ? Pourquoi ne serait-ce pas plutôt un moyen de t'aider ? Un moyen d'accéder à la vérité ?

— Encore faudrait-il qu'il y ait une vérité, maugréa Rachel.

— Tu penses que ce n'est pas le cas ?

Elle replaça posément le biscuit dans l'assiette.

— Et si nous abordions la question sous un autre angle. Pensez-vous m'avoir apporté de l'aide pendant toutes ces années ?

La psychiatre marqua un temps d'hésitation.

— Eh bien… Tu fréquentes l'université, tu te prépares à ta vie d'adulte. Il est clair pour moi que tu vas bien mieux que quand tu avais seize ans. Ou qu'au moment où tu as commencé à venir ici, après le départ d'Angela.

L'humeur de Rachel changea brutalement. D'un bond, elle se mit debout et se planta face à Victoria, les poings sur les hanches.

— Le *départ* d'Angela ? Merde, ma sœur n'est pas *partie* ! Elle a été renvoyée, rendue au magasin, comme un appareil défectueux. Pourquoi vous obstinez-vous, tous tant que vous êtes, à prétendre qu'elle est partie ? Est-ce que ce n'est pas une manière d'embellir la vérité ?

— Ainsi, nous en revenons à la vérité, répondit calmement Victoria en croisant les bras. Quelle est la vérité selon toi ?

Rachel leva les mains en signe d'impuissance.

— Comment diable pourrais-je connaître la vérité ?

— Voudrais-tu la connaître ?

— Je… Bien sûr que je le voudrais.

Mais elle avait marqué un temps d'hésitation.

— De quoi as-tu donc peur ? demanda Victoria.

Rachel se rassit et prit une profonde inspiration, tout en passant une main sur ses yeux.

— Je ne sais pas. Je crois… je crois que c'est Angela qui me fait peur. J'ai peur de ce que je pourrais découvrir si je la rencontrais un jour.

— Il t'est déjà arrivé d'avoir envie de la retrouver ?

— Je n'ai pas vraiment eu le temps de penser à elle jusqu'à maintenant. J'étais occupée par mes études. Et tout d'un coup, voilà que je suis persuadée de l'avoir vue et qu'il me semble que tout recommence comme avant.

— Qu'est-ce qui recommence ?

Elle lui adressa un sourire timide.

— La peur. Une peur incontrôlable. Hier soir, j'ai eu comme une sensation de déjà-vu. Je sentais l'imminence d'un danger. Je me suis mise à trembler et, maintenant, je me dis…

— Qu'est-ce que tu te dis ?

— Non, c'est stupide !

— Rien n'est stupide. Souviens-toi du jour où je t'ai demandé d'affronter le monstre qui te hantait, de le regarder en face, dans tes cauchemars. Que s'est-il passé ?

— Il n'est plus jamais revenu, admit-elle. Les cauchemars ont cessé.

— Tu pourrais peut-être me faire confiance, cette fois encore. Tu ne crois pas ?

— Pourquoi pas…

— Alors, réponds à ma question, Rachel. Qu'as-tu pensé quand tu as vu — ou cru voir — Angela ?

— Je me suis demandé ce que je ferais si elle venait pour me tuer, répondit Rachel en baissant la tête vers ses mains.

Elle tremblait.

Victoria posa son menton sur sa main.

— Et maintenant que tu es rentrée chez toi, tu te sens en sécurité ?

— Non, c'est encore pire ! Je suis sûre que quelque chose d'horrible se prépare. Et mes parents…

Elle se tut.

— Que voulais-tu dire au sujet de tes parents ? insista la psychiatre.

— Ils ne sont pratiquement jamais à la maison. Ils sont tellement occupés qu'ils ne se parlent presque plus.

— Je vois. Depuis quand, selon toi ?

— Depuis cet été, je crois. L'atmosphère était déjà difficile à supporter, et j'avais hâte de retourner à l'université.

— Parlons-en. Tu as l'impression que tes parents ne sont plus près de toi pour t'entourer et te protéger.

— Je ne sais pas. Peut-être.

Victoria parut réfléchir. Finalement, elle déclara :

— Rachel, permets-moi de faire une supposition. Tu te sens vulnérable, sans protection, exposée au danger. Cela peut suffire à raviver les sentiments que tu as éprouvés la nuit où Angela...

— Taisez-vous. Je ne veux plus jamais entendre parler de cette nuit.

— ... a voulu te tuer, termina-t-elle, ignorant ses protestations. N'aie pas peur, Rachel. Regarde cette scène, rappelle-toi. Ensuite, tu pourras oublier.

Rachel devint écarlate.

— Comment osez-vous me dire une chose pareille ? Alors que ça m'obsède depuis tant d'années ?

— Je pense qu'en grandissant tu as peu à peu déformé les choses. Nous allons devoir travailler là-dessus.

— Ce que vous êtes en train d'essayer de me faire comprendre, c'est que j'ai tellement la hantise de voir apparaître Angela que j'ai cru la voir.

— Ce n'est pas Angela que tu as vue. C'est une femme qui lui ressemblait.

Victoria s'interrompit pour reprendre d'un ton plus insistant :

— On ne peut même pas savoir si elle lui ressemblait vraiment. Tu serais certainement incapable de l'identifier, aujourd'hui. Tu ne l'as connue qu'enfant. N'ai-je pas raison ?

Rachel ferma les yeux.

— Ce n'était pas Angela. Elle n'est pas revenue pour essayer de me tuer. Voilà. C'est mieux comme ça ?

— Dis-moi ce que tu penses réellement.

— Je n'en sais rien.

Ses yeux lancèrent des éclairs, et elle la défia de nouveau du regard.

— Pourquoi devrais-je faire tout le travail ? C'est vous qui êtes payée pour ça, non ?

Victoria secoua la tête et sourit.

— Tu es une superbe jeune femme de vingt et un ans, intelligente et fine, Rachel. Mais la petite fille de dix ans qui m'avait envoyée au diable, en relevant fièrement le menton, vit toujours en toi.

Rachel hésita, puis elle éclata de rire.

— J'ai vraiment fait ça ? Je ne devais pas être facile.

— Ça n'a pas beaucoup changé, on dirait, fit remarquer Victoria avec un sourire indulgent.

Tout en consultant son carnet de rendez-vous, elle pointa un stylo vers elle.

— Bien. Est-ce que tu veux revenir me voir pendant ton séjour à Seattle ? Je peux te proposer un rendez-vous pour après-demain.

— Maman adore faire du lèche-vitrine le lendemain de Noël. On ne pourrait pas remettre ça au jour suivant ?

— Entendu.

— Euh… Est-ce que je pourrais avoir un gâteau maintenant ?

La psychiatre qui s'apprêtait à reposer l'assiette sur le meuble en acajou se retourna en riant.

— Bien sûr. Ça t'amadouera peut-être un peu.

Rachel se leva, ramassa son manteau et l'enfila en tenant le biscuit entre les dents. Puis, le reprenant à la main, elle déclara avec gravité :

— Je sais que nous sommes en train de mettre tout cela au clair et, d'une certaine manière, ça me soulage. Mais je continue de croire que quelque chose de terrible me menace.

Victoria contourna son bureau pour venir la prendre par les épaules.

— On ne peut jamais prévoir ce qui va arriver. Il est donc inutile de s'inquiéter à l'avance. D'accord ?

Rachel acquiesça. Quand la psychiatre ouvrit la porte qui donnait sur le couloir, elle resserra son écharpe rose autour de son cou.

— Bon sang, il recommence à pleuvoir, grogna-t-elle en jetant un coup d'œil par la fenêtre. Maintenant que je suis habituée à la Californie, la pluie me déprime.

— Espresso, fit Victoria en lui tapotant l'épaule. Offre-toi un petit espresso. Mieux encore, un moka. Un peu de chocolat te ferait le plus grand bien.

— Je ne sais pas. Il me faudrait peut-être plutôt un Prozac ou quelque chose du même genre.

La psychiatre la regarda droit dans les yeux.

— Pourquoi pas ? Mais il faut être prudent avec ça. Nous en reparlerons plus tard, après quelques séances.

Rachel soupira.

— D'accord. A bientôt, alors.

— Bien.

Victoria lui effleura la joue de sa longue main pâle.

— Tâche de passer un joyeux Noël.

— Joyeux Noël à vous aussi.

D'un pas maladroit, Rachel traversa le long couloir recouvert de moquette qui menait jusqu'à l'ascenseur. Elle sentait les légères secousses d'un petit tremblement de terre, comme il s'en produit de temps à autre en Californie. Le sol vibrait insensiblement, si doucement qu'elle n'aurait su dire si ce qu'elle ressentait était réel ou non.

Cela lui était déjà arrivé plusieurs fois ces dernières semaines, mais elle avait préféré ne pas en parler à Victoria.

Elle ne voulait pas qu'on sache. Elle savait que c'était parfaitement irrationnel, mais elle ne pouvait s'empêcher de le penser. Sa vieille peur était revenue.

Si elle leur en disait trop, ils la renverraient elle aussi.

4.

Le Sacré-Cœur, l'église où Paul et Gina s'étaient unis pour le meilleur et pour le pire, débordait de fidèles. Les gens étaient venus en nombre afin d'assister à la messe de minuit. Prévoyante, Gina avait insisté pour qu'ils partent tôt de la maison et les avait pressés tout au long du trajet. Ils étaient arrivés une demi-heure avant le début de l'office et avaient réussi à se faufiler sur un banc au deuxième rang, tout près du chœur. Dix minutes après leur arrivée, on ne trouvait plus de place assise.

Il faisait terriblement chaud dans l'église. Tout en s'éventant avec son recueil de cantiques, Gina sentait des gouttes de sueur dégouliner le long de son dos. Cette atmosphère étouffante lui rappelait le jour de son mariage. Cet été-là, une vague de chaleur s'était abattue sur Seattle, et Gina transpirait tellement qu'elle avait craint que sa robe ne finisse trempée avant la fin de la cérémonie.

Mais la chaleur n'avait pas entamé l'ardeur de leur nuit de noces... Elle en rougissait encore.

Qu'était-il advenu de leur passion ? se demanda-t-elle en soupirant. Avait-elle simplement succombé à l'usure du temps ? Etait-ce dans l'ordre des choses ? Sans doute. Les parents de Paul, par exemple, n'étaient visiblement plus amoureux. Ils avaient traversé quelques passages difficiles quand Paul était petit, mais ils ne semblaient pas regretter d'avoir tenu bon. En ce moment même, ils effectuaient une croisière dans les Caraïbes, avant de partir en Europe visiter Rome et Paris — cadeau que Paul et elle-même leur avaient fait à l'occasion de leur anniversaire de mariage.

Quant à Roberta, comment savoir ? Gina se doutait qu'il lui arrivait encore d'avoir des aventures. Après tout, elle n'avait que soixante ans et sortait parfois le soir pour de mystérieux rendez-vous dont elle ne voulait rien révéler. Gina ne comprenait pas pourquoi sa mère tenait tant à dissimuler sa vie sentimentale. Peut-être en avait-elle un peu honte…

D'ailleurs, Gina avait beau regarder autour d'elle, elle ne la voyait pas dans les premiers rangs. Roberta qui n'avait jamais raté une messe de minuit ! Elle avait dû arriver tard et se trouvait probablement quelque part derrière eux. Cela ne lui ressemblait pas, mais il est vrai que la circulation se révélait parfois difficile du côté de Gig Harbor.

Roberta avait grandi dans la paroisse de Seattle, comme Tony, le père de Gina. Ils avaient vécu en bons catholiques et accepté, comme il se doit, les épreuves que le ciel leur envoyait, afin de mériter une place au paradis. Atteint d'un cancer à cinquante ans, Tony avait eu son lot de souffrances et lutté courageusement contre la maladie. Gina se demandait s'il avait trouvé un petit coin pour lui là-haut, et si tout ce qu'il avait enduré lui avait finalement été compté.

Paul, baptiste sans être pratiquant, avait accepté de l'épouser à l'église catholique. Ils étaient alors très jeunes — à peine plus de vingt ans —, et peu leur importait d'embrasser telle ou telle foi, du moment qu'ils vivaient ensemble. C'étaient les parents de Gina qui avaient insisté pour qu'ils soient bénis par un prêtre. Et Paul avait cédé à leurs exigences afin d'avoir la paix.

Cela n'avait pas apaisé les craintes de Roberta, bien au contraire : « Un homme capable de renier sa foi n'est pas digne de confiance. Il quittera sa femme un jour. » Une prophétie qui, venant d'elle, n'était pas surprenante : elle était d'un naturel pessimiste et imaginait toujours le pire.

Malheureusement, au sujet des jumelles, elle avait vu juste. L'idée d'adopter un enfant dont on ignorait les antécédents médicaux et familiaux lui semblait risquée. Or Angela et Rachel avaient été placées à l'orphelinat peu après leur naissance, sans que l'on ne sût rien de la femme qui les avait mises au monde. Le mot qui accompagnait les bébés dans leur boîte en carton, sur les escaliers de l'orphelinat, ne contenait aucun indice qui aurait permis de l'identifier. La mère biologique n'était jamais venue réclamer ses enfants, et Angela et Rachel avaient dû attendre plusieurs mois avant de trouver des parents adoptifs.

— Pourquoi n'ont-elles pas trouvé de parents plus tôt ? avait interrogé Roberta, inquiète. Les bébés sont en général très demandés.

Gina avait déjà posé la question. Bien que visiblement embarrassée, Mme Ewing, qui dirigeait l'établissement avec son mari, avait fourni une explication plausible :

— Nous souhaitons qu'elles restent ensemble, et tout le monde n'est pas prêt à endosser la responsabilité de jumelles. Nous-mêmes ne voulions pas les confier à n'importe qui. Elles n'ont jamais eu ni père, ni mère, et il se pourrait qu'elles aient besoin de soins spécifiques.

Autrement dit, il fallait les surveiller de près. Si elles avaient été maltraitées ou négligées par leur mère, il se pouvait que des séquelles de leur prime enfance se révèlent en grandissant, et il faudrait alors envisager un sérieux suivi psychiatrique. Or, selon Mme Ewing, les traitements se révélaient généralement longs et coûteux.

70

Paul et Gina avaient les moyens et se sentaient prêts à tous les sacrifices pour le bien-être de ces petites.

A plusieurs reprises, ils avaient rencontré les Ewing et le psychiatre de St Sympatica. Ce dernier leur avait même fait subir une série de tests de façon à s'assurer qu'ils possédaient la maturité et les qualités nécessaires à l'éducation d'un enfant. Il est vrai qu'ils étaient jeunes pour des candidats à l'adoption et mariés depuis moins d'un an.

— Qui s'occupera des petites si vous travaillez tous les deux ?

— Moi, avait répondu Gina. Je peux conserver une partie de mes activités tout en restant à la maison, jusqu'à ce qu'elles soient en âge d'aller à l'école. Je suis indépendante, et je m'organiserai en fonction d'elles.

Le jour où Paul et elle avaient ramené les jumelles à la maison avait été le plus beau de leur vie. Ils avaient fait leur possible pour qu'elles se sentent aimées et entourées dans leur nouveau foyer. Les petites ne leur avaient apporté que du bonheur — du moins pendant les quatre premières années. Elles paraissaient avoir traversé sans dommages les épreuves de leur naissance ; elles jouaient facilement avec les autres enfants et se montraient très attachées l'une à l'autre. Paul et Gina avaient mis cela sur le compte des bons soins qu'elles avaient reçus à l'orphelinat.

Jusqu'au jour où, d'un seul coup, les démons de l'enfer s'étaient déchaînés sur eux…

Gina soupira. Voilà qu'elle se laissait aller à divaguer dans un lieu sacré, au lieu de prier ! Il semblait que sa foi fût devenue une routine sans âme, tout comme son mariage. Quelquefois, il lui arrivait de faire le signe de croix machinalement, sans même prononcer les mots qui devaient l'accompagner.

Elle leva les yeux vers les statues bienveillantes, cernées de cierges et de poinsettias. Dans cette église familière, lovée entre Paul et Rachel, elle se sentait protégée. Elle percevait la chaleur de leurs corps contre le sien. Ils ne faisaient qu'un, et rien ne pouvait plus leur arriver désormais.

Elle nageait dans la félicité quand, brusquement, elle pressentit un danger à venir. Ce n'était pas la première fois que de tels pressentiments venaient la troubler, surtout depuis l'arrivée de Rachel.

Elle fit un effort pour revenir à la réalité et se laissa porter par le son de l'orgue. Quand les enfants de chœur commencèrent à remonter l'allée centrale, précédés de la croix, l'assemblée se leva.

« Venez à moi, fidèles de toute la terre… »

Lorsque l'office débuta, Gina se pencha vers Paul.

— Est-ce que tu vois maman quelque part ?

Il se retourna pour scruter la foule.

— Difficile à dire. Il y a tellement de monde que…

Il s'arrêta net et pâlit en découvrant la jeune femme blonde assise quelques rangées plus loin, de l'autre côté de l'allée centrale.

Lacey… Seigneur, mais que faisait-elle là ?

Leurs regards se croisèrent, et il lui sembla qu'elle esquissait un sourire ironique. Affolé, il imaginait déjà l'étendue du désastre. Il ne fallait à aucun prix que Gina se retrouve face à Lacey, parce qu'elle devinerait aussitôt la vérité.

Lacey cherchait-elle à provoquer une rencontre, ou bien éprouvait-elle simplement le besoin de savoir à quoi ressemblaient sa femme et sa fille ?

Comme si elle avait lu dans ses pensées, elle haussa les épaules et détourna le regard. La procession qui passait

72

devant lui la cacha à son regard. Paul se retourna vers Gina qui lui tapotait le bras.

— Alors ?

— Non, répondit-il, la bouche sèche. Je ne vois rien.

C'était on ne peut plus vrai : il était bien trop préoccupé par la présence de Lacey pour s'intéresser à Roberta ou à qui que ce soit d'autre.

Il attendit la communion, au moment où les allées se remplissaient de fidèles, pour risquer de nouveau un coup d'œil derrière lui. Il voulait indiquer à Lacey de ne pas l'aborder à la fin de la messe. Un discret signe de tête suffirait sûrement à se faire comprendre.

Mais Lacey avait disparu. Sa place était maintenant occupée par un vieil homme.

Sous l'effet d'un immense soulagement, Paul sentit ses muscles se détendre. Il passa rapidement la foule en revue. Apparemment, elle était partie, car il ne la vit nulle part.

Merci, Seigneur.

Sauf que… Pourquoi avait-elle brusquement décidé de quitter la messe ? N'avait-elle pas pu supporter plus longtemps de le voir au milieu des siens ?

C'était possible, après tout.

Il mit quelques minutes à retrouver son calme et une respiration normale. Depuis le début de sa liaison, jamais il n'avait parlé avec Lacey de l'attitude à adopter si on venait à les surprendre ensemble. Une belle erreur… A leur prochain rendez-vous, il faudrait qu'il pense à lui dire de se présenter comme une cliente de *Soleil Antique*. Rien de plus.

« *Agneau de Dieu, qui enlève les péchés du monde, prends pitié de nous…* »

Paul laissa échapper une grimace. Ni Dieu ni un prêtre ne pourrait le laver de ses péchés. Mieux valait qu'il se prépare à aller tout droit en enfer. Pourtant, il pria tout de même, sinon pour la rémission, du moins pour le pardon de ses péchés.

— Prends pitié de nous...

A la fin de la messe, ils remontèrent tous les trois dans l'Infinity et prirent le chemin de la maison tranquillement — du moins jusqu'à mi-parcours. Brusquement, la voiture qui les suivait se mit à les serrer de près, les éblouissant avec ses pleins phares. Paul, au volant, n'y voyait plus rien.

— Au diable les gens qui vous collent au train, murmura-t-il.

— Eh, papa, tu crois que c'est bien de jurer alors que tu sors juste de la messe de minuit ? observa Rachel depuis la banquette arrière.

Trop absorbé par sa conduite, il ne répondit pas. Décidément, entre la présence de Lacey à l'église et ce fou qui le talonnait, les vacances s'annonçaient encore plus mal qu'il ne l'avait cru.

Il posa son pied sur le frein et appuya doucement par à-coups. Peut-être que l'autre finirait par comprendre. La rue était sombre, mais l'on pouvait encore se doubler. Plus tard, ce serait impossible, la chaussée se rétrécissant sur la colline.

L'autre ne bougea pas. Bon sang, mais qu'est-ce qu'il foutait ? Peut-être n'était-il pas du coin et ne connaissait-il pas le chemin ?

Paul accéléra. La voiture qui le suivait en fit autant. Impossible de le semer, songea-t-il avec inquiétude. Et si c'était un dingue ? S'il guettait l'occasion de leur couper la route afin de leur voler la voiture ? Que se passerait-il s'il les suivait jusque dans leur allée pour les agresser ?

Le nez dans le rétroviseur, Paul vit la voiture se déporter légèrement vers la gauche et accélérer. Elle heurta le pare-chocs arrière gauche de l'Infinity. D'abord secoué, Paul entendit un crissement strident puis sentit le volant lui glisser des mains. Il tenta de s'y accrocher.

— Tenez bon ! hurla-t-il alors que la voiture se mettait à zigzaguer.

— Oh, mon Dieu !

— Papa, qu'est-ce qui se passe ?

Ils se dirigeaient tout droit vers un cèdre de trois mètres de haut, planté au bord de la route. Comprenant le danger, Paul écrasa la pédale de frein. En vain. La voiture dérapa sur la chaussée humide et fit plusieurs tonneaux en direction de l'arbre.

Quand, enfin, elle heurta le cèdre, il y eut un bruit de tôle froissée assourdissant, et les vitres volèrent en éclats. Les airbags se déployèrent, écrasant Paul contre son siège. Gina poussa un hurlement et, derrière lui, Rachel vint heurter brutalement le dossier de son siège.

Quelques secondes passèrent, qui lui parurent durer une éternité.

Sous le choc, au bord du malaise, il resta immobile. Lorsque les airbags se dégonflèrent, il tourna instinctivement la tête vers Gina. Elle se tenait bien droite sur son siège, l'air hébété.

— Tu n'as rien ? s'enquit-il.

Elle secoua la tête.

— Rachel ? murmura-t-elle dans un souffle.

De la banquette arrière leur parvenaient des bruits de pleurs. Paul, malgré sa faiblesse, défit sa ceinture, s'extirpa de la voiture et alla ouvrir la portière arrière. Rachel était effondrée, le visage dans les mains.

— Ma chérie, est-ce que ça va ? demanda-t-il, la voix rocailleuse.

Ses jambes tremblaient tellement qu'il devait se retenir à la portière pour ne pas tomber.

— Maman... Est-ce que maman va bien ?

On aurait dit une petite fille, songea-t-il, les larmes aux yeux. Il regarda Gina qui tentait tant bien que mal de se retourner vers eux.

— Oui, je pense qu'elle n'a rien, assura-t-il, bien qu'il ne fût sûr de rien.

Gina détacha sa ceinture et sortit avec peine du véhicule. Puis elle en fit lentement le tour en s'appuyant à la carrosserie pour le rejoindre. Il la soutint par le bras.

— Je vais bien, Rachel, la rassura-t-elle en se penchant vers elle. Juste un peu secouée. Et toi ?

— Je crois que ça va aussi. Mais j'ai mal à la tête. Très mal. Et au ventre aussi.

Gina lui tâta doucement le front et le crâne.

— Je ne vois aucune blessure, mais tu vas avoir une sacrée bosse sur le front.

— Elle n'avait que la ceinture ventrale, intervint Paul. Elle est venue taper à l'arrière de mon siège. Je l'ai sentie.

— Rachel, pour l'amour de Dieu, combien de fois t'avons-nous dit...

Gina s'interrompit brusquement et reprit plus calmement :

— Peu importe, ma chérie. Tu es saine et sauve, c'est tout ce qui compte. Il faudra quand même aller à l'hôpital. Il vaut mieux vérifier que tu n'as rien.

— Non, ce n'est pas la peine ! répliqua Rachel avec empressement. Tout va bien.

Pourtant, elle avait l'air plutôt ébranlé.

— Nous devons nous en assurer, insista Gina en se mettant à pleurer.

— Ta mère a raison.

Ce n'est qu'en regardant l'avant de la voiture que Paul mesura l'étendue des dégâts. Le capot était plié en accordéon. Quant aux vitres avant, elles avaient volé en éclats.

Un miracle qu'ils n'aient pas été grièvement blessés ou tués. Heureusement, le pare-brise avait tenu bon. Mais il s'en était fallu de peu. A la lueur des phares qui diffusaient contre l'arbre un faible halo de lumière, il constata que le verre était presque entièrement fissuré, telle une toile d'araignée géante.

D'une main tremblante, il tira son téléphone portable de sa poche et composa fébrilement le 911. L'opérateur chargé de traiter les appels s'enquit de l'état des passagers puis du véhicule, et le prévint que les secours n'arriveraient pas avant dix bonnes minutes.

— Nous manquons de personnel ce soir, à cause des fêtes, mais il y a une voiture de patrouille et une ambulance dans le secteur. Je vous les envoie.

Se laissant glisser sur le sol, Paul s'adossa contre un des pneus. Gina prit place sur la banquette arrière près de leur fille pour lui tenir la main et la cajoler.

— Je ne sais pas qui conduisait, lança soudain Rachel, mais il l'a fait exprès, n'est-ce pas ?

Il hésita.

— Je... On ne peut pas en être sûrs. Il fait sombre. Il s'agissait peut-être de quelqu'un qui ne connaissait pas la route.

Quand la voiture de police et l'ambulance arrivèrent sur les lieux, Gina et Rachel furent immédiatement prises en charge, tandis qu'un jeune officier de police interrogeait Paul sur les circonstances de l'accident.

— Ce n'est pas la première fois que quelqu'un percute cet arbre, commenta le policier. Vous voyez comme la route commence à rétrécir un peu plus loin ? Les gens ne s'y attendent pas et pensent pouvoir doubler. Vous serez sur la droite pour les laisser passer, mais l'arbre est très proche de la chaussée et, du coup, il n'y a plus assez de place pour deux voitures.

— J'emprunte ce chemin tous les jours, répliqua Paul, agacé.

Il avait hâte d'en finir et de ramener Gina et Rachel à la maison. Lui-même était encore sous le choc. Il lui fallait un bon verre. Et ensuite, au lit !

— Je sais exactement où se trouve cet arbre, ajouta-t-il. Ça fait des années qu'on demande à la municipalité de le couper.

— Tout à fait d'accord avec vous. Il est dangereux — surtout la nuit. Il me semble effectivement avoir entendu parler d'une plainte des riverains à ce sujet.

Pendant plusieurs mois, les journaux locaux avaient rapporté la polémique qui opposait les propriétaires du terrain sur lequel se trouvait l'arbre et les habitants de la colline. C'étaient les premiers, soutenus par une association de protection de l'environnement, qui avaient gagné.

— Vous savez, reprit le policier, il est probable que celui qui vous suivait était nouveau dans le coin. Peut-être qu'il, ou elle, ne connaissait pas l'existence de cet arbre.

Paul se fit plus sec.

— Il n'a même pas ralenti pour voir si nous avions besoin d'aide.

— C'est juste. Je mentionnerai le délit de fuite dans mon rapport. Vous souvenez-vous de la voiture ? Est-ce que vous avez eu le temps d'apercevoir le conducteur ?

78

— Non. Ça s'est passé trop vite et, comme je vous l'ai déjà dit, je savais que cet arbre se trouvait là. J'étais surtout occupé à l'éviter.

— Oui. Il est dangereux, c'est vrai.

Paul acquiesça machinalement. Quelque chose lui disait qu'il ne s'agissait pas d'un accident. Quelqu'un avait délibérément tenté de les faire sortir de la route.

Les examens de Rachel se révélèrent satisfaisants.

— Elle risque de souffrir de maux de tête pendant un jour ou deux, expliqua le jeune médecin des Urgences. Sa ceinture ventrale a encaissé tout le choc et provoqué quelques contusions dans la région abdominale.

Il se tourna vers Paul en secouant la tête.

— Vous avez probablement freiné avant l'impact, heureusement pour elle. Si vous aviez heurté cet arbre à pleine vitesse, vous ne seriez pas là pour m'en parler.

Gina frissonna. Elle préférait ne pas penser à ce qui aurait pu arriver. Tout ce qu'elle voulait, c'était rentrer à la maison et se coucher.

Elle en avait assez de ces Noëls cauchemardesques. Quand auraient-ils droit à un vrai réveillon, comme tout le monde ? Sans catastrophe, sans le spectre de cette lointaine nuit de Noël, ce cadeau empoisonné qui semblait l'œuvre d'un mage noir ?

Cesse donc de te plaindre. L'un de nous aurait pu mourir dans l'accident.

Elle s'en était sortie avec un léger torticolis et une vague douleur au niveau de la clavicule.

— Le cou du lapin, diagnostiqua le médecin. La ceinture vous a probablement ramenée en arrière, causant une ecchymose à la clavicule. Elle devrait avoir disparu dans quelques jours.

Il proposa de lui faire une radio des cervicales, mais précisa que cela durerait un moment. Le service de radiologie était envahi par des fêtards pour qui la soirée s'était mal terminée. Entre ceux qui étaient tombés dans les escaliers, ceux qui avaient glissé sur la piste de danse et ceux qui avaient eu un accident, il faudrait encore rester assis là plusieurs heures, à attendre.

— Si je sens que ça ne s'améliore pas, je reviendrai après-demain, promit Gina.

Paul ignora sa douleur dans le dos et refusa, lui aussi, de se soumettre aux rayons X.

— Tout ce dont j'ai besoin, c'est rentrer chez moi et dormir.

Sans compter qu'on ne servait pas de whisky à l'hôpital et qu'il avait décidément besoin d'un bon verre.

Après s'être procuré les médicaments prescrits par le médecin, ils appelèrent un taxi. L'Infinity avait été remorquée jusqu'à un garage où l'on devait essayer de la réparer. Sur place, les policiers avaient pris soin de faire le bilan de l'état du véhicule. Ils avaient également relevé des fragments de peinture provenant sans doute de l'autre voiture, ainsi que tout ce qui pourrait se révéler utile aux experts du labo.

Lorsque le taxi arriva, Paul, Gina et Rachel s'y engouffrèrent et donnèrent leur adresse au chauffeur. Le trajet se fit en silence, tellement ils étaient perdus dans leurs pensées.

Après une grasse matinée générale, ils se levèrent à contrecœur et mangèrent sans conviction les œufs brouillés préparés par Gina. L'esprit de Noël semblait bien loin. L'après-midi, ils s'installèrent devant la télévision et regardèrent plusieurs cassettes vidéo. Ce n'est que vers 17 heures, quand la nuit commença à tomber, qu'ils allumèrent les guirlandes du sapin et s'échangèrent leurs cadeaux dans un simulacre de cérémonie.

— Merci, maman, fit Rachel en brandissant un pull en cachemire rose. Il me plaît beaucoup.

Elle ne l'essaya même pas et le replaça directement dans son emballage doré.

Compréhensive, Gina ne se formalisa pas de son attitude. D'ailleurs, elle-même ne s'étendit pas sur les remerciements en découvrant le parfum que Rachel lui avait acheté.

Paul, quant à lui, s'efforçait de mettre un peu d'ambiance. Il poussait des « oh ! » et des « ah ! » et, quand arriva son tour, il enfila sa nouvelle veste polaire en faisant tout un cinéma. Rachel remarqua que la couleur vert sombre lui allait très bien et qu'il était aussi séduisant que les stars hollywoodiennes. Gina approuva en souriant.

Malheureusement, ce petit intermède ne dura pas longtemps, et leur joie retomba. Bientôt, ils se retrouvèrent tous trois assis devant la baie vitrée, à regarder silencieusement la pluie cogner aux carreaux.

Paul aurait bien voulu mettre leur état sur le compte des médicaments — ces trucs-là vous transformaient en zombies — ou du traumatisme dû à l'accident. Cependant, il savait que la raison de sa morosité se trouvait ailleurs, comme pour Gina et Rachel. Il l'aurait parié sans hésiter.

Qui pouvait bien leur en vouloir à ce point ?

5.

Le lendemain, Paul se rendit à l'appartement de Lacey. Il la surprit nonchalamment étendue devant un dessin animé, une jambe à cheval sur le dossier du canapé. Elle avait retiré ses chaussures et, avec ses chaussettes blanches de collégienne, son jean et son T-shirt, elle ressemblait à une petite fille sage profitant d'un jour férié pour regarder ses émissions préférées.

Aussitôt qu'elle le vit entrer, elle s'empara de la télécommande et éteignit la télévision. Sans se presser, il posa sa veste sur le dossier d'une chaise et jeta un regard circulaire à la pièce.

Sur la table basse traînait un paquet de chips, ainsi qu'un plateau en verre portant plusieurs traces rondes et bien nettes d'une canette de Pepsi — autre raison pour laquelle il se sentait si bien chez elle. Lacey traitait la question du ménage avec une certaine désinvolture, contrairement à Gina qui, sans doute par déformation professionnelle, exigeait que tout soit toujours lisse et impeccable. Même la disposition des magazines — choisis plus pour leur couverture que pour leur contenu — sur le guéridon du salon relevait du calcul et non d'un acte spontané.

Au début, il avait apprécié de rentrer dans une maison propre et nette. Mais à la longue, les exigences de Gina avaient fini par lui peser, et il étouffait un peu à Queen Anne Hill.

Avec Lacey, c'était différent. Il respirait, il se détendait — du moins, jusqu'à présent. Car depuis son apparition inopinée à la messe de minuit, il n'avait cessé de réfléchir à son sujet. Jusqu'à maintenant, il l'avait tenue soigneusement à l'écart de sa famille et de *Soleil Antique*. C'était le moins qu'il puisse faire pour qu'aucun commérage ne parvienne aux oreilles de Gina et de Rachel. Mais cela n'avait pas empêché un dérapage. S'il l'avait échappé belle à la messe de minuit, il ne pouvait prendre le risque que cela se reproduisît. Le moment était venu d'espacer leurs rencontres.

Sauf qu'à présent, il hésitait. Sa fraîcheur lui faisait tant de bien. Et son humour. Même le léger accent qui trahissait ses origines méridionales l'attendrissait encore. Ce n'était pourtant pas faute d'avoir tenté de s'en débarrasser, lui avait-elle avoué en riant. « Je suppose que c'est inscrit dans mes gènes. On ne peut rien y faire. C'est à prendre ou à laisser. » Il avait pris. Et il avait adoré.

Il s'installa près d'elle, sur le canapé.

— Nous sommes passés près de la catastrophe, l'autre soir, commença-t-il tout en la contemplant.

Ses seins pointaient sous son T-shirt moulant. Excité malgré lui, il les effleura d'une main caressante.

— On dirait que tu as hâte d'entamer les réjouissances, aujourd'hui.

Taquine, elle s'empara d'un des coussins du canapé afin de lui en assener quelques coups sur la tête.

Il esquiva l'attaque en riant et lui arracha son arme, qu'il coinça tranquillement sous sa nuque. Puis il se pencha vers elle et lui replaça derrière l'oreille une mèche qui s'était échappée.

— En fait, ce soir, je n'ai pas vraiment la tête à ça, répondit-il enfin.

— Ah bon ?

Il suivit rêveusement du bout des doigts l'ovale de son visage et lui prit la main en soupirant.

— Lacey, mon cœur, il faut que nous parlions sérieusement.

Se redressant, elle retira sa main et prit un autre coussin, qu'elle cala contre son ventre.

— Je n'aime pas beaucoup ça.

Paul tira sur sa cravate pour la desserrer un peu. Il se sentait au bord du gouffre, sur le point d'accomplir quelque chose qu'il allait regretter plus tard.

— Je... C'est simplement que je pense que nous devrions ralentir le jeu. Je veux dire, espacer un peu nos rencontres.

Comme elle ne répondait pas, il poursuivit avec un tremblement dans la voix :

— Tu comprends, en ce moment, Rachel est à la maison. Et depuis l'autre soir, il me semble qu'elle a encore plus besoin de ma présence.

Il l'avait informée de l'accident le matin même au téléphone. Quelques jours plus tôt, ils avaient décidé de passer cet après-midi ensemble, Gina et Rachel ayant projeté de faire les magasins. Il lui avait même apporté son cadeau — une chaîne en or.

— Je comprends que tu veuilles passer un peu plus de temps chez toi pour t'occuper de ta fille. C'est tout à fait normal. Mais il y a autre chose, n'est-ce pas ? ajouta-t-elle d'une voix rauque. Tu veux rompre avec moi. Tu es venu me dire au revoir.

— Mais non, pas du tout !

Au fond, il ne savait plus lui-même ce qu'il souhaitait vraiment.

Il fourragea nerveusement dans ses cheveux, sans aucun égard pour la mèche rebelle qu'il disciplinait avec du gel tous les matins. Se savoir décoiffé l'agaça encore plus. Il voulait paraître sûr de lui, pas pataud.

— Lacey, reprit-il, plus agressif qu'il ne l'aurait voulu, que faisais-tu à l'église l'autre soir ? Qu'est-ce qui t'a pris de venir jusque-là ?

Elle essuya ses larmes du revers de la main et lui lança un regard surpris.

— Ce que *je* faisais là ? Paul, le Sacré-Cœur est l'église de ma paroisse. Ce serait plutôt à moi de te demander pourquoi tu y étais avec ta femme et ta fille. Moi aussi, je suis restée sous le choc. D'ailleurs, tu as sûrement remarqué que j'étais partie après vous avoir vus.

Elle avait raison, bien sûr.

— Je ne savais pas que tu étais de confession catholique.

— Il suffisait de me poser la question, répliqua-t-elle d'un ton acerbe.

L'accent de sincérité de sa voix, ses magnifiques yeux verts humides de larmes l'émurent. D'ailleurs, elle n'avait pas tort. Ils parlaient peu de leurs vies respectives — une règle tacite qu'il avait lui-même instaurée, comme s'il espérait ainsi l'empêcher d'interférer avec le reste de son existence.

En résumé, il s'était comporté en parfait salaud.

— Je suis désolé. Je crois que je suis à cran en ce moment.

Il se leva et se dirigea vers la fenêtre qui donnait sur la rue, deux étages plus bas. De là, il pouvait presque apercevoir sa maison, au sommet de la colline. Gina et Rachel devaient encore être en train d'écumer les magasins, mais tout à l'heure, elles attendraient son retour. Rachel avait des milliers de projets pour les vacances. Et il se sentait tiraillé entre elle et Lacey — une sensation extrêmement pénible.

— Encore une fois, je suis désolé, s'excusa-t-il en se retournant. J'ai vraiment agi en égoïste avec toi.

Il marqua un temps d'arrêt.

— Tu assistes chaque année à la messe de minuit ?

— Oui. C'est d'ailleurs la seule fois où je vais à l'église. Non, j'exagère un peu. Il m'arrive d'y aller à Pâques. J'aime bien voir les palmes, les lys et le chœur.

Elle sourit.

Paul lui rendit son sourire, rassuré.

— Ça m'a fait un tel choc de te voir là-bas ! Je ne savais plus où j'en étais.

— J'imagine… Tu as dû avoir peur que je te rejoigne et annonce à ta femme que j'étais ta maîtresse.

— Non, bien sûr que non.

Sa protestation sonnait faux, et il ne put s'empêcher de rougir. Elle lisait en lui comme dans un livre ouvert.

Attrapant le paquet de chips, elle se mit à grignoter avec voracité, comme à son habitude. Puis elle but une gorgée de Pepsi.

— Et vous, monsieur Bradley, que faisiez-vous donc au Sacré-Cœur ? Vous n'avez pourtant rien d'une grenouille de bénitier.

— Je… euh… C'est là que Gina et moi…

Il ne put achever et rougit de plus belle. Elle balaya l'air de sa main.

— Oh, ne t'en fais pas, j'ai compris. C'est là que vous vous êtes mariés, hein ?

Il ne répondit pas.

— Maintenant que j'y pense, poursuivit-elle, ça tombe sous le sens, puisque Gina a grandi dans ce quartier. Alors, comme ça, la messe de minuit au Sacré-Cœur fait partie des traditions familiales ?

— Oui.

— Et voilà que je débarque sans crier gare. Comme dans tes pires cauchemars.

— Oui… Enfin, non. Je n'irais pas jusque-là.

Elle se leva et se dirigea droit sur lui d'un air décidé. Posant les mains sur ses épaules, elle le repoussa d'une bourrade.

— Eh bien, moi, oui. Ecoute, Paul, nous avons déjà abordé le sujet auparavant. Tu sais que tu n'as rien à craindre de moi. Ton devoir est de passer tes vacances en famille et je le comprends. Evidemment, ça fait mal quelquefois. Quand je t'ai vu avec ta femme et ta fille, je n'ai pas pu tenir une minute de plus dans l'église. J'étais folle de jalousie. Mais pense un peu à nous, maintenant. Tu es ici, avec moi. Pas avec elles.

Son regard velouté, sa bouche frémissante, son corps sensuel, pressant… Tout en elle l'appelait. Il sut qu'il n'arriverait pas à lui avouer qu'il ne pouvait rester tout l'après-midi — il avait prétendu avoir une affaire urgente à régler à la boutique pour s'éclipser. Combien de fois avait-il menti depuis qu'il avait rencontré Lacey ?

Combien de temps, aussi, avant que Gina ne se doute de quelque chose ? Combien de mensonges avant que le masque ne tombe ?

Il se sentait terriblement coupable. Pourtant, quand Lacey s'approcha de lui pour chatouiller le creux de son cou du bout de sa langue, le monde entier disparut. Ne resta plus que son envie de l'enlacer, de la serrer, nue et tiède, contre lui.

Impossible de s'expliquer ce besoin impérieux qu'il avait d'elle. Il savait seulement que cela ne l'empêchait pas d'aimer sincèrement sa femme et sa fille. Déchiré entre sa maîtresse et sa famille, il souffrait d'une maladie dont il ne connaissait pas le remède. Et dont il ne voulait pas guérir.

Il espérait simplement que les choses continueraient ainsi. Sans complications. Sans drames.

Accoudées au comptoir de la cuisine, Gina et Rachel prenaient leur petit déjeuner. Elles s'étaient préparé un savoureux mélange de moka et d'arabica qu'elles avaient acheté la veille dans une brûlerie de café, mais c'est à peine si elles y avaient trempé les lèvres.

— Tu ne vis pas dans la réalité, expliquait Rachel. Tu ne vois pas les choses telles qu'elles sont.

Piquée au vif, Gina se défendit.

— Vois-tu, ma chérie, chacun perçoit le monde à sa façon. Tu t'en rendras compte plus tard, quand tu seras plus âgée. Et plus sage. Du moins, je l'espère.

— Arrête de me prendre pour une idiote, maman. Je sais bien que chacun a sa propre vision du monde. Seulement toi, tu te trompes sur toute la ligne.

Elle soupira.

— Et qu'est-ce qui te fait dire ça ?

Rachel secoua la tête en silence.

— Si tu n'as pas l'intention de me répondre, je ne vois pas comment nous pourrions avoir une discussion constructive.

Pourquoi fallait-il que sa fille la harcèle ? Pourquoi ne profitait-elle pas de ses vacances pour se détendre, tout simplement ?

Déjà, à seize ans, Rachel avait le don de gâter l'atmosphère partout où elle passait, au point qu'ils l'avaient surnommée « L'enquiquineuse ». Le soir, allongés dans leur lit, Paul et Gina se demandaient ce qui ne tournait pas rond et d'où lui venait cette fâcheuse manie de toujours considérer le mauvais côté des choses.

Elle fronça les sourcils. Rachel n'était plus une adolescente ; il était temps qu'elle mûrisse.

— Je monte chercher le linge sale, annonça Gina en s'essuyant les mains.

— La lessive peut attendre. Maman, je suis en train de te parler de papa.

Elle suspendit soigneusement l'essuie-mains à la jolie applique en merisier posée sur le placard au-dessus de l'évier. Voir traîner les torchons était ce qu'elle détestait le plus. Se pouvait-il que cette obsession de l'ordre représentât le pendant du désordre qui régnait dans sa vie ?

— De ton père ? fit-elle sans se retourner. Je croyais que nous avions déjà fait le tour de la question.

— Pas complètement.

Rachel se massa le visage d'un air las, comme si elle voulait effacer ses soucis. Un geste qu'elle tenait de Paul.

— Maman, tu ne crois pas qu'il voit quelqu'un ?

Gina lui lança un regard furieux par-dessus son épaule.

— Si tu cherches à insinuer qu'il a une maîtresse, Rachel, c'est ridicule. D'abord, je ne vois pas où il trouverait le temps. Ensuite, je le connais bien. Ce n'est pas du tout son genre.

Mais, au fond d'elle-même, elle entendait résonner les paroles de sa mère : « Tous les hommes se valent, ma petite », et sa voix n'était plus si assurée.

Rachel la considérait sans rien dire. Au bout d'un moment, Gina se décida à rompre le silence.

— Bon, je dois vraiment m'occuper du linge, maintenant.

Rachel plongea le nez dans sa tasse de café et fit tourner avec son doigt le liquide froid et crémeux. *Comme dans la*

vie. On tourne en rond, et au moment où on s'y attend le
moins, on se trouve happé par le tourbillon.

Rachel se débarrassa de son sac et de sa veste sur une
chaise. Elle avait besoin d'utiliser la salle de bains, et Victoria,
tout en décrochant le téléphone, lui fit signe d'y aller.

— Je t'en prie. J'en ai pour une minute, murmura-
t-elle.

La décoration de la salle de bains, aussi soignée que celle
du bureau, était maintenant dans les tons dorés. Apparemment,
Victoria venait de rénover entièrement son cabinet.

Rachel évalua le miroir — sans doute une antiquité de
prix — et se demanda s'il provenait de la boutique de son
père. L'espace d'un instant, elle songea que la sobriété des
lieux aurait parfaitement convenu à sa mère. La seule touche
de couleur de la pièce était apportée par les serviettes de
toilette lilas et un palmier d'un mètre cinquante.

Scrutant son visage dans la glace, elle jugea qu'elle
paraissait plus que ses vingt et un ans. De petites rides
sillonnaient déjà le contour de ses yeux, et aucun maquillage
ne parvenait à camoufler ses cernes. A sa décharge, il fallait
reconnaître que les dernières semaines n'avaient pas été de
tout repos et, pour quelqu'un qui avait récolté une bosse de
la taille d'un œuf dans un accident de voiture, elle n'avait
pas trop mauvaise mine.

Elle se savonna les mains pendant vingt bonnes minutes.
Il fallait bien ça pour se débarrasser des germes et des virus
qu'on attrapait au contact de la foule. Avant de venir, elle
s'était arrêtée avec sa mère dans une cafétéria. Dieu seul
savait ce qui traînait dans ce genre d'endroits.

Sans doute Victoria se méfiait-elle aussi des microbes,
car il y avait des gants jetables dans sa corbeille à papier.

90

Rachel sourit en pensant aux mains de sa thérapeute. De très belles mains, qui ne trahissaient pas son âge. Elle devait porter des gants la nuit, comme les mannequins.

Lorsque Rachel revint dans le bureau, la psychiatre était toujours en grande conversation.

— D'accord, d'accord, fit-elle en la voyant entrer. Je vous préviendrai dès que j'aurai des informations. Excusez-moi, je dois vous laisser maintenant.

Elle raccrocha, puis lissa ses cheveux blonds, qui retombaient aujourd'hui librement sur ses épaules. Rachel la trouva plutôt séduisante et se demanda vaguement à quoi ressemblait son petit ami — elle en avait sûrement un. Assise derrière son bureau de style, la thérapeute avait l'air… immaculé. Oui, c'était cela. Elle avait cette beauté pure et éthérée des portraits d'un autre siècle.

Elle ne révélait rien de sa vie privée à ses patients. Rachel avait bien remarqué l'anneau de saphir et de diamant qui brillait à l'un de ses doigts, mais aussi l'absence de bague à l'annulaire. Pour ce qu'elle en savait, Victoria n'avait jamais été mariée.

Parcourue d'un frisson d'appréhension, Rachel prit place sur un des fauteuils et remit sa veste sur ses épaules pour se réchauffer. S'il lui était plus facile de se confier à la psychiatre qu'à ses parents, elle n'en redoutait pas moins ces séances.

Pendant que Victoria rangeait une pile de papiers dans un tiroir, Rachel remarqua une grenouille en bronze posée sur le bureau. Elle tirait la langue en montrant une pièce d'or. Décidément, la psychiatre semblait avoir un goût prononcé pour le luxe.

— Un cadeau de Noël ? s'enquit Rachel avec curiosité.
Victoria rougit.

— Oui, d'un ami. C'est un porte-bonheur. Pour l'argent.

— Vous en avez réellement besoin ?

Rachel n'avait pu masquer son ironie. Elle se reprit.

— Désolée. Ce n'était pas très délicat comme remarque.

— Ce n'est rien, fit Victoria, qui ne se départait jamais de son calme. Et pour répondre à ta question, non, je n'en ai pas besoin. Il se trouve simplement que j'aime bien les grenouilles.

Elle sourit d'un air indulgent.

— Je dois reconnaître que celle-ci est un peu voyante, mais elle me plaît beaucoup.

Tout en servant le thé, elle entra dans le vif du sujet.

— Tes parents et toi vous êtes remis de votre accident ?

— Maman souffre toujours de douleurs à la nuque, mais papa va bien. Quant à moi… Ma bosse est impressionnante, mais je me sens plutôt en forme.

Rachel regarda par la fenêtre. Il pleuvait des cordes, et c'est à peine si l'on devinait les immeubles de l'autre côté de la rue. Le monde entier semblait terne, morne, vide de sens. Même l'immeuble futuriste aux couleurs étranges qui abritait l'Académie de musique contemporaine se perdait dans la grisaille.

Victoria prit place derrière son bureau.

— J'aurais bien besoin d'un porte-bonheur, moi aussi, lâcha Rachel, les sourcils froncés.

— Pourquoi ?

— Je ne comprends pas mes parents. J'ai l'impression qu'ils passent leur temps à se voiler la face.

— Pourrais-tu être plus précise ?

— Vous savez très bien de quoi je parle. Quelque chose ne tourne pas rond, et ils refusent d'en parler. Tout comme ils refusent de parler d'Angela. Ils préfèrent se couper de leur passé. S'il n'y avait pas ma grand-mère...

Elle se tut, rêveuse.

— Ta grand-mère ?

— Elle, au moins, accepte d'aborder le sujet.

— Que t'a-t-elle dit ?

— Par exemple, elle m'a appris qu'Angela était la préférée de Papa.

— Ta grand-mère t'a dit ça ? demanda Victoria en écarquillant ses yeux bleus.

— Pas en ces termes, mais elle a accepté d'en discuter avec moi. C'est plus que ce que mes parents ont jamais fait.

— Que t'a-t-elle dit exactement ?

Rachel haussa les épaules.

— Elle m'a expliqué qu'il pouvait exister des affinités particulières entre parents et enfants. Que c'était normal. Et que cela n'empêchait pas mon père de m'aimer aussi.

Elle se tut, le regard dans le vague.

— Vous croyez qu'elle a raison ? s'enquit-elle finalement.

— Et toi, qu'en penses-tu ?

— Je n'en sais rien. Je crois que je me suis toujours posé la question.

— L'as-tu posée à ton père ?

— J'ai essayé. Il nie avoir eu une préférence pour Angela. Mais j'ai ce sentiment depuis très longtemps. Je le lui ai même reproché une fois, peu après le « départ », comme vous dites si bien...

— Et qu'a-t-il répondu ?

— Il n'a rien dit. Il... il s'est mis à sangloter en silence.

Elle ne put retenir ses larmes. Victoria la laissa pleurer.

— Et comment as-tu réagi, à ce moment-là ? demanda-t-elle au bout d'un moment.

Rachel fit un effort pour se ressaisir. Se redressant, elle prit un mouchoir en papier sur le bureau et s'essuya les yeux.

— Il ne m'a pas donné le temps de réagir, répondit-elle enfin. Il est sorti de la pièce.

Un éclair de colère fit étinceler ses yeux.

— C'est sa tactique habituelle. Quand je veux parler d'Angela, il fuit.

Il y eut un bref silence, rompu de nouveau par Victoria.

— Il me semble que tu te poses pas mal de questions au sujet de ta sœur, en ce moment. C'est depuis que tu crois l'avoir reconnue sur le campus ? Ou il y a autre chose ?

Rachel haussa les épaules.

— Je suppose que je pense d'autant plus à elle que j'ai cru l'apercevoir, oui. Au début, je suis restée sous le choc. Ensuite, j'ai pensé courir vers elle, pour la serrer dans mes bras. Mais elle avait disparu, et je me suis rendu compte que ça ne pouvait pas être elle. Que j'avais un tel désir de la connaître que…

Elle regarda la psychiatre droit dans les yeux.

— Je crois que vous aviez raison à ce sujet, l'autre fois.

— Tu avais à la fois envie et peur de la voir. Et maintenant ?

Elle hésita.

— Je ne sais plus trop. Je me demande à quoi elle peut bien ressembler aujourd'hui. Si elle a été adoptée de nouveau. Et si on a pu la soigner. Personne ne m'a rien raconté.

Elle avait accompagné ces mots d'une pointe de reproche.

— Tu n'avais que cinq ans, à l'époque, fit remarquer Victoria. Nous avons tous pensé qu'il était inutile de te compliquer l'existence.

— Me compliquer l'existence… Alors, on s'est contenté de me dire que ma sœur était malade et qu'elle partait se faire soigner, pour un temps indéterminé. Personne ne s'est douté que j'allais attendre son retour ?

— Nous avons parlé de tout ça quand tu étais plus grande, Rachel. Tu es venue dans ce même cabinet à dix ans, douze ans, quatorze ans, et nous avons abordé cette question. De nombreuses fois.

— Peut-être que je n'ai pas bien compris, à l'époque. D'ailleurs, je n'en ai pas le moindre souvenir.

— Je t'ai longuement expliqué que nous avions fait de notre mieux pour toi, comme pour Angela. Il fallait bien te protéger.

La psychiatre se pencha en avant et posa les mains sur son bureau.

— Rachel, cette période a été particulièrement pénible pour tout le monde. Cela faisait déjà un an que je suivais ta sœur, et je ne me suis pas doutée une seconde qu'elle pourrait t'agresser de la sorte. Je croyais sincèrement qu'elle allait mieux.

Rachel hocha la tête.

— Je m'en souviens. Vous m'avez appris que les enfants comme elle savent se montrer charmants, et trompent facilement leur monde. Vous croyez qu'ils vous aiment alors qu'en fait, ils ne ressentent rien.

— C'est parce qu'ils n'ont pas eu l'occasion de tisser des liens normaux avec leur mère ou avec un autre adulte, pendant leur petite enfance.

95

— Mais on s'est pourtant bien occupé de nous à St Sympatica !
Ce n'était pas un de ces orphelinats où les enfants sont livrés
à eux-mêmes, comme en Roumanie, par exemple.

— D'après ce que je sais, c'est vrai que l'on prend soin des
enfants, là-bas. La réputation de St Sympatica est excellente.
Peu d'établissements de ce genre peuvent s'enorgueillir d'un
psychiatre à demeure.

Rachel ayant terminé sa tasse de thé, Victoria la servit
de nouveau. Elle prit soin de tenir le bec verseur avec une
serviette de table afin d'éviter qu'une goutte ambrée ne
vienne tacher son bureau.

— Rachel, tes parents ont choisi d'aller vous chercher à
St Sympatica, parce qu'on leur avait conseillé cet endroit.
Ils espéraient que vous n'aviez pas trop souffert au cours
des trois premiers mois de votre vie.

— Dans ce cas, comment se fait-il qu'Angela ait développé
ce syndrome, et pas moi ?

Victoria soupira.

— Je ne suis pas sûre de pouvoir répondre à ta question.
De toute façon, aucun diagnostic formel n'a jamais été
posé, dans le cas d'Angela. Ni par moi ni par le psychiatre
de l'orphelinat. Les symptômes d'Angela évoquaient cette
maladie, mais nous avons toujours eu un doute. D'autres
affections présentent un tableau clinique similaire, comme
le syndrome d'alcoolisme fœtal, par exemple. D'ailleurs,
aujourd'hui, l'origine de ces troubles est largement soumise
à controverses. Certains considèrent qu'ils n'ont aucun rapport avec une carence affective précoce, et que les causes
sont tout autres.

— Par exemple ?

— Génétiques ou liées à un dysfonctionnement du cerveau.

— De la mauvaise graine, en quelque sorte... Ça me rappelle ce film où une enfant adoptée devient une criminelle, tout comme l'était sa mère biologique. Je pensais que c'était de la pure fiction.

— Rachel, si tu cherches une vérité, je suis désolée, mais il n'y a aucune réponse que l'on puisse tenir pour certaine. Tout ce que je peux te dire, c'est qu'Angela a été très bien soignée à St Sympatica lorsque tes parents l'ont ramenée là-bas.

Rachel plissa les yeux d'un air inquisiteur.

— Comment pouvez-vous en être si sûre ?

— Je le sais, répliqua patiemment Victoria. Je suis restée en contact pendant un an avec le Dr Chase qui la suivait là-bas. Son état s'améliorait, il me l'a assuré. A petits pas, mais il y avait tout de même un mieux.

Rachel bondit.

— Et c'est tout ce que vous avez fait ? Vous lui avez parlé au téléphone pendant un an ? Et ensuite ?

— Malheureusement, je crois qu'Angela a commencé à régresser, et le Dr Chase n'a pas trouvé prudent qu'elle retourne avec vous. Ni qu'elle soit adoptée par quelqu'un d'autre. Tes parents ont alors pensé qu'il valait mieux couper les ponts.

— Elle a grandi toute seule à l'orphelinat ?

Elle se remit à pleurer.

— Est-ce que quelqu'un s'est inquiété de savoir si nous lui manquions ? Personne ne s'est dit qu'elle devait se sentir abandonnée, après avoir perdu la seule famille qu'elle avait jamais eue ?

— N'oublie pas que ta sœur avait tenté de te tuer, lui rappela Victoria un peu sèchement. Non seulement ça, mais elle n'en était pas à son coup d'essai ! As-tu déjà oublié les prétendus accidents qui ont failli te coûter la vie, pendant près d'un an ?

— Non, je n'ai pas oublié. Enfin, je suis au courant parce que vous m'en avez parlé, vous, et papa et maman. Mais je ne peux pas dire que je m'en souvienne. J'aurais tellement voulu…

Prise de frissons, Rachel reposa bruyamment sa tasse sur sa soucoupe et se frictionna les épaules.

— J'aurais tellement voulu que tout ça ne soit jamais arrivé.

— Tes parents aussi auraient bien aimé que les choses se déroulent autrement, commenta doucement la psychiatre. Ils ont dû apprendre petit à petit à accepter la vérité.

— Mes parents ! Parfois, je voudrais…

Il y eut un silence lourd de sens, et l'expression de Rachel passa de la colère à l'abattement. Victoria haussa un sourcil.

— Oui ?

— Rien, fit Rachel en secouant la tête.

Elle regarda sa montre.

— Peu importe. C'est l'heure, non ? La séance est terminée, je dois y aller maintenant.

Elle enfila son vieux manteau beige et fouilla dans ses poches, à la recherche de ses clés de voiture. En les sortant, elle fit tomber par terre un morceau de papier et se pencha instinctivement pour le ramasser. Quelque chose y était écrit. Poussée par la curiosité, elle lut.

— Ce n'est pas vrai, murmura-t-elle en frissonnant de tout son être.

— Qu'est-ce que c'est ?

— C'est… c'est un message qui m'est adressé, expliqua-t-elle en levant les yeux vers Victoria. Un message d'Angela.

— Tu en es sûre ?

— Sûre et certaine. Il ne peut provenir que d'elle.

— Pourquoi ? Que dit-il ? Montre-le-moi.

Rachel lui tendit le papier et se laissa lourdement retomber sur son siège.

« Il semblerait que tu aies réussi une fois de plus à survivre à la veillée de Noël. Prends garde, la chance finira bien par tourner. »

— Le texte a probablement été tapé sur un ordinateur, et il n'est même pas signé, observa la psychiatre en la regardant.

— Mais c'est Angela ! Je le sais.

— Je comprends pourquoi tu le crois. A cause de la référence à Noël. Mais comment aurait-elle fait pour glisser ce message dans ta poche ? Cela supposerait que vous vous soyez croisées, frôlées même. Où l'aurais-tu rencontrée ?

Rachel se pencha en avant et posa ses coudes sur ses genoux. Puis, la tête enfouie dans ses mains, elle se mit à pleurer.

— Je n'en sais rien… Victoria, où se cache-t-elle ? Que veut-elle dire par « la chance finira bien par tourner » ?

La psychiatre secoua la tête.

— Je n'en ai pas la moindre idée. Qu'a dit la police au sujet de votre accident ?

Rachel se redressa. Elle claquait des dents.

— Ils ont dit… Ils ont dit qu'il y avait fréquemment des accidents à cet endroit, répondit-elle d'une voix basse. Ce n'est pas la première fois qu'une voiture percute cet arbre. D'ailleurs, cela fait des années qu'on parle de l'enlever. Mais une association de protection de l'environnement, ou quelque chose comme ça, s'y oppose. Donc…

Elle respira profondément, essayant de se calmer.

— Vous croyez que c'est Angela qui conduisait l'autre voiture ? Qu'elle nous a volontairement poussés vers cet arbre ?

Victoria déposa le papier sur son bureau.

— Je n'en sais rien, Rachel. Et toi, qu'en penses-tu ?

A ces mots, Rachel se leva d'un bond.

— Bon sang, Victoria, vous ne pourriez pas oublier une minute que vous êtes mon psychiatre, et cesser de me poser des questions ? Que voulez-vous que j'en pense ? Essayez plutôt de me répondre. Est-ce qu'Angela essaie de me tuer ? Ou...

Une idée lui vint à l'esprit. Elle devint livide et poursuivit d'une voix blanche :

— Ou est-ce que, cette fois, elle cherche à nous éliminer tous les trois ?

Paul, Gina et Rachel s'étaient rendus au poste de police de Seattle, au coin de la troisième rue et de l'avenue James. Soucieux de ne pas abîmer les empreintes, l'inspecteur Al Duarte tenait précautionneusement le message dactylographié entre deux doigts.

Paul jeta un regard autour de lui. De l'autre côté de la cloison en verre, certains agents tapotaient sur leur clavier d'ordinateur ; d'autres devisaient entre eux. Les sonneries des téléphones retentissaient de tous côtés, accompagnées du bourdonnement des personnes qui avaient atterri ici pour les raisons les plus diverses. Une femme tripotait nerveusement ses longs cheveux blonds et filasse ; un autre se curait consciencieusement le nez avant de s'essuyer les doigts sur un pantalon kaki crasseux. Une jeune fille, certainement pas majeure, tirait sur le décolleté de son chemisier noir pailleté, sans doute pour faire valoir sa poitrine auprès du policier qui prenait sa déposition. Vêtue d'une minijupe rouge, elle arborait un maquillage noir et épais, et l'on devinait à ses cheveux emmêlés qu'elle ne s'était pas coiffée depuis des semaines.

Soudain pris d'un haut-le-cœur, Paul pensa avec nostalgie à son lit douillet.

— Combien de personnes ont tenu ça en main ? s'enquit l'inspecteur Duarte en levant les yeux.

— Ma femme, moi, et Rachel, bien entendu, répondit Paul.

— Et Victoria, ajouta Rachel.

— Victoria ?

— Victoria Lessing, ma thérapeute, expliqua-t-elle. Quand j'ai découvert ce message dans ma poche, nous venions de terminer une séance et j'étais encore dans son cabinet. Je le lui ai montré aussitôt.

Duarte la dévisagea d'un air dubitatif.

— Nous pouvons rechercher des empreintes, mais je ne sais pas si ça donnera quelque chose.

Puis, baissant les yeux vers le papier qu'il tenait toujours entre deux doigts, il poursuivit :

— D'après vous, c'est votre sœur jumelle qui est l'auteur de ce message ? Vous dites qu'il vous semble l'avoir reconnue à Berkeley, il y a deux semaines ?

Rachel jeta un regard gêné en direction de ses parents et se trémoussa sur son siège.

— Eh bien… je n'en suis pas absolument sûre. J'ai aperçu quelqu'un qui lui ressemblait. Enfin, quelqu'un qui pouvait lui ressembler.

L'inspecteur se tourna vers Paul.

— Ma femme et moi-même n'avons plus de contacts avec Angela depuis quinze ans, expliqua ce dernier en réponse à son regard interrogateur. Et Rachel avait cinq ans la dernière fois qu'elle a vu sa sœur. Enfin, jusqu'à… Nous venons tout juste d'apprendre qu'elle pense l'avoir rencontrée sur le campus. Et de toute façon, on ne peut pas être certains qu'il s'agissait bien d'Angela.

— Pourquoi avez-vous coupé les ponts avec cette enfant ?

Gina ouvrit la bouche pour répondre, mais Paul la prit de vitesse.

— Nous vous l'avons déjà expliqué. Angela était perturbée. Nous ne pouvions pas nous en occuper correctement.

— Donc vous l'avez renvoyée dans le Minnesota, dans cet orphelinat — St Sympatica, résuma Duarte avant de demander, un peu perplexe : Vous l'avez laissée là-bas, tout simplement ?

— Non, ce n'était pas si simple, répliqua Gina, agacée. Ça a été une douloureuse décision.

L'inspecteur s'adossa posément à son siège, nouant ses doigts sur son ventre rebondi. Une tache de café souillait sa chemise autrefois vert vif. A la vue de l'étui de revolver qu'il portait sous son bras, Paul remua nerveusement sur son siège. Il détestait les armes et n'en possédait pas. Parfois, il se demandait ce qu'il ferait s'il avait à défendre sa famille. Ce n'était pas avec la batte de base-ball qu'il gardait dans un coin de sa chambre qu'il risquait d'arrêter les cambrioleurs.

Mais, pour le moment, il s'inquiétait surtout du tour que prenait l'interrogatoire. Seize ans plus tôt, ils avaient soigneusement évité la police, en faisant croire au médecin des Urgences que Rachel s'était accidentellement blessée en tombant sur un couteau. S'ils se voyaient acculés à raconter la vérité maintenant, ils auraient à justifier leur silence passé, qui constituait sans doute un délit. Peut-être même tomberaient-ils sous le coup de la loi.

L'inspecteur revenait à la charge, l'air peu convaincu.

— Et maintenant, vous pensez que cette petite revient, après toutes ces années, avec l'intention de vous faire du mal ? Pourquoi ? Pour se venger d'avoir été abandonnée ? Ça remonte rudement loin, tout de même.

— Quelqu'un nous a forcés à quitter la route, le soir de Noël, rétorqua Paul. Un de vos agents a fait un rapport. Vous ne l'avez pas lu ?

Duarte tapota un dossier sur son bureau.

— Je l'ai ici même. Je dois vous dire qu'en ce qui concerne votre accident, nous ne retenons pour l'instant que le délit de fuite. Un chauffard qui avait trop bu, probablement. En période de fêtes, les ivrognes au volant ne manquent pas.

Paul réfléchissait. S'ils faisaient semblant d'accepter sa version, cela simplifierait les choses. Ils rentreraient chez eux et reprendraient leur vie comme si de rien n'était. Il leur suffirait d'oublier l'accident, le message et leur passage au poste de police.

Après tout, l'inspecteur disait peut-être vrai. Il pouvait s'agir d'un simple délit de fuite. C'était Gina qui avait insisté pour venir faire une déposition quand elle avait pris connaissance du message, et il se demandait à présent s'ils ne s'étaient pas un peu précipités. A quoi bon remuer toute cette histoire ?

Gina rompit le silence.

— Vous avez peut-être raison en ce qui concerne l'accident, inspecteur. Mais ce message ? Il est clair que quelqu'un veut nous faire croire que notre voiture n'a pas percuté cet arbre par hasard.

— L'ennui, c'est que nous n'en tirerons pas grand-chose, objecta Duarte en haussant les épaules. Nous pouvons chercher des empreintes autres que les vôtres, celles de votre mari, de votre fille et du psy. Si nous en trouvons, nous les rentrerons dans notre fichier informatique. Mais si elles ne correspondent à aucune empreinte répertoriée, ça s'arrêtera là. D'autant que nous ne disposons pas des empreintes de cette Angela...

— C'est vrai, acquiesça Paul. Ça ne vaut probablement pas le coup. Ecoutez, ajouta-t-il en se tournant vers Gina et Rachel, je suis d'avis de rentrer à la maison et d'oublier tout ça.

— Non, je tiens à ce qu'on fasse le maximum, insista Gina. Je veux savoir qui envoie des menaces à ma fille. Même si nous n'avons qu'une chance infime d'aboutir, nous devons essayer.

Comme Rachel demeurait silencieuse, l'inspecteur Duarte se tourna vers elle. Elle haussa les épaules.

— Je suis d'accord avec maman. Je préférerais savoir.

— Entendu, fit-il avec un soupir.

Il décrocha le téléphone posé sur son bureau.

— Donnez-moi les coordonnées de votre psy. Je vais envoyer quelqu'un là-bas pour relever ses empreintes. En attendant, suivez-moi, nous allons nous occuper des vôtres tout de suite.

Dès que leurs empreintes eurent été relevées, ils revinrent s'installer dans le bureau, décidés à y attendre le résultat.

— Comme je vous l'ai déjà dit, vous n'êtes pas obligés de patienter ici, répéta Duarte. Je vous téléphonerai dès que j'aurai du nouveau.

— Je préfère rester, déclara Gina. Mais tu peux ramener Rachel à la maison, Paul.

— Sûrement pas, intervint Rachel. Je ne bouge pas d'ici.

Duarte soupira et se laissa lourdement retomber sur son siège. Résigné, il s'installa confortablement dans sa position favorite, les mains croisées sur le ventre, les yeux au pla-fond. Dans le silence retentit un gargouillis impressionnant. Duarte se massa l'estomac et surprit le sourire ironique de Rachel. C'était bien la première fois qu'elle se laissait aller à sourire, depuis deux heures qu'elle était là.

— Avez-vous faim ? demanda-t-il.

— Je frôle l'hypoglycémie. Je n'ai pas déjeuné.

Il jeta un coup d'œil à sa montre.

— D'après l'heure, vous n'avez pas dîné non plus…

Il héla un agent de l'autre côté du couloir.

— Hé, Joe, t'as une minute ? Tu pourrais apporter des beignets à ces messieurs-dames ? Ou n'importe quoi d'autre. Et du café aussi.

— Mais voyons, je suis là pour ça, Al, répliqua l'autre, sarcastique. Pas de problème.

— Oh, ça va. Ne le prends pas comme ça, tu vois bien que je suis occupé.

— Pour une fois que tu as quelque chose à faire… Je croyais que l'esclavage était aboli depuis longtemps.

— Pas pour toi. T'es encore qu'un bleu, lui lança Duarte. J'ai déjà fait largement ma part, crois-moi. Je servais tout le monde au début, dans cette taule.

Le dénommé Joe sortit en souriant et revint au bout de quelques minutes avec un plateau chargé de quatre tasses de café et d'une assiette en carton où s'empilaient des biscuits. Il déposa son précieux chargement sur le bureau de Duarte.

— C'est Rosie qui les a préparés, déclara-t-il en désignant du menton l'autre bout du couloir. Elle n'a pas dormi de la nuit. A cause du gamin, tu sais.

Il leur adressa un sourire indulgent.

— Du coup, elle les a baptisés les « biscuits de choc ». Elle dit que, quand elle pétrit la pâte, ça l'aide à décharger son angoisse.

— Eh oui, renchérit Duarte. J'imagine qu'on serait surpris si on additionnait les heures d'insomnie de tous ceux qui ne ferment pas l'œil à cause de leurs enfants.

— Voilà une idée intéressante. Entre ça et le temps que je passe à être aux petits soins pour toi… Ça sera tout pour monsieur ?

— Oui, ça ira.

Joe parti, Duarte se tourna vers Rachel et poussa l'assiette de biscuits vers elle.

— Vas-y, ma petite, pioche dans le tas.

Elle prit un gâteau et l'engloutit aussitôt.

— Servez-vous, ajouta-t-il à l'adresse de Paul et Gina.

Ils secouèrent la tête.

— Non, merci, répondit Gina.

— Vous… euh… Nous vous dérangeons peut-être ? demanda Paul, embarrassé.

Duarte haussa les épaules.

— J'étais sur le point de faire une pause, mais ça ne fait rien.

Il épousseta d'un revers de la main les miettes de gâteau sur sa chemise.

— Ils sont bons ? demanda-t-il à Rachel.

— Excellents. Quand on vit sur le campus, on finit par apprécier la nourriture sous toutes ses formes.

— Oui, ça ne m'étonne pas. Mais les gâteaux de Rosie sont particulièrement délicieux. Enfin, pas autant que les pâtisseries au sucre que ma femme me préparait.

Il soupira.

— Pas de doute, elle me manque.

— Est-ce qu'elle est… hm…

Rachel laissa sa question en suspens.

— Morte ? Non, elle m'a quitté, tout simplement. Ce n'est pas facile d'être femme de flic. J'aurais dû m'y attendre, mais vous savez ce que c'est, quand on est jeune. On pense que tout va bien marcher.

Il se tourna vers Paul.

— Alors, comme ça, vous vendez des antiquités ?

Paul acquiesça.

— Oui. Ma boutique s'appelle *Soleil Antique*.

— Ah, oui. Je suis déjà passé devant. Ça marche bien, non, ce genre de boulot ? Vous devez vous faire pas mal d'argent — si je peux me permettre ?

— J'ai eu des hauts et des bas. Je me suis installé à mon compte en sortant de l'université. Je fournissais des particuliers et des sociétés. Ensuite, il y a eu le grand boom de l'informatique, avec la vague de nouveaux riches prêts à dépenser des sommes astronomiques pour avoir ce qu'il y a de meilleur. C'était avant la récession économique.

— Vous êtes tombé au bon moment, commenta Duarte. Vous deviez avoir un petit pécule pour démarrer ? Un héritage sans doute ?

Paul se demandait où il voulait en venir avec toutes ses questions. Et pourquoi s'obstinait-il à rester ici à attendre avec eux ? Il devait bien avoir autre chose à faire.

— Eh bien, ma femme, répondit-il en désignant Gina du menton, est architecte d'intérieur. Nous avons travaillé ensemble pendant plusieurs années. Elle m'a acheté pas mal de meubles pour ses chantiers. Nous avons commencé petit, mais ça a bien marché.

L'inspecteur considéra Gina en souriant.

— Ma femme disait souvent qu'elle aurait bien aimé confier notre maison à un décorateur, lui raconta-t-il. Mais elle prétendait que ç'aurait été de l'argent gaspillé, vu que de toute façon je foutais toujours la pagaille. J'enlevais mes chaussures dans le salon, je mangeais devant la télévision...

— Un bon décorateur doit savoir s'adapter au mode de vie de ses clients. Ils doivent se sentir à l'aise dans l'espace qu'il leur aménage.

— Sans doute. Tout dépend ce qu'on entend par se sentir à l'aise.

— C'est bien vrai, renchérit Paul.

Gina lui lança un regard en coin, et il se reprit, gêné.

— Je veux dire, chacun a sa propre conception de la vie. Certains ont l'impression d'étouffer s'ils ne peuvent rien laisser traîner. D'autres supportent mal de ne pas avoir une maison impeccable.

— J'ai besoin d'un endroit net et reposant, expliqua-t-elle comme si elle voulait se justifier. Je me sens agressée si tout n'est pas parfaitement en ordre.

— Comme dans un magazine.

— C'est un reproche ?

— Mais non, fit-il d'un ton las en se frottant les yeux. Pourquoi te ferais-je des reproches, ma chérie ?

Absorbés par leur conversation, ils ne s'étaient pas rendu compte que Duarte et Rachel les observaient avec surprise. Paul se leva.

— Désolé, s'excusa-t-il en commençant à arpenter la pièce. Je crois que je suis à bout. Combien de temps devrons-nous encore attendre ?

— Je leur ai demandé de s'en occuper le plus vite possible, intervint Duarte. Mais ce n'est quand même pas une question de vie ou de mort.

Il marqua un temps d'arrêt.

— Enfin, pour autant que nous sachions.

— Je me suis peut-être affolée un peu vite, admit Rachel. Le message a pu être rédigé par un dingue qui a entendu parler de l'accident et qui avait envie de s'amuser. Il y a des dingues partout. Maman, tu te rappelles, quand on s'est arrêtées au *Starbuk* ce matin, il y avait un type qui ne cessait pas de nous regarder. Il a très bien pu glisser un papier dans ma poche en faisant la queue derrière nous.

— Pour l'amour de Dieu, Rachel ! s'exclama Gina, le front plissé. Où vas-tu chercher des idées pareilles ? C'est vraiment grotesque.

— Alors, pourquoi nous regardait-il avec tant d'insistance ?

— Je n'ai rien remarqué. Il buvait tranquillement un café, installé à une table, juste en face de nous. Où voulais-tu qu'il regarde ?

— Ta mère a raison, renchérit Paul. Ça arrive tout le temps.

— Une seconde, les coupa Duarte. C'est la première fois que vous évoquez cette histoire devant moi.

— Mais il n'y a rien à en dire. C'était juste un type en train de boire un café.

— Maintenant que j'y réfléchis, commença Rachel, c'est surtout maman qu'il regardait.

— Mais enfin, c'est ridicule ! Il avait les yeux perdus dans le vague.

— Bon, bon... Et de quoi avait-il l'air ? s'enquit Duarte.

Gina haussa les épaules.

— Je n'ai pas vraiment fait attention.

— Oh, maman, arrête. Tu as même rougi la première fois qu'il t'a regardée.

Puis, s'adressant à Duarte :

— C'était un homme séduisant, la quarantaine, des cheveux blonds légèrement grisonnants. Il portait un jean et un pull rouge sur un T-shirt blanc. Pas négligé pour autant, plutôt décontracté.

— A croire que tu as pris des notes, grommela Gina.

Elle jeta un regard gêné en direction de Paul puis de Duarte, lequel arborait une expression indéchiffrable, et finit par admettre :

— Il arrive parfois que des hommes me regardent au restaurant ou dans les cafétérias. Je n'y accorde aucune importance. Ça arrive à toutes les femmes.

— Surtout si elles sont séduisantes comme toi, ajouta Rachel, taquine.

— Rachel, je t'en prie.

Gina croisa les bras et fixa ostensiblement son regard dans le vide.

— Mais c'est vrai, maman. Tu es très séduisante.

Il y eut un silence gêné. Mal à l'aise, Paul se trémoussait sur son siège. Il regarda sa femme comme s'il la voyait pour la première fois.

— Je... Il me semble qu'il faudrait que tu te montres prudente en ce moment. N'est-ce pas, inspecteur ?

— Eh bien, ça ne peut pas faire de mal en tout cas, observa Duarte. Est-ce que l'un de ces hommes a déjà tenté d'engager la conversation avec vous ou de s'asseoir à votre table ?

Gina bondit sur ses pieds.

— C'est ridicule, voyons !

— Je trouve que vous vous défendez un peu trop, madame, déclama Rachel d'un ton mi-taquin, mi-sérieux. Dis-moi, maman, combien de fois as-tu accepté de prendre un café avec l'un de ces admirateurs ?

Gina leur tourna le dos et fit mine d'observer les rayonnages de la bibliothèque qui couvrait tout un pan de mur. Elle était raide, comme sur la défensive.

Rachel rompit le silence.

— Détends-toi, maman, fit-elle doucement. Je disais ça comme ça.

110

— Ta mère est fatiguée, intervint Paul. Comme nous tous, d'ailleurs.

Gina se retourna brusquement vers eux.

— Je n'ai pas besoin qu'on prenne ma défense.

— Alors, débrouille-toi ! répliqua-t-il en levant les yeux au ciel.

Il se leva et recommença à arpenter le bureau.

— D'accord, puisque tu le prends comme ça, murmura Gina. Nous aurions dû réessayer.

— Réessayer ? Tu veux dire avec Angela ? C'est ce que tu aurais voulu ? Pour mettre Rachel en danger ?

Il s'interrompit brusquement en voyant que Duarte l'écoutait attentivement.

— Maman a raison, décréta Rachel fermement. Il fallait la reprendre à la maison après son traitement, lui laisser une chance. Même mamie est de cet avis.

Gina lui lança un regard horrifié.

— Ta grand-mère t'a dit ça ?

— Elle lui manque ! cria Rachel en se levant d'un bond. Vous deux, vous faites comme si elle était morte !

Personne ne parla pendant dix longues minutes, créant une tension presque palpable. Histoire de se donner une contenance, Duarte gribouilla sur un bloc-notes jaune, puis, avec la gomme qui se trouvait à l'extrémité de son crayon, il se mit à suivre d'un air impassible les marques qu'il avait lui-même infligées à son vieux bureau depuis trente ans. L'équilibre de cette famille apparemment si unie se révélait bien fragile. Il l'avait flairé tout de suite, et c'est sans doute ce qui l'avait poussé à s'attarder avec eux. En travaillant dans la police, on finissait par développer un instinct très sûr.

Est-ce que quelqu'un cherchait véritablement à les détruire ? Avaient-ils raison de s'inquiéter pour ce bout de papier ? Cela paraissait bien compliqué...

Les deux époux semblaient avoir des relations plutôt distantes. La femme avait peut-être joué avec le feu et flirté avec d'autres hommes, ou du moins elle y avait songé, mais son mari ne semblait pas s'en soucier outre mesure. Quant à la jeune fille, on aurait dit qu'elle voulait soulever un lièvre. Quelque chose la tracassait — bien qu'il ne sût pas quoi.

Regarde-moi ces trois-là. Les voilà assis chacun dans leur coin, évitant soigneusement de se regarder. On dirait qu'ils sont venus séparément, qu'ils n'ont pas la même histoire à raconter.

Bah, cela ne le concernait pas, après tout. Autrefois, il se serait penché sur leur cas. Il aurait tenté de les aider, par curiosité, sinon par sens du devoir. Il aurait cherché à comprendre ce qui se passait, flairé les pistes comme un fin limier. Mais à présent, il en avait assez. Le fonctionnement d'une famille pouvait se révéler si complexe... Il se sentait usé par ses trente-quatre ans de carrière. A soixante-sept ans, il en avait trop vu, et même s'il continuait à travailler dur, il avait perdu la passion de ses débuts.

La sonnerie du téléphone vint interrompre le cours de ses pensées, et il s'empara du combiné. Tout en parlant, il tambourinait avec la pointe de son crayon sur son bureau, sans se soucier de lui infliger de nouvelles cicatrices. Enfin, il raccrocha.

— Les gars du labo ont effectivement trouvé vos empreintes et celles du psychiatre, annonça-t-il. Plus une. Qu'ils n'ont pu identifier. Elle ne figure pas dans nos fichiers.

Il y eut un silence.

— Alors, que faisons-nous ? s'enquit Paul, après quelques secondes.

112

— Il me faudrait les empreintes de la sœur jumelle de votre fille.

Paul et Gina échangèrent un regard.

— Je ne pense pas qu'ils aient ça à l'orphelinat.

— Mais vous pouvez téléphoner pour le leur demander, insista Duarte. Non ?

— Oui, je pourrais, effectivement.

— Eh bien, appelez-les. Et s'il s'avère qu'ils possèdent un relevé des empreintes, prévenez-moi. Je leur demanderai de me les faxer.

Paul semblait indécis.

— Ça pose un problème ?

— Non. Bien sûr que non.

Paul et Gina se levèrent. Rachel, qui avait déjà mis son manteau et son écharpe rose, enfilait ses gants d'un air pensif.

— Ecoutez, commença-t-elle, nous n'avons peut-être pas besoin d'aller jusque-là. Je veux dire, ce n'est peut-être pas utile de vérifier les empreintes d'Angela.

Sa mère la considéra, étonnée.

— Rachel ?

— Je crois que j'ai un peu exagéré, poursuivit la jeune fille en évitant soigneusement son regard. Et c'est vrai qu'il n'y a rien d'exceptionnel à rencontrer un chauffard qui a trop bu, un soir de réveillon, comme l'a fait remarquer l'inspecteur.

Elle haussa les épaules.

— Je ne sais pas... Il me semble que nous devrions nous rendre à l'évidence, au lieu de chercher les ennuis.

— Chercher les ennuis ?

— Oui. Si Angela apprend notre démarche, elle pourrait avoir envie de revenir... Elle risque de s'imaginer que nous voulons reprendre contact avec elle.

— Et tu préférerais l'éviter ? intervint Paul.

— Pas toi ? répliqua Rachel en le scrutant.

Son père ne répondit pas. Duarte s'éclaircit la gorge.

— De toute façon, messieurs-dames, ce n'est plus à vous d'en décider.

Il eut l'impression d'avoir lâché un pavé dans la mare, car tous les regards convergèrent sur lui.

— Nous avons déjà une enquête en cours pour délit de fuite. Si l'on prend en compte ce message et le peu que je sais de cette sœur jumelle, nous sommes obligés de nous intéresser à elle. On ne peut pas se contenter de l'ignorer.

Il comprit à leur mine décomposée qu'ils regrettaient d'être venus le voir.

— Sans compter que vous avez éveillé mon intérêt, ajouta-t-il. Cela dit, je ne veux pas vous mettre dans une position difficile, aussi vais-je vous proposer un compromis. Appelez vous-même l'orphelinat et voyez ce que vous pourrez apprendre. Ou je me verrai dans l'obligation de le faire moi-même.

Prenant un dernier biscuit, il se leva.

— La journée a été longue, et j'ai envie de rentrer chez moi. Et puis mon chat attend que je lui donne à manger. Si je suis obligé de traîner encore ici, je risque de ne pas me montrer de très bonne compagnie. Vous préférez quoi ?

— Je téléphonerai, promit Paul d'un ton las.

Il consulta sa montre.

— Est-ce que ça peut attendre demain matin ?

— Pas de problème, répondit Duarte. Quelle heure est-il ? Presque 19 heures ? De toute façon, vous ne pourriez pas les joindre maintenant, avec le décalage horaire.

— C'est juste. Je m'en occupe demain.

Il les regarda partir. Tous trois étaient pâles et tendus. Que cette étrange jumelle qu'ils semblaient craindre leur veuille ou non du mal, ils avaient des ennuis. Cependant, lui-même n'était pas sûr d'avoir envie de savoir pourquoi. La vie était déjà bien assez compliquée.

Assis dans son bureau, Paul contemplait par la fenêtre le ciel de plomb. Un brouillard matinal s'était abattu sur Seattle, tel un funeste présage. Il n'y avait rien de bon à attendre d'un jour comme celui-ci, où tout était désespérément gris. Seule la pointe illuminée de la tour Space Needle apportait une touche de gaieté à ce désolant tableau.

Il baissa les yeux vers le jardin. La mauvaise herbe qu'il n'avait pas arrachée à l'automne était maintenant brune et sèche. Mais elle ne tarderait pas à repousser et à envahir les massifs d'azalées et de rhododendrons, s'il ne s'en occupait pas rapidement. Il avait eu l'intention de jardiner à la fin de l'été et avait même dissuadé Gina d'embaucher quelqu'un. Et puis, en septembre, Lacey avait fait irruption dans sa vie. Tout à coup, le temps lui avait manqué. Il n'avait même pas vu arriver les pluies d'automne.

Il soupira. Décidément, tout allait de travers en ce moment. La veille, il avait pu donner un rapide coup de fil à Lacey. Prenant soin de bien refermer la porte de son bureau derrière lui, il l'avait mise au courant des derniers événements — le message et les heures passées à attendre avec l'inspecteur Duarte.

Elle avait cherché à le rassurer : « Tout ira bien, Paul, j'en suis sûre. Repose-toi et après une bonne nuit de sommeil, tu verras les choses sous un autre jour. »

Pourtant, ce matin, la situation ne lui apparaissait pas sous un jour meilleur. Il redoutait plus que tout cette démarche auprès de St Sympatica. Il n'était pas pressé de soulever de nouveau le couvercle de cette boîte de Pandore. Pour peu que l'orphelinat possède des empreintes d'Angela et qu'elles correspondent à celles du message, la police se mettrait à sa recherche. Et s'ils parvenaient à mettre la main sur elle ?

Il ne se sentait pas capable d'affronter Angela.

A quoi pouvait-elle bien ressembler aujourd'hui ? Dans son souvenir, elle était restée une petite fille de six ans, aux couettes brunes, aux yeux noisette noyés de larmes. Il la revoyait encore, le jour où ils lui avaient dit adieu.

Personne ne l'avait avertie qu'elle ne reverrait plus ses parents adoptifs, mais on aurait dit qu'elle savait. Elle se cramponnait désespérément à eux. Paul avait dû l'arracher aux bras de Gina, et ses hurlements quand le Dr Chase avait tenté de la maîtriser l'avaient bouleversé.

Avant de monter dans la voiture, il s'était retourné une dernière fois, juste à temps pour apercevoir son expression de colère et ses lèvres pincées. Elle se tenait debout sur les marches ; le Dr Chase l'avait prise par la main. D'un geste sec, elle s'était dégagée et leur avait tourné le dos afin de gravir d'un pas lourd les marches du perron. Puis elle avait claqué la lourde porte en chêne derrière elle, comme s'il s'était agi d'un léger morceau de bois. Elle avait une force étonnante. Une force qu'elle avait déjà manifestée le soir où elle avait tenté de tuer Rachel.

Cette phrase, il se l'était répétée tout au long du trajet du retour, en appuyant sur l'accélérateur, les yeux fixés sur la route devant lui. *Elle avait tenté de tuer sa sœur.* Cette pensée le confortait dans l'idée qu'ils avaient pris la bonne décision. Pourtant, il brûlait d'envie de faire demi-tour pour aller la chercher, l'enlever à l'orphelinat et la ramener à la maison.

Paul se ressaisit et consulta sa montre. Presque 10 heures… St Sympatica avait deux heures d'avance sur eux. S'il attendait encore, il tomberait en pleine pause déjeuner. Et puis il fallait aussi qu'il se rende à *Soleil Antique*. Il avait des commandes à honorer, des gens à rencontrer.

Avec un nouveau soupir, il s'empara de son carnet d'adresses, saisit le combiné du téléphone et composa le numéro de l'orphelinat. Lui qui croyait ne plus jamais avoir à l'utiliser... Tendu à l'extrême, il attendit qu'on décroche en se demandant comment il serait accueilli.

Le réceptionniste le mit en liaison avec Anita Ewing. A sa grande surprise, elle se souvenait de lui.

— Je n'étais pas sûr de tomber sur vous, commença-t-il.

— Il est vrai que je me fais vieille et que j'ai déjà songé plusieurs fois à m'arrêter. Mais que voulez-vous, il arrive toujours de nouveaux enfants auxquels on s'attache. C'est difficile de se résoudre à passer la main.

— Votre mari travaille toujours avec vous ?

En réalité, il se demandait si M. Ewing était encore vivant, mais il n'osait pas poser directement la question.

— Oh, Rodney est infatigable. Nous avons eu peur l'année dernière, quand il a fallu lui mettre un stimulateur cardiaque. Mais maintenant, il va bien.

Elle marqua un temps d'arrêt.

— Que puis-je faire pour vous, monsieur Bradley ? Est-ce que tout se passe bien avec... voyons, c'est bien Rachel, n'est-ce pas ?

— Oui, à merveille. Enfin, c'est-à-dire... Madame Ewing, je voulais vous demander si vous saviez où se trouve Angela en ce moment. Nous aurions besoin — je sais que ma requête risque de vous surprendre — de ses empreintes.

Il y eut un blanc à l'autre bout du fil.

— Qu'est-ce qu'elle a fait ? s'enquit-elle enfin d'une voix basse et inquiète.

— Nous ignorons si elle a réellement fait quelque chose, répondit-il précipitamment. Nous voulons seulement nous assurer qu'elle n'est pas impliquée dans... dans un accident, qui s'est produit ici.

— Un accident...

— Rien de grave, ajouta-t-il en se demandant pourquoi il éprouvait encore le besoin de protéger Angela. Un accident de voiture. Nous pensons que le responsable pourrait être un chauffeur en état d'ivresse, mais la police ne veut négliger aucune piste.

Un autre silence. Finalement, Anita Ewing se décida à parler.

— Monsieur Bradley, je ne pense pas être en mesure de vous aider. Cela fait des années que votre femme et vous avez renoncé à vos droits parentaux et, d'après la loi, les renseignements concernant Angela n'ont pas à vous être communiqués. Quant aux empreintes, non, nous ne faisons pas ce genre de choses ici.

— Oui, je comprends, commenta-t-il, hésitant entre le soulagement et la déception.

— Puis-je me permettre de vous demander pourquoi vous voulez vérifier ses empreintes ? S'il ne s'agit que d'un accident.

Mieux valait la mettre au courant. Elle se montrerait probablement plus coopérative si elle savait la vérité.

— Il y a aussi un message, expliqua-t-il.

— Un message ?

— Avec... avec des empreintes, qui n'appartiennent à aucun de nous trois.

— Quel genre de message ? demanda-t-elle d'un ton tranchant.

118

— Eh bien, il y a plusieurs jours, une voiture nous a forcés à quitter la route et le message laisse entendre que c'était intentionnel.

— Oh, mon Dieu !

Soucieux de la rassurer, il s'empressa d'ajouter :

— Ce n'est sans doute qu'une farce. Du moins, c'est ce que je crois. Mais la police de Seattle veut vous poser des questions. Ils veulent savoir où se trouve Angela en ce moment. Pourriez-vous leur fournir cette information ?

— Je ne peux pas vous répondre tout de suite, répondit-elle après un instant de réflexion. Il faut que je demande conseil auprès de nos avocats. Et franchement, je ne suis pas sûre que nous sachions où elle se trouve actuellement.

— Je vois. Pourriez-vous... vous occuper rapidement de cette affaire ?

— Bien entendu.

Ils se turent un instant.

— Comment se porte votre femme, monsieur Bradley ?

— Elle fait face. Après toutes ces années, elle a dû apprendre à laisser de côté certaines choses. Mais on n'oublie pas aisément une enfant qu'on a aimée et élevée pendant cinq ans.

— Avec le temps...

— Ça devient moins douloureux, certes. Mais le souvenir reste présent.

Il y eut un bruit de papier qu'on froisse à l'autre bout du fil.

— Enfin, conclut la directrice du ton professionnel et efficace qu'il connaissait par cœur. Vous verrez bien...

— Oui. Nous verrons bien.

En raccrochant, il ressentit un grand vide. Même le triste ciel de Seattle paraissait lumineux comparé à son humeur. Il appela le bureau de Duarte, mais lorsqu'il entendit ce dernier aboyer « Duarte à l'appareil », il songea à lui raccrocher au nez. Pourquoi ne pas oublier cet incident, faire comme s'il ne s'était rien passé ?

Pourtant, il ne raccrocha pas.

— L'orphelinat ne possède pas les empreintes des enfants, lui apprit-il. Et pour ce qui est de nous révéler quoi que ce soit au sujet d'Angela, la directrice prétend qu'elle doit auparavant en référer aux avocats de l'établissement. Elle se mettra en contact avec vous dès qu'elle aura discuté ce point avec eux.

— Merde.

Paul l'entendait tapoter nerveusement le bureau avec son crayon.

— Je vous tiendrai au courant quand j'aurai de ses nouvelles, fit simplement Duarte.

— D'accord.

Paul s'apprêtait à raccrocher quand l'inspecteur ajouta :

— Et les empreintes de pieds que les hôpitaux prennent sur les nouveau-nés, ils ne les ont pas non plus ?

— Je ne lui ai pas posé la question, mais les bébés avaient trois mois quand leur mère les a abandonnés. Et, à ma connaissance, elle n'a pas communiqué de dossier médical.

Il s'interrompit brusquement.

— A quoi cela vous servirait-il ?

Le tapotement cessa.

— Ce serait utile si... elle avait atterri à la morgue.

Paul s'affaissa, une main sur les yeux. Les mots de Duarte résonnaient à ses oreilles. Angela, à la morgue. Mais elle n'avait que vingt et un ans !

Non, Seigneur, par pitié...

Il lui laissa le soin de se renseigner à l'orphelinat.

Son moral était au plus bas lorsqu'il raccrocha. De nouveau, il fut transporté quinze ans en arrière. Il se revoyait assis devant l'immense pelouse de St Sympatica, avec Gina et Angela. C'était un jour de printemps comme les autres. Les rouges-gorges sautillaient dans l'herbe au milieu d'un tapis de pissenlits jaunes ; on entendait les pépiements des oiseaux dans leurs nids et le paisible murmure de la fontaine placée au milieu de l'allée circulaire.

En les fixant de ses grands yeux noisette embués de larmes, Angela tentait de plaider sa cause.

— Pourquoi je ne peux pas retourner à la maison avec vous ? répétait-elle comme un leitmotiv. Je serai gentille, c'est promis.

Paul lui prit la main, et Gina aussi.

— Le médecin pense qu'il vaut mieux que tu restes.

Il ne trouvait pas les mots pour lui expliquer la situation. Elle n'avait que six ans, bon sang ! Depuis un an qu'ils l'avaient ramenée à l'orphelinat, ils lui avaient régulièrement rendu visite. Comment lui annoncer qu'ils se voyaient pour la dernière fois ?

— Mais je rentrerai quand, à la maison ? insista-t-elle.

Une grosse larme roula sur sa joue, et sa lèvre inférieure se mit à trembler. Elle n'avait plus ce teint rose qui caractérise les enfants en bonne santé.

Les hivers étaient rudes dans le Minnesota. Sans doute avait-elle moins profité du soleil qu'à Seattle. Si l'on ajoutait la séparation d'avec sa famille, cela suffisait à expliquer son teint, son expression tourmentée et sa santé fragile. Elle avait perdu du poids ; son visage était anguleux, presque décharné, et une certaine dureté était apparue dans son regard. C'est à peine s'ils reconnaissaient la petite fille qu'ils avaient amenée ici un an auparavant.

« Cela fait partie des symptômes de sa maladie, leur avait assuré le psychiatre de l'orphelinat. Elle aurait cette mine, même si vous l'aviez gardée chez vous. En fait, ç'aurait pu être pire. »

Le Dr Chase était plutôt jeune, avec un visage terne et une tignasse brune — quelqu'un d'effacé, selon Paul. Assis, il paraissait plus grand qu'il n'était en réalité.

C'était Gina qui avait eu le courage de répondre à la question de sa fille, les larmes aux yeux. Paul s'en souvenait parfaitement.

— Nous ne savons pas quand tu pourras rentrer à la maison, mon ange, avoua-t-elle en se mordillant la lèvre inférieure.

— Alors, vous allez venir me voir ?

Elle semblait si triste qu'il eut du mal à le supporter. De fait, il ne répondit pas franchement.

— Je… Nous ne savons pas encore.

A ces mots, la tristesse d'Angela se mua en colère. Elle s'arracha à leurs bras et les fusilla du regard.

— Tu veux dire que vous ne reviendrez jamais !

— Papa n'a pas dit ça, Angela, répliqua Gina d'un ton apaisant. Simplement, nous ne savons pas pour l'instant.

C'était un pieux mensonge, mais Angela était bien trop futée pour s'y laisser prendre.

Se campant fermement devant eux, les poings serrés, elle se mit à hurler, hors d'elle :

— Pourquoi Rachel n'est pas là ? Elle aurait dû venir.

— Ma chérie…

— Je veux rentrer à la maison ! Je déteste cet endroit ! Pourquoi vous ne m'emmenez pas avec vous ?

Paul et Gina ne surent pas que lui répondre. Ils avaient enduré ce genre de scènes à chacune de leurs visites, mais au moins pouvaient-ils la consoler : dès que le Dr Chase leur donnerait le feu vert, dès qu'elle irait mieux, elle retournerait à Seattle avec eux.

Sauf que, cette fois, tous leurs espoirs avaient été anéantis.

« Elle a tout simplement cessé de progresser, leur avait expliqué le psychiatre. Je ne saurais trop vous conseiller de ne pas la priver des soins que nous lui apportons ici. »

Il n'y avait plus rien à faire. Angela ne serait jamais capable de vivre une vie normale, au milieu de gens normaux. Elle n'avait aucune notion du bien et du mal et ne connaissait ni le remords, ni la culpabilité. A n'importe quel moment, elle pouvait se révéler dangereuse pour les autres.

Assis à son bureau, Paul avait le cœur brisé, comme ce jour où il l'avait perdue. Pendant quinze ans, il avait tenté de combler le gouffre laissé par son absence. En vain. Il aurait tant voulu ne plus rien ressentir, être guéri, effacer jusqu'à son souvenir...

Mais il ne se consolait pas. Chaque fois qu'il croisait dans la rue une enfant qui lui rappelait Angela, il ressentait un choc. Surtout quand elle avait des cheveux bruns noués en queue-de-cheval et qu'elle donnait la main à un homme qui pouvait être son père. Et lorsque Rachel jouait dans des pièces de théâtre à l'école, il s'attendait toujours à voir apparaître sa sœur sur scène. Rachel sans Angela, c'était tellement déplacé... Il ne pouvait se faire à l'idée d'avoir perdu Angela à jamais.

— Paul, ça va ? lança Gina en frappant à la porte.

Elle avait l'habitude de s'annoncer quand il s'enfermait dans son bureau, afin de ne pas le déranger. Il faisait de même. Lorsque l'on veut travailler chez soi, il faut respecter certaines règles, ou bien la besogne n'avance pas.

— Oui, ça va, articula-t-il avec peine.

Il avait la gorge nouée et le souffle court.

— J'arrive dans une minute.

Il enfouit son visage dans ses mains et s'abandonna à son chagrin.

Installé en face de Victoria Lessing, Paul ne pouvait s'empêcher de croiser et décroiser nerveusement les mains. Il lui avait demandé un peu d'eau, mais il tremblait tellement qu'il ne parvenait même pas à porter le verre à ses lèvres.

— Je croyais avoir laissé tout ça derrière moi, observat-il. Je croyais que j'allais bien, et que plus jamais je ne me retrouverais dans cet état.

— Voilà une bien étrange expression — *laisser les choses derrière soi*. Savez-vous que beaucoup de gens viennent me voir pour des problèmes de dos qui surgissent brusquement ? Ils ont cru abandonner leurs problèmes derrière eux, alors qu'en fait, ils n'avaient jamais cessé d'en porter le fardeau.

— Vous plaisantez ? Des problèmes de dos ?

Il se redressa. Il était resté trop longtemps debout et se sentait fatigué.

— Oui, les conflits mal résolus constituent souvent un poids terrible. Les psychiatres sont bien placés pour le savoir, expliqua-t-elle. Le fait d'avoir peur d'aborder franchement certaines choses, l'angoisse permanente qui en résulte, créent des tensions. Ceux qui ont mal aux jambes manifestent leur peur d'avancer, par exemple. Le corps médical commence à admettre le lien entre les affections somatiques et les émotions. Mais, pour en revenir à vous…

Il eut un faible sourire.

— Je pensais que vous parliez de moi.

Elle lui sourit gentiment en retour.

— Maintenant, il nous faut aborder la question de votre fardeau. Nous devons essayer d'aller au fond des choses, gratter le vernis. L'esprit humain ressemble à ces meubles anciens que vous connaissez bien. On ne peut pas savoir ce qui se cache sous un meuble recouvert de peinture. Il faut décaper pour découvrir de quel bois il est fait — pin, érable, acajou. On doit parfois ôter plusieurs couches successives avant de connaître l'origine et la provenance de la pièce qui vous intéresse.

Elle s'interrompit et le regarda avec gravité.

— Vous devez découvrir cette histoire en vous-même, Paul. C'est la seule façon de vous en défaire.

— Facile à dire !

— C'est vrai, admit-elle en hochant la tête. Il y a une métaphore que j'aime bien. On propose à une personne de déposer ses ennuis dans un panier placé près de son lit, de façon qu'elle dorme tranquillement. Mais au réveil, elle récupère inéluctablement le contenu de son panier. Tous les jours. Comme quelqu'un qui regarde les photos de ceux qu'il a peur d'oublier.

Elle le scruta attentivement, les yeux plissés.

— Paul, qu'est-ce qui vous tracasse réellement ?

— Je ne sais pas trop. Je suppose que j'ai peur qu'Angela soit revenue dans le but de nous faire du mal. Si c'est le cas, je vais devoir m'en accommoder. Ce n'est pas quelque chose qu'on efface d'un revers de la main.

— Qui vous parle d'effacer ? Il y a une différence entre ignorer les choses et les laisser à leur place. Vous faites ce qui est en votre pouvoir — dans ce cas précis, vous vous en êtes remis à la police —, et ensuite, vous vaquez à vos occupations, aussi calmement que possible.

Elle leva la main.

— Je sais que c'est loin d'être facile. Et Gina ? Que pense-t-elle de tout ça ?

Il haussa les épaules.

— J'imagine qu'elle ressent la même chose que moi. Nous n'avons pas abordé le sujet.

Victoria leva les sourcils.

— Vraiment ? Et pourquoi ?

— C'est délicat.

Il avala un peu d'eau et reposa doucement son verre.

— Elle m'en veut encore. Elle pense que nous n'aurions pas dû ramener Angela à l'orphelinat. Que nous n'aurions pas dû baisser les bras aussi vite.

— Et vous ? Qu'en dites-vous ?

— Je n'en sais rien, avoua-t-il. Quelquefois, je pense qu'elle a raison, que nous aurions dû essayer encore. Mais, parfois, le simple fait de penser à ce qui aurait pu arriver si nous l'avions gardée à la maison me glace les os.

Victoria hocha la tête.

— Pourquoi êtes-vous venu me voir aujourd'hui ?

Il la regarda dans les yeux.

— Parce que vous êtes la seule à me donner raison. Parce que c'est vous qui nous avez conseillé de la ramener à l'orphelinat. Vous pensez toujours que c'était la bonne décision ?

— Oh, Paul, qui pourrait le dire ? Vous devez accepter de vivre avec la décision que nous avons prise et ne plus vous torturer à cause de ça. Il est inutile de ressasser sans cesse le passé et de culpabiliser, quand on ne peut plus rien y changer.

— J'aimerais que vous puissiez persuader Gina…

— Ce n'est pas elle qui se trouve en face de moi en ce moment. C'est à vous que je m'adresse.

— Je voulais qu'elle vienne avec moi, aujourd'hui. Mais depuis l'autre soir, au poste de police, elle refuse d'aborder le sujet. Tout comme Rachel, d'ailleurs.

126

— Eh bien, nous verrons si vous parvenez à convaincre Gina de venir jusqu'ici, commenta-t-elle. Je ferai de mon mieux pour les aider toutes les deux. Mais, voyez-vous, Paul…

Elle hésita.

— Oui ?

— Quinze ans, c'est beaucoup, même pour le deuil d'un enfant, déclara-t-elle. Je ne veux pas dire que vous auriez dû parvenir à tout oublier, mais il faut peut-être vous demander pourquoi la douleur est encore tellement présente en vous.

— Qu'entendez-vous par là ?

— Vous vous êtes éloigné de votre femme, et elle de vous. Vous ne pensez pas que l'histoire d'Angela dissimule un problème plus important, qui concerne votre couple ?

Il sentit la colère l'envahir.

— Je ne suis pas venu pour que vous analysiez mes rapports avec ma femme, répliqua-t-il sèchement.

— Je suis désolée, s'excusa-t-elle d'un ton conciliant. Je sais que votre peine est sincère, Paul. Et il est parfaitement compréhensible que vous pensiez à Angela à cette période de l'année. Mais réfléchissez tout de même à ce que je viens de vous dire. Il est possible que votre chagrin vous serve un peu d'alibi.

— De quoi parlez-vous ?

— Je n'en sais trop rien. Je ne lis pas dans vos pensées, vous savez. Je vous demande simplement de réfléchir à cette interprétation d'ici à votre prochaine séance.

Il acquiesça d'un signe de tête et se leva.

— Je ferais mieux de retourner à ma boutique, maintenant.

Avant de franchir la porte du cabinet, il se retourna vers elle.

— Victoria, pour en revenir une fois de plus à Angela, quelle est votre opinion ? Je ne veux pas un avis professionnel. Répondez-moi en tant qu'amie, pas en tant que médecin. Pensez-vous qu'elle soit de retour ? Et si c'est le cas, cherche-t-elle à se venger ?

— En tant qu'amie, je vous conseillerai vivement de regarder derrière vous. Savez-vous à quoi elle ressemble maintenant ?

Il secoua la tête.

— J'ai demandé une photo à St Sympatica. Mme Ewing en possède une où figure Angela, prise lors du trentième anniversaire de l'orphelinat. Angela est dans les derniers rangs, parce qu'elle était l'une des plus grandes. Et il paraît qu'on ne la voit pas très bien.

— Cette photo date de quand ?

— D'il y a cinq ans. Elle avait seize ans.

— Elle vous en envoie une ?

Il secoua la tête.

— Je crois qu'elle va la transmettre directement à la police de Seattle qui la lui a réclamée. Je ferai un détour par là-bas pour y jeter un coup d'œil.

— Oui, ça peut vous donner une idée de son allure. Méfiez-vous des personnes qui pourraient lui ressembler. Et n'oubliez pas qu'elle a pu modifier son apparence.

— Vous pensez qu'elle irait jusque-là ?

La psychiatre se pencha sur son bureau et croisa les mains devant elle.

— Paul, si Angela adulte ressemble à la petite fille que j'ai connue, je pense qu'elle est capable de tout, déclara-t-elle gravement. Absolument de tout.

6.

Roberta Evans se faisait masser au club de remise en forme de Rose Arbor. Sa nuque était endolorie, comme si elle avait été traînée par le cou sur des kilomètres, et elle s'efforçait de se détendre afin de profiter pleinement des bienfaits de la séance. Récemment, les choses semblaient s'être accélérées. Un dur labeur l'attendait, et elle se devait d'être en forme.

— Les fêtes se sont bien passées ? s'enquit Andie.

Les mains expertes de la masseuse passaient et repassaient sur ses muscles, traquant les nœuds et les tensions.

— Mieux que certaines fois, répondit-elle.

— Vous étiez en famille ?

— Non. C'est pour ça que c'était mieux.

Andie ne put s'empêcher de rire.

— Des petits conflits, hein ?

— Pas plus que d'habitude. A cette période de l'année…

— Respirez profondément, ordonna Andie en pressant fortement un point en haut du dos. Remplissez votre diaphragme et bloquez la respiration jusqu'à ce que je vous dise d'expirer.

— Pour l'amour de Dieu, Andie, inutile de m'expliquer comment je dois respirer ! s'exclama Roberta, agacée. Ça fait des années que vous me…

— Je me doute que vous savez comment faire. Mais vous n'êtes pas concentrée. Vous n'avez qu'à vous imaginer que vous êtes en train d'accoucher, ajouta la masseuse en gloussant.

Roberta laissa échapper un grommellement indistinct. La dernière chose dont elle avait besoin en ce moment, c'était de penser à un bébé.

Des années plus tôt, quand Paul et Gina avaient ramené Angela à l'orphelinat, personne n'avait daigné prendre en compte son chagrin. Pourtant, la perte de la fillette l'avait beaucoup affectée, car elle s'était profondément attachée aux deux jumelles. L'amour qu'elle leur portait lui avait fait oublier ses réserves concernant l'adoption.

Angela, surtout, avait su la séduire. En la regardant, elle se revoyait au même âge : une enfant indocile, toujours en conflit avec l'autorité, mais qui savait vous désarmer d'un simple sourire. Rachel, plus calme que sa sœur, sollicitait peu son attention. Contrairement à Angela qui avait toujours quelque chose à demander à sa mamie : il fallait lui lire une histoire, jouer avec elle ou la prendre dans ses bras pour un câlin.

Quand elle avait commencé à leur infliger des colères à répétition, allant parfois jusqu'à se montrer violente, Roberta avait été la première à s'en inquiéter et à alerter sa fille. Gina n'avait rien voulu savoir, et Paul encore moins. Pour ne pas entendre ce qui les dérangeait, ils avaient espacé leurs visites. Roberta avait tout de même fini par convaincre sa fille d'emmener les deux jumelles chez un psychiatre et lui avait donné les coordonnées de Victoria Lessing.

« Prends rendez-vous pour Angela, qu'elle parle un peu avec elle. Ça ne peut pas lui faire de mal. »

De fait, c'était Victoria qui avait mis un nom sur la maladie de la petite. Personne n'ayant tissé des liens affectifs avec elle pendant les premiers jours de sa vie, Angela se retrouvait atteinte de « troubles affectifs précoces » — autrement dit, elle avait manqué d'amour. Les Ewing avaient beau être des gens charmants et bien intentionnés, ils étaient probablement débordés par les responsabilités. Et par le nombre de pensionnaires de St Sympatica. Depuis toujours, l'orphelinat était plein à craquer, car on n'y avait pas le cœur de refuser des enfants. Malheureusement, l'année où Angela et Rachel étaient arrivées, on y traversait une période de restriction budgétaire et les responsables avaient dû limiter le personnel de façon à faire des économies. Or un manque de personnel entraînait automatiquement vis-à-vis des enfants un manque d'attention. Ainsi qu'un manque d'affection.

Quand Victoria avait posé son diagnostic, ils s'étaient tous soudés autour de l'enfant, persuadés de pouvoir la guérir, à force d'amour. Puis il y avait eu cet horrible épisode, juste avant Noël. Paul et Gina avaient ramené Angela dans le Minnesota le plus vite possible, et Roberta ne l'avait plus jamais revue.

Elle avait les larmes aux yeux chaque fois qu'elle y pensait. Cependant, elle n'était que la grand-mère. Qui s'intéresse à la douleur d'une aïeule séparée de sa petite-fille ? Les premiers mois, quand Paul et Gina avaient rendu visite à Angela, Roberta n'avait pas eu le droit de les accompagner. « Le Dr Chase ne trouve pas que ce soit une bonne idée », lui avait-on soutenu. Et elle s'était inclinée.

Mais une bonne idée pour qui, merde ? Pas pour elle en tout cas. Elle aurait tant voulu la cajoler, la rassurer ! Et Angela, malade ou pas, aurait eu besoin de sa grand-mère.

131

— Vois-tu, Andie, nous autres, grands-parents, nous sommes considérés comme des citoyens de seconde zone, commenta-t-elle avec un soupir amer. Nos enfants exigent que nous nous occupions de leur progéniture, mais nous n'avons jamais droit au chapitre. On ne nous consulte pas quand il s'agit de prendre des décisions importantes pour nos petits-enfants.

— Je suis bien d'accord avec vous, renchérit Andie en accompagnant ses paroles d'un vigoureux hochement de tête. Ma fille vient de s'installer à Boston avec son mari. Ils ont embarqué ma petite-fille à près de cinq mille kilomètres d'ici. J'aurai de la chance si j'arrive à la voir une fois par an.

— On dirait que les parents nous prennent pour des machines. On aime nos petits-enfants et on s'en occupe quand ça les arrange. Quand ils n'ont plus besoin de nous, y'a qu'à tourner le bouton. Quand ils déménagent, personne ne s'inquiète de savoir si nous en souffrons. Et quand ils renvoient tout simplement une enfant, comme Angela, on est censé oublier en un clin d'œil.

La masseuse s'esclaffa.

— Mais si on parvient réellement à les oublier, alors on nous reproche d'avoir un cœur de pierre.

Roberta se contenta de grogner en signe d'assentiment, tandis qu'Andie enfonçait ses pouces dans son dos. Elle prit une profonde inspiration, puis expira lentement.

Elle avait fait de son mieux pour combler le vide laissé par Angela en multipliant ses activités, exactement comme Paul et Gina. Cependant, Rachel ne lui avait pas facilité la tâche. Elle ne cessait de lui poser des questions sur ce qui était arrivé à sa sœur. Elle avait vite compris qu'il valait mieux se tourner vers sa grand-mère pour avoir ce genre de renseignements. Ses parents n'étaient pas disposés à lui répondre ; ils lui conseillaient plutôt de ne plus y penser.

Sans doute eux-mêmes y arrivaient-ils. Mais cette attitude ne l'aidait pas. Pendant des années, Rachel avait revécu l'épisode de l'agression dans ses cauchemars. Ce qui expliquait pourquoi elle avait besoin de parler avec quelqu'un qui avait le courage de lui dire la vérité.

Ses séances de thérapie l'avaient aidée, bien sûr. Seulement, Victoria était un psychiatre — un médecin, pas un membre de la famille. Elle n'avait qu'une vision partielle de ce qui se passait à la maison.

Et elle n'avait jamais eu d'enfant. Cela lui était facile de prétendre qu'il suffisait de passer à autre chose.

Roberta, elle, n'oubliait pas. Une grand-mère, cela n'oublie pas. D'autant qu'à présent, on lui offrait une chance de se racheter.

7.

Absorbée dans ses pensées, Gina sursauta en entendant Rachel entrer dans le salon. Elle eut soudain la certitude que sa fille l'observait depuis un moment, tapie dans le couloir.

— Rachel, depuis combien de temps es-tu là ?

— Je viens juste d'arriver.

La jeune fille traversa la pièce pour la rejoindre.

— Maman, ça ne t'ennuie pas si je passe la nuit chez Ellen ? demanda-t-elle en posant une main sur son épaule.

Gina repoussa les factures qu'elle était en train de vérifier sur le bord de son bureau Louis XV. Pour une fois, le soleil faisait une timide apparition. Un rayon qui filtrait à travers les branches du sapin venait se refléter sur ses lunettes de lecture. Elle les ôta en souriant. Rachel étrennait, par-dessus un jean, le pull rose qu'ils lui avaient offert à Noël. Rose, sa couleur préférée... Elle portait toujours quelque chose de rose sur elle. Devant sa tenue et ses cheveux tirés en queue-de-cheval, Gina songea à la Rachel d'autrefois, celle qui n'avait pas encore quitté le cocon familial, qui restait proche d'eux. Leur petite fille.

— Non, bien sûr, je n'y vois pas d'inconvénient, mentit-elle.

Les vacances passaient trop vite. Elle avait l'impression de ne pas avoir assez profité de sa fille.

— De toute façon, tu dois aller à Camano Island, aujourd'hui, non ? demanda Rachel. Pour la maison que tu décores là-bas ?

— Oui, mais pas avant un bon moment. En fait, j'avais espéré…

Gina se retint de lui dire qu'elle aurait aimé passer la matinée avec elle.

— Papa travaillera sûrement tard lui aussi. Et puis je n'ai pas revu Ellen depuis cet été.

Avec un sourire, Gina passa un bras autour de la taille de sa fille et l'attira vers elle.

— C'est parfait, déclara-t-elle en dissimulant sa déception. C'est bien que tu reprennes contact avec tes amis quand tu viens à Seattle.

Rachel déposa un baiser sur sa joue.

— Juste une nuit. Et elle n'habite pas si loin.

— Je sais. Tu veux que je t'accompagne en voiture jusque chez elle ?

— Pas la peine, je prendrai ma vieille Mustang. J'ai hâte de la conduire de nouveau.

— Dans ce cas, ouste ! fit Gina en la poussant gentiment dehors. De toute façon, j'ai à faire.

— A quelle heure penses-tu revenir de Camano ?

— Oh, un peu après 19 heures, probablement. Ça dépendra de la circulation. Je te passerai un coup de fil.

Rachel aimait savoir où se trouvaient ses parents, même quand elle n'avait aucunement l'intention de rester avec eux.

— Non, non, n'appelle pas là-bas ! répliqua-t-elle précipitamment.

Elle se mordit la lèvre inférieure et ajouta en riant :

— Tu comprends, j'aurais l'air de quoi ? Je suis une grande fille tout de même, et je n'ai pas besoin que ma mère me suive à la trace. D'autant plus que nous irons probablement au cinéma.

— D'accord. Dans ce cas, amuse-toi bien.

Quand sa fille disparut dans le couloir, Gina se replongea dans ses factures.

Ce n'est que lorsqu'elle l'entendit quitter la maison qu'elle leva la tête et contempla rêveusement les dernières traces de brouillard matinal chassées par le soleil.

Qu'est-ce que sa fille pouvait bien encore tramer ? Pourquoi ne voulait-elle pas qu'on lui téléphone chez Ellen ?

Gina haussa les épaules. Après tout, Rachel était presque adulte. Elle avait besoin qu'on lui fiche un peu la paix. Il ne fallait pas chercher plus loin.

Gina lança sa mallette sur le siège arrière de sa voiture, une Crown Victoria qu'elle avait achetée huit ans auparavant afin de parcourir de longues distances. Camano Island, comme beaucoup de ses chantiers, se trouvait loin de Queen Anne Hill, ce qui l'avait incitée à opter pour une voiture maniable et confortable. Elle s'y sentait aussi à l'aise que dans le canapé du salon. Avec un bon disque, le temps passait vite, et même les embouteillages devenaient supportables.

Lorsqu'ils avaient acheté l'Infinity, Paul avait insisté pour qu'elle la prenne, sous prétexte que cela correspondait mieux à son standing. Il n'avait pas réussi à la convaincre. Non seulement elle aimait sa bonne vieille Crown Victoria, mais elle se moquait de l'opinion des clients. D'ailleurs, la plupart confiaient plus volontiers leurs travaux à un architecte d'intérieur qui plaçait le confort au rang de ses priorités.

Comme les Albright, par exemple. Ces derniers l'avaient engagée dans le but de refaire entièrement leur vieille maison de Camano Island. Ils avaient acquis cette demeure quelques années plus tôt, grâce aux actions Microsoft que Ted avait eu la bonne idée de vendre juste avant que le marché ne s'effondre. Depuis, il avait placé son argent dans des valeurs plus stables et vivait maintenant une retraite tranquille et aisée. De façon à laisser le champ libre à Gina, sa femme et lui résidaient actuellement dans leur appartement de Maui. Gina était chargée de rendre la maison plus fonctionnelle, en installant notamment une chambre et une salle de bains pour eux au rez-de-chaussée et en réservant le premier étage aux invités.

La tâche s'était révélée plus ardue qu'elle ne s'y attendait, et elle avait encore du pain sur la planche si elle voulait avoir terminé avant leur retour, en mars.

Elle appuya sur l'accélérateur. Sa voiture, qu'elle avait surnommée la « balle d'argent » en raison de sa couleur, grimpa en douceur jusqu'à cent dix kilomètres à l'heure. Gina enclencha le régulateur de vitesse et se mit à réfléchir aux derniers événements.

Angela était-elle vraiment ici ? Et si c'était le cas, leur voulait-elle vraiment du mal ? Elle frissonna. Leur vie pouvait basculer d'un jour à l'autre.

Heureusement, Rachel était à l'exact opposé de sa sœur. Elle ne leur avait jamais causé de gros soucis. Bien sûr, il lui avait fallu du temps pour se remettre de sa brutale séparation d'avec Angela. Et puis, pendant son adolescence, ils avaient dû supporter une Rachel désagréable, sur la défensive, cherchant toujours à avoir le dernier mot. Pas de quoi fouetter un chat, toutefois. Gina s'était efforcée de se montrer patiente, mais elle n'avait pu s'empêcher d'éprouver du soulagement quand sa fille avait choisi une université éloignée. Ce changement était le bienvenu, d'autant qu'elle avait grand besoin d'être déchargée du poids du quotidien. Pourtant, Rachel lui manquerait, et elle savait qu'il lui faudrait trouver un nouveau centre d'intérêt dans sa vie.

En un sens, on pouvait considérer que c'était chose faite. Mais sans Paul. Lui aussi s'était laissé déborder par ses occupations, de sorte qu'ils avaient fini par suivre chacun leur route.

Gina soupira. Elle ne voulait pas blesser son mari, mais elle ne pouvait pas non plus se contenter de ce qu'il lui apportait. Elle ne lui reprochait rien de précis. Leur relation avait évolué tout naturellement, insensiblement. Ils restaient ensemble pour Rachel, pour le travail, et aussi parce qu'après tant d'années de vie commune, il était plus facile de préserver ses habitudes que de tout remettre en question.

Maintenir cette jolie façade n'était pas toujours chose aisée. Il y avait eu un moment délicat, l'autre jour, quand l'inspecteur Duarte avait questionné Rachel à propos de l'homme de la cafétéria.

« Maintenant que j'y pense, il regardait surtout maman », avait insisté Rachel.

Je m'en suis bien tirée, en tout cas. Paul ne s'est douté de rien.

Alors que Gina se dirigeait vers Camano Island, Paul faisait le tour des cinq entrepôts que possédait *Soleil Antique*. Le nom de la boutique lui avait été inspiré par la vieille enseigne en bois à l'emblème de Louis XIV que Gina lui avait offerte le jour de l'inauguration de son premier magasin. Elle représentait un soleil dardant ses rayons, un soleil à l'expression figée en un éternel sourire par deux marques d'usure au coin de la bouche.

« Ça te réchauffera pendant les dures journées d'hiver, lui avait dit Gina en se haussant sur la pointe des pieds afin de déposer un baiser sur ses lèvres. Tu sais, ces journées où l'on n'a envie de rien et surtout pas d'aller travailler. Ce soleil sera là tout exprès pour te souhaiter la bienvenue, qu'il pleuve, qu'il vente ou qu'il neige. »

Ils étaient encore pleins d'espoir, en ce temps-là ; ils avaient l'avenir devant eux. Sur le plan professionnel, du reste, la réalité s'était révélée à la hauteur de leurs projets. L'affaire que Paul avait lancée s'était développée, et *Soleil Antique* s'étendait à présent sur trois bâtiments qui communiquaient entre eux. Le bâtiment central comprenait également une cave.

Il se rendait compte qu'il avait eu une sacrée chance. Sans doute possédait-il une sorte de flair et un sens des affaires qui l'avaient toujours poussé à agir au moment opportun.

Il avait acquis son stock petit à petit. Dans la salle d'antiquités chinoises se trouvaient pêle-mêle autels, meubles de rangement, coffres, paravents, ainsi que de la vaisselle. Les antiquités anglaises occupaient une autre salle, et une troisième abritait les meubles datant des premiers colons, de même que des cartes du XIXᵉ siècle, des gravures, des lampes, des couvre-lits, des pots en étain — tout un fatras de vieilles choses. Une kyrielle d'objets datant de la guerre civile côtoyaient de vieux bijoux et quelques pièces de collection très abordables, que les clients appréciaient pour le supplément d'âme qu'ils apportaient à leur maison.

Une quatrième salle était réservée aux objets Art Déco, toujours très recherchés. Paul vendait aussi des meubles dessinés dans les années quarante par Billy Haines, cet acteur « découvert » par Joan Crawford et devenu designer. Lui-même n'avait aucun goût pour ce mobilier tout en angles, aux lignes strictes, le plus souvent en métal ou en plastique, préférant largement le glamour hollywoodien : couleurs pastel, carafes en cristal, cuillères en argent, shakers en forme de pingouins, douces volutes des tentures crème… Pour être exact, il affectionnait tout ce qui le replongeait dans l'atmosphère de *L'Introuvable*, ce film des années trente qu'il avait tant aimé enfant. Il lui semblait entendre les stars d'autrefois murmurer à son oreille : « Nous, nous savions ce que c'était que de se battre pour réussir. Comme toi. »

Oui, décidément son travail lui apportait de multiples satisfactions.

Toutefois, c'était la dernière salle, la plus proche de son bureau, qu'il préférait entre toutes. Une pièce qui rassemblait des objets en verre, toutes époques confondues — une « cave de cristal », comme il l'avait surnommée avec Gina. Tous deux avaient passé des heures à arranger l'éclairage de façon à mettre chaque pièce en valeur. Paul manifestait une prédilection pour les vases Gallé et les créations contemporaines de Dale Chihuly, qui éclipsaient tout le reste en beauté. Les quelques exemplaires qu'il possédait, il les exposait à part, dans une alcôve. Il avait autrefois visité l'atelier de Chihuly à Lake Union, sur sa péniche, et avait été fasciné par les huit cents structures de verre disposées le long du grand couloir. En dépit de l'aspect monumental de l'ensemble, jamais il n'avait ressenti autant d'émotion que devant cette œuvre fantasque et lumineuse, qu'on aurait dit assemblée par quelque esprit farceur.

Paul regrettait que la vie moderne laisse trop peu de place au rêve. Chaque matin, en arrivant à *Soleil Antique*, il se rendait dans la cave de cristal et restait simplement là, sans bouger, comme s'il communiquait avec un monde invisible. Cette pièce n'était pas sans lui rappeler la caverne d'Ali Baba — une grotte aux murs recouverts de joyaux scintillants, qui tinteraient au moindre souffle de vent, comme un carillon.

Dans son enfance, pendant que ses parents se disputaient dans la pièce à côté, il fermait très fort les yeux et faisait le vœu d'avoir un jour quelque chose de magique dans sa vie. Un endroit calme, rien qu'à lui, sans bruit, sans violence. Un endroit comme celui-ci.

La cave de cristal était son havre de paix. Les jours de cafard, lorsque les mauvais souvenirs s'amoncelaient au-dessus de lui comme autant de nuages menaçants, il s'y réfugiait un moment afin de s'imprégner de tout ce silence et de toute cette beauté. Les clients non plus n'étaient pas insensibles à l'harmonie qui se dégageait de cet endroit ; ils appréciaient son éclat et son atmosphère chaleureuse.

Lors du tremblement de terre de Seattle, Paul se trouvait dans son bureau. Dès la première secousse, il s'était précipité dans la cave de cristal, le cœur battant. Heureusement, les objets étaient calés dans de profondes niches, et ceux qui étaient tombés avaient atterri sans dommage sur l'épaisse moquette. Si d'autres magasins avaient souffert de la secousse, la cave de cristal avait été épargnée — les dieux devaient lui sourire. Depuis, il n'y pénétrait jamais sans un profond sentiment de gratitude.

Concernant la maison de Queen Anne Hill, c'était Gina qui l'avait décorée. Elle avait décidé de lui donner un style classique plus cossu. « Quand on habite Queen Anne Hill, c'est un hommage obligé à la reine Anne. Pense un peu à l'élégance des châteaux de Chippendale et Hepplewhite. » De fait, elle possédait un goût très sûr, et il avait suivi ses directives. Mais quand il avait fallu meubler l'appartement de Lacey, il s'était fait un plaisir de le décorer à sa façon, dans le style des années trente. Lacey avait adoré, et il se demandait parfois s'il n'avait pas plus d'affinités avec elle qu'avec Gina.

Pourtant, il ne cessait de se le répéter, il aimait sincèrement sa femme. Ils avaient partagé tant de choses… Et puis ils finiraient leur vie ensemble. Lacey était un papillon tout juste sorti de sa chrysalide. Certes, chaque moment passé en sa compagnie était un don précieux dont il fallait profiter, mais il savait qu'elle s'envolerait un jour.

Gina tourna dans l'allée semi-circulaire menant à la maison des Albright, qui offrait une vue sur le détroit d'un côté et sur Widbey Island de l'autre. De là, elle pouvait voir quelques voiliers laisser derrière eux un sillage blanc où miroitaient les rayons du soleil. Le temps était exceptionnellement doux pour la saison, et les gens en profitaient.

Elle ouvrit la double porte blanche avec son jeu de clés, traversa l'entrée et se rendit dans le salon. Même par temps couvert, elle ne pouvait s'empêcher de venir contempler le paysage à travers les larges baies vitrées. Chez eux, la maison était parée de lourdes draperies, destinées à les protéger du froid, créant une ambiance sécurisante et confortable. Ici, dans cette lumière crue et sans indulgence, elle se sentait vulnérable. Comme si son âme se trouvait mise à nu.

Elle eut soudain une violente bouffée de culpabilité. Pourtant, d'après le prêtre de la petite église à qui elle s'était confiée l'année précédente, la culpabilité était inutile ; elle ne rachetait rien. Il fallait se confesser, puis se repentir sincèrement et promettre de ne plus pécher. Gina n'avait pas pu. Elle n'aurait su dire pourquoi, mais elle ne pouvait renoncer à son péché.

D'un froncement de sourcils, elle chassa ses sombres pensées et fit le tour des lieux rapidement, calculant quelques mesures ici et là afin de travailler sur de nouvelles idées qu'elle avait eues récemment. Elle prit même des photos pour réfléchir tranquillement chez elle. Bien que le chantier fût presque achevé, elle avait encore une ou deux propositions à soumettre à l'entrepreneur. Il ne se montrerait probablement pas ravi de ces changements de dernière minute, mais elle savait que les Albright, eux, apprécieraient ces améliorations, d'autant plus qu'elles ajouteraient encore de la valeur à leur maison.

Debout dans l'ancien salon du rez-de-chaussée, Gina évaluait le changement radical qui s'était opéré là. La pièce avait été agrandie et transformée en une vaste et magnifique chambre de maître, totalement différente du vieux salon, sombre et lambrissé. Les murs étaient maintenant recouverts d'un papier peint aux discrets motifs à fleurs bleues, selon le vœu d'Amy Albrigth. Gina n'aurait pas fait ce choix, mais il était normal qu'elle se plie aux exigences de ses clients. Elle voyait déjà comment elle meublerait la pièce pour lui donner l'ambiance champêtre qu'ils recherchaient.

Amy Albright possédait depuis longtemps une armoire Louis XV et désirait la voir figurer dans cette chambre. Gina ne voyait pas d'inconvénient à l'intégrer au nouveau décor, par exemple en l'assortissant à un style rustique français. Un divan d'angle recouvert d'un tissu à carreaux bleus et blancs serait parfait dans le coin et offrirait l'avantage de ne pas bloquer l'accès à la large terrasse dallée donnant sur le détroit, où Ted comptait installer son télescope. Il faudrait mettre des bacs en bois plantés de fleurs colorées, à l'intérieur comme à l'extérieur. On pourrait ensuite raccourcir les pieds de la vieille table de la salle à manger remisée dans le garage et en polir le plateau afin de la transformer en table basse devant la cheminée. Quand cela convenait au projet final, Gina aimait y mêler les meubles que ses clients possédaient déjà, n'hésitant pas à les transformer pour qu'ils forment un ensemble harmonieux avec les antiquités qu'elle prévoyait d'apporter. Ses clients appréciaient ce souci d'économie et retrouvaient plus aisément leurs marques dans un endroit où ils reconnaissaient des objets familiers. Il faudrait qu'elle cherche quelques tableaux ou des accessoires ornés d'hortensias — les fleurs favorites d'Amy. Elle avait déjà pour la salle de bains attenante de fines serviettes décorées de ce motif.

Peut-être certains designers jugeraient-ils l'ensemble trop « mignon », trop léché. Mais, après tout, c'était ce que voulaient les Albright. Elle ferait venir de *Soleil Antique* les véritables tables anciennes et le lit. Après la livraison, Paul se déplacerait jusqu'ici pour vérifier que tout était arrivé intact. L'intérêt constant qu'il portait à ses clients contribuait depuis toujours au succès de son commerce et faisait la fierté de Gina.

Ayant terminé son travail plus tôt que prévu, elle se dirigea vers la salle de bains dans l'intention d'y jeter un coup d'œil. C'était une vaste pièce, dotée d'une grande baignoire carrée et de plusieurs fenêtres donnant sur la rue. Amy voulait un atrium pour se protéger du regard des curieux. Elle allait adorer la composition originale de plantes, d'arbres et de fleurs.

Gina considéra son œuvre d'un air satisfait. Du moins ferait-elle plaisir à quelqu'un... Cela lui donnait l'impression de se racheter un peu.

Elle était fatiguée et, après la semaine trépidante passée à courir entre Rachel et son travail, elle avait mal partout. La belle baignoire toute neuve lui tendait les bras. Elle hésita. Elle se sentait si lasse... Pourquoi pas, après tout ? Amy était une femme charmante ; elles étaient même devenues amies. Elle ne lui en voudrait pas de la lui avoir empruntée pour quelques instants de repos bien mérité.

Avait-elle fermé la porte d'entrée ? Oui, elle se revoyait en train de tourner le verrou. De toute façon, elle se sentait trop épuisée pour traverser toute la maison dans le seul but de vérifier.

Gina déposa son portable sur la petite table blanche en osier, près de la baignoire, puis elle ôta sa veste et se pencha afin de tourner le robinet en chrome imitation ancien. Pendant que l'eau coulait, elle se déshabilla, non sans jeter un œil approbateur à la silhouette nue que lui renvoyait le miroir. Elle n'était pas trop mal conservée pour une femme de quarante ans. Son visage accusait un peu les années, mais le reste se défendait encore.

Elle pouvait dire merci au gymnase-club qu'elle avait commencé à fréquenter le soir, quand Paul s'était mis à rentrer tard. Trois séances hebdomadaires, réglées comme une horloge. Elle n'avait failli qu'une fois, la semaine précédente, pour profiter de la présence de Rachel. Ses cuisses et ses bras musclés témoignaient de sa ténacité. Sans parler de ses abdominaux. Cependant, au-delà des considérations esthétiques, elle appréciait le regain d'énergie que lui procurait l'exercice physique. Depuis qu'elle avait repris le sport, elle se sentait prête à affronter n'importe quoi.

La baignoire était pleine. Elle ouvrit le jet à bulles, se plongea avec délectation dans l'eau tiède et s'allongea en fermant les yeux. L'eau bouillonnante émettait un ronronnement léger et régulier. Reposant.

Gina venait de s'assoupir lorsqu'un cliquetis résonna dans l'entrée. Elle ne l'entendit pas, pas plus qu'elle ne perçut les pas précautionneux sur l'épais tapis du salon ou le bruit de la porte de la salle de bains qui s'ouvrait. Mais elle perçut la présence d'une ombre au-dessus d'elle.

Elle se redressa d'un bond, les yeux écarquillés.

— Qui... ?

Deux mains vinrent se poser sur ses paupières pour l'empêcher de voir. Elle hurla. Les mains descendirent jusqu'à sa bouche.

— Pour l'amour de Dieu, entendit-elle, tu vas ameuter tout le quartier !

Se retournant, elle se trouva nez à nez avec une silhouette vêtue d'un T-shirt bleu marine et d'un jean, et surmontée d'une tête blonde grisonnante.

— Julian ! s'écria-t-elle quand il eut ôté ses mains. Tu veux que je meure d'une crise cardiaque ?

Son cœur battait la chamade, et ses tympans bourdonnaient.

— Non, mon amour, murmura-t-il tout contre son oreille, tandis que ses mains glissaient lentement jusqu'à ses seins. Mais je volerais volontiers ton cœur.

— Tu pourrais t'y prendre autrement, répliqua-t-elle d'une voix qui tremblait encore. Et de toute façon, mon cœur t'appartient déjà.

Il contourna la baignoire pour se placer près d'elle et entreprit de se déshabiller.

— Nous inaugurons la station thermale aujourd'hui ?

Une jambe longue et musclée enjamba la baignoire, et Gina se poussa de façon à lui ménager une place. Il la prit par les épaules et l'attira contre lui.

— Quelque chose comme ça…

Elle s'étira et s'allongea de nouveau.

— Tu es fou, Julian. J'ai bien failli mourir de peur. Regarde, j'en tremble encore. Que fais-tu ici ?

— Je passais par là et j'ai vu ta voiture. J'ai eu envie de m'arrêter, pour voir mon petit cœur.

Il lui embrassa un sein, puis l'autre.

— Stop, ordonna-t-elle.

Elle se sentait déjà emportée par le tourbillon du désir, mais ils ne pouvaient quand même pas faire ça ici. Elle préférait la maison de Julian, de l'autre côté de l'île, là où ils se retrouvaient d'habitude.

Pourtant, quand il glissa une main entre ses cuisses, elle le laissa faire, oubliant toute prudence.

Vingt minutes plus tard, ils étaient encore dans l'eau. Gina s'était adossée contre Julian qui lui caressait tendrement les seins. Il se montrait toujours très câlin après l'amour, contrairement à Paul, plutôt expéditif. D'ailleurs, ce dernier semblait de plus en plus considérer le sexe comme une chose secondaire qui le détournait de sujets « plus importants » — son travail, par exemple.

— Il faut que je prévienne Paul que je serai en retard, déclara-t-elle.

Elle ne pouvait s'empêcher de se sentir coupable aussitôt qu'elle pensait à son mari.

— Tu crois qu'il risque de s'inquiéter ? demanda Julian en frottant sa joue contre elle en un geste tendre.

— Sans doute pas. Il va sûrement travailler tard. C'est seulement… une sorte de courtoisie entre nous.

Elle lui avait raconté l'accident, mais il ignorait tout de leur pacte familial. Paul, Rachel et elle s'étaient promis de se téléphoner régulièrement dans la journée, histoire de se rassurer. Voilà pourquoi elle avait trouvé tellement bizarre que Rachel ne veuille pas qu'on la joigne chez Ellen. Cela continuait d'ailleurs à la tracasser.

— Mon cœur, pourquoi ne le quittes-tu pas ?

— Je te l'ai déjà dit des centaines de fois. Parce que je ne vois aucune raison de le faire. Sans compter que nous avons notre travail en commun. Et, par-dessus tout, il y a Rachel.

Et parce que, toi et moi, nous ne nous marierons jamais.

Leur liaison n'était rien d'autre qu'un interlude, une façon agréable de tuer le temps avec la sensation d'être choyée et aimée.

Un péché.

— Rachel est une grande fille maintenant, remarqua-t-il en la griffant gentiment.

Elle frissonna.

— Je comprends que tu aies tenu à la ménager quand nous nous sommes rencontrés, mais elle n'avait que dix-huit ans à l'époque. Il était question d'attendre qu'elle entre à l'université. Je me suis montré patient. Mais à présent, il me semble…

— Rachel est plus âgée, mais ça ne signifie pas qu'elle soit prête à assumer la rupture de ses parents et la disparition de son foyer.

— Je ne pense pas que le problème vienne de là. Je crois plutôt que tu as peur de la perdre. Tu as peur de la perdre comme sa sœur jumelle.

Elle n'avait aucune envie de parler de ça et lui tourna le dos. Julian ne la connaissait pas au moment du drame. Il n'était pas là, il ne pouvait pas comprendre. Sans doute était-ce pour cela qu'elle l'avait choisi. Il ne partageait pas ses mauvais souvenirs.

Il s'était aussi intéressé à elle ; il l'avait désirée, dès la première fois.

Il l'avait engagée par hasard pour la décoration de son appartement de Seattle. Docteur en géologie, chargé de cours à l'université de l'Etat de Washington, il s'absentait souvent pour donner des conférences à travers le monde et avait donc besoin d'un endroit paisible et accueillant quand il rentrait de ses voyages. L'entreprise n'avait pas été aisée. Situé en haut d'une tour, face au détroit, son « nid », comme il l'appelait, consistait en un appartement moderne où dominaient le chrome et les grandes ouvertures vitrées. Julian l'avait acheté quinze ans auparavant pour la vue, pour son prix avantageux et surtout pour sa superficie.

Comme de coutume, Gina avait fait appel à la collaboration de Paul, et c'est ensemble qu'ils avaient visité l'appartement. Julian leur avait expliqué ce qu'il voulait, et Paul s'était chargé de rassembler les pièces demandées par Gina : des objets mayas, aztèques ou chinois qu'il avait dû parfois aller chercher lui-même à l'étranger.

Le temps d'achever la rénovation de l'appartement, Gina et Julian étaient déjà amoureux. Pendant un an, jusqu'à ce que Rachel parte à l'université, ils avaient lutté contre leurs sentiments. Paul, lui, s'absentait de plus en plus souvent, et Gina n'en pouvait plus de solitude. Elle avait fini par appeler Julian. Ils s'étaient donné rendez-vous dans un restaurant ; ils avaient dîné et parlé. Puis leurs mains s'étaient rencontrées et les mots étaient devenus inutiles. Ils s'étaient retrouvés dehors à courir sous la pluie, cramponnés l'un à l'autre comme s'ils avaient peur de se perdre, peur de briser la magie de cette soirée.

Ils avaient terminé la nuit à l'hôtel. Depuis, ils se rencontraient dans la maison de Julian. Gina passait le voir quand elle se déplaçait pour la maison de Camano Island. Le chantier lui fournissait un bon prétexte pour aller sur l'île retrouver son amant. C'était d'ailleurs Julian qui lui avait présenté les Albright, de vieux amis à lui.

Et c'était également lui, l'homme que Rachel avait aperçu à la cafétéria. Julian qui lui avait juré se trouver là par hasard. Tout de même, elle n'en menait pas large, dans le bureau de Duarte, quand Rachel avait précisé que « l'homme » la regardait avec insistance.

Elle avait commis l'adultère, trahi le sacrement du mariage. Il n'y avait ni excuses, ni pardon. Frissonnante, elle s'écarta de Julian.

— Pourrais-tu attraper mon portable ? demanda-t-elle en arrêtant le jet de massage.

Passant le bras par-dessus la fougère qui ornait le rebord de la baignoire, il parvint à attraper l'appareil. Subjuguée, Gina regarda la main puissante et bronzée qui se refermait sur le téléphone. Elle ne pouvait s'empêcher de l'imaginer sur son corps, lui prodiguant des caresses qui la rendaient à la vie.

Elle prit l'appareil qu'il lui tendait et composa le numéro de Paul au bureau. Dès qu'elle entendit décrocher, elle se redressa. Aussitôt, les mains de Julian glissèrent de sa poitrine et l'abandonnèrent. Elle se sentit mal à l'aise, le dos ainsi tourné à son amant. Elle ne voyait pas ses yeux et n'avait aucune idée de ce qui lui passait par la tête.

Pensait-il qu'elle se laissait trop envahir par ses devoirs de mère et d'épouse ? Elle avait du mal à lire dans ses pensées, alors qu'il lui était si facile de deviner celles de Paul. Finalement, cela valait mieux. Leur relation, uniquement basée sur l'attirance physique, restait exempte de toute complication.

— Salut, fit Paul quand son assistant lui eut passé Gina.

— Salut.

Envahie par le remords et les scrupules, elle dut se faire violence. Elle détestait lui mentir.

— Rachel passe la nuit chez Ellen et je suis encore à Camano. Je crois que je vais y rester ce soir. Je suis fatiguée, et en plus, j'ai des choses à y faire demain matin. Autant que je dorme sur place, ça m'évitera un aller-retour inutile.

— Ça me paraît raisonnable, en effet. A demain soir, alors ?

— Oui. J'aimerais que tu préviennes Rachel que je ne rentrerai pas à la maison cette nuit. Tu as le numéro de téléphone d'Ellen ?

— Oui, je dois l'avoir quelque part.

Elle l'entendit tourner soigneusement les pages du vieux carnet d'adresses en cuir qu'elle lui avait offert pour leur premier anniversaire de mariage, vingt et un ans plus tôt. Cette année-là, elle avait gagné suffisamment d'argent pour économiser et lui faire un beau cadeau. L'objet n'avait jamais servi, mais il était supposé avoir appartenu à Thomas Jefferson, un homme dont Paul respectait à la fois le génie scientifique et les œuvres d'architecture, sans parler de sa personnalité.

— Oui, je l'ai, annonça-t-il enfin. Je dirai à Rachel de m'appeler sur mon portable si elle a besoin de quoi que ce soit. D'accord ?

— OK. Merci, Paul. Je l'aurais volontiers appelée moi-même, mais les cellulaires ne passent pas bien ici. Je n'étais même pas sûre de pouvoir te joindre.

— Bien sûr, je comprends.

Sa gentillesse et aussi ce carnet d'adresses... Elle se souvenait de l'émotion de Paul quand il avait ouvert le paquet. Et la façon dont ils avaient fait l'amour, tout de suite après. Elle se sentait de plus en plus coupable.

— Paul...

— Oui ?

Elle ne répondit pas tout de suite. Julian avait entrepris de lui masser le cou et les épaules avec une huile de bain qu'elle avait achetée pour Amy Albright, et elle se laissait envahir par la douce senteur musquée.

— Il y a autre chose ? demanda Paul. Je suis pressé. J'ai un rendez-vous avec un client et je ne suis pas en avance.

Apparemment, il était impatient de vaquer à ses occupations. Elle n'hésita plus.

— Non, rien du tout, répondit-elle du même ton précipité. A demain soir.

Lorsqu'ils eurent raccroché, Gina se tourna vers Julian et l'embrassa tendrement. Ses bras puissants s'enroulèrent très fort autour d'elle et elle se serra tout contre lui. Jamais elle ne s'était sentie aussi bien protégée et aimée. Ou alors c'était il y avait très longtemps…

Paul composa le numéro de Lacey. Elle décrocha aussitôt.

— Ça te dirait d'avoir de la compagnie ce soir ?

— Ce soir ? Et comment ! Mais où est donc passée toute la petite famille ?

— Rachel et Gina sont occupées ailleurs, expliqua-t-il en jetant un coup d'œil à sa montre. Je serai chez toi dans une demi-heure. Ça te va ?

— J'aurais préféré un quart d'heure, plaisanta-t-elle. Je mettrai cette guêpière rouge que tu m'as offerte.

Paul l'imaginait déjà dans le vêtement de soie, offrant à ses caresses chaque parcelle de sa peau si douce.

— Dans ce cas, j'arrive dans cinq minutes. Je prends ma Batmobile.

Lacey laissa éclater ce rire qu'il aimait tant. Le rire d'une enfant prête à toutes les audaces.

— Oh, Batman ! fit-elle d'une voix enrouée. Je ne peux pas attendre plus longtemps.

152

Paul raccrocha en souriant. Il se souvint brusquement qu'il devait appeler Rachel et, s'emparant de nouveau du combiné, il composa le numéro d'Ellen.

Gina sortait tout juste de la baignoire quand son portable sonna.

— Ne réponds pas, la supplia Julian en posant l'éponge avec laquelle il lui avait frotté le dos pour lui tendre la main. Viens près de moi. Nous venons à peine de commencer.

— Je dois répondre. C'est peut-être important.

Elle s'enveloppa dans une serviette et prit le téléphone.

— Merci, mon Dieu, j'ai réussi à te joindre ! fit la voix contrariée de Paul. J'étais sur le point d'appeler le bureau du shérif de Camano pour qu'il vienne te chercher...

— Le bureau du shérif ? l'interrompit Gina en agrippant le téléphone. Pourquoi ? Que se passe-t-il ?

— Je viens d'appeler chez Ellen. Rachel n'y est pas. Ellen n'était même pas au courant qu'elle avait projeté de lui rendre visite.

— Comment ça, pas au courant ? Rachel m'a dit, pas plus tard que ce matin, qu'elle allait chez Ellen et qu'elle prévoyait d'y passer la nuit.

— Eh bien, il semble qu'elle n'ait pas pris la peine d'en informer son amie. Gina, j'ai déjà essayé la maison. Elle n'y est pas. Elle ne répond pas sur son portable, et Roberta ne l'a pas vue, elle non plus.

— Tu as téléphoné à ma mère ? Qu'est-ce que tu lui as dit ?

— Que je cherchais Rachel pour savoir si elle rentrait dîner ce soir. J'ai pris soin de ne pas l'alarmer. Gina, où peut-elle bien être ? Je ne peux pas m'empêcher de...

Il n'osa pas achever et se tut. Gina, qui n'entendait plus rien, pensa que la ligne avait été interrompue.

— Paul, tu m'entends ? Paul ! cria-t-elle plus fort.

Elle tremblait de tous ses membres.

— Désolé. Oui, je t'entends. J'exagère peut-être un peu. Elle a pu changer d'avis, aller chez quelqu'un d'autre ou faire des courses.

— Des courses ? Toute la journée ? répliqua Gina, sceptique. Si elle avait changé d'avis après m'avoir dit qu'elle se rendait chez Ellen, elle m'aurait prévenue.

— C'est ce que je me suis dit aussi. En général, elle se débrouille pour nous faire savoir où elle se trouve.

— Ne paniquons pas. Il doit sûrement y avoir une explication.

Elle réfléchit un instant.

— Paul, elle a pris sa Mustang. Elle est peut-être en panne. Ou alors...

La gorge nouée par la peur, elle ne put poursuivre.

— Elle aurait appelé l'un d'entre nous si elle avait eu un problème de voiture.

— Je le sais bien, murmura-t-elle.

La dernière phrase du message lui revint à l'esprit. « *La chance finira bien par tourner.* »

— Quand l'as-tu vue pour la dernière fois ? s'enquit Paul.

— Ce matin. Il devait être 9 ou 10 heures, je crois. Je n'ai pas fait attention.

— Je devrais prévenir Duarte. Nous avons déjà attendu trop longtemps.

— Oui. Tu as raison. Appelle-le tout de suite. Moi, je rentre le plus vite possible.

En raccrochant, elle remarqua l'air désemparé de Julian. Pendant leur conversation, il était sorti de la baignoire et commençait déjà à s'habiller.

— Il est arrivé quelque chose à Rachel ? Qu'est-ce que je peux faire ?

— Je n'en sais rien, répondit Gina, les yeux pleins de larmes.

Il voulut la prendre dans ses bras, mais elle se dégagea.

— Il faut que je rentre à la maison.

Indifférente aux limitations de vitesse, Gina fonçait sur l'autoroute I-5. Pour une fois, cela l'aurait bien arrangée que la police prenne sa voiture en chasse. Elle leur aurait expliqué la situation et demandé une escorte.

En atteignant Queen Anne Hill, elle passa devant l'arbre qu'ils avaient percuté à Noël et fit une embardée pour l'éviter. Elle poursuivit, agrippée au volant, et prit le dernier tournant quasiment sur les chapeaux de roues. Déjà, elle s'engageait dans l'allée, le cœur battant la chamade. Une Crown Victoria gris métallisé, la même que la sienne, stationnait devant la maison. C'était un modèle fréquemment utilisé par la police.

Elle grimpa les marches du perron quatre à quatre, ouvrit la porte à la volée et appela :

— Rachel ? Rachel, tu es rentrée ?

Paul apparut sur le seuil du salon, pâle et désemparé. Elle eut le cœur serré de le voir si pitoyable.

— Elle n'est pas ici, lui apprit-il. L'inspecteur Duarte est avec moi.

Elle le suivit et aperçut Duarte devant la cheminée, installé sur une chaise — celle que choisissait Rachel quand elle venait boire son thé dans le salon, l'après-midi.

Ses jambes faiblirent.

— Vous ne savez vraiment rien à son sujet ?

Duarte secoua la tête.

— Non, je suis désolé.

— Avez-vous cherché du côté des hôpitaux ? demanda-t-elle en regardant Paul.

— Ils n'ont personne qui corresponde à son signalement.

— C'est plutôt une bonne nouvelle, souligna Duarte.

— Tu as réessayé son portable ?

— A plusieurs reprises. Mais elle ne répond pas.

Gina entrevit tout à coup des scènes terribles. Rachel… Brusquement, elle perdit son sang-froid.

— Je n'y comprends rien ! cria-t-elle en levant les bras. Qu'est-ce que vous faites à attendre tranquillement ici ? Pourquoi ne sortez-vous pas pour organiser des recherches ?

— Essayez de comprendre, madame Bradley. Une jeune femme de son âge… La première idée qui nous vient à l'esprit n'est pas qu'il lui soit arrivé quelque chose de mal. Elle possède sa propre voiture et a pu tout bonnement décider de disparaître.

— De quoi diable parlez-vous ? Vous la connaissez, vous savez très bien qu'elle ne ferait jamais ça. Vous avez lu le message qu'elle a reçu. Pour l'amour de Dieu, pourquoi ne faites-vous rien ?

Paul posa une main apaisante sur son épaule, mais elle le repoussa.

— Non, ne me touche pas ! Ma fille a disparu, et je voudrais bien que les gens qui m'entourent se sentent concernés par le problème.

— Madame Bradley, intervint patiemment Duarte, si je ne me sentais pas concerné, je ne serais pas là. Veuillez vous asseoir, je vous prie.

156

Gina avala péniblement sa salive. Elle avait la gorge nouée et sentait la panique la gagner. Paul lui prit le bras pour la mener jusqu'au divan. Il s'assit à côté d'elle et lui caressa doucement le dos.

— Je disais donc, reprit l'inspecteur, qu'habituellement, nous n'envisageons pas le pire d'entrée de jeu. Mais dans le cas de votre fille, il y a ce message. On ne peut pas le balayer d'un revers de la main. Sincèrement, je trouve qu'elle a l'air d'une brave gamine et ça me déplairait qu'il lui arrive quelque chose.

— Il était en train de m'interroger au sujet de ses amis, expliqua Paul. Nous essayons de voir qui pourrait bien nous dire où elle se trouve. J'ai déjà passé un certain nombre de coups de fil.

Sa voix se brisa, et il conclut :

— Mais personne ne l'a vue, Gina.

— Bien sûr, elle a pu rencontrer quelqu'un que vous ne connaissez pas, une personne nouvelle. Elle ne vous a parlé de rien ?

Gina secoua la tête.

— Elle n'a parlé que d'Angela. Seule Angela serait capable de...

Elle se raidit, tentant de maîtriser le tremblement de ses lèvres, et acheva :

— Angela est la seule personne qui pourrait lui vouloir du mal.

— Si c'est bien Angela qu'elle a vue. Et si c'est bien elle aussi qui lui a glissé ce message, intervint Paul. Nous ne sommes sûrs de rien, ajouta-t-il en lui prenant la main.

Gina la lui abandonna sans résistance. Pour la première fois depuis longtemps, elle se sentait proche de lui.

157

— J'ai fait ma petite enquête, déclara Duarte. Je me suis entretenu avec la directrice de l'orphelinat et j'ai pu en tirer quelques renseignements.

— Vous ne me l'avez pas dit, observa Paul en lui jetant un regard étonné.

— Non. J'attendais que votre femme soit là. En fait, cette… Mme Ewing, c'est bien ça ? Eh bien, elle ne sait pas où se trouve Angela. Angela n'a jamais été adoptée et elle a vécu à St Sympatica jusqu'à l'âge de seize ans.

— Seize ans ? répétèrent-ils en chœur.

— Mon Dieu, murmura Gina. Si longtemps ?

— Ensuite, elle s'est enfuie. Et personne n'a jamais plus entendu parler d'elle.

Duarte poussa un soupir et ajouta :

— Je regrette d'avoir à vous le dire, mais il y a de grandes chances pour qu'elle ait vécu un moment dans la rue. Elle a pu se lier avec n'importe qui.

Il haussa les épaules d'un air désolé.

— Il peut en arriver des choses, dans la rue, à une jeune fille de son âge.

— Mon Dieu…, répéta Gina en se couvrant le visage des deux mains. Ma pauvre petite fille…

Elle se mit à pleurer, sans savoir si elle parlait d'Angela, de Rachel, ou des deux.

— Savez-vous pourquoi elle s'est enfuie, inspecteur ? demanda Paul. A-t-elle laissé une lettre ? S'est-elle confiée à quelqu'un avant de partir ?

— Non, rien du tout. Elle a disparu du jour au lendemain sans crier gare. Je pense que vous devriez aller faire un tour là-bas pour interroger les gens. Ils se confieront plus facilement à vous qu'à un policier.

Paul ne tenait plus en place. Il se mit à arpenter la pièce de long en large.

— Je ne veux pas m'éloigner d'ici tant que nous n'avons pas de nouvelles de Rachel.

Duarte s'éclaircit la gorge et le regarda droit dans les yeux.

— Ce que je veux dire, monsieur Bradley, c'est qu'il vaudrait mieux y aller le plus vite possible. Il pourrait être intéressant de retrouver la trace de cette sœur jumelle.

Paul le regarda fixement.

— Vous croyez qu'elle aurait pu s'en prendre à Rachel, c'est ça ?

— Disons simplement que j'ai l'intuition qu'il faut chercher de ce côté. Et j'ai appris à me fier à mes intuitions.

— Je pourrais y être demain matin, si je partais cette nuit...

Gina se leva.

— Si tu y vas, je viens avec toi.

— Si je puis me permettre encore une suggestion, intervint Duarte, vous devriez rester ici, madame, et attendre des nouvelles.

— Vous voulez dire des nouvelles de Rachel ? Vous pensez qu'elle peut téléphoner ? Ou rentrer ?

— Au cas où *quelqu'un* appellerait, répondit-il simplement.

Il veut dire au cas où Angela appellerait. Il pense qu'elle a pu enlever Rachel.

Gina sentit un couteau lui transpercer le cœur. Un couteau qui n'était pas sans lui rappeler celui qu'Angela avait planté dix-sept ans auparavant dans la poitrine de sa sœur.

Mon Dieu, faites qu'elles soient saines et sauves. Toutes les deux.

*
* *

Paul réussit à attraper un vol de nuit en direction du Minnesota. Arrivé très tôt le matin, il prit son petit-déjeuner dans un café — il lui fallait attendre une heure décente pour se présenter à l'orphelinat —, puis il loua une voiture et remonta Summit Avenue, vers le quartier Saint Paul, l'un des coins les plus huppés de la ville. La voie était bordée d'hôtels particuliers, construits le plus souvent dos au fleuve et dotés d'une pelouse vallonnée sur le devant.

Arrivé au bout de Summit Avenue, il s'engagea dans une rue adjacente et vit apparaître la vaste demeure qui abritait l'orphelinat St Sympatica depuis plus de trente ans. Les Ewing avaient fondé cet établissement grâce au financement d'un homme riche, généreux et sans héritier, désireux de les aider dans leur action auprès des orphelins. Le domaine possédait plusieurs hectares de terrain et surpassait largement les luxueuses maisons de Summit Avenue. Cette donation avait été un don du ciel pour le couple Ewing. Auparavant, ils se contentaient d'accueillir comme ils pouvaient les enfants dans leur propre maison, mais leurs fins de mois n'étaient pas toujours faciles.

A n'en pas douter, ils avaient accompli du bon travail. Les journaux locaux avaient fait leur éloge, de sorte que d'autres dons étaient arrivés, anonymes pour la plupart. Les Ewing avaient fini par embaucher une équipe chargée de s'occuper de l'administration, eux-mêmes se consacrant désormais entièrement aux enfants.

Quelques minutes plus tard, Paul était assis dans le bureau d'Anita Ewing. Elle ne l'avait pas encore regardé en face et semblait hésiter entre se tordre les mains et tripoter une pile de papiers pour se donner une contenance.

Il ne lui en voulait pas d'être mal à l'aise. Lui-même n'avait qu'une hâte : en finir et retourner chez lui. Il avait besoin de se sentir utile et comptait rechercher activement sa fille, aussitôt qu'il serait rentré à Seattle. Il était prêt à écumer la ville entière.

— Ça fait longtemps, commença-t-il, histoire de dire quelque chose.

— Oui, une quinzaine d'années, acquiesça Mme Ewing. Le temps passe vite.

— Il me semble que le personnel est moins nombreux qu'avant.

— Eh bien, nous avons dû nous résoudre à quelques restrictions, répondit-elle sur la défensive. Mais nous continuons néanmoins de proposer aux enfants un accueil de qualité.

— Ce n'était pas une critique, précisa-t-il. Je pensais tout haut, c'est tout.

Elle hocha la tête, visiblement plus détendue.

— Les dons se sont faits rares ces dernières années. Des gens qui nous versaient facilement de l'argent ont perdu de grosses sommes sur le marché de la Bourse ; d'autres sont morts...

Elle sourit d'un air attristé.

— Les adultes d'aujourd'hui ne se montrent pas aussi altruistes que leurs parents ou leurs grands-parents. Je suppose qu'ils ont moins d'argent, les études de leurs enfants à payer...

Elle soupira.

— Je vous suis d'autant plus reconnaissante du chèque que vous nous avez envoyé chaque année, monsieur Bradley. Il nous a été précieux.

— Je suis heureux d'avoir pu le faire, répondit-il. Après tout, nous vous devons une enfant magnifique. Et vous vous êtes occupée d'Angela pendant toutes ces années.

Elle prit dans la main un presse-papier bleu et fit mine de l'observer, évitant ainsi son regard.

— J'ai bien peur que nous ayons échoué, avec Angela.

— Ce n'était pas votre faute. Je suis sûr que vous avez fait de votre mieux.

Il se pencha vers elle et poursuivit :

— Madame Ewing, j'ai réellement besoin d'en savoir un peu plus, au sujet d'Angela. C'est urgent.

— Urgent ? répéta-t-elle en le regardant droit dans les yeux.

— Oui. Rachel…

Il pouvait à peine prononcer les mots.

— Rachel a disparu.

Elle parut ne pas comprendre.

— Comment ça ? Qu'est-ce qui vous fait croire…

Elle s'interrompit et écarquilla les yeux.

— Disparue ? Rachel est partie ? Que s'est-il passé exactement ?

— Elle était venue nous rejoindre à Seattle pour les vacances, expliqua-t-il. Elle n'est pas rentrée à la maison depuis hier matin et nous sommes sans nouvelles d'elle. Nous pensons qu'Angela a pu… enfin… qu'elle sait peut-être où se trouve Rachel.

Mme Ewing laissa tomber lourdement son coupe-papier.

— Ce que vous voulez dire, c'est qu'elle s'en est prise à Rachel. Une fois de plus.

— Je ne vais pas jusque-là, corrigea-t-il. Mais il se trouve que Rachel a cru reconnaître sa sœur sur le campus de l'université où elle étudie, à Berkeley, en Californie. Nous avons besoin de savoir s'il s'agissait vraiment d'Angela ou si Rachel s'est fait des idées. Si Angela se promène réellement du côté de Seattle, Dieu seul sait de quoi elle est capable.

— Mon Dieu !

Mme Ewing pâlit, mais elle se reprit rapidement et recouvra une attitude professionnelle.

162

— Dites-moi ce que je peux faire pour vous.

— Eh bien, je souhaiterais tout d'abord m'entretenir avec le Dr Chase, votre psychiatre. J'aimerais également jeter un coup d'œil sur la photographie d'Angela à seize ans. Vous avez bien dit à l'inspecteur Duarte que cette photo avait été prise juste avant sa fuite de l'orphelinat ?

— Pour la photographie, rien de plus facile. J'en ai faxé une copie ce matin même à l'inspecteur Duarte. Je garde l'original ici, dans mes dossiers. En ce qui concerne le Dr Chase, malheureusement, c'est une tout autre histoire.

— Il ne travaille plus ici ?

— Je crains qu'il ne soit plus en vie.

Paul ne put dissimuler son étonnement. Lewis Chase avait à peu près son âge. C'était encore un tout jeune médecin quand Gina et lui avaient adopté les jumelles.

— Il était malade ?

— Non, pas malade, répondit-elle d'une voix morne. Le Dr Chase a été assassiné.

Anita Ewing lui proposa de s'asseoir sur un banc, près de la rivière. Elle portait un lourd manteau d'hiver, contrairement à lui qui, habitué aux températures plus douces de Seattle, était obligé de s'emmitoufler dans sa veste légère pour essayer de se protéger du froid mordant. Ses Reebok crissaient sur la neige gelée. Il contempla le ciel gris au-dessus de l'eau et comprit pourquoi il ne pourrait jamais vivre dans l'Est ou le Middle-Est. Ce ciel bas et lourd n'était pas pour lui. Il se sentait littéralement écrasé, et cela n'améliorait pas son moral.

— C'est une longue histoire, monsieur Bradley, déclarat-elle en jetant un œil en direction d'un groupe d'enfants qui jouaient au sommet de la colline.

Une jeune femme, probablement une assistante, surveillait les orphelins. Eux, au moins, appréciaient sans retenue les joies de la saison et se lançaient des boules de neige. On entendait d'ici leurs cris et leurs rires. Mme Ewing sourit et se tourna vers Paul.

— Je me doute que vous avez hâte de rentrer chez vous, mais ce que j'ai à vous dire est important. Je ne voulais pas vous parler à l'intérieur... Les enfants ont si facilement les oreilles qui traînent.

Ils s'installèrent sur le banc. Mme Ewing ramassa une pleine poignée de neige et confectionna fébrilement une boule bien ronde. Finalement, elle la laissa tomber à terre et entama son récit.

— Les enfants prenaient leur petit déjeuner en bas quand, tout à coup, nous avons entendu les hurlements de la femme de ménage, raconta-t-elle. J'ai traversé la salle à manger en courant et je suis montée au premier étage, d'où semblaient provenir les cris. May se tenait devant la porte de la chambre du Dr Chase, visiblement horrifiée. Je me suis précipitée et j'ai regardé ce qu'elle pointait du doigt, à l'intérieur de la chambre. Elle tremblait de la tête aux pieds...

Elle s'interrompit et baissa les yeux.

— C'était horrible à voir, monsieur Bradley. Le Dr Chase gisait sur son lit, les bras et les jambes arrachées. Ses membres avaient été suspendus à l'une des colonnes du lit ; ils avaient été attachés avec des taies d'oreiller enroulées autour des coudes et des chevilles. Il était nu, couvert d'entailles et de profondes blessures au couteau. Les murs, la table de nuit, son bureau, le sol... Tout était couvert de sang. Oh, Seigneur... Ses mains tenaient son sexe... que l'on avait coupé.

Paul déglutit avec difficulté, horrifié.

— Quelques enfants m'avaient suivie jusque-là, poursuivit-elle. May et moi faisions de notre mieux pour les empêcher

164

de voir. Rodney est arrivé du jardin en courant. C'est lui qui a prévenu la police et qui l'a accueillie. Je suis redescendue dans la salle à manger avec May pour tâcher de calmer les enfants. C'est là que je l'ai vue.

Elle se tut et le regarda droit dans les yeux.

— Etes-vous sûr de vouloir connaître la suite ? lui demanda-t-elle.

Il acquiesça, le cœur battant. Il devinait presque ce qu'elle allait dire.

— Nous avions tous entendu les hurlements de May, et les enfants se doutaient qu'il venait de se passer une chose terrible. Ceux qui ne m'avaient pas suivie dans l'escalier en savaient déjà presque autant que les autres, et tout le monde en parlait. Sauf Angela. Assise à sa place, elle savourait posément son petit déjeuner, comme si de rien n'était. Cela m'a frappée. Je me rappelle m'être dit qu'elle n'en perdait pas une miette.

Elle croisa les bras sur sa poitrine et frissonna.

— Le désordre affectif dont elle souffrait l'empêchait de ressentir les choses comme nous. Mais tout de même, de là à rester de marbre... Même quand nous avons annoncé aux enfants que le Dr Chase était parti, elle n'a eu aucune réaction. Nous nous sommes bien gardés d'entrer dans les détails, mais ils avaient compris. Les enfants comprennent tout, vous savez. Je l'ai surveillée, durant les jours qui ont suivi. Je m'attendais à ce qu'elle s'effondre d'un seul coup. Elle passait beaucoup de temps avec le Dr Chase, plus que la plupart des enfants. Ils n'étaient que trois à nécessiter un suivi régulier, Angela et deux autres garçons. J'ai pensé qu'elle s'était attachée à lui ou, au moins, qu'elle nourrissait une sorte de tendresse à son égard, après toutes ces années. Ils partaient faire de longues marches ensemble dans la campagne et il me semblait qu'elle le considérait un peu comme un père. Je trouvais que c'était une bonne chose, qu'elle se lie enfin à quelqu'un.

Elle soupira profondément, avant de continuer.

— Il y a eu une enquête, bien sûr. Les enfants les plus âgés ont tous été questionnés — et innocentés. Vous m'avez demandé si nous avions des empreintes… Il y avait tellement de sang que la police n'a pas pu en relever. On n'a jamais trouvé quoi que ce soit permettant de soupçonner qui que ce soit. Et nous n'avions aucune raison de soupçonner quelqu'un en particulier. Mais quelques semaines plus tard, une des filles les plus âgées est venue me trouver. Elle prétendait avoir surpris une dispute entre Angela et le Dr Chase la veille du meurtre. Selon elle, Angela hurlait et menaçait de le tuer.

Bouleversé, Paul regardait fixement l'eau gelée de la rivière. Au bout d'un moment, il parvint enfin à parler.

— Quel âge avait Angela à ce moment-là ?

— Elle venait tout juste de fêter ses seize ans.

— Mon Dieu…

Anita Ewing hocha la tête.

— J'étais horrifiée à l'idée qu'Angela ait pu commettre ce crime, et j'avoue que maintenant encore, j'ai du mal à le croire. L'enfant qui voulait faire porter les soupçons sur Angela n'était pas vraiment digne de confiance. Elle cherchait sans cesse à créer des problèmes.

Paul parut soudain avoir une idée.

— Vous m'avez dit que le Dr Chase suivait aussi deux jeunes garçons. On les a interrogés, je suppose.

— Bien sûr. Ils ont quitté l'orphelinat à dix-huit ans. L'un d'eux, Billy, était arrivé chez nous à treize ans, après le décès de ses parents dans un accident de voiture. C'était un garçon plutôt sympathique, très serviable, presque trop même. Mais, d'après le Dr Chase, il ne fallait pas se fier

166

aux apparences : Billy était perturbé. En tout cas, Billy a juré qu'il ne s'était pas approché de la chambre du Dr Chase, ce soir-là. Il n'y avait aucune raison de mettre sa parole en doute, il ne s'était jamais montré violent, et personne ne l'avait vu rôder par là au moment du meurtre.

Elle se tourna vers Paul et posa sa main sur la sienne. Il vit qu'elle pleurait.

— Je savais qu'Angela avait tenté de tuer sa sœur. Mais elle avait fait des progrès. C'était une enfant réellement délicieuse, vous savez, brillante et drôle… et tellement attachante. J'en étais venue à l'aimer comme ma propre fille. Bien sûr, ajouta-t-elle, j'ai raconté à la police ce que cette fille — je crois qu'elle s'appelait Mary — m'avait rapporté à propos de la dispute entre Angela et le Dr Chase. Je leur ai dit aussi qu'elle adorait semer la discorde. Les agents ont interrogé Angela pendant des heures et ont fini par conclure qu'elle ne savait rien. Elle est partie peu de temps après. Elle a disparu une nuit en emportant quelques vêtements et quarante-huit dollars, volés dans la caisse. Je n'ai plus jamais entendu parler d'elle.

Un long silence s'ensuivit. Paul restait pétrifié, les mains profondément enfouies dans ses poches. Il frissonnait, pas tant à cause du froid qu'en raison de l'histoire qu'il venait d'entendre.

— Pourrais-je voir la photographie d'Angela ? demanda-t-il enfin.

— Certainement. Je pense que je n'enfreins aucune loi en vous la montrant. Angela n'a pas été adoptée et n'est plus en âge de l'être. De toute façon, étant donné les circonstances…

Elle se leva, et il la suivit jusqu'à son bureau. Tout en lui faisant signe de s'asseoir, elle se dirigea vers un meuble à tiroirs et en tira une chemise.

— C'est une photo de groupe, un peu sombre. Je ne sais pas dans quelle mesure ça vous sera utile.

Il prit le cliché et le parcourut du regard, scrutant l'un après l'autre les visages d'enfants. Il y en avait une quarantaine, disposés sur quatre rangées. Mais aucune des filles ne lui rappelait Angela.

— Laquelle est-ce ?

Il avait toujours pensé qu'il la reconnaîtrait au premier coup d'œil, même s'il devait la rencontrer par hasard. Mais maintenant qu'elle était sous ses yeux, il avait beau chercher, il ne la trouvait pas.

Mme Ewing désigna une grande fille, tout à fait derrière.

— Voilà Angela. Celle qui a les longs cheveux noirs qui descendent jusqu'à la taille, avec une frange. Elle se coupait la frange toute seule et n'aurait jamais permis que je touche au reste. La seule fois où j'ai insisté pour les tailler un peu — un des enfants avait des poux —, elle s'est défendue comme une lionne. « J'attraperai moi-même ces sales bêtes et je les mangerai une à une s'il le faut, mais tu ne mettras pas les ciseaux dans mes cheveux ! »

Elle secoua la tête.

— Parfois, ses colères m'effrayaient. Mais elle changeait brusquement et vous faisait un beau sourire. Cette petite avait tellement d'esprit. Je crois bien qu'il m'arrivait d'admirer son intelligence.

Elle le regarda.

— Je ne vous ai jamais parlé de la mère des jumelles et de ce qui s'était passé avec elle. Quand vous les avez adoptées, nous avons jugé qu'il valait mieux que vous ne sachiez rien. Mais maintenant, cela pourrait vous aider. Voulez-vous que je vous raconte ?

— Oui. J'aimerais bien.

168

— Vous feriez mieux de vous asseoir. Ce que j'ai à vous confier n'a rien d'un conte de fées.

Elle revint à son bureau et s'assit, les mains croisées devant elle. Un rayon de soleil hivernal filtrant à travers les carreaux recouverts de givre posait des reflets blancs sur sa chevelure argentée. Elle s'éclaircit la gorge.

— Comme vous vous en doutez, les petites n'ont pas été abandonnées devant notre porte. Mais cela aurait peut-être mieux valu, vu ce qu'elles avaient enduré jusque-là.

Elle fit une pause, comme si elle s'attendait à ce que Paul lui reproche de s'être tue jusqu'à ce jour. Mais il ne dit rien.

— Rose, la mère biologique des jumelles, a semblé saine d'esprit jusqu'à l'adolescence, poursuivit-elle. Certaines maladies mentales ne se révèlent qu'à cet âge, d'après ce qu'on m'a dit. Une fille — ou un garçon — sans histoires, une bonne élève, une fille dévouée, prend tout à coup un couteau et assassine sa mère, son père, ses frères et sœurs. Ou apporte un revolver à l'école et fait un carnage.

— Oui, j'ai déjà entendu ce genre d'histoires.

— Personne ne comprend réellement ce qui pousse un enfant, qui semblait jusque-là comme les autres, à faire de telles choses. J'ai mon propre point de vue. Je pense qu'il s'agit d'un dysfonctionnement hormonal. Je ne vois aucune autre explication plausible. Si j'avais mon mot à dire, tous les enfants pubères seraient sous traitement médical. Et l'on surveillerait attentivement leurs fluctuations hormonales pour parer à ce genre de manifestations.

Elle leva la main.

— Excusez-moi. Je sais que j'ai tendance à enfourcher mon cheval de bataille. Quoi qu'il en soit, une théorie plus officielle prétend que quelque chose se met à fonctionner de travers dans le cerveau de ces jeunes gens. Autant que je sache, il n'y a pas de traitement, ni aucun moyen de prévenir la maladie avant qu'elle ne se déclare. Pour en revenir à Rose, elle s'est retrouvée enceinte à dix-sept ans et, d'après ce qu'on m'a rapporté, elle n'avait pas la moindre envie de mettre un enfant au monde. Quand elle a appris qu'il y en avait deux, elle a cherché à tout prix à s'en débarrasser. Elle s'est frappé le ventre, s'est laissée tomber dans les escaliers… Elle a tout essayé, mais rien n'y a fait.

— Seigneur, mais pourquoi ne pas avorter à l'hôpital, tout simplement ?

— Apparemment, elle n'avait pas de quoi payer. Et elle tenait de ses parents l'idée que l'avortement était un péché très grave.

— Pourtant, elle essayait de provoquer la mort des fœtus. Ce n'était pas un péché, ça ?

— Comme je vous l'ai expliqué, elle n'avait que dix-sept ans et souffrait visiblement d'une maladie mentale. Elle n'avait pas un comportement cohérent. Dans sa détresse, elle s'était probablement convaincue que si elle perdait ses enfants « accidentellement », ce n'était pas la même chose.

— Même si ce n'était pas vraiment un accident.

— Sans doute.

— C'est scandaleux ! J'ai du mal à imaginer qu'une mère puisse faire une chose pareille.

— Elle n'était qu'une toute jeune fille, lui rappela Mme Ewing. Elle ne se sentait pas mère. Elle avait à l'intérieur de son ventre quelque chose qui poussait et dont elle ne voulait pas. Pour dire les choses crûment, elle a fait tout ce qu'elle a pu pour qu'ils ne viennent pas au monde.

Paul pensa à Rachel, à ce qu'elle leur avait apporté. Sans elle, leur vie aurait été vide de sens.

— Que s'est-il passé après l'accouchement ? demanda-t-il, inquiet de ce qu'il allait apprendre.

170

— On peut dire qu'elle a refusé de considérer ces petits êtres comme ses enfants. Elle... Vous êtes sûr de vouloir connaître la suite ?

— Oui, poursuivez.

— Rose s'était installée dans une vieille baraque abandonnée. Un soir, une voisine a appelé la police pour se plaindre que des chats miaulaient, jour et nuit, dans la maison. Elle n'en pouvait plus, et elle leur a demandé d'intervenir. Bien sûr, l'affaire était du ressort de la Société Protectrice des Animaux, mais comme l'agent de service n'avait pas grand-chose à faire ce soir-là, il a décidé d'aller voir lui-même ce qui se passait. Il a trouvé les bébés seuls, dans une pièce fermée à clef, qui gémissaient comme des petits chatons. C'était ça qui dérangeait la voisine.

Elle soupira.

— Quand Rose est revenue, elle a trouvé la police et les services sociaux. Elle a expliqué aux enquêteurs qu'elle laissait ses enfants dans des boîtes en carton et qu'elle passait à peu près tous les deux jours, pour nettoyer leurs « saloperies », comme elle disait. Elle les nourrissait rarement et leur parlait encore moins. Elle s'occupait juste de les nettoyer. Enfin, si l'on peut dire, parce que les deux bébés étaient en réalité dans un état pitoyable, baignant dans leurs déjections. La police a appelé une ambulance, et elles sont parties à l'hôpital. Les médecins ont estimé que les petites devaient avoir deux mois, même si elles ne pesaient que deux kilos, c'est-à-dire guère plus que le jour de leur naissance.

— Oh, mon Dieu, murmura-t-il. Et qu'a-t-on fait d'elles, ensuite ?

— Elles ont vécu quelques semaines dans une famille d'accueil qui aurait pu les adopter. Rose avait renoncé à ses droits parentaux, et le père des enfants avait disparu dans la nature après l'avoir violée. Mais ils n'ont pas voulu les garder, à cause de leur passé. Ils aimaient bien les jumelles, mais les gens des services sociaux leur avaient dit qu'elles risquaient d'avoir des problèmes psychologiques. Finalement, quand elles ont eu trois mois, il a été décidé de les placer à St Sympatica.

— Mais ensuite, nous sommes arrivés, et nous les avons choisies. Nous n'avons été informés de rien. Tout ce que nous savions, c'est que vous les aviez trouvées sur les marches de l'orphelinat.

— Franchement, j'ai eu peur de vous dire la vérité. Vous sembliez le couple idéal pour ces enfants, et j'espérais qu'elles seraient enfin heureuses auprès de vous. Souvenez-vous, j'ai tout de même insisté sur le fait qu'elles pourraient avoir besoin d'un suivi psychologique et que les premiers mois de leur vie avaient pu leur laisser des séquelles.

— Peut-être, mais vous êtes restée dans le vague. Vous avez passé sous silence pas mal de choses.

— Monsieur Bradley, déclara-t-elle en se penchant vers lui, les auriez-vous adoptées si vous aviez su la vérité ?

Il eut une brève hésitation.

— Oui, je pense que oui.

— Mais vous n'en êtes pas certain.

— Non, en effet. Une telle responsabilité nous aurait peut-être effrayés. D'un autre côté, nous nous serions montrés plus vigilants, nous aurions mieux protégé Rachel de sa sœur, assura-t-il en élevant le ton. A présent, notre fille a disparu et elle est probablement en difficulté. Si ce n'est pire.

— Vous avez raison. Croyez-moi, je suis profondément désolée de ce qui vous arrive. Mon mari et moi avons toujours fait de notre mieux pour nos petits pensionnaires. Parfois, il est difficile de savoir ce qui est bien et ce qui ne l'est pas. Ce n'est pas que je cherche à me justifier, mais il ne nous a pas toujours été possible d'accorder à tous les enfants l'attention dont ils auraient eu besoin. Cet orphelinat représentait pour nous l'aboutissement d'un grand rêve, mais nous n'avons pas toujours su le gérer correctement. Nous n'avons jamais envisagé, par exemple, de manquer un jour d'argent ou de personnel.

Elle s'interrompit.

— Mais vous avez d'autres sujets de préoccupation en ce moment, monsieur Bradley. J'espère que vous retrouverez rapidement Rachel, et je souhaite de tout cœur qu'elle soit saine et sauve.

Elle se leva et lui tendit la main. Il la serra un moment dans la sienne.

— Je ne sais pas si ce que je vous ai dit se révélera d'une quelconque utilité, ajouta-t-elle. J'espère au moins que vous me pardonnerez mon attitude au moment de l'adoption.

— Je ne me sens pas le droit de vous juger, madame Ewing. Lorsque nous aurons retrouvé Rachel, j'aurai moi-même à faire mon *mea culpa*.

Dans l'avion qui le ramenait à Seattle, il ne cessa de ruminer les révélations de la directrice de St Sympatica. Son inquiétude envers Rachel lui nouait le ventre.

Jusqu'où Angela pouvait-elle aller ? Est-ce que la vie avait une quelconque valeur pour elle ? Etait-elle comme sa mère ? Dépourvue de tout sens du bien et du mal ?

A 22 heures, Paul était de retour à Queen Anne Hill. Il avait appelé Gina en arrivant à Seattle et savait que Rachel n'était toujours pas rentrée. Cela faisait maintenant deux jours qu'ils n'avaient aucune nouvelle. Le cœur lourd, il remonta lentement l'allée qui menait jusqu'à leur maison.

Il avait aperçu une Crown Victoria garée au coin de la rue. Celle de l'inspecteur Duarte. Il l'avait appelé dans l'avion pour lui demander de venir car il tenait à lui raconter son entrevue avec Mme Ewing.

— J'ai une journée de travail de douze heures dans les pattes et je suis vanné, avait répondu Duarte. Mais je ferai quand même un crochet jusque chez vous avant de rentrer.

Il avait fait vite.

Paul jeta ses clés sur la table en acajou de l'entrée, et rejoignit Gina et l'inspecteur dans la cuisine.

Duarte buvait du café tandis que Gina étalait une pâte à tarte avec des gestes rapides et saccadés. Sur la table, elle avait préparé deux bols en porcelaine blanche contenant des pommes coupées en tranches et des myrtilles. Une bonne odeur de biscuits au chocolat s'échappait du four. De la farine sur les bras et le nez, c'est à peine si elle leva les yeux quand Paul pénétra dans la cuisine.

Il ne l'avait pas vue comme ça depuis longtemps. Depuis qu'ils avaient ramené Angela à l'orphelinat. Il revoyait la cuisine le lendemain de leur retour, envahie de tartes, de gâteaux et de biscuits. « De toute façon, je ne peux pas dormir » était son leitmotiv. Elle paraissait au bout du rouleau. Après quelques semaines de ce manège, Paul l'avait suppliée de consulter un médecin. Victoria lui avait administré des calmants et avait entamé une psychothérapie avec elle. Les opérations culinaires nocturnes avaient cessé du jour au lendemain.

Maintenant qu'il y réfléchissait, il se demandait si ce n'était pas à partir de ce moment-là qu'elle était devenue « silencieuse ». Elle s'était repliée sur elle-même, limitant leurs échanges au domaine professionnel, s'adressant à lui sur un ton bref et efficace. Un ton de femme d'affaires. Ce n'est que plus tard qu'il avait compris que ce manque de communication signifiait que leur mariage commençait à battre de l'aile.

Aujourd'hui, il fondait littéralement de tendresse en la regardant. Malgré son tablier de coton aux couleurs gaies, elle paraissait fragile et amaigrie, et de profonds cernes noirs ourlaient ses yeux. S'approchant d'elle, il lui prit le rouleau à pâtisserie des mains et la serra dans ses bras.

— Ça va aller, murmura-t-il. Je te promets que nous allons la retrouver. Tout ira bien.

Gina s'essuya les yeux du revers de la main. Elle avait le visage plein de farine. Paul alla chercher un mouchoir en papier sur le comptoir et l'essuya gentiment.

— J'ai si peur... Et je me sens tellement impuissante.

— Nous allons nous en sortir. Nous trouverons une solution ensemble.

Elle le repoussa.

— Il faut que je termine tout ça.

— Non. Viens t'asseoir, ma chérie. Les tartes peuvent attendre.

Il y avait une telle tendresse dans sa voix qu'elle leva la tête et lui jeta un coup d'œil surpris. Enfin, elle céda. Il la fit asseoir et remplit deux tasses de café noir. Quand il vit qu'elle buvait calmement, il fit un signe en direction de l'inspecteur.

— Merci d'être venu. Je suis tellement épuisé que je n'ai même pas pensé que j'aurais aussi bien pu m'arrêter à votre bureau.

— Ça ne fait rien, répondit Duarte. J'ai profité d'une pause pour passer à la maison nourrir mon chat. Il est marrant, ce chat. C'est une femelle. Je lui ai rempli sa gamelle avant de partir avec ces trucs tout secs, vous savez ? Mais elle refuse de manger quand je ne suis pas là. Vous rendez-vous compte ?

Paul secoua la tête, le nez dans sa tasse de café.

— De toute façon, à cette heure-ci, je ne fais rien de bien intéressant, poursuivit Duarte histoire de meubler le silence. Je reste planté là, à regarder le journal de 23 heures. Les nouvelles, je les ai en direct dans mon bureau, toute la journée. Je ne vois pas l'intérêt de les regarder encore le soir.

Comme ils ne répondaient pas, il soupira.

— Bon, revenons à nos moutons. Qu'avez-vous appris à l'orphelinat ?

— J'ai rapporté l'original de la photographie sur laquelle se trouve Angela. Votre labo pourra peut-être l'agrandir.

Tirant la photographie de sa mallette, il la lui donna, puis enchaîna sur le récit de la mort du Dr Chase, sans omettre aucun détail.

Gina avait pâli. Il regrettait de lui infliger ça, mais il fallait bien qu'elle sache à quoi ils risquaient d'être confronté.

Lorsqu'il en arriva à l'absence de réaction d'Angela lors de l'assassinat du Dr Chase — suivie de sa fuite de l'orphelinat —, Gina s'accouda à la table et posa la tête dans les mains. Elle devait être terrifiée à l'idée qu'Angela ait tué le Dr Chase et surtout qu'elle puisse faire du mal à Rachel. Il se pencha vers elle et posa une main sur son épaule.

— Que sait-on à propos du meurtrier du Dr Chase ? s'enquit Duarte après avoir jeté un coup d'œil à la photographie.

— Je crois que Mme Ewing soupçonne Angela, mais il n'y avait aucune preuve contre elle, et l'enquête n'a jamais abouti.

— Et la jeune fille qui prétendait avoir surpris une dispute entre Angela et le Dr Chase ?

— J'ai demandé à Mme Ewing si je pouvais la rencontrer, mais elle ne sait pas ce qu'elle est devenue. Elle les a quittés à dix-huit ans et elle doit bien en avoir vingt. Impossible de retrouver sa trace.

Duarte prit une gorgée de café et leva le nez en reniflant.

— Je crois que vos biscuits sont en train de brûler, madame Bradley.

Gina hocha la tête, mais ne fit pas mine de se lever.

— Voulez-vous que je les sorte du four ?

— D'accord.

Duarte se leva péniblement et enfila une manique afin de retirer la plaque.

— Ils sont un peu carbonisés sur les bords, mais ils restent mangeables.

Il les détacha soigneusement à l'aide d'une spatule et les déposa sur une assiette.

Paul secoua la tête avec un semblant de sourire.

— Vous vous comportez toujours de cette façon envers les gens, quand vous enquêtez sur un crime ?

— Seulement quand ces gens sont à la recherche d'un enfant, précisa Duarte en déposant l'assiette sur la table.

Il s'assit avec un soupir.

— Ecoutez, reprit-il, je pense que nous sommes d'accord sur le fait qu'il ne s'agit pas d'un enlèvement ordinaire. Il nous faut envisager toutes les hypothèses. Votre fille a pu se faire agresser pendant qu'elle retirait de l'argent avec sa carte. Ou on lui a volé sa voiture… Mais dans ce cas, nous aurions eu des témoignages. Nous avons appelé tous les hôpitaux, ils n'ont aucune trace de son passage. Cela exclut donc également l'hypothèse qu'elle se soit trouvée mal et qu'on ait appelé une ambulance. De toute façon, nous avons parcouru deux fois le trajet entre votre maison et celle de son amie, et nous n'avons pas trouvé sa voiture.

Gina se mit à pleurer silencieusement. Paul lui prit la main et la serra très fort.

— Inspecteur, vous croyez que c'est Angela qui est derrière tout ça ?

— Tout ce que je dis, c'est que cette possibilité doit être sérieusement envisagée. Il faut la trouver, vérifier son emploi du temps, voir si elle a été aperçue dans le coin... A nous de la faire sortir de sa tanière pour l'interroger.

Il prit un biscuit et croqua un petit morceau, sur le bord.

— Pas mal. Finalement, je les trouve meilleurs quand ils sont un peu trop cuits.

Reposant son biscuit, il ajouta :

— Bien sûr, il reste encore une hypothèse.

— Ah ? fit Paul.

— Eh bien, il n'est pas exclu que Rachel, pour une raison ou pour une autre, ait décidé de prendre le large.

— Elle ne ferait jamais une chose pareille, rétorqua Gina en s'animant de nouveau. Elle sait que nous serions affolés. Elle nous aurait donné de ses nouvelles.

— Peut-être. Mais ce ne serait pas la première fois que je verrais ça, croyez-moi.

Paul savait que Lacey attendait son coup de fil. Sans doute se demandait-elle pourquoi il ne se manifestait pas. Elle s'inquiétait sûrement... Pourtant, il n'avait pas le courage de l'appeler ; il n'en pouvait plus. A peine réveillés, Gina et lui avaient affronté Roberta. Il était temps de l'informer de la disparition de Rachel. Hélas, la conversation s'était révélée particulièrement éprouvante.

— Comment ça, disparue ? hurla-t-elle.

Disposant de deux combinés dans la cuisine, ils pouvaient mener une conversation à trois.

— Nous n'avons plus de nouvelles et nous ne savons pas où elle se trouve depuis avant-hier.

— Vous lui avez fait quelque chose ?

— Si nous lui avons fait quelque chose ? répéta Paul avec lassitude.

— Oui ! hurla-t-elle de nouveau. Elle en a eu assez de se trouver entre deux parents qui se parlent à peine. Elle aura préféré retourner sur le campus.

— C'est ridicule, maman ! rétorqua Gina. Elle nous aurait prévenus !

— C'est sérieux, Roberta. La police la recherche.

Il y eut un silence au bout du fil.

— Vous pensez vraiment qu'il lui est arrivé quelque chose ?

— Maman, nous avons essayé de te joindre hier, mais ton répondeur disait que tu étais absente pour plusieurs jours. Où étais-tu ? Nous ne t'avons pas vue depuis l'arrivée de Rachel.

— Je... j'avais décidé de passer les fêtes de Noël avec un ami.

— Mais d'habitude, tu les passes avec nous !

— Eh bien, cette année, j'ai fait autrement !

— Je ne comprends pas...

— Ce n'est pas le moment de régler vos comptes, les coupa Paul. Ce qui importe pour l'instant, c'est Rachel. Et Angela.

— Angela ? (Roberta abandonna d'un seul coup toute son animosité.) Pourquoi Angela ?

— Nous pensons qu'elle pourrait être revenue, maman. Et qu'elle s'en est prise à Rachel.

— Oh, mon Dieu...

Roberta se tut.

— Maman, tu es toujours là ?

179

— Oui, oui, je suis là. Pourquoi dis-tu ça ? Vous avez vu Angela ?

— Non. Mais quelqu'un a glissé un message dans une poche du manteau de Rachel. Nous pensons qu'il s'agissait d'elle. Et le soir de Noël, une voiture nous a forcés à quitter la route. Hier, Paul s'est rendu dans le Minnesota pour rencontrer la directrice de l'orphelinat. Il a appris qu'Angela s'était enfuie à l'âge de seize ans et que, depuis, ils ne savent pas où elle se trouve.

— On ne peut pas lui en vouloir d'avoir quitté un endroit pareil. Après tout, ce n'était pas un vrai foyer.

La critique était limpide.

— Roberta, intervint Paul en s'efforçant de garder son calme, elle s'est enfuie peu après le meurtre du psychiatre qui la soignait.

Roberta émit une exclamation étouffée.

— Assassiné ! Vous voulez dire qu'Angela l'aurait tué ? Je ne peux pas y croire. D'accord, à cinq ans, elle n'était pas capable de se maîtriser, mais elle a sûrement mûri depuis et…

— Je n'ai pas dit ça, l'interrompit-il. Il n'y a jamais eu de preuve que quelqu'un de St Sympatica ait été impliqué dans ce meurtre. Mais Mme Ewing a eu l'impression…

Le mot la fit exploser.

— Une impression ! Est-ce que ça suffit pour accuser cette pauvre enfant ?

— Maman, fit Gina sans s'énerver, nous savons à quel point tu étais attachée à Angela. Mais je t'en prie, pense à Rachel. Elle a disparu, tu ne trouves pas ça inquiétant ?

Sa mère se radoucit.

— Bien sûr que si. J'aime cette petite, plus que vous ne pouvez l'imaginer. Et j'ai si peur, ajouta-t-elle avec des larmes dans la voix. Oh, mon Dieu ! On la recherche activement ?

— Comme je vous l'ai dit, commença Paul qui puisait dans des trésors de patience, un inspecteur de la police de Seattle est sur l'affaire. Il préfère se montrer prudent pour le moment. Après tout, Rachel a très bien pu décider d'aller quelque part sans nous prévenir. On risque de la mettre dans une position délicate en lançant un avis de recherche. Mais si elle ne rentre pas rapidement...

Il laissa sa phrase en suspens.

— Qu'est-ce que je peux faire ? demanda Roberta qui essayait visiblement de reprendre ses esprits. Dites-moi ce qu'il faut que je fasse.

— Préviens-nous immédiatement si Rachel t'appelle, répondit Gina. Ou Angela, bien que j'en doute. Et si tu as la moindre idée de l'endroit où Rachel aurait pu se rendre, dis-le nous.

— Je vais faire mieux que ça. Je viens chez vous. Et pas la peine de chercher à m'en dissuader.

— Je ne cherche rien du tout, maman. J'ai passé la nuit à faire des gâteaux et je n'ai pas la force de parlementer.

Roberta arriva dans l'heure qui suivit. Pendant que Gina et elle grignotaient sans conviction les bords croustillants des tartes que personne ne mangerait, Paul monta se laver. Ils avaient fait installer dans leur salle de bains une immense douche, près d'une fenêtre d'où l'on apercevait la tour Space Needle. Ils y avaient passé des nuits d'amour pleines de romantisme jusqu'à l'arrivée des jumelles. A ce moment-là, Paul s'était senti délaissé et jaloux du temps que Gina consacrait aux filles. Mais, petit à petit, les rôles avaient fini par se renverser. Il les aimait si fort ! C'était lui qui leur avait appris à marcher, qui jouait avec elle, qui leur lisait une histoire au moment du coucher. Leurs douches en amoureux avec Gina s'étaient espacées. Et ils avaient cessé tout à fait après le départ d'Angela.

Avait-il également cessé de s'intéresser à Rachel à cette époque ? Il n'aurait pas su dire. Il est vrai que Gina et lui s'oubliaient dans le travail et négligeaient leur vie de famille. Jusqu'à ce que Rachel ait douze ans, Gina avait engagé une gouvernante pour s'occuper d'elle et de la maison —une femme merveilleuse en qui ils avaient toute confiance. De fait, ils lui avaient délégué une grande part de leurs responsabilités. Avaient-ils été absorbés par leur travail et leur chagrin au point d'en négliger Rachel ?

Et si Roberta avait raison ? Si leur fille avait décidé de leur donner une leçon afin de les obliger à regarder les choses en face ?

Duarte avait l'intention de se renseigner à Berkeley. Il était possible qu'elle se soit réfugiée là-bas, qu'elle soit partie quelques jours plus tôt sans les prévenir, histoire de les s'inquiéter à son sujet.

Mais dans ce cas, elle aurait laissé sa voiture à l'aéroport. Or, Duarte avait vérifié, elle ne s'y trouvait pas. Elle n'avait quand même pas essayé de rouler jusqu'à Berkeley avec sa vieille voiture ! Il y en avait pour plusieurs jours à contourner la baie de San Francisco, et la Mustang ne tiendrait sûrement pas jusqu'au bout.

Ils s'étaient trop focalisés sur Angela et n'avaient pas envisagé tous les cas de figure. Si Rachel avait eu l'idée saugrenue de rouler jusqu'au campus, elle pouvait être en panne n'importe où, entre ici et Berkeley. Peut-être qu'en ce moment même, elle se morfondait sur le bord d'une route, dans un secteur où son portable ne passait pas. Pire, elle avait pu avoir un accident et se trouver bloquée dans sa voiture, sans aucun moyen d'appeler à l'aide. Ou alors, elle avait eu un ennui quelconque et une bonne âme s'était arrêtée pour « l'aider » à sa manière.

Et on l'avait agressée ou violée.

Paul sortit précipitamment de la douche, se sécha, s'habilla, puis alla s'enfermer dans son bureau. Il appela Duarte. Personne. Il dut se contenter de laisser un message sur le répondeur.

« Il faut que je vous voie le plus vite possible, déclara-t-il à la machine. Il m'est venu à l'esprit que Rachel avait pu décider de rentrer à l'université et être victime d'un accident ou d'une panne. Pouvez-vous alerter les autorités pour qu'on la recherche sur le trajet Seattle-Berkeley ? Merci de me tenir au courant. Vous pouvez me joindre à tout moment sur mon portable, ou me laisser un message, chez moi ou au bureau. »

Il prit soin de laisser ses trois numéros, au cas où Duarte ne les aurait pas sous la main, s'il interrogeait son répondeur à distance. Puis il reposa le combiné et pivota sur son fauteuil afin de contempler le paysage par la fenêtre. A vol d'oiseau, l'appartement de Lacey se trouvait tout proche de leur maison de Queen Anne Hill… mais il se sentait si loin d'elle, à présent. Depuis le début de la journée, il ne cessait de remettre à plus tard le moment de lui téléphoner. Il avait l'impression qu'elle ne faisait déjà plus partie de sa vie.

Comment les choses pouvaient-elles changer à ce point en quelques jours ? Sans doute savait-il que Lacey n'était pas en mesure de comprendre, ni de partager cette épreuve avec lui. D'ailleurs, il n'aurait pas voulu lui imposer son fardeau. Elle était jeune, elle avait toute la vie devant elle. Il n'y avait pas de raisons pour qu'elle s'encombre de ses problèmes personnels.

Il devait quand même lui passer un coup de fil. Il composa donc son numéro — qu'il s'était bien gardé d'enregistrer, car il arrivait que Gina utilise son portable.

Comme à son habitude, elle répondit d'un ton enjoué.

— Hello, qui que vous soyez, c'est bien moi !

Il ne put s'empêcher de sourire.

« — Je te trouve bien familière au téléphone, lui avait-il dit une fois. Et si tu tombais sur un pervers ?

— Et pourquoi ne me montrerais-je pas amicale avec un pervers ? Je ne me démonterais pas. Je lui dirais : "Salut, comment ça va ? Je t'attends depuis si longtemps." Il serait tellement soufflé qu'il raccrocherait tout de suite. »

Il adorait sa capacité à toujours mettre en avant le côté cocasse des choses.

— C'est moi, annonça-t-il. Je voudrais passer te voir. Juste pour parler un moment.

— Dans ce cas, tu connais le chemin. Je peux t'offrir un café. J'ai aussi une tarte.

— Je ne me vois pas avaler de tarte, grommela-t-il. Mais va pour le café. Bien noir.

Ils burent leur café confortablement assis sur des chaises 1930 en fourrure, imitation zèbre, autour d'une petite table en verre. C'était Paul qui avait rapporté tous ces meubles de sa boutique.

Il raconta à Lacey ce qui lui arrivait.

— Mon Dieu, je n'arrive pas à y croire ! s'exclama-t-elle quand il eut fini. Ça doit être horrible pour vous deux. Rester sans nouvelles de votre fille...

Elle lui prit la main.

— Même si Rachel est presque une adulte, je crois que c'est la pire chose que l'on puisse imaginer.

— Oui, nous passons par des moments très difficiles. Je suis heureux que tu comprennes si bien la situation.

— Bien sûr que je la comprends. Tu ne dois pas t'inquiéter à mon sujet, Paul. Je sais que tu as besoin de toute ton énergie pour Rachel.

— Merci.

Il retint un soupir, profondément soulagé de la trouver dans de si bonnes dispositions.

— Et si je peux t'aider de quelque façon, ajouta-t-elle, surtout, n'hésite pas à me le dire.

— D'accord.

— Tu aurais pu m'expliquer ça plus tôt ! Remarque, je ne t'aurais pas apporté grand-chose de plus qu'un soutien moral. Ça a dû être éprouvant, ce voyage dans le Minnesota.

— Oh, oui... C'était épouvantable d'apprendre que le Dr Chase était mort et d'imaginer qu'Angela ait pu être sa meurtrière. Nous nous inquiétons d'autant plus pour Rachel.

— Oh, Paul... Angela ne ferait quand même pas une chose aussi horrible à sa propre sœur. Ce que tu m'as raconté, devant l'arbre de Noël, s'est passé il y a très longtemps. Elle a grandi depuis...

Il secoua la tête.

— Justement, je ne sais pas de quoi elle serait capable maintenant. Je ne sais rien d'elle.

D'un geste vif, Lacey rejeta ses longs cheveux en arrière.

— Si j'essayais de t'aider ? Je reste enfermée ici la plupart du temps. Laisse-moi apporter ma contribution aux recherches. Pendant que la police se concentre sur Rachel, moi, je peux retrouver la trace d'Angela. Fais-moi confiance.

Il regardait ses beaux yeux verts et se demandait où puiser la force de s'éloigner d'elle. La culpabilité le rendait malade, mais chaque fois qu'il envisageait sérieusement de quitter Lacey, elle avait un geste qui l'attendrissait.

— C'est très gentil à toi, mais je ne sais pas trop si…

— Il n'y a pas de mais. J'ai juste besoin d'un point de départ. Oh, j'ai déjà une idée ! Tu dis que la police fouille du côté de Berkeley ? Je vais aller sur le Net ! Je peux même y dégoter son adresse. Tu n'as aucune idée de la rapidité avec laquelle on peut trouver ce genre de renseignements de nos jours.

— Ce serait vraiment formidable.

Il se sentait tout à coup soulagé d'un grand poids.

— Je sais bien que les enquêteurs connaissent leur travail, mais, sur le Net, il y a des milliers de façons de chercher. On peut même trouver une personne par des voies complètement détournées. La police n'est pas forcément habituée à ce genre de procédés.

Il sourit.

— J'ignorais que tu possédais de telles compétences en informatique.

— Et alors, qu'est-ce que tu crois ? fit-elle en lui rendant son sourire. Que je passe mes journées à regarder la télévision en mangeant des bonbons ?

Elle fit la grimace.

— Je reconnais que tu n'as pas entièrement tort. Mais j'ai tout de même quelques occupations.

Elle fit un geste en direction de l'ordinateur qu'il lui avait offert.

— La plupart du temps je surfe sur Internet.

Il sourit de nouveau. Comment avait-il pu songer à la quitter ? Elle représentait bien plus à ses yeux qu'une femme complaisante avec laquelle il oubliait son chagrin. Plus il la connaissait, plus il l'aimait.

Il soupira. Il devait quand même se résoudre à partir.

186

— Il faut que j'y aille maintenant.

Gina avait besoin de lui. Et lui d'elle. Une fois de plus, il se sentait déchiré entre sa famille et sa maîtresse. Sur le pas de la porte, il serra longuement Lacey dans ses bras et l'embrassa sur le front.

— Je ne sais pas comment te remercier pour ton aide.

— Ne me remercie pas, répliqua-t-elle en lui caressant gentiment la joue. Occupe-toi plutôt de Rachel, avant qu'il ne soit trop tard.

Paul fit un détour par *Soleil Antique* afin de consulter les messages sur son répondeur. Gina avait coutume de lui en laisser quand elle ne parvenait pas à le joindre sur son portable, ce qui arrivait chaque fois qu'il se rendait dans un des entrepôts. Mais elle n'avait pas appelé. Et Duarte non plus.

Le magasin était quasiment vide. A l'heure du déjeuner, il y avait généralement peu de monde. Janice, son assistante, mangeait dehors avec deux des quatre employés. Les deux autres, le gérant et un vendeur, se trouvaient quelque part dans l'établissement, probablement occupés à un inventaire ou à disposer des meubles arrivés récemment. Il y avait aussi Annie, la réceptionniste, fidèle à son poste dans l'entrée principale. A part eux, Paul était seul.

Il décida d'en profiter pour se réfugier dans la cave de cristal. Quelques années auparavant, il y avait installé une chaise confortable afin de pouvoir venir s'asseoir et méditer tranquillement quand l'existence lui paraissait trop pénible. Cela l'avait aidé à surmonter les épreuves de ces dernières années.

Il y avait quelques mois qu'il n'avait pas ressenti le besoin de s'isoler ici. Le temps passait tellement vite, et il avait tant de travail…

Aujourd'hui, pourtant, l'atmosphère apaisante de la cave de cristal fut sans effet sur lui. Impossible de se calmer, de dominer la peur qui l'envahissait. Il voyait sans cesse des images de Rachel aux mains d'une Angela complètement folle, Rachel perdue quelque part sur la route entre Seattle et Los Angeles.

Etait-elle seulement en vie ? *Oh, oui, mon Dieu ! Faites qu'elle soit encore en vie.*

Il s'efforçait de raisonner logiquement. Si Rachel avait simplement décidé de partir et qu'elle ne s'était pas rendue sur le campus, où avait-elle bien pu aller ? Il tenta de se rappeler leurs récentes conversations. Peut-être trouverait-il une clé. Une piste… Elle paraissait heureuse et détendue, le jour où ils avaient choisi le sapin et pris le thé ensemble. Mais c'était avant l'accident, avant ce message…

Victoria ! Personne n'avait songé à informer Victoria de la disparition de Rachel. Celle-ci lui avait peut-être parlé de quelque chose au cours de ses séances. Quelque chose qui pourrait les aider.

Il tira immédiatement son portable de sa poche et composa le numéro de Victoria qu'il connaissait par cœur. Il n'obtint que le répondeur et laissa un message expliquant qu'il devait la rencontrer de toute urgence au sujet de Rachel.

Il soupira. Une nouvelle fois, il se demanda s'il n'était pas en train de faire un cauchemar. Rachel disparue, en danger sans doute, ou pire encore… Et pendant ce temps, les gens déjeunaient, comme tous les jours. Ils parlaient, buvaient du vin, se régalaient de plats que sa fille ne goûterait peut-être plus jamais.

Brusquement, il se leva. Il fallait qu'il sorte d'ici. Qu'il se rende utile.

Un bruit le fit se retourner. Daniel Britt, son gérant, toquait discrètement au cadre de la porte en merisier. C'était un jeune homme grand et mince, avec de chaleureux yeux marron et une épaisse toison brune et bouclée. En dépit de ses vingt-trois ans, on devinait aux profondes rides qui barraient son front que la vie ne lui avait pas fait de cadeaux. Il travaillait à *Soleil Antique* depuis quatre mois, mais sa vie privée demeurait un mystère. D'après ce que Paul savait, il ne s'était jamais confié à personne ici.

Pourtant, il était brillant. Il s'était présenté un beau jour, en sollicitant une place de stagiaire. Son CV mentionnait d'excellentes compétences, et il adorait les vieux objets, même s'il n'avait aucune expérience dans ce secteur. Il s'était montré prêt à travailler gratuitement, le temps pour lui d'en savoir un peu plus sur le commerce des antiquités.

Il apprenait vite et ne ménageait pas sa peine. De fait, Paul avait fini par lui proposer une place. Il aurait aimé avoir un fils comme lui, un fils qui puisse un jour reprendre son affaire.

— Désolé de vous interrompre, commença Daniel, mais nous ne savons pas quoi faire de ce nécessaire à écrire.

Il désignait un magnifique nécessaire de voyage que l'on utilisait du temps des diligences. On aurait dit une simple boîte, mais le couvercle se transformait en écritoire et l'intérieur contenait plusieurs tiroirs pour le papier, l'encre et les plumes.

— D'où cela vient-il ? s'enquit Paul, étonné.

Il prit le nécessaire et le posa sur une table, afin d'en examiner l'intérieur.

— Nous… euh, nous ne savons pas. Annie l'a trouvé sur son bureau lorsqu'elle a ouvert ce matin.

Toujours là la première, Annie préparait le café pour tout le monde ainsi que des biscuits bien que cela ne rentrât pas vraiment dans ses attributions. Les autres la taquinaient au sujet de son côté maternel, mais personne ne s'en plaignait.

— Enfin... Plus précisément, elle l'a trouvé quand elle est revenue dans son bureau, après avoir préparé le café. Quelqu'un était venu le déposer.

En le réexaminant, Paul s'aperçut qu'il s'agissait d'une pièce de prix. Ils possédaient d'autres nécessaires à écrire datant de la même époque, environ 1800, mais celui-ci était particulièrement beau — mélange de bois de rose et de bois satiné des Indes. Les nombreux tiroirs étaient destinés à ranger des lettres et éventuellement à dissimuler des bijoux, pour éviter qu'ils ne tombent entre les mains des bandits de grands chemins.

Paul ouvrit les deux plus grands, persuadé d'y trouver le nom et l'adresse de la personne à qui appartenait l'objet. Mais ils étaient vides.

— Il n'y avait pas de message, avec ? Un nom ? Ou un numéro de téléphone ?

— Non, fit Daniel en secouant la tête.

Il parut hésiter, mais se tut.

— Bon. Mettez-le sur mon bureau pour l'instant. Celui qui l'a laissé se manifestera sûrement dans la journée.

Les gens du quartier connaissaient depuis si longtemps *Soleil Antique* — et Paul — qu'il n'était pas impossible que quelqu'un ait déposé le nécessaire à écrire le matin en passant, avant de partir au travail. Une personne qui n'avait pas le temps de s'arrêter, mais qui leur faisait suffisamment confiance pour laisser l'objet et se faire connaître plus tard.

Daniel hocha la tête et prit l'écritoire.

— Je vais essayer de lui trouver une place dans votre bureau. Mais ça s'entasse déjà pas mal, là-dedans !

Il hésita.

— Paul, vous ne passez pas beaucoup de temps ici depuis Noël. Tout va bien ?

— Ma fille a disparu, expliqua Paul.

L'autre eut l'air troublé.

— Votre fille… Vous voulez dire Rachel ? bredouilla-t-il enfin. Elle a disparu ?

— Nous n'avons aucune nouvelle d'elle depuis maintenant trois jours.

— C'est terrible ! Je suis désolé. Je ne savais pas.

— La police la recherche, poursuivit Paul. Mais ils n'ont pas encore lancé d'avis officiel parce que… En fait, nous nous demandons si elle n'est pas tout simplement partie pour quelques jours, sans nous prévenir. Elle peut revenir à tout moment. Dans ce cas, mieux vaut éviter qu'on en parle dans les journaux.

Il se tut et ferma les yeux. Il sentit la main de Daniel sur son épaule.

— Si je peux faire quoi que ce soit… N'hésitez surtout pas.

— Merci, fit-il en s'efforçant de sourire. Continuez à bien me relayer ici, ça me rend vraiment service.

— Bien entendu. Voulez-vous que je jette un œil sur la paperasse qui s'accumule sur votre bureau ? Je dois pouvoir l'avancer un peu.

— Ce serait formidable, oui.

Daniel s'éclipsa discrètement en fermant soigneusement la porte. Paul enfouit les mains dans ses poches. Puis il se leva et alla se planter devant un vase Lalique. Si seulement ce vase avait été une boule de cristal, dans lequel il aurait pu voir l'avenir…

— Où est ma fille ? murmura-t-il. Où sont mes deux petites filles ?

191

Mais le vase n'était pas une boule de cristal, et lui-même n'avait rien d'un mage extralucide. Un bref instant, il fut tout de même pénétré par l'atmosphère lumineuse de cette pièce qui lui apportait toujours un grand apaisement.

Pourtant, en quittant la cave de cristal, il se sentait encore plus troublé, plus inquiet qu'en y entrant.

Après avoir quitté *Soleil Antique*, Paul décida de passer par le poste de police. L'inspecteur Duarte était dans son bureau. Se débattant avec une pile de dossiers.

— Ça fait trop longtemps que je remets ces rapports à plus tard, déclara-t-il en levant à peine la tête de ses papiers. Asseyez-vous, j'en ai pour une minute.

Paul s'exécuta. Désœuvré, il laissa son regard errer dans la pièce et remarqua pour la première fois une photographie dans un cadre en argent sur le bureau. Apparemment, il s'agissait de Duarte jeune, en compagnie d'une femme et d'un petit enfant. Quand l'inspecteur déposa son enveloppe dans une boîte « Courrier à poster », Paul désigna le cliché du menton.

— C'est votre famille ?

— C'était, corrigea Duarte. Voici Laura, mon ex-femme, celle qui m'a quitté. A côté, c'est mon fils, Brad. Il a trente-cinq ans maintenant. Il habitait chez sa mère pendant la semaine et chez moi le week-end. Nous allions ensemble encourager les Mariners, les championnats juniors, des trucs comme ça. Mais je ne le vois plus beaucoup.

Il y avait une pointe de tristesse dans sa voix, et Paul se sentit solidaire.

— C'est difficile de communiquer avec les enfants quand ils sont adultes, surtout de nos jours. J'ai des amis dont les rejetons volent déjà de leurs propres ailes. Ils sont tellement occupés à se battre pour leur carrière qu'ils n'ont plus de temps à consacrer à leurs parents.

— Ouais.

Duarte se renversa contre le dossier de sa chaise et le scruta.

— Entre vous et votre fille, ça se passait comment ?

Il avait pris un air dégagé, mais Paul ne fut pas dupe. Duarte avait une idée derrière la tête.

— Eh bien, avec tout ce que nous avons vécu — je veux parler d'Angela —, ça n'a pas toujours été facile. Nous n'avons jamais été une famille comme les autres, si vous voyez ce que je veux dire.

— J'ai cru comprendre que Rachel était restée longtemps en thérapie, avança Duarte. C'était uniquement pour l'aider à surmonter la séparation d'avec sa sœur ?

Ils ne lui avaient toujours pas raconté l'agression de la nuit de Noël. Paul sentit que le moment était venu. Avec la disparition de Rachel et le spectre d'Angela qui planait au-dessus d'eux, ils ne pouvaient plus se permettre de lui cacher la vérité.

— Non, admit-il. Il y a une autre raison.

Et il lui raconta toute l'histoire.

— Nous n'avons pas osé vous en parler plus tôt, parce qu'à l'époque, nous avions menti au médecin de l'hôpital, conclut-il. En dépit de ce qu'elle avait fait, Angela restait notre fille et nous l'aimions. Elle n'était pas responsable de son hérédité. Pour éviter que les journaux ne s'emparent de cette histoire, nous avons préféré la ramener à l'orphelinat où nous savions qu'elle serait bien soignée.

— Ça me paraît logique. Une enfant de cet âge ! Cinq ans, c'est bien ça ?

Paul acquiesça.

— Mais maintenant que Rachel a disparu…

— Maintenant que Rachel a disparu, il me semble primordial de localiser Angela. Son départ juste après le meurtre du psy est plutôt suspect.

Duarte avala une grande gorgée de café.

— J'ai montré la photographie aux gars du labo, déclarat-il en la sortant d'une chemise. J'ai bien peur de vous avoir donné de faux espoirs. La qualité n'est pas assez bonne pour qu'on puisse en tirer quoi que ce soit. La photo est déjà floue, un agrandissement n'arrangerait rien.

— Je pensais qu'ils feraient un gros plan sur Angela de façon qu'on ait une idée plus précise de ses traits. On ne peut pas vieillir quelqu'un sur ordinateur ?

— Ça paraît simple à la télé, mais dans la réalité… Avec un original de meilleure qualité, oui, on aurait pu changer la coupe ou la couleur des cheveux et obtenir le visage qu'elle doit probablement avoir maintenant, à vingt et un ans. Par exemple, ses cheveux lui couvrent la moitié du visage. Avec un bon cliché, on aurait reconstitué l'autre moitié sans problème. Mais là…

Il se pencha sur la photo et tapota du bout de son crayon l'image de la jeune fille au dernier rang. Puis il leva la tête vers Paul.

— Vous dites que vous avez brûlé toutes les photographies d'Angela, après son départ ?

— J'en ai bien peur. Nous pensions que ça nous aiderait à oublier.

Duarte hocha la tête.

— Au fait, j'ai eu votre message. Je n'exclus pas complètement la possibilité que Rachel soit retournée en Californie. J'ai alerté la police des Etats de Washington, de l'Oregon et de Californie. Si quelqu'un l'a vue, ou la voit, nous en serons immédiatement informés.

— Merci, fit Paul, soulagé. A propos, j'ai une amie qui voudrait nous aider à rechercher Angela. Elle a l'habitude de naviguer sur Internet. Il paraît que c'est un excellent moyen d'obtenir rapidement des renseignements.

— Une amie ? répéta Duarte d'un ton détaché.

Paul haussa les épaules.

— Une simple connaissance.

— Pourriez-vous me communiquer le nom de cette personne ?

— Euh… En fait, je préférerais l'éviter.

— Ha !

— Je ne voudrais pas que Gina soit au courant, expliqua-t-il avec gêne. Et puis ça m'ennuierait que cette personne se trouve mentionnée dans un rapport de police.

Duarte soupira et s'appuya de nouveau contre le dossier de sa chaise.

— Vous savez, Paul — vous permettez que je vous appelle Paul ? —, j'ai mené bien des enquêtes au cours de ma carrière. Celle-ci me paraît coriace. J'apprécie beaucoup votre fille, elle a immédiatement éveillé ma sympathie, mais j'ai vu tout de suite qu'elle cachait quelque chose. Bon, sur le moment, je me suis dit que les gens avaient le droit d'avoir leurs petits secrets. Mais, maintenant, je le regrette. Si elle nous avait parlé de ce qui la tracassait, ça nous aiderait peut-être à la retrouver. Vous voyez ce que je veux dire ?

— Que ce n'est pas le moment de faire des cachotteries ?

— Ce n'est pas du tout le moment ! tonna-t-il. Vous voulez retrouver votre fille à la morgue ? Non ? Alors, merde, il faut jouer franc jeu !

— Je sais, je sais…

Paul se passa la main sur le visage.

— Ecoutez, si je vous donne son nom, ce serait bien qu'il ne figure pas par écrit...

— Bon sang de bois ! s'écria Duarte en tapant du plat de la main sur son bureau.

Il parut regretter son geste et eut un petit sourire.

— OK, voilà ce que je vais faire, reprit-il plus gentiment. Vous me donnez le nom de cette personne si serviable, mais je le garde pour moi. Je veux simplement la rencontrer, voir comment elle procède. Dites, si vous croyez que je n'ai pas encore compris qu'elle partageait votre lit.

Paul sursauta.

— Je n'ai jamais dit ça !

— Mais je l'ai compris tout seul. Comme j'ai compris, dès que je vous ai vu avec votre femme, que ça ne marchait plus très fort entre vous.

Il ne répondit pas.

Duarte secoua la tête et lui brandit sous le nez la plaque posée sur son bureau.

— Vous voyez, là, il y a écrit « Inspecteur ». Je n'ai pas gagné ce truc à la kermesse d'une école, figurez-vous.

Paul ne put retenir un sourire.

— Qu'est-ce qui vous fait rire ? grommela Duarte.

— J'essayais de vous imaginer à la kermesse. Je parie que vous êtes du genre à inventer des jeux à faire tourner les gens en bourrique.

— Pas à l'école de mon fils, en tout cas.

Paul secoua la tête, retrouvant son sérieux.

— OK, lâcha-t-il, résigné.

Il lui dicta le nom, l'adresse et le numéro de téléphone de Lacey.

— Il faut également que je rencontre Victoria Lessing, la psy de Rachel, l'informa Duarte en regardant fixement son bloc-notes jaune. Elle est au courant de sa disparition ?

— Non. Mais je dois justement passer tout à l'heure à son cabinet pour la prévenir.

— Vous la connaissez bien ?

— C'est elle qui s'est occupée d'Angela pendant un an, avant que nous la ramenions à l'orphelinat. Ensuite, Gina et moi avons continué à la consulter quand nous en ressentions le besoin. Rachel aussi.

— Donc vous lui faites confiance ?

— Je… Oui. Je n'ai aucune raison de ne pas lui faire confiance.

— Mais vous avez hésité, remarqua Duarte, les sourcils levés. Pourquoi ?

— Non… Je ne sais pas pourquoi j'ai hésité. Victoria est presque un membre de la famille. Elle est notre médecin, bien sûr, mais cela fait tellement longtemps que nous la connaissons. Et c'est Roberta, la mère de Gina, qui nous l'avait recommandée…

Duarte l'interrompit.

— La mère de Gina… Tiens, à elle aussi j'aimerais parler.

— Aucun problème. Je peux même prendre un rendez-vous pour elle. Elle s'inquiète autant que nous, au sujet de Rachel.

— Savez-vous où je peux la joindre ?

— Elle était encore chez moi il y a quelques heures.

L'inspecteur poussa le téléphone vers lui.

— Ça ne vous dérange pas ?

— Bien sûr que non, répliqua Paul en lui jetant un regard intrigué. Mais vous ne souhaitez pas l'appeler vous-même ?

— Disons que je préfère que les choses restent informelles. Les gens n'aiment pas être convoqués par la police. Ils ont l'impression qu'on les considère comme des suspects, et quand ils arrivent ici, ils sont sur la défensive.

— Je vois… Et vous aimez qu'ils se montrent communicatifs, n'est-ce pas ?

Duarte haussa les épaules.

— Allez-y, faites le numéro.

Paul s'exécuta. C'est Gina qui décrocha.

— Roberta est toujours là ?

— Non, elle est partie peu après toi.

— Je croyais qu'elle avait l'intention de te tenir compagnie.

— Je crains de ne pas être de très bonne compagnie aujourd'hui.

— Tu sais où elle est allée ?

— Non. Pourquoi ?

— Je suis au poste de police. Duarte aimerait lui parler.

— A ma mère ? Pourquoi ?

Paul jeta un regard entendu à Duarte.

— Pour rien de particulier. Au cas où elle se souviendrait de quelque chose qui nous aiderait.

— Bon. Tu peux toujours essayer de la joindre chez elle. Mais j'ai l'impression qu'elle avait quelque chose à faire avant de rentrer. Elle m'a prévenue qu'elle ne serait joignable que dans quelques heures.

— Entendu. Si elle téléphone, explique-lui que ce serait bien qu'elle passe au poste de police. Ne la bouscule pas trop et laisse-la décider du moment. Mais précise-lui quand même que c'est urgent.

— D'accord. Paul, tu rentres à la maison ?

— Je ne sais pas. Je viens de m'apercevoir que Victoria n'est encore au courant de rien. Je passe par son cabinet. Au

198

cas où Rachel lui aurait confié quelque chose qui pourrait nous mettre sur sa piste.

— Oh, mon Dieu, tu as raison ! Je n'y avais même pas songé. Je crois que je suis sens dessus dessous. Maman m'a un peu secouée.

— Ah ? A ce point ?

— Elle m'a reproché de ne pas être disponible pour ma fille, de déserter la maison, de ne pas être assez proche d'elle et de n'avoir aucune idée de ce qu'elle vit ou ressent. Enfin, tu connais maman...

— Tu n'avais vraiment pas besoin qu'on te fasse la morale en prime, commenta-t-il. Ça va mieux maintenant ?

— Si l'on peut dire, oui.

— Essaie de te reposer. Je rentre à la maison dès que j'ai parlé à Victoria.

— D'accord.

— Attends ! Gina ? Est-ce que Roberta était en contact avec Rachel, ces derniers temps ? Tu crois qu'elle aurait une idée, au sujet de ce qui a pu lui passer par la tête ?

— Tu sais bien qu'elle croit toujours connaître notre fille mieux que nous. Ça fait des années que ça dure.

Il soupira.

— Peut-être que l'inspecteur pourra en tirer quelque chose d'autre que le sermon habituel, avança-t-il en interrogeant Duarte du regard.

Celui-ci acquiesça.

— Bon, je vais essayer de me dépêcher. Je file chez Victoria, et ensuite, je rentre directement à la maison.

— Paul, il faut retrouver Rachel, murmura Gina d'une voix brisée par le chagrin.

— Je sais, répondit-il avec douceur. Nous la retrouverons. Tiens le coup. J'arrive bientôt.

Lorsqu'il eut raccroché, Duarte se leva et prit son manteau.

— Allons-y.

— Allons-y ? répéta Paul, surpris.

— Oui. Quand je vous ai demandé si vous faisiez confiance à cette psychiatre, vous avez paru hésiter. Il n'en faut pas plus pour que je veuille faire sa connaissance. Je vous accompagne.

L'inspecteur passa la tête par la porte du bureau voisin et prévint son collègue qu'il s'absentait un moment.

— Si elle n'est pas là, nous l'attendrons, décréta-t-il. Un inspecteur de police en est souvent réduit à faire le pied de grue, en espérant que le suspect numéro un fasse son apparition !

— Vous n'allez pas suspecter Victoria Lessing, tout de même, protesta Paul.

— Tant que je n'aurai pas trouvé le coupable, je considère tout le monde comme suspect. Vous, y compris.

Tout en se dirigeant avec Paul vers le parking, Duarte se demandait ce qui lui prenait. Cela faisait longtemps qu'il ne s'était pas piqué au jeu de la sorte. Sans doute était-ce à cause de la petite, Rachel. Quelque chose l'intriguait chez elle. Il aurait juré qu'elle dissimulait un secret, un secret dont ses parents n'avaient pas la moindre idée. S'il n'avait plus l'enthousiasme de ses débuts, il lui restait tout de même une certaine curiosité. Un peu comme Lazybones, sa chatte. Il était curieux, sans plus. Et après ?

Il fronça les sourcils.

Le problème, c'est que la curiosité se révélait parfois dangereuse.

200

Victoria avait bien eu le message de Paul et lui avait réservé une plage horaire dans son emploi du temps.

— C'est incroyable ! s'exclama-t-elle quand il lui eut expliqué la raison de sa présence.

Elle plissa le front pour réfléchir.

— Quand l'avez-vous vue pour la dernière fois ? demanda-t-elle.

— Il y a trois jours, vers 10 heures du matin. Elle a dit à Gina qu'elle se rendait chez une amie, mais elle n'est jamais arrivée là-bas.

— Nous nous demandions si vous sauriez où elle a pu aller, intervint Duarte.

Victoria se tourna vers lui.

— Vous pensez qu'elle est partie. Sans prévenir ?

— A moins qu'elle ne vous ait parlé de quelque chose.

Elle secoua la tête.

— Non, pas du tout. D'ailleurs, je ne pense pas qu'elle serait partie comme ça.

— Et sa sœur jumelle, Angela ? Croyez-vous qu'elle puisse représenter une menace ?

Victoria plissa les yeux. Comme elle jetait un regard interrogateur à Paul, il acquiesça.

— Il est au courant. Vous pouvez parler librement.

— Jusqu'à un certain point, corrigea-t-elle avec raideur. Rachel est toujours ma patiente, et je suis tenue au secret professionnel.

— Je le comprends très bien. Mais si vous savez quoi que ce soit qui nous aiderait à la retrouver… Victoria, elle est peut-être en danger.

Elle parut hésiter, puis se décida.

— Je peux vous dire que Rachel se sentait menacée depuis qu'elle avait aperçu, ou cru apercevoir, Angela sur le campus.

— Comment réagissait-elle à cela ? s'enquit Duarte.

— Elle semblait partagée entre la peur et la curiosité. Elle craignait qu'Angela ne soit revenue pour lui faire du mal. Mais je crois qu'elle avait en même temps très envie de la connaître, ce qui me paraît naturel. Après tout, ce sont des jumelles.

— Et vous ? Pensez-vous qu'Angela soit capable de s'attaquer à Rachel ?

— Difficile à dire. Elle n'avait que cinq ans au moment de sa thérapie.

— Mais vous êtes restée en contact avec le psychiatre de l'orphelinat ?

— Oui, par téléphone. Gina et Paul m'avaient demandé de suivre l'évolution de leur fille.

— Et alors ? insista Duarte.

— Angela a eu du mal à s'habituer à l'orphelinat, après avoir connu un véritable foyer, expliqua-t-elle. Elle ne cessait de répéter qu'elle n'avait rien fait de mal, qu'elle ne méritait pas de rester là. Rachel lui manquait et elle la réclamait.

— A St Sympatica ?

— Oui, apparemment elle espérait que Rachel accompagnerait ses parents quand ils viendraient la voir.

Duarte se tourna vers Paul.

— Avez-vous emmené Rachel là-bas ?

— Non. Nous pensions que ce n'était pas souhaitable pour elle, et le Dr Chase partageait notre avis.

— A propos, Paul, avez-vous pensé à questionner le Dr Chase ? demanda Victoria. Il serait plus apte que moi à déterminer si Angela représente un danger pour sa sœur.

— J'ai oublié de vous le dire… Le Dr Chase est décédé.

— Décédé ? Que lui est-il arrivé ? Il était encore jeune, non ?

Une fois de plus, Paul raconta les circonstances tragiques de la mort du psychiatre et comment Angela s'était enfuie par la suite.

— Angela faisait partie des suspects ? s'enquit Victoria.

— Disons qu'elle a eu un comportement étrange en apprenant la nouvelle. Mais la police n'a trouvé aucune preuve contre elle.

— Cependant, vous êtes persuadés que c'est elle, la meurtrière. Et vous croyez à présent que Rachel est sa prisonnière, ou pire, qu'Angela l'a déjà tuée.

Il humecta ses lèvres sèches du bout de la langue.

— Nous ne sommes sûrs de rien, Victoria, mais c'est possible.

Du bout de son ongle rouge vif, elle se tapota la lèvre inférieure.

— La seule chose qui pourrait vous intéresser… (Elle s'interrompit, pensive.) Il m'a semblé que Rachel avait réellement envie de revoir sa sœur. Je ne vous apprends rien si je vous dis qu'elle a souffert d'un terrible sentiment de culpabilité. Parce qu'elle était restée, et Angela, non. Un genre de syndrome du survivant.

— Je le sais. Nous en avons déjà parlé.

— Elle a peut-être ressenti le besoin de rencontrer sa sœur pour s'excuser, en quelque sorte. Je me demande d'ailleurs si Angela n'est pas rentrée en contact avec elle.

— Rachel a prétendu qu'elle partait retrouver une amie, Ellen Stanaway. Elles se connaissent depuis le lycée.

— Vous avez parlé à Ellen ?

— Oui, par téléphone. Rachel ne lui a pas donné signe de vie depuis cet été.

— Elle vous a donc menti.

— Il semblerait, oui, admit Paul en croisant son regard.

— Mon Dieu, je comprends pourquoi vous êtes inquiet…

Duarte intervint.

— Il est possible qu'Angela ait réussi à joindre Rachel et qu'elles soient convenues d'un rendez-vous. Ensuite…

Il haussa les épaules, et ils restèrent silencieux un moment.

— C'est ce que nous devons découvrir, conclut-il enfin. La suite.

Paul eut soudain très froid. Il était terrifié et se sentait affreusement coupable. Si seulement il avait été un meilleur père. Si seulement il avait passé plus de temps avec Rachel, et moins avec Lacey. Si seulement il avait pris le temps d'échanger des e-mails avec elle, pendant qu'elle était à l'université…

Brusquement, il sut sans l'ombre d'un doute que c'était lui, le responsable. La disparition de Rachel était la juste punition de ses péchés.

— Paul ?

La voix de Victoria venait de loin, et il dut faire un effort pour se concentrer sur le présent.

— Ce ne sont que des suppositions, disait-elle. Nous ne savons pas si Rachel est partie retrouver sa sœur. Elle a pu aller voir n'importe qui. Un petit ami…

Paul secoua la tête.

— Elle nous en aurait parlé.

— Rachel est une femme, maintenant, fit-elle remarquer. Elle n'a peut-être pas envie de vous raconter en détail tout ce qu'elle fait.

— Elle a mentionné un petit ami avec vous ?

— Non, mais ça ne prouve rien. Les patients mentent à leur thérapeute. Souvent, ils essaient de se montrer meilleurs qu'ils ne sont en réalité.

La conversation s'enlisait. Duarte finit par se lever et se pencha par-dessus le bureau de Victoria afin de lui serrer la main.

— Merci du temps que vous nous avez consacré.

Sortant de sa poche de chemise une carte de visite, il la lui tendit.

— Au cas où un détail vous reviendrait en mémoire...

— Je ne manquerai pas de vous appeler, assura-t-elle en se levant à son tour. Paul, si je peux vous aider en quoi que ce soit...

— Merci, Victoria. Prévenez-nous si Rachel vous appelle.

— Bien sûr.

Mais elle avait évité son regard, et il se demanda pourquoi.

En sortant avec Duarte, il se sentait encore complètement déboussolé.

Une fois dans la voiture, Duarte lui proposa de s'arrêter quelque part, pour grignoter un sandwich et boire un café.

— Moi, je n'ai rien mangé depuis ce matin et je commence à avoir faim, déclara-t-il. Et puis il faut que nous parlions.

Paul appela Gina afin de lui annoncer qu'il déjeunait avec Duarte, si cela ne la dérangeait pas. Elle le rassura. Apparemment, elle se sentait bien mieux, lui affirma-t-elle avant de lui demander ce qu'ils avaient appris lors de leur entretien avec Victoria.

— J'ai bien peur qu'elle ne nous ait pas été d'un grand secours, répondit-il.

— Au moins vous aurez essayé.

Il acquiesça et lui demanda de nouveau si cela ne l'ennuyait pas de déjeuner seule.

— Bien sûr que non, assura-t-elle. J'ai l'intention de rester à côté du téléphone, et j'ai du travail à faire.

— Toujours la maison des Albright.

— Non, juste quelques idées que j'aimerais coucher sur le papier. Ça m'aide à… Paul, dis à l'inspecteur Duarte que j'apprécie beaucoup son soutien.

— C'est comme si c'était fait. Et toi, tu vas manger quelque chose ?

— Oui. Je vais me faire réchauffer un truc vite fait. Une conserve.

Paul raccrocha en souriant. Duarte était en train de se garer dans une place de parking, en face d'un café-restaurant.

— Ça fait vingt ans que je dîne ici le soir. On ne trouve plus beaucoup d'endroits comme celui-ci de nos jours.

Ils s'installèrent dans un box près de la fenêtre et passèrent commande. Ils parlaient à bâtons rompus quand Duarte se décida brusquement.

— C'est bon, je vous écoute.

— Que voulez-vous dire ? répliqua Paul en fronçant les sourcils.

— Que vous arrive-t-il ? On dirait que vous portez tous les malheurs du monde sur vos épaules.

— Au cas où vous ne l'auriez pas remarqué, rétorqua-t-il sèchement, ma fille a disparu. Elle est peut-être même…

Il ne parvint pas à achever sa phrase.

— Oui, je suis vaguement au courant, répondit Duarte du tac au tac. Mais il y a autre chose. Vous étiez complètement absent, il y a un instant.

Paul secoua la tête et contempla sa tasse de café. La patronne apportait leurs sandwichs. Elle fit de la place pour pouvoir déposer l'assiette et repoussa la tasse de Paul. Celui-ci se mit à jouer distraitement avec l'un des cure-dents plantés dans le pain.

— Etes-vous catholique, inspecteur ? lança-t-il enfin.

— Pas assez, puisque vous éprouvez le besoin de vous en assurer. Mais, oui, j'ai été baptisé… il y a très longtemps. Et vous pouvez m'appeler Al.

Paul acquiesça d'un signe de tête, mais demeura silencieux.

— Vous avez besoin d'un prêtre ? suggéra Duarte. Je suis habilité à entendre les confessions.

— C'est peut-être bien ça. Le fait est que je ne me suis pas confessé depuis des années.

— Quand il leur arrive un coup dur, les gens ont tendance à se tourner vers Dieu. A rechercher l'absolution.

— L'absolution, répéta Paul, plein d'amertume. Je n'en demande pas tant. Je me sens tellement coupable… Si j'avais accordé plus d'attention à Rachel, rien ne serait jamais arrivé. Avez-vous déjà ressenti ça, inspecteur ? La sensation de n'avoir pas fait ce qu'il fallait pour ceux que vous aimez.

— Oui. C'est ce que je ressens chaque fois que je vois mon fils.

Duarte mordit dans son sandwich et prit le temps de mastiquer et d'avaler sa bouchée avant de poursuivre.

— Mais il n'y a pas que Rachel qui vous manque, n'est-ce pas ?

— Que voulez-vous dire ?

— Cette femme, Lacey, celle dont vous m'avez parlé.

Paul hocha la tête.

— Je commence à me faire à l'idée de rompre avec elle. Je ne peux pas continuer ainsi, à fouler aux pieds mes principes.

Merde, Al, si vous saviez à quel point le départ d'Angela nous a perturbés ! C'est un miracle que nous soyons toujours ensemble, Gina et moi. Mais notre couple ne survivrait pas au deuil d'un deuxième enfant.

— Et vous voudriez sauver votre mariage.

— Je ne sais pas quoi vous répondre. Il y a des problèmes entre nous, mais je tiens à Gina. Je ne veux pas la perdre.

— Et vous pensez que ce qui arrive à Rachel est votre faute ? Vous croyez vraiment être le seul à blâmer ?

— Je ne parviens pas à m'ôter de l'esprit que tout ça ne serait pas arrivé si je m'étais montré plus attentif. Qu'elle soit partie de son plein gré ou non.

— Je vois ce que vous voulez dire. D'une certaine manière, on se sent toujours responsable de ce qui arrive à nos enfants.

— Dans mon cas, c'est un peu plus que ça, corrigea Paul. Dans mon cas, c'est vrai.

— Et que comptez-vous faire ?

— J'ai l'intention de rentrer chez moi pour serrer ma femme dans mes bras.

8.

Rachel se leva pour regarder par la petite fenêtre de la cabane. Pendant la nuit, la neige avait recouvert la terre et les cèdres d'un fin manteau blanc, et le paysage immaculé s'étendait à perte de vue. Rachel ne voyait pas d'autres habitations, pas un signe de vie, pas même un oiseau dans le ciel.

Elle était seule. Désespérément seule.

Elle retourna vers le poêle rebondi, l'ouvrit et poussa une bûche à l'intérieur. L'aménagement de l'unique pièce se révélait pour le moins rudimentaire : un placard rustique contenant des boîtes de conserve — avec l'indispensable casserole destinée à réchauffer sa pitance —, une lampe à huile, un vieux lit de camp qui sentait le renfermé, ainsi qu'une petite table et une chaise bancales. Le lavabo et les toilettes se dissimulaient dans un coin. Ni gaz, ni électricité, ni réfrigérateur. Donc pas de lait, ni d'aliments frais.

On lui avait laissé le strict minimum. De quoi rester en vie.

Mais dans quel but ? Que voulait-on faire d'elle ?

Elle n'aurait su dire depuis quand elle était enfermée là. Deux jours, trois jours ? Elle eut l'idée de marquer des encoches sur le mur, comme les prisonniers dans les films. Ainsi elle garderait la notion du temps.

Elle ne savait même pas comment on l'avait transportée dans cette cabane. Elle se souvenait de s'être demandé pourquoi la voiture qui la précédait s'arrêtait sans prévenir. Le conducteur, le visage à moitié caché sous un bonnet et une grosse écharpe de laine, était sorti et s'était dirigé vers elle. Elle avait alors baissé la vitre pour lui demander si tout allait bien.

Mais l'autre ne lui avait pas laissé le temps de terminer sa phrase. D'une main, il avait pressé un chiffon exhalant une odeur étrange sur son nez et sa bouche, et de l'autre il lui avait bloqué la tête contre le dossier de façon à l'empêcher de bouger. Rachel aurait voulu se débattre, mais ses bras et ses jambes ne lui obéissaient plus. Ensuite, elle s'était réveillée dans cette cabane. Seule.

Elle avait tout de même une idée de l'identité de son agresseur. Sans l'avoir vraiment reconnu, elle avait fugitivement entrevu quelque chose de familier dans ses traits, juste avant de sombrer dans l'inconscience.

Angela. Il ne pouvait s'agir que d'Angela.

Quelle imbécile elle était ! Elle aurait dû dire à ses parents qu'Angela avait téléphoné à Queen Anne Hill.

« J'aimerais te voir, lui avait-elle dit. Tu me manques tellement… Et moi, je t'ai manqué ? »

Son coup de fil avait laissé Rachel abasourdie. Ainsi, elle n'avait pas été victime de son imagination ; c'était bien sa sœur qu'elle avait aperçue sur le campus.

Évidemment, elle avait envie de la rencontrer. Tout en ne pouvant s'empêcher de la craindre. Elle ne conservait que des images confuses de cette nuit où Angela l'avait agressée, comme s'il s'était agi d'un cauchemar. Pourtant, elle savait qu'il s'était passé quelque chose d'horrible.

Au téléphone, elle avait accepté un rendez-vous dans un restaurant. Un lieu public où elle ne risquait rien. Puis elle avait menti à sa mère pour ne pas l'inquiéter, en prétendant se rendre chez Ellen. Gina ne l'avait sûrement pas cherchée tout de suite. Si elle la cherchait…

Dans un premier temps, Rachel avait projeté de voir Angela seule. Si tout s'était bien passé, elle serait rentrée à Queen Anne Hill afin d'annoncer la grande nouvelle à ses parents. Dans le cas contraire, elle se serait invitée à dormir chez Ellen. Cela lui aurait évité d'affronter ses parents si l'entrevue l'avait mise dans tous ses états.

Quelle imbécile…

Car, pendant qu'elle s'acheminait sans méfiance vers le restaurant, Angela la précédait en voiture. Elle s'était débrouillée pour l'obliger à s'arrêter, l'emmener et la boucler dans cette prison où elle s'était réveillée.

Rachel avait essayé de forcer les issues, en vain. La fenêtre ne bougerait pas d'un millimètre. La vitre, trop épaisse, s'était révélée impossible à briser. Quant à la porte, elle était fermée ou, en tout cas, bloquée de l'extérieur. Ses mains étaient encore enflées et meurtries d'avoir frappé le battant. Si seulement elle avait pu trouver un tisonnier —n'importe quoi de long et pointu — de façon à s'en servir comme d'un pied-de-biche. Ou d'une arme.

Malheureusement, Angela n'avait pas commis la bêtise de laisser traîner quelque chose qui aurait pu lui servir. Rien de ce qu'elle voyait ici ne l'aiderait à s'enfuir, pas plus l'ouvre-boîte que les quelques fourchettes en plastique qui se trouvaient dans le tiroir du buffet. Elle avait même essayé d'utiliser les bûches pour enfoncer la fenêtre…

Ses parents n'étaient pas près de la retrouver. Quand ils s'apercevraient de sa disparition, ils ne sauraient pas où chercher. Et tout était sa faute !

Nul doute qu'ils soupçonneraient Angela. Le problème, c'est que celle-ci avait beaucoup changé. Elle ne ressemblait ni à la petite fille d'autrefois, ni à la jeune femme aperçue sur le campus. Elle aurait pu aborder ses parents dans la rue pour leur demander l'heure, sans crainte d'être démasquée.

La nuit était tombée depuis un moment quand Rachel entendit du bruit du côté de la porte. Craignant de gaspiller ses réserves d'huile, elle avait réglé la lampe au minimum. Elle ignorait combien de temps elle devrait rester là et ne voulait pas se retrouver sans lumière. Elle était obsédée par l'image d'Angela trouant les ténèbres et se penchant sur elle, au milieu de la nuit. Elle s'était déjà réveillée plusieurs fois en sursaut, avec la certitude que sa sœur était là.

Elle se campa sur ses deux jambes et, le cœur battant, regarda fixement la porte qui s'ouvrait lentement. Quelques heures plus tôt, elle avait projeté de s'emparer d'une bûche et de bondir sur sa sœur pour l'assommer au moment où elle entrerait.

Un plan audacieux… et facile à concevoir dans la clarté du jour. Mais à présent que le moment était venu, la peur la clouait sur place.

— Hé, petite sœur !

Elle reconnut la voix rauque d'Angela. Sa voix d'adulte.

— Je t'ai apporté quelque chose.

Angela portait un jean et des bottes, et sa veste léopard ouverte laissait entrevoir à son cou une chaîne en or où pendait l'initiale A. Dans sa main droite, elle tenait un long couteau en argent qui brillait d'un éclat jaunâtre à la faible lueur de la lampe.

Elle se dirigea vers Rachel, le couteau en avant. Celle-ci recula jusqu'au mur de rondin, tout en se protégeant avec une couverture qui sentait le moisi.

— Qu'est-ce que tu veux ? cria-t-elle. Merde, Angela, qu'est-ce que tu comptes faire de moi ?

— Je t'ai apporté une surprise, répondit tranquillement sa sœur en fourrageant dans sa poche de sa main libre.

Elle extirpa de sa veste une pomme rouge appétissante et la brandit victorieusement devant elle.

— Tu as toujours aimé les pommes, non ? Tu te rappelles quand on les partageait, autrefois ? Maman nous disait : « Ne coupez pas vos pommes toutes seules, je ne veux pas que vous touchiez aux couteaux. » On avait piqué un économe et on s'était cachées sous le saule du jardin, où personne ne risquait de nous surprendre.

Elle s'approcha de Rachel et lui posa la lame sur la peau délicate, juste en-dessous du menton.

— Tu t'en souviens ?

Rachel acquiesça en claquant des dents. Anesthésiée par la peur, elle sentait à peine la pression du couteau. Elle avait l'impression de dériver sur un iceberg, qui l'emportait de plus en plus loin de chez elle.

— Putain, arrête un peu ton cinéma ! s'écria Angela.

Elle tourna les talons et se dirigea vers la petite table près du poêle, où elle entreprit de couper la pomme. Elle en fit quatre morceaux en chantonnant.

— *Oh, le vilain petit minet, qui mord le docteur aux doigts de pieds…*

Elle rit.

— T'as pigé, Rachel ? Un docteur.

Rachel ne répondit pas.

— Ne me dis pas que tu ne te souviens de rien, petite sœur ! commenta Angela en souriant.

Elle lui lança deux quartiers de pomme.

— Allez, mange. Tu vas avoir besoin de vitamines.

Rachel se garda bien d'y toucher. Après tout, rien ne prouvait que les morceaux n'étaient pas empoisonnés.

— Tu n'as pas faim ? demanda Angela d'une voix faussement enjouée. Ça doit être chouette de ne pas connaître la faim. Tu ne peux pas imaginer combien j'ai eu faim, depuis la dernière fois où nous nous sommes vues. Voyons, ça fait combien de temps ?... On avait seize ans, quand tu es partie en douce de ta colonie de vacances pour me rendre visite à St Sympatica.

Et elle partit d'un grand éclat de rire qui fit frissonner Rachel.

— Quelle nuit ! Tu te rappelles, maintenant, petite sœur ? La nuit où tu as tué le Dr Chase !

Rachel la contempla avec des yeux ronds. Mais de quoi diable parlait donc Angela ? Et qui était le Dr Chase ?

— C'est... c'est dingue, balbutia-t-elle. Tu es complètement folle...

— Possible, acquiesça Angela d'un ton indifférent. Mais ça n'enlève rien au fait que je dis la vérité.

— Je... je n'ai pas... Je n'ai jamais fait une chose pareille. J'en suis incapable.

— Oh, oh ! fit Angela, les traits déformés par un étrange rictus. Pauvre chérie !

Elle se mit à tapoter la pointe de son couteau comme pour en éprouver le tranchant.

— Ne me dis pas que tu as tout oublié, petite sœur. Tu as tout refoulé, c'est ça ? Comme pour la nuit de Noël ?

Rachel commença à pleurer. Elle avait l'impression que tout s'effondrait autour d'elle, que ses repères s'évaporaient, un par un.

— Je n'ai jamais compris comment tu avais fait pour t'en sortir, poursuivit Angela en arpentant le sol de la cabane. Bien

214

sûr, tu étais la dernière qu'on aurait soupçonnée. La gentille et douce Rachel, toujours si calme et si tranquille.

Elle rit.

— Enfin, c'est ce qu'ils croyaient, corrigea-t-elle avant de se mettre soudain à crier : Et moi ? Eh bien, on me renvoie à ta place. Je ne faisais pas assez de manières, sans doute. (Son visage était défiguré par la colère.) Joyeux Noël, Rach ! Qui m'aurait crue si j'avais raconté que c'était toi qui avais voulu me tuer ? Que je n'avais fait que me défendre ?

— Tu mens ! protesta Rachel en sanglotant. Je n'ai jamais fait une chose pareille ! Je n'aurais pas pu !

Angela se contenta de l'ignorer.

— Tu n'as aucune idée de ce que j'ai enduré à St Sympatica. Jour après jour, la peur au ventre, j'attendais le moment où il me ferait venir dans son bureau pour me faire ses saletés. Ou pour m'obliger à lui en faire. Un jour, il m'a emmenée dans les bois, au bord de la rivière, soi-disant pour une promenade. Je devais avoir dix ans. Il m'a photographiée, puis il m'a forcée à m'allonger sur une couverture et il m'a ouvert les jambes, « juste pour me toucher », disait-il. Mais il ne s'est pas contenté de me toucher, Rachel. Il s'est introduit en moi. Il disait qu'il ne le ferait qu'un tout petit peu, mais il mentait. Il poussait toujours plus, et j'ai crié. Ça me faisait tellement mal... Alors, il a mis sa main sur ma bouche pour que personne ne m'entende. Je sens encore l'odeur de cette main, Rachel. Elle sentait le sel, le cuivre. Et quand j'ai regardé cette main, j'ai compris que c'était l'odeur du sang. De *mon* sang.

Sans s'arrêter de marcher, elle se mit à sangloter. De sa main libre, celle qui ne tenait pas le couteau, elle essuya ses larmes.

— Du calme, Angela. Du calme, murmura-t-elle pour elle-même.

Elle marchait en faisant des demi-cercles et se rapprochait de plus en plus de Rachel.

— C'est ce jour-là qu'il a plu du sang. Il s'est mis à tomber des cordes, une pluie rouge, d'un beau rouge sang. Je suis rentrée trempée à l'orphelinat. Mes cheveux, mon chemisier, ma jupe, tout était imbibé de cette pluie. J'ai cru que quelqu'un, Mme Ewing peut-être, allait courir vers moi et me demander ce qui m'était arrivé : « Oh, mon Dieu, Angela, d'où sors-tu comme ça ? » J'aurais pu répondre. Cette fois, j'avais une preuve de ce qu'il me faisait subir. J'aurais dit : « Il m'a fait mal, il m'a fait si mal... C'est pour ça que Dieu fait tomber sur lui une pluie de sang. » Mais personne n'a rien remarqué, Rach. Ils étaient tous dans la salle de télévision, à écouter un type qui expliquait que, d'après les scientifiques, la couleur de la pluie était due à de la poussière de métal lâchée par une météorite qui avait pénétré l'atmosphère. J'ai essayé de dire à Mme Ewing que ce n'était pas ça. Que je connaissais la vraie raison. Que c'était à cause de ce que m'avait fait le Dr Chase. Mais la pluie s'est arrêtée, et Mme Ewing s'est précipitée dehors pour nettoyer le porche d'entrée à grand jet. Je l'ai suivie et je me suis suspendue à son bras en criant : « Regardez-moi. Regardez ! » Et elle m'a jeté un bref coup d'œil. « Pour l'amour de Dieu, Angela, m'a-t-elle répondu, monte vite ôter ces vêtements. Et apporte-les-moi, que je les lave avant qu'ils ne soient irrémédiablement tachés. » C'est là que j'ai compris que personne ne voudrait croire que Dieu avait transformé la pluie en sang. Au fond, je n'y croyais plus moi-même. Je me suis dit que si Dieu ne s'était pas chargé de punir le Dr Chase, il ne me restait qu'une chose à faire.

Elle respira profondément, avec une sorte de rage, avant de lâcher :

— M'en occuper moi-même.

216

Il y eut un long silence, troublé seulement par les sanglots de Rachel.

— Je… je suis tellement désolée, articula-t-elle enfin. Je ne savais pas.

Angela se pencha vers elle et lui susurra avec douceur :

— Mais si, tu le savais, petite sœur. Tu l'as découvert la nuit où tu es venue me rejoindre à l'orphelinat. Quand nous avions seize ans. Tu l'as surpris en train de me faire ces choses, dans sa chambre, et tu l'as tué. Ensuite, tu t'es enfuie. Et c'est pour ça qu'ils n'ont jamais pu prouver que c'était quelqu'un de St Sympatica qui avait fait le coup. C'était toi.

— Non, c'est de la folie ! hurla Rachel. Je ne suis jamais retournée à St Sympatica. Jamais !

Mais elle avait beau nier, des scènes confuses commençaient à lui revenir en mémoire. Une chambre, dans une grande maison. Angela, clouée sur un lit par un homme qui s'introduisait de force en elle. Angela qui pleurait et criait : « Pitié, non ! Je vous en prie ! » Et l'homme qui souriait. « Tu sais ce qu'il faut faire. Fais-le, Angela, fais-le… »

Elle se souvint de la rage qui l'avait alors envahie. Tout était devenu rouge. Puis plus rien. Plus rien jusqu'à maintenant.

Angela l'observait en souriant.

— Ah-ah ! On dirait que ça te revient, petite sœur. Maintenant, tu sais. Et il faut que tu paies pour ce meurtre. Comme j'ai payé pendant toutes ces années pour expier ta faute.

9.

Elles roulaient depuis un moment sur une autoroute serpentant au milieu de montagnes désertes. Rachel avait cru reconnaître le col qu'elles venaient de franchir : sans doute traversaient-elles la chaîne qui séparait l'Etat de Washington d'ouest en est. D'après le soleil levant, elle devina qu'elles se dirigeaient vers l'est. Les panneaux indiquaient qu'elles se trouvaient à deux ou trois heures seulement de Seattle. La cabane était moins éloignée de la maison qu'elle ne l'avait tout d'abord cru.

Elle avait vaguement songé à s'évader, mais ses mains étaient ligotées dans le dos. Si elle tentait d'attaquer Angela à coups de pieds, sa sœur risquait de perdre le contrôle du véhicule et de les envoyer dans un ravin. Elle avait espéré qu'elles se retrouveraient bloquées par la neige et que cela lui donnerait l'occasion de glisser un message aux employés de l'autoroute qui viendraient dégager la voie. Mais la neige était déjà soigneusement tassée sur le côté. La voirie avait dû passer pendant la nuit, et il n'y avait rien à attendre de ce côté-là.

Si seulement Angela se taisait !

Les mots qui sortaient de sa bouche la plongeaient dans un désespoir de plus en plus profond.

Rachel jeta un coup d'œil à la silhouette de la jeune femme qui conduisait. Qu'avait-elle de commun avec la sœur bien aimée dont elle se souvenait ? Les mains d'Angela, gantées de cuir, tenaient fermement le volant, sa bouche formait une ligne mince. Elle avait glissé ses longs cheveux dans une casquette en tricot. Avec sa veste léopard, son jean et ses bottes, elle avait une allure folle. Une allure de star de cinéma. Comme elle était belle… Comment une meurtrière pouvait-elle se dissimuler sous une telle apparence ?

— Moi aussi, j'ai perdu la mémoire après cette nuit de Noël, disait Angela. Du moins, c'est ce qu'a prétendu le Dr Chase. J'étais comme morte, dans une sorte d'hébétude. Je n'ai compris ce qui s'était passé qu'après quelques jours. Je ne savais d'ailleurs même pas où je me trouvais. La seule chose qu'on m'a expliquée, c'est que Gina et Paul — ceux que je considérais depuis toujours comme mes parents — m'avaient ramenée à St Sympatica et étaient repartis vivre avec toi, la soi-disant victime, à Seattle. Tu te rends compte ? Pendant toutes ces années, ils t'ont prise pour une pauvre victime !

Elle eut un rire forcé.

— Mais si je suis vraiment coupable, demanda Rachel, pourquoi ne le leur as-tu pas dit, tout simplement ?

— Oh, mais je n'ai pas arrêté de le répéter, au début. Et j'en ai parlé au Dr Chase. Mais il me serinait que j'étais malade. D'après lui, j'affabulais. Après tout, c'était moi que nos parents avaient surprise le couteau à la main. Si je continuais à prétendre que tu m'avais agressée la première, on penserait que j'étais folle et on ne me laisserait pas sortir de là. Je ne pourrais plus rentrer chez moi, je ne serais même plus adoptable.

— Mais personne ne t'a adoptée, de toute façon !

— Putain, Rachel, tu n'as pas appris grand-chose avec l'âge ! rétorqua-t-elle sèchement. Non, effectivement, je n'ai jamais quitté l'orphelinat. Le bon Chase s'est arrangé pour que ça se passe comme ça. Il tenait à me garder pour son usage personnel. Les Ewing étaient de braves gens, mais toujours tellement occupés… Ils ne se sont doutés de rien. De toute façon, ils faisaient entièrement confiance au Dr Chase… Tu sais, c'est comme dans ces familles où le père abuse de ses enfants. La mère n'est jamais au courant ! On étouffe aisément ce genre d'affaires, surtout quand l'enfant qui tente de se plaindre est considéré comme perturbé…

Rachel avait les yeux pleins de larmes. Jamais elle n'avait éprouvé un tel sentiment — mélange de colère et de peur. Si Angela disait la vérité, ses parents étaient coupables de ne pas lui avoir offert une chance de se disculper. Et elle-même ne pourrait jamais se pardonner d'avoir tranquillement oublié, de s'être tue.

Et si on l'avait renvoyée, elle, à l'orphelinat, à des centaines de kilomètres de la maison ? A quoi aurait ressemblé sa vie ? Aurait-elle dû subir, comme Angela, les assauts du Dr Chase ?

Si elle s'était rappelé les événements, aurait-elle avoué à ses parents qu'elle avait agressé sa sœur ? Aurait-elle plaidé sa cause ?

Elle l'ignorait. Tout ce qu'elle savait, c'est qu'Angela était sa jumelle, et qu'elle avait souffert de son absence. Rachel voulait l'aider, quoi qu'elle ait pu faire. Bien sûr, elle n'était pas sûre qu'Angela lui dît la vérité en ce moment même, mais elles étaient sœurs et il fallait qu'elles se montrent solidaires.

Maintenant, elle se rappelait vaguement être allée à St Sympatica. Son seizième anniversaire approchait. Elle avait choisi un stage de chant, à proximité du Minnesota, dans l'intention de rendre visite à Angela. A ce moment-là, elle ressentait le besoin de la connaître, de la voir, de lui parler, de s'assurer que tout allait bien pour elle. Elle se demandait ce que sa sœur était devenue — réponse que même sa grand-mère n'avait pu lui donner.

Elle n'était pas certaine de la trouver à l'orphelinat. Pourtant, elle avait tenté sa chance et était allée jusqu'à St Sympatica, le jour de leur anniversaire. Si Angela avait été adoptée et vivait ailleurs, elle aurait tâché d'obtenir son adresse auprès des pensionnaires.

Elle avait tout prévu. Pendant qu'au stage, une amie se chargeait de camoufler sa disparition, elle s'était échappée et avait fait du stop. Sa mère aurait eu une attaque si, par malheur, elle l'avait appris — pas tant à cause d'Angela, mais à l'idée de la savoir seule ainsi sur les routes, la nuit, à la merci de n'importe qui. A mesure que l'obscurité tombait, Rachel avait de plus en plus peur et ne cessait de se répéter que tout irait bien. La veille, elle avait volé un couteau à viande dans la cuisine, au cas où on essaierait de lui faire du mal. Oui, elle avait tout prévu…

Maintenant, Rachel se souvenait qu'une conductrice de poids lourd s'était arrêtée pour la prendre. Une charmante femme qui avait elle-même levé le pouce autrefois. Elle l'avait déposée non loin de St Sympatica. Rachel avait fait le reste du chemin à pied, puis s'était débrouillée pour entrer dans la propriété sans qu'on la voie — ça, elle ne savait plus comment. Ensuite, elle avait attendu dans le noir, adossée à un arbre du jardin, que les lumières s'éteignent. La nuit était douce et tiède, et l'endroit paisible. Des lucioles brillaient au milieu des massifs de fleurs. Rachel se rappelait un profond silence seulement troublé par le coassement des grenouilles.

Soudain, l'image d'un garçon surgit dans ses souvenirs. Qui était-ce ? Que faisait-il dehors, dans le noir, pendant que tout le monde dormait ? Etait-ce lui qui lui avait indiqué la chambre d'Angela ? Tout se brouillait dans son esprit. Elle se revoyait, quelques instants plus tard, surprenant Angela dans une chambre, clouée au lit par un homme. Angela qui pleurait doucement, en suppliant qu'il la laisse tranquille.

Oh, mon Dieu…

Rachel frissonna fortement. Avait-elle vraiment tué cet homme ? Celui qu'Angela appelait le Dr Chase ? Des images s'imposaient dans sa mémoire, comme surgies de nulle part. Horrifiée, elle se vit courir à travers la chambre pour se ruer sur lui et lui bourrer le dos de coups de poing. Il y avait du sang, beaucoup de sang.

Et autre chose, qu'elle ne parvint pas à saisir. C'était tellement flou…

— Angela, commença-t-elle, hésitante. Qui était le garçon qui se trouvait avec nous ce soir-là ?

Les mains d'Angela se resserrèrent sur le volant. Elle ne tourna pas la tête.

— Quel garçon ?

— Il y avait bien un garçon ?

— Non, répondit-elle brusquement. Il n'y avait aucun garçon.

— Pourtant, je me souviens…

— Rachel, ferme-la. Arrête de dire des conneries !

Elles roulèrent encore pendant une heure avant d'atteindre la banlieue de Spokane. Angela bifurqua dans une petite rue, arrêta la voiture et sortit de son sac un couteau. Le même que la veille, celui qu'elle avait utilisé pour couper la pomme.

Elle posa la lame froide sur la joue de sa sœur.

— Terminus, ma petite. Tu sais, je regrette de devoir en passer par là.

Obligeant Rachel à se retourner, elle fit glisser l'arme le long de son dos, jusqu'à la corde qui lui liait les mains. Elle la coupa avec précaution.

— Tu sais ce qui te reste à faire ?

Rachel se frictionna les poignets avec une grimace.

— Oui, répondit-elle.

10.

Paul et Gina descendirent ensemble prendre leur petit déjeuner. En attendant que le café soit prêt, Paul s'installa en face de Gina, à la place occupée habituellement par Rachel. Il voulait qu'elle comprenne à quel point il regrettait qu'ils en soient arrivés là.

— Je ne sais pas pourquoi nous nous sommes éloignés au lieu de nous rapprocher, commença-t-il en lui prenant tendrement les mains. Mais ce que je sais, c'est que nous avons eu tort. J'en suis en grande partie responsable, Gina, et je veux prendre un nouveau départ. J'ai besoin de croire que Rachel va revenir, et quand elle sera rentrée à la maison… (Sa voix se brisa.) Quand elle sera rentrée, je veux qu'elle ne doute plus que ses parents s'aiment et la soutiennent, quoi qu'il arrive. Je veux aussi que tu saches que tu peux compter sur moi.

Il avait parlé d'une traite, incapable d'endiguer le flot de paroles qui sortait spontanément de sa bouche. Maintenant qu'il avait vidé son sac, il se sentait épuisé, comme s'il avait couru un marathon.

Elle évita son regard.

— Tu… tu es d'accord avec moi, n'est ce pas ?

— Bien sûr, répondit-elle avec une sorte de prudence. Il faut que nous restions unis pour notre fille. Mais en ce qui concerne notre couple, Paul, j'ai peur qu'il ne soit trop tard.

Il pâlit.

— Tu considères que c'est fini entre nous ? Que nous devrions nous séparer, c'est ça que tu veux dire ?

Elle se mordit la lèvre inférieure.

— Non… C'est-à-dire, je n'en sais rien. Je crois… Il me semble que ce n'est pas le moment d'en discuter. Nous sommes trop préoccupés par la disparition de Rachel.

Il lui serra fortement les mains.

— Je ne veux pas te perdre.

Elle le regarda, surprise.

— Moi non plus, Paul, je ne veux pas te perdre. C'est juste que… je n'arrive pas à penser à autre chose qu'à Rachel.

— Bien sûr. Tu as raison. Je précipite un peu les choses. Nous en parlerons plus tard. A chaque jour suffit sa peine.

Elle hocha la tête et baissa les yeux pour contempler leurs mains enlacées. « A chaque jour suffit sa peine. »

Une larme tomba sur sa main. Paul l'essuya avec sa joue et releva la tête, une traînée humide sur le visage.

L'arrivée d'une riche odeur à leurs narines interrompit cet intermède.

— Le café ! s'écria Gina en sursautant.

Paul lui serra encore les mains et les reposa délicatement sur le comptoir. Il se leva afin de prendre la cafetière et deux tasses dans le buffet. Il s'apprêtait à servir Gina quand le téléphone sonna. Lâchant la cafetière sur la table, il s'empara vivement du combiné mural dans l'espoir d'entendre la voix de sa fille.

— Paul, vous devriez venir, déclara Daniel Britt d'une voix tremblante. Il y a un problème.

— Quel genre de problème ?

— Venez, vous verrez sur place. C'est important.

Daniel semblait tellement affolé que Paul se sentit paniquer à son tour.

— C'est au sujet de Rachel ? demanda-t-il, le cœur battant.

— Rachel ? Non. Mais il faut absolument que vous veniez.

Après avoir raccroché, il expliqua à Gina qu'il se passait quelque chose à *Soleil Antique* et que Daniel le réclamait. Il la gratifia d'un rapide baiser sur la joue en lui promettant de la tenir au courant.

Elle le serra dans ses bras.

— Appelle-moi dès que tu sauras de quoi il s'agit, le supplia-t-elle. Promis ?

— Promis.

Il parvint à la boutique moins d'un quart d'heure plus tard et se gara sur sa place de parking. Qu'est-ce qui avait bien pu se passer ? Et si cela avait tout de même un rapport avec sa fille et que Daniel n'ait pas voulu le lui annoncer au téléphone ?

Lorsqu'il pénétra dans le hall, Annie lui lança un regard étrange.

— Que se passe-t-il ? s'enquit-il sans préambule.

Elle semblait mal à l'aise et fuyait son regard.

— Daniel veut que vous l'attendiez ici, monsieur Bradley.

Elle pressa une touche du téléphone. La voix de Daniel retentit dans le haut-parleur.

— M. Bradley est arrivé, lui apprit Annie.

— Dites-lui que je suis là dans une minute.

Elle raccrocha et jeta de nouveau un regard vers Paul. Cette fois, il crut lire de la pitié dans ses yeux.

Mon Dieu, faites qu'il ne soit rien arrivé à Rachel...

226

— Dites-moi ce qu'il y a, ordonna-t-il sèchement. Quoi que ce soit, dites-le-moi.

Gênée, elle baissa les yeux vers son bureau, puis leva la tête en entendant Daniel faire irruption dans le hall. Elle semblait soulagée qu'il prenne le relais.

Quand le jeune homme vit Paul, il se calma et inspira profondément.

— Je suis désolé, Paul, je suis tellement désolé.

Il tourna les talons sans mot dire. Paul le suivit, au comble de l'inquiétude. Ils franchirent la grande porte principale, en direction de la cave de cristal. Ce qui ne le rassura qu'à moitié. Cela ne semblait pas concerner Rachel mais, apparemment, c'était sérieux.

Lorsque Daniel ouvrit la porte, Paul se figea sur le seuil, stupéfait.

Le sol était recouvert de débris de verre. Des centaines — voire des milliers — de pièces réduites en miettes ! Sur les étagères, il ne restait plus rien. Assiettes, vases, verres, tasses n'étaient plus qu'un monceau de tessons, un tapis de verre brillant de mille feux.

Dans son mouvement de recul, Paul ressentit une violente douleur à la cheville. Il baissa les yeux et vit du sang sur son pantalon kaki. Il avait marché sur un tas de verre, au milieu duquel il crut reconnaître un fragment d'une œuvre de Chihuly au-dessus d'un vase Gallé en miettes.

La voix de Daniel lui parvint comme à travers le brouillard.

— N'entrez pas là-dedans, dit-il en l'attrapant par le bras afin de le tirer en arrière. C'est dangereux.

Paul n'avait pas besoin d'entrer pour savoir qu'il n'y avait rien de récupérable.

Aucune pièce intacte. Aucun moyen de recoller les morceaux...

Ces pièces magnifiques, ces œuvres d'art dont certaines dataient de près d'un siècle, tous ces objets irremplaçables se trouvaient perdus à jamais. Il ressentit un violent coup au cœur, une douleur presque physique.

— Qui a fait ça ? murmura-t-il. Qui a bien pu faire une chose pareille ?

— Nous… nous n'en avons aucune idée, avoua Daniel. La pièce était dans cet état quand Annie a ouvert ce matin.

— Et l'alarme ?

— Désactivée.

Paul le regarda dans les yeux.

— Personne d'autre que vous, moi, Annie et Janice, ne possède le code de l'alarme. Où est Janice ?

— Elle a appelé ce matin pour nous prévenir qu'elle ne viendrait pas. Elle a la grippe.

— Avez-vous appelé la police ?

Daniel acquiesça.

— Oui. Ils nous envoient quelqu'un.

Tout à coup, Paul aperçut une forme sombre au beau milieu des décombres de verre.

— Qu'est-ce que c'est que ce truc ?

— Un cric. Mon premier réflexe a été de rentrer dans la pièce. Et puis je me suis dit qu'il valait mieux ne toucher à rien avant l'arrivée de la police. Mais j'ai jeté un œil sur l'objet en question, et je crois bien que c'est ce qu'ils ont utilisé.

Ainsi donc, il s'agissait d'un pur acte de vandalisme ! Choqué, Paul tourna les talons. Il en avait assez vu.

— Je suis dans mon bureau, déclara-t-il.

Il appela immédiatement Gina afin de lui raconter ce qui s'était passé. Elle aussi fut épouvantée.

— C'est incroyable ! répéta-t-elle à plusieurs reprises. Mon pauvre Paul…

228

Après avoir raccroché, il appela Duarte.

— Je suis au courant, lui apprit ce dernier. On vous a envoyé une voiture, et j'allais moi-même partir pour me rendre sur les lieux.

— Al, c'est un acte délibéré. Ils ont même laissé le cric avec lequel ils ont tout saccagé.

— Courage, répondit seulement Duarte.

Et il raccrocha.

Paul se frotta le visage. Il revoyait les beaux objets qu'il avait amoureusement sélectionnés… Tout n'était plus désormais qu'un tas de déchets.

Il devait appeler l'assurance. Cependant, ce n'était pas la perte matérielle qui le préoccupait le plus. Il aurait surtout voulu savoir qui avait bien pu faire une chose pareille.

Angela ? Le nom s'imposait malgré lui dans son esprit.

Une très vieille scène lui revint en mémoire. Les petites n'avaient pas encore trois ans. Angela était assise sur ses genoux, et il lui lisait une histoire de Humpty-Dumpty. Une fois le récit achevé, elle lui avait demandé :

« — Papa, où sont les rois qui protègent tous les hommes ? Pourquoi ils ne peuvent pas remettre Humpty en un seul morceau ?

— Je ne sais pas, Angela, avait-il répondu. C'est sans doute qu'ils ne l'aiment pas assez fort.

— Et toi, papa ? Tu m'aimes ? avait-elle demandé de sa douce voix flûtée. »

Ses yeux étaient assombris par la peur.

« — S'il m'arrivait la même chose qu'à Humpty-Dumpty ? Ça te ferait de la peine ?

— Bien sûr, Angela, avait-il assuré en l'embrassant sur le front. Je te protégerai toujours, je te le promets. »

Seigneur, comme il l'avait trahie… Il avait failli à sa parole. De cela aussi, elle avait dû souffrir.

229

Daniel apparut dans l'embrasure de la porte, le tirant de sa rêverie.

— La police est là. Ils veulent vous parler.

— Dites-leur que j'arrive.

Avant de sortir, Paul parcourut des yeux son bureau. Qu'avait-il fait pendant toutes ces années, à part travailler, consacrer du temps à son affaire, voyager à travers le monde pour acheter des œuvres d'art ? Il avait négligé sa famille, délaissé sa fille…

Son travail lui semblait maintenant dérisoire. Rien ne s'était déroulé comme il l'aurait voulu ; il avait lamentablement échoué dans tous les domaines.

S'il existait un karma, si ce qui vous arrivait dans cette vie était le résultat de vos actions passées, alors, c'est sûr, il avait quelque chose à payer.

Quand Paul pénétra dans le hall, il fut accueilli par deux policiers à l'air suspicieux. Lorsqu'ils commencèrent à l'interroger, cela empira. Apparemment, ils le soupçonnaient de quelque manigance pour toucher l'assurance. Il répondit à leurs questions insidieuses en essayant de conserver son calme et assura qu'il n'avait pas la moindre idée de l'identité du coupable. Il préférait parler de ses soupçons avec Duarte.

D'ailleurs, qu'est-ce qu'il fichait, celui-là ?

Les policiers relevèrent l'adresse et le numéro de téléphone de Janice. Annie leur avait dit, sans en mesurer les conséquences, que c'était la première fois qu'elle s'absentait pour cause de maladie. Cela la transformait en suspecte idéale.

Pauvre Janice… Elle travaillait dur et était honnête. Jamais elle n'aurait commis un acte pareil. Il tenta de l'expliquer aux policiers, qui ne voulurent rien entendre. « Souvent, on découvre que le coupable est précisément celui que tout le monde croyait au-dessus de tout soupçon » fut leur réponse.

Ils avaient déjà interrogé Daniel et Annie et n'épargnèrent pas les autres employés, qui eurent droit à un questionnaire en règle. On leur interdit de toucher à la moindre chose avant l'arrivée des inspecteurs.

Paul ne pouvait s'empêcher d'être impressionné par leur conscience professionnelle. Ce n'est que lorsque Duarte apparut qu'il comprit qu'ils avaient dû recevoir des instructions particulières.

Duarte s'entretint un bref instant avec ses collègues et un autre inspecteur, à qui il laissa le soin de prendre l'enquête en main. Puis il se tourna vers Paul et lui fit signe.

— Jetons d'abord un coup d'œil aux dégâts. Ensuite, nous irons dans votre bureau. J'ai à vous parler.

Paul lui montra le chemin et s'arrêta devant la porte de la cave de cristal. Il préférait ne pas contempler une deuxième fois ce spectacle désolant.

Duarte émit un long sifflement.

— Seigneur Dieu ! Celui qui a fait ça était un enragé de fils de pute !

Il lança un regard entendu en direction de Paul.

— Ou plutôt, *celle* qui a fait ça.

Il n'émit pas d'autres commentaires et le suivit jusqu'à son bureau.

— Auriez-vous un peu de café à m'offrir ? demanda-t-il. Ou n'importe quoi de noir et de bien fort.

— Je vais voir ça.

Paul appela Annie et la pria de leur apporter deux cafés.

— Mais les policiers ne me laisseront jamais quitter le hall ! se plaignit-elle.

Duarte se pencha vers l'interphone et rabroua les deux agents.

— Vous avez peur qu'elle casse la cafetière ou quoi ? Laissez-la faire.

Le temps qu'Annie revienne avec les cafés, Paul se mit à tambouriner distraitement sur son bureau et Duarte à épousseter des miettes imaginaires sur sa cravate qu'il avait desserrée. On n'entendait que le bruit de l'horloge ancienne en train d'égrener les minutes.

Annie arriva enfin avec deux tasses, remplies de café bien fort. Duarte savoura une gorgée de son breuvage et ferma les yeux avec un grognement de plaisir.

— Parfait. Annie, je vous épouse !

Elle rougit et quitta la pièce à reculons, telle une courtisane n'osant tourner le dos à son roi. Paul avait tout essayé pour lui faire abandonner cette habitude. En vain. La jeune femme ne devait pas avoir plus de trente ans, mais elle semblait échappée d'un autre siècle. Paul ne lui avait jamais vu lire autre chose que des romans de cape et d'épée pendant sa pause déjeuner. Ce qui, d'ailleurs, faisait d'elle une excellente réceptionniste. Dès lors qu'il s'agissait d'objets du temps passé, elle avait une sorte d'instinct et repérait immédiatement les pièces de valeur.

Quand elle eut disparu, Duarte prit une seconde gorgée de café et posa sa tasse sur un morceau de papier en guise de soucoupe.

— Je ne voudrais pas abîmer la belle patine de cet acajou, commenta-t-il. A propos, je voulais vous demander si vous pourriez me dégoter un nouveau bureau. Un bureau ancien, je veux dire. Quelque chose de sympa, moins esquinté que le mien.

— Oui, c'est faisable, répondit Paul en ébauchant un sourire. Mais si vous gribouillez dessus, il ne restera pas « sympa » très longtemps.

Duarte hocha la tête d'un air résigné.

— Ouais. Vous devez avoir raison. Enfin, c'était juste une idée comme ça.

Puis il planta son regard dans le sien.

— Paul, croyez-vous que ce soit Angela ? s'enquit-il à brûle-pourpoint.

— Je n'en sais rien. Ce n'est pas impossible. Et vous, qu'en pensez-vous ?

— Je vais d'abord vérifier du côté de vos employés. Surtout auprès de ceux qui connaissent le code de sécurité. N'importe lequel d'entre eux a pu débrancher l'alarme avant de quitter le travail. Délibérément, je veux dire. Ils sont peut-être même plusieurs dans le coup. Qui est parti le dernier hier soir ?

— Je l'ignore. Mais vous savez, Al, nous formons une grande famille. Je fais confiance à mes employés, et je ne crois pas une seconde que l'un d'eux soit le coupable.

— Vous avez sans doute raison, mais il faut quand même que je les interroge. Pour ce qui est d'Angela, ou de Rachel, nous n'avons pas avancé d'un millimètre. Aucun indice, rien. Pas mal de fausses alarmes, mais il n'en est rien sorti. Je suis vraiment désolé.

Paul secoua la tête.

— Je ne sais plus à quel saint me vouer. Je suis déjà tellement inquiet au sujet de Rachel. Et maintenant, ça...

Sa voix se brisa.

— Ça me fait mal de le dire, mais je suis persuadé qu'Angela est à l'origine de ce désastre.

Un peu honteux, il raconta à Duarte l'épisode de Humpty-Dumpty.

— Je vais vous paraître stupide, mais je crois qu'elle veut me faire passer un message. Je ne peux pas l'expliquer précisément… Comme si elle voulait m'effrayer, me prévenir qu'elle est revenue et qu'elle est capable de me détruire et de détruire mon travail…

Il se tut, incapable de poursuivre. *Rachel*. Angela lui annonçait-elle qu'elle avait l'intention de détruire Rachel… ou qu'elle l'avait déjà fait ?

— Peut-être que ça rentre tout simplement dans ses projets de vengeance, avança Duarte. Il y a maintenant quatre jours que votre fille n'a pas donné de nouvelles, c'est bien ça ? Pas de demande de rançon, aucun message provenant d'un kidnappeur. Soit elle est partie faire un tour, soit c'est cette diabolique sœur jumelle qui l'a enlevée. Mais dans ce cas, il est clair que ce n'est pas pour de l'argent. Elle veut juste vous faire souffrir, votre femme et vous.

Il soupira.

— Paul, je ne pense pas que votre petite fille — je parle de Rachel — ait saccagé votre magasin. Je ne crois pas non plus qu'elle soit partie sans même vous donner un coup de fil. J'ai vu pas mal d'adolescents fuguer parce qu'ils ne supportent plus leurs parents. Mais Rachel n'est plus une adolescente et, de toute façon, on voit bien que ce n'est pas son genre.

Paul ne parvint pas à soutenir son regard.

— Vous voulez dire que c'est Angela qui l'a enlevée ? C'est ça ?

— Je sais que vous ne voulez pas l'entendre, et je vous comprends. Mais il faut regarder la réalité en face. Il est temps maintenant de se bouger, Paul.

— Ce qui signifie ?

— Je vais lancer un avis de recherche et signaler l'affaire au FBI.

234

— Mais on va en parler dans les journaux ! Tous les tarés de la création vont vous appeler, croyant l'avoir rencontrée au coin de la rue !

— Oui, il va probablement nous falloir débrouiller pas mal de fausses pistes, admit Duarte. Etes-vous en train de me dire que vous ne seriez pas partant ?

— Non, bien sûr que non, assura Paul. Peut-être sortira-t-il du lot une information qui nous mènera quelque part. C'est que… je m'inquiète beaucoup pour ma femme.

— Votre femme est une battante, répliqua Duarte. Mettez-la au pied du mur, vous serez surpris. Bien plus que vous ne le croyez.

Daniel et tous les employés furent autorisés à reprendre leur travail. Seul dans son bureau, Paul réfléchissait. Duarte était en train d'aider son collègue à collecter des indices dans la cave de cristal.

« Je ne pense pas que nous ayons besoin de faire venir les gars du labo jusqu'ici, avait-il déclaré. Nos chances de trouver des empreintes correctes dans ce capharnaüm sont pratiquement nulles. Il y a bien trop de pièces à examiner. Des centaines, voire des milliers, si on compte les débris. Il nous faudrait au moins un an pour tout vérifier. Et encore, nous n'aurions pas assez de personnel ! Sans compter que ce serait probablement une perte de temps. Le coupable n'a dû toucher à rien. Il s'est sûrement contenté de rentrer et de taper un peu partout. Nous emportons le cric comme pièce à conviction ; peut-être en tirerons-nous quelque chose. Mais notre seule chance de coincer le coupable, ce serait de trouver quelque part dans la pièce un objet lui appartenant, quelque chose qu'il aurait perdu. »

Jamais Paul n'avait eu à affronter une telle perte au magasin, et tout le monde avait du pain sur la planche. Il téléphona à Janice et lui laissa un message. Il voulait qu'elle n'hésite pas à le joindre, au cas où elle aurait besoin de lui parler après la visite de la police. Janice était son assistante depuis des années et il ne la soupçonnait pas une seconde. Il est vrai qu'elle ne prenait jamais de congés maladie, mais il devait s'agir d'une coïncidence.

Ensuite, il appela Gina pour la prévenir qu'il resterait à *Soleil Antique* jusqu'à ce que les deux inspecteurs aient fini.

— Nous sommes pratiquement sûrs que c'est Angela qui a fait le coup, lui confia-t-il. Au fait, Duarte me charge de te dire qu'il envoie quelqu'un pour surveiller la maison, un agent qui restera posté à l'extérieur, dans une voiture.

L'agent en question avait été mis au courant des tenants et des aboutissants de toute l'histoire. Il le fallait bien, si on voulait qu'il apporte une protection efficace. Au téléphone, Paul se garda bien de préciser que, selon Duarte, Gina pouvait être la prochaine victime sur la liste, après Rachel. Il réussit sans savoir comment à lui transmettre les consignes de l'inspecteur d'une voix paisible.

— N'ouvre pas aux gens que tu ne connais pas et, s'il s'agit de la police, demande à voir leurs insignes. Je préférerais que tu restes à la maison, aujourd'hui. Si tu as besoin de sortir, je t'accompagnerai.

Gina promit de se montrer prudente.

— Je n'arrive toujours pas à y croire. Dire que quelqu'un s'est amusé à détruire ce qui comptait tellement pour toi... Oh, Paul, tu dois avoir le cœur brisé !

Duarte avait fait le nécessaire pour rendre la disparition de Rachel officielle. Il avait lancé un avis de recherche dans l'Etat de Washington et prévenu le FBI. Il était en effet inutile de tenir l'affaire secrète plus longtemps.

Avant de raccrocher, Paul dit à Gina combien il l'aimait. Les mots d'amour résonnaient étrangement, après tant d'années de silence.

— Je t'aime, moi aussi, répondit-elle avec douceur.

Elle pleurait. Il aurait voulu ajouter des paroles de consolation, mais les mots semblaient tellement dérisoires. Il replaça doucement le combiné et, posant sa tête sur ses mains jointes, se mit à prier.

Pitié, Seigneur. Venez-nous en aide, par pitié...

C'est dans cette position que Duarte le surprit, quand il fit irruption dans le bureau, un bon moment après.

— Nous avons trouvé quelque chose, mais j'ai peur que ça ne soit pas une très bonne nouvelle.

— De quoi s'agit-il ?

— Du cric. La recherche d'empreintes n'a rien donné, mais il porte la marque Ford. Il a probablement été livré avec une Ford.

Il marqua un temps d'arrêt.

— Rachel conduisait bien une voiture de cette marque, une Mustang ?

— Que voulez-vous insinuer ? répliqua Paul avec agacement. Ne me dites pas que vous soupçonnez Rachel ! Enfin, Al ! Rien que dans cet Etat, il y a des millions de Ford.

— Oui, je vous l'accorde. Mais combien ont un propriétaire qui serait susceptible de saccager votre magasin avec une telle fureur ? Et qui tomberait pile sur ce à quoi vous tenez le plus ?

Bien qu'au bord de l'explosion, Paul parvint à se contenir.

— Rachel n'aurait jamais fait ça, Al. Elle aussi aimait beaucoup la cave de cristal.

— Dans ce cas, je vois une autre possibilité, avança Duarte en évitant son regard.

— Laquelle ?

— C'est Angela qui conduit la voiture de Rachel.

Paul le regarda fixement. L'idée d'Angela rôdant dans les alentours, au volant de la voiture de Rachel, avec tout ce que cela impliquait, lui donnait le tournis. Il se sentait mal.

— Vous voulez dire qu'elle se serait déjà débarrassée de sa sœur ? Et qu'elle roule tranquillement dans sa voiture ?

— Peut-être qu'elle a décidé de la retenir prisonnière quelque part, expliqua Duarte. Suffisamment longtemps pour vous faire souffrir et vous faire croire qu'elle est morte.

Paul garda le silence. L'inspecteur se pencha en avant et caressa du bout des doigts la marqueterie satinée du nécessaire à écrire, resté sur le bureau.

— Qu'est-ce que c'est ?

— Un nécessaire à écrire de voyage, répondit Paul. Une sorte de bureau portable, qu'on posait sur ses genoux. Quelqu'un l'a laissé ici, il y a quelques jours. Mais nous ignorons qui.

— Laissé ? Sans rien dire ?

— Oui.

— Et ça ne vous intrigue pas plus que ça ?

Paul soupira.

— Je n'ai pas vraiment eu le temps de m'en occuper. Au début, j'ai pensé que le propriétaire était pressé et qu'il se manifesterait dans la journée. Ensuite, comme je n'ai pas eu de nouvelles, j'ai tout simplement oublié. Je n'ai pas passé beaucoup de temps au bureau dernièrement. De toute façon, c'est sans importance.

— En êtes-vous si sûr ? Ce ne sont pas des chérubins, là ?

Pour la première fois, il regarda le motif sur le couvercle de la boîte.

— Oui. Des chérubins et des fleurs. Pourquoi ?

— Un peu d'imagination, voyons ! insista Duarte qui semblait avoir du mal à contenir son agacement. Un chérubin, c'est bien la même chose qu'un ange ?

Cette fois, Paul comprit.

— Oui.

— Et je parie que vous n'avez même pas jeté un coup d'œil à l'intérieur ! Il ne vous est pas venu à l'esprit que cet objet pouvait avoir été déposé par Angela ? Que c'était peut-être quelque chose d'important ?

Devant son agitation, Paul sentit la colère l'envahir.

— Merde, non ! Puisque je vous dis que non !

— Ça va, ça va, fit Duarte avec un geste d'apaisement. Je voulais simplement savoir si vous l'aviez ouvert.

— Non. Enfin, si, je l'ai ouvert. Mais j'avais autre chose en tête. J'ai simplement regardé à l'intérieur des deux grands tiroirs.

— Vous pourriez inspecter les autres maintenant ? demanda Duarte en tambourinant nerveusement sur le bureau.

Paul lui jeta un regard irrité, mais tira le nécessaire à écrire vers lui. Avant de soulever le couvercle, il examina l'extérieur avec attention. C'était une boîte rectangulaire en excellent état, qui mesurait environ cinquante centimètres sur quarante-cinq pour une profondeur de vingt-cinq centimètres. Il la déplia afin de vérifier le contenu des tiroirs.

Dans le premier, il trouva deux chandeliers en argent, un peu ternis, mais parfaitement bien conservés. Dans le suivant était rangé un encrier en cristal avec un capuchon, vide, et une deuxième pièce identique remplie de sable, destiné à sécher l'encre.

— Ces deux grands tiroirs, expliqua-t-il tout en les retirant, devaient contenir le papier et les enveloppes. Regardez, il y a encore des traces de cire rouge. Le propriétaire utilisait un sceau pour cacheter son courrier.

Pendant que Duarte regardait avec attention ce qu'il avait déjà sorti, il ôta les tiroirs les plus petits et passa la main à l'intérieur de la boîte.

— On trouve souvent des cavités secrètes dans ce genre d'objet. Les voyageurs y dissimulaient leurs bijoux et leurs effets de valeur. C'est généralement un mécanisme à ressorts qui les fait apparaître, mais je n'ai pas l'impression que ce soit le cas pour celui-ci, acheva-t-il en fronçant les sourcils.

Il rencontra une petite aspérité sur la droite et, appuyant fortement, fit jaillir le premier tiroir secret. Il en découvrit ensuite trois autres, tous vides. Pourquoi Angela lui aurait-elle transmis un message ? se demanda-t-il, fataliste.

Bien que sur le point d'abandonner, il poussa par acquit de conscience le minuscule levier qui actionnait la dernière cachette.

Il sursauta.

Une photo jaunie gisait au fond du tiroir. Elle représentait une petite fille qui pouvait avoir dans les dix ans, debout près d'un fleuve, à l'ombre des arbres. Elle avait de longs cheveux bruns et ressemblait étrangement à l'Angela de cinq ans dont il se souvenait.

— Mon Dieu, murmura-t-il. Al, regardez.

Il lui tendit le cliché.

— Merde, laissa échapper Duarte. Putain de merde, c'est Angela ?

240

— Difficile à dire. Elle est plus âgée que dans mon souvenir. Mais ses cheveux, l'expression... Oui, je crois qu'il s'agit bien d'elle.

Cela ressemblait à une scène champêtre : une petite fille dans la nature, profitant de la chaleur d'un jour d'été... Sauf qu'elle n'avait pour tout vêtement que l'ombre tachetée des feuilles. En regardant la photo de plus près, on distinguait sur son visage un mélange de peur et de honte. Elle se tenait légèrement voûtée et tentait de dissimuler son sexe avec ses mains. Ses seins qui commençaient tout juste à pointer projetaient une ombre légère sur son torse frêle.

Paul n'y comprenait rien. *Mais qui diable avait pris cette photo ? Et pour quoi faire ?* Il avait la bouche sèche et une furieuse envie de pleurer. S'agissait-il vraiment d'Angela ? Qui lui avait fait une chose pareille ? Qui l'avait obligée à prendre cette pause ?

Et quel genre de relation entretenait-elle avec la personne qui avait pris la photographie ?

Sans lâcher le cliché, il ferma les yeux et serra les poings. Il entendit le bruit du papier qui se froissait.

Seigneur, qu'avons-nous fait ? Dans quelles mains l'avons-nous abandonnée ?

Et que pouvait-elle leur vouloir, à présent ?

La voix de Duarte lui parvint, lointaine.

— Paul, Paul... Ressaisissez-vous !

Il l'entendait mais ne pouvait répondre. Il se sentait comme engourdi. Il venait de décider de se réfugier très loin, au-delà de la peur et du désespoir. Impossible de penser que l'enfant sur cette photo était Angela, sa petite fille. Ou lui aussi se briserait comme Humpty-Dumpty et personne ne pourrait plus jamais recoller les morceaux.

11.

Paul sortit progressivement de sa torpeur, à présent envahi d'une froide détermination. Si la petite fille de la photographie était bien Angela, si elle prenait plaisir à jouer avec leurs nerfs, il devenait crucial de retrouver Rachel. Tous ses efforts devaient maintenant tendre vers ce seul but.

Il fit prendre à la voiture de location, une Pontiac, la direction de l'appartement de Lacey. Puis, le temps que l'ascenseur parvienne au troisième étage, il prépara son discours. Il fallait qu'il tente de sauver son mariage et qu'il cesse de la voir. Il continuerait à lui payer l'appartement et à subvenir à ses besoins jusqu'à ce qu'elle trouve un bon travail et qu'elle puisse se débrouiller par elle-même. Hors de question de l'abandonner à son sort.

Il espérait qu'elle accepterait cet arrangement sans faire d'histoires. Ne lui avait-elle pas dit, au début de leur liaison, qu'elle savait que ça ne durerait pas entre eux ? Tout ce qu'elle exigeait, c'était qu'il soit franc avec elle et qu'il la quitte avec une certaine correction.

Mais sa résolution commença à faiblir dès qu'elle ouvrit la porte. Assailli par les effluves de son parfum, il entra, l'embrassa gentiment sur la joue et lui confia son manteau et ses gants.

— La vache, Paul ! Tu as les mains glacées malgré tes gants ! s'exclama-t-elle en frôlant ses doigts. Il doit faire un froid de Sibérie, dehors.

— Quelque chose comme ça.

— Je vais te servir un brandy.

— Non, du café fera très bien l'affaire.

Il tenait à conserver toutes ses facultés mentales et à rester maître de lui-même.

— Pas question, insista-t-elle. Tu as besoin de quelque chose qui te réchauffe le sang.

Il céda et la regarda verser une bonne dose de brandy dans un verre.

— Assieds-toi là, ordonna-t-elle en le conduisant jusqu'au canapé. Bois ça pendant que je t'enlève tes chaussures. Bon sang, mais où es-tu allé ? Tu devrais porter des bottes, tes pieds sont trempés !

— Je n'en porte jamais. Il neige rarement par ici.

— Peut-être, mais il pleut. Tu sais, quand j'étais enfant, nous portions des bottes dix mois sur douze. Du moins, pour ceux qui avaient les moyens d'en acheter.

Une ombre passa furtivement sur son visage.

— Enfin, je trouve bizarres ces gens qui marchent tranquillement dans la neige, comme si ça ne les dérangeait pas le moins du monde.

Elle s'interrompit et fronça les sourcils.

— Qu'est-ce que c'est, ça, sur ton pantalon ? On dirait du sang...

— C'est du sang. Je me suis coupé avec du verre.

— Oh, mon pauvre chéri ! Laisse-moi te soigner.

Elle retroussa la jambe de son pantalon et posa tendrement ses lèvres sur la coupure. Puis, levant la tête vers lui, elle lui tapota la joue.

Sa main était douce comme de la soie, sa tendresse apaisante et réconfortante. Paul, peut-être aussi sous l'effet du brandy, commençait à se détendre. Mais quand Lacey glissa une main caressante vers sa poitrine puis s'aventura plus bas, il se déroba brusquement.

Il se leva et alla poser son verre sur le bar américain qui séparait la cuisine du salon.

— Je me suis juste arrêté une minute pour savoir où tu en étais de tes recherches sur Internet.

Il avait la bouche sèche, et ses mains tremblaient.

Toujours à genoux près du sofa, Lacey le considéra d'un air inquisiteur.

— Je te trouve bizarre aujourd'hui. Qu'est-ce qui ne va pas ? A part Rachel et cette histoire de disparition, je veux dire.

Il lui raconta ce qui s'était passé à *Soleil Antique.*

— C'est du vandalisme pur et simple. Et encore, je ne trouve pas de mot assez fort pour qualifier ce qu'ils ont fait là-dedans.

— Oh, Paul ! Ta cave de cristal ! Tu m'en avais tellement parlé, avec le vase Gallé… Une pièce si rare ! Lui aussi a été brisé ?

— Ils ont tout détruit. Absolument tout.

Il lui était reconnaissant de compatir à son malheur.

— Comment sais-tu que je possédais un vase Gallé ? demanda-t-il en fronçant les sourcils.

— Toi et ta mémoire d'éléphant ! se moqua-t-elle, taquine. Nous avons trinqué ensemble au *Gordon Biersch,* le soir où tu en as fait l'acquisition. On venait juste de se rencontrer. Tu étais fou de joie et tu disais que tu n'avais personne d'autre avec qui partager ton bonheur. Tu ne t'en souviens pas ? Gina était en déplacement pour son travail et Rachel à l'université. On se voyait pour la troisième ou la quatrième fois, je crois.

Il secoua la tête.

— J'ai la cervelle en marmelade, avec tout ce qui m'est arrivé récemment.

Elle lui lança une chaussette.

— Les hommes ! Ils oublient toujours les choses importantes.

Il attrapa la chaussette au vol avec un sourire.

— Quelles choses importantes ?

— Tu ne te rappelles pas ce que nous avons fait après avoir bu un verre, ce soir-là ?

Il secoua de nouveau la tête d'un air amusé, et elle lui lança la deuxième chaussette à la figure.

— Goujat ! C'était notre première nuit ensemble.

Il réfléchit.

— Bon sang, mais c'est qu'elle a raison !

Il ramassa la chaussette en riant et se dirigea vers elle. Mais elle sauta par-dessus le canapé.

— Attrape-moi, si tu peux ! cria-t-elle.

— Oh, mais je vais y arriver, fais-moi confiance !

Après une course-poursuite, Paul finit par l'attraper et reprit haleine en la tenant serrée dans ses bras. Mais entre lui et Lacey s'interposait un visage. Le visage de Gina. Plus que jamais, elle avait besoin de lui.

Il embrassa Lacey sur le front.

— Et si tu me préparais un petit café, maintenant ?

Elle lui en servit un bien fort, et ils burent côte à côte, installés sur les chaises zébrées, devant l'ordinateur.

— J'étais impatiente de te voir. Je voulais te montrer ce que j'avais trouvé. J'étais sur le point de t'appeler sur ton portable.

— Ça m'a l'air important.

— Ça mérite qu'on s'y intéresse. Mais ça ne nous sera pas forcément utile. Ne sois pas déçu.

Elle posa sa tasse et cliqua sur l'icône Internet. Pendant que l'ordinateur établissait la connection, elle expliqua :

— Tout d'abord, Angela continue de se faire appeler Bradley. Il s'avère que l'orphelinat n'a pas enregistré de changement de nom après que vous avez renoncé à vos droits parentaux. Ça a drôlement facilité mes recherches. Figure-toi qu'elle aussi s'intéresse aux antiquités. Une façon de maintenir un lien symbolique avec toi, sans doute.

— C'est incroyable ! s'exclama Paul. Comment as-tu fait pour trouver tous ces renseignements ?

— Facile. Et même un peu magique... Angela a son propre site web.

— Elle possède un site web ? Un site d'antiquaire ?

— Et un beau site ! Attends, je vais te le montrer, proposa-t-elle en tapant l'adresse.

— Tout de même, elle n'avait que cinq ans quand elle est partie de la maison. A cet âge-là, les enfants ne savent pas encore quel est le métier de leurs parents.

— Mais tu as bien dû emmener tes filles à *Soleil Antique* une fois ou deux ? Pour les présenter à tes employés, par exemple.

— Oui, probablement. C'est loin.

— Pas pour une enfant qui s'accroche à son passé, objecta Lacey. Quelqu'un qui n'a que de mauvais souvenirs à partir d'un certain âge n'oublie pas toutes les belles choses de son enfance.

246

Il contemplait l'écran en se demandant ce qu'il allait découvrir.

— Tu dois avoir raison, convint-il simplement.

— Bien sûr que j'ai raison ! Regarde.

Elle fit un signe en direction de l'écran.

— Sur ce site, on trouve des pages concernant des objets anciens, mais Angela y a également mis sa biographie. Et ça n'a rien à voir avec ce que tu m'as raconté.

— A ce point ?

— Elle raconte qu'elle a été élevée et choyée pendant toute son enfance par une famille aimante. Que ses parents lui ont apporté tout ce dont une enfant peut rêver et lui ont même payé des leçons de chant pendant trois ans.

— Des leçons de chant ? répéta-t-il, incrédule. C'est Rachel qui a pris des leçons quand elle était adolescente. Elle avait une voix sublime.

— Avait ?

— Oh, elle ne chante pratiquement plus. Depuis très longtemps.

Il réfléchit un instant.

— Depuis l'âge de quinze ou seize ans, il me semble. Mais Angela, elle, ne chantait pas du tout. Ou plutôt, elle chantait faux.

— Eh bien, regarde ça.

Il concentra son attention sur l'écran et lut en silence.

J'ai passé mon enfance dans une ravissante maison de Queen Anne Hill, à Seattle. Quand j'ai eu seize ans, mes parents m'ont inscrite à un stage de chant dans le Wisconsin, pour que je puisse travailler dans de bonnes conditions et progresser. Depuis toujours, je voulais être chanteuse. C'est même la seule chose que j'ai réellement désirée dans ma vie.

— C'est surréaliste, commenta-t-il, avec l'impression d'évoluer dans une autre dimension. On dirait la biographie de Rachel. C'est à elle que nous avons payé un stage de chant dans le Wisconsin, selon ses propres désirs, d'ailleurs. Je me rappelle qu'elle allait avoir seize ans et que son anniversaire tombait en plein milieu du séjour. Nous aurions préféré le fêter avec elle, mais elle n'a pas voulu en démordre.

Il sourit.

— Nous lui avons proposé d'autres stages, plus proches de la maison. Mais non, elle avait fait son choix et elle a tellement insisté que nous avons fini par céder.

— Pourquoi tenait-elle tant à participer à celui du Wisconsin ?

— Je n'en sais rien. J'ai d'abord cru qu'il s'agissait d'une lubie d'adolescente. Elle disait que son professeur en avait parlé et que c'était le meilleur. Gina et moi nous sommes renseignés, et il faut reconnaître que les cours avaient une certaine notoriété. Mais quand elle est revenue...

Il s'interrompit, rêveur.

— Oui ? le pressa Lacey.

— Il me semble que c'est à ce moment-là qu'elle a perdu tout intérêt pour la musique. A son retour, elle avait complètement changé et ne manifestait plus aucun désir de chanter. Elle passait son temps enfermée dans sa chambre. Je crois me souvenir qu'elle ne sortait même plus avec ses camarades de classe.

— As-tu une idée de ce qui n'allait pas ?

— Je ne me suis pas vraiment posé la question. J'ai cru qu'il s'agissait encore d'une saute d'humeur due à l'adolescence.

— Et maintenant, lis la suite, proposa Lacey.

A mon retour du Wisconsin, je savais ce qu'il en était réellement. La musique n'avait aucun sens. La vie elle-

même n'avait aucun sens. J'avais tout simplement envie de mourir.

La biographie s'achevait sur ces mots.

— On a l'impression que c'est de Rachel que parle Angela, déclara Paul d'un ton âpre. On dirait presque qu'elle la connaît mieux que moi.

Il avait l'étrange impression d'avoir cent ans et d'être démuni comme un enfant. Comme s'il n'avait rien retiré des leçons de la vie, rien compris. Comme si tout cela n'avait été qu'une vaine souffrance.

Il regarda de nouveau le texte, puis ferma les yeux.

— Sauf que Rachel n'a pas eu tout ce dont un enfant peut rêver. Elle est loin d'avoir été élevée dans une famille exemplaire. Elle a perdu sa sœur ; ses parents se sont éloignés l'un de l'autre...

Il ouvrit les yeux et poursuivit tristement :

— Nous avons délégué à une nounou le soin de s'occuper de Rachel. Elle a grandi dans la solitude.

Lacey lui prit la main.

— Que vas-tu faire au sujet de ce site ?

— Je ne sais pas, avoua-t-il. Je me demande tout à coup si ce ne serait pas plutôt l'œuvre de Rachel. Peut-être qu'elle éprouvait le besoin de s'inventer une vie, la vie qu'elle aurait voulue. Mais comment peut-elle avoir un site au nom d'Angela ?

— Je n'en sais rien. C'est bizarre.

— Tout ça ne m'apprend rien. Ça me confirme simplement que Rachel était dépressive à son retour du Wisconsin.

— Pour quelle raison ?

— C'est bien là le problème. Nous n'avons jamais su pourquoi.

Il regarda fixement l'écran, comme s'il espérait y découvrir la réponse.

249

— Tu crois qu'elle a construit ce site pour que je le trouve ?

Lacey repoussa sa chaise et s'éloigna en direction de la cuisine.

— Tu veux une autre tasse de café ? demanda-t-elle depuis le seuil. Je peux en préparer du frais.

Sa voix sonnait bizarrement.

— Oui, merci, répondit-il. Fais-le bien fort.

Au bout de quelques minutes, comme elle ne réapparaissait pas, il se leva pour la rejoindre. Mais elle sortait déjà de la cuisine, en s'essuyant les yeux avec un mouchoir en papier.

— Que se passe-t-il ? s'enquit-il.

Secouant la tête, elle se réinstalla devant l'ordinateur et fixa l'écran. Paul l'enlaça par derrière et posa les mains sur ses épaules.

— Que se passe-t-il, Lacey ?

— Les pauvres petites, murmura-t-elle. Les pauvres petites...

L'émotion que contenait sa voix le surprit.

— Oui, ajouta-t-elle doucement. Pauvres petites filles...

250

12.

L'ambiance était morose quand Paul arriva à Queen Anne Hill. Assises dans les confortables fauteuils du salon, Gina et Roberta se morfondaient chacune dans son coin. Le feu qui crépitait dans la cheminée dégageait une forte chaleur, et Paul tira sur sa cravate pour la desserrer.

En s'approchant de Gina, il vit qu'elle avait pleuré. Comme toujours, elle s'était légèrement maquillée, soulignant ses yeux d'un léger trait de crayon — « ses peintures de guerre », selon sa propre expression. Avec les larmes, le fard avait coulé et laissé une traînée noirâtre sur ses joues.

Paul nota qu'elle portait toujours sa robe de chambre. Roberta, quant à elle, était vêtue d'un tailleur sombre et discret. Etonnant de la part d'une femme qui ne mettait généralement que des tenues excentriques aux couleurs vives et aux tissus flottant au vent comme des bannières. Elle fit un signe de tête à Paul, comme pour lui signifier qu'elle avait été impuissante à consoler sa fille. Elle-même ne paraissait pas au mieux de sa forme. Après tout, elle aussi était concernée par la disparition de Rachel. Il oubliait trop souvent de la prendre en compte. Jamais ils ne s'étaient sentis proches l'un de l'autre — Paul reconnaissait d'ailleurs n'avoir jamais fait le moindre effort afin que leur relation s'améliore. Gina s'était chargée de maintenir leurs liens en invitant sa mère à dîner le week-end et en lui souhaitant tous les ans son anniversaire. Mais quand Roberta venait à Queen Anne Hill en semaine, Paul ne la voyait pas, étant généralement à *Soleil Antique*.

De son côté, Roberta restait distante. Elle ne se confiait jamais, aimait à s'auréoler de mystère et ne partageait rien de sa vie personnelle avec eux. Elle était une mère et une belle-mère. Rien de plus. En y réfléchissant, Paul se rendit compte qu'il n'avait pas la moindre idée de ses occupations.

Il s'installa sur un bras de fauteuil près de Gina et lui caressa les cheveux. Elle recommença à pleurer, puis se mit à rire nerveusement.

— Tu te souviens de cette histoire du vieux chien poilu à qui il n'arrive que des malheurs ? lâcha-t-elle enfin, en s'essuyant les yeux. Je suis comme lui, je pleure comme une fontaine. Impossible de m'arrêter.

— Pleure si tu en as besoin. Laisse-toi aller.

Et elle pleura de plus belle.

— J'ai l'impression… J'ai l'impression qu'on ne la retrouvera jamais, articula-t-elle entre deux sanglots. Peut-être aurions-nous dû accepter que l'inspecteur Duarte lance l'avis de recherche plus tôt. Nous aurions pu diffuser sa photo, au cas où quelqu'un l'aurait vue.

Elle se tut et avala sa salive à plusieurs reprises, comme si quelque chose s'était coincé dans sa gorge.

— Il paraît que c'est dans les toutes premières heures d'un enlèvement qu'il y a le plus de chances de retrouver les gens, ajouta-t-elle. Ensuite… Ensuite…

Il l'attira à lui.

— On se fiche pas mal de ce « qu'il paraît ». Ceux qui disent ça ne connaissent pas notre fille. Ils ignorent que c'est une battante. Elle ne se laissera pas faire.

252

— Qu'en sais-tu ? répliqua-t-elle avec une brusque colère. Qui te dit qu'elle n'est pas allongée quelque part dans un fossé, en ce moment même ? Peut-être qu'elle est blessée et qu'elle ne peut pas bouger. Elle risque de mourir de froid si elle reste dehors avec cette pluie. Ou alors Angela…

Il l'interrompit.

— Inutile de passer en revue un tas de suppositions. Ça ne sert à rien. Regarde plutôt.

Il sortit de sa poche la biographie d'Angela que Lacey lui avait imprimée et la lui tendit. Même si la découverte n'était pas d'une grande utilité, cela mettrait un terme à ses ruminations et lui fournirait l'occasion de dépenser son énergie dans quelque chose de positif. La plupart du temps, Gina réagissait très bien dans les situations d'urgence. Elle savait se montrer forte.

Paul devait d'ailleurs reconnaître que c'était elle qui avait porté leur famille à bout de bras jusqu'à maintenant. Lui s'était contenté de suivre ses directives.

Roberta se rapprocha de sa fille.

— Cette biographie provient d'un site web au nom d'Angela, leur expliqua-t-il.

Après s'être essuyé les yeux avec un mouchoir déjà trempé, Gina le fourra dans la poche de sa robe de chambre et s'empara de la feuille qu'elle essaya de déchiffrer sans succès.

— Mes lentilles sont embuées, déclara-t-elle. Tu veux bien me la lire ?

— Bien sûr.

Il s'exécuta, levant la tête de temps à autre afin d'observer leurs réactions.

— Comment as-tu obtenu ça ? s'enquit Gina, l'interrompant dans sa lecture.

Apparemment, le contenu de la biographie la rendait perplexe.

— Par l'un des agents qui se chargent des investigations sur le Net, mentit-il. Et le plus curieux, c'est que tout ça lui a été servi sur un plateau. Angela continue de se faire appeler Angela Bradley, et elle possède un site à ce nom-là. J'aimerais que vous en preniez connaissance toutes les deux. Je voudrais avoir votre opinion.

Gina se frotta les yeux et tendit la main vers le papier.

— Fais voir.

Elle parcourut la fin rapidement et s'exclama :

— Ce n'est pas possible ! Mais enfin, Angela ne peut pas être l'auteur de ce texte !

— Passe-le-moi, demanda Roberta en tendant la main à son tour.

Elle tira ses lunettes d'un sac à main posé près de son fauteuil, et commença à lire en laissant échapper de petites exclamations de surprise.

— C'est plus qu'étrange, commenta-t-elle enfin. On dirait que...

Elle hésita et leva son regard vers Paul.

— Quoi ? Confiez-nous ce que vous avez derrière la tête, la pressa-t-il.

— Eh bien, on dirait que c'est Rachel qui a écrit ça, et pas Angela. Gina ? Qu'en penses-tu ?

— Je suis d'accord avec toi. Paul, tu te souviens de ces vacances d'été, quand Rachel est revenue complètement déprimée de ce stage de chant dans le Wisconsin ? J'ai cru que ce serait passager, qu'elle était tombée amoureuse d'un garçon et qu'elle avait peur de le perdre. Tu sais comment finissent les amours de vacances. J'ai mis son état sur le compte d'un chagrin sentimental.

— Sauf que cette année-là, Rachel ne s'intéressait pas encore aux garçons, intervint Roberta avec un calme inhabituel. J'ai essayé de vous le dire à l'époque, mais...

Devant l'expression de Gina, elle s'arrêta court.

— Ce n'est pas le moment de discuter de ça. En tout cas, il est clair qu'il s'est passé quelque chose à ce moment-là.

Elle baissa de nouveau les yeux vers la biographie.

— Il y a des moyens de connaître le nom de la personne qui loue l'espace pour ce site. La police peut se renseigner auprès du serveur par lequel elle passe.

Paul et Gina la regardèrent, surpris.

— Maman, tu sais ce que c'est qu'un serveur ? Depuis quand t'intéresses-tu à l'informatique ?

— Je m'intéresse à pas mal de choses dont vous n'avez aucune idée, répliqua vertement Roberta.

— Je crois qu'elle a raison et que nous pourrions vérifier auprès du serveur, déclara Paul. On demandera à Duarte de s'en charger.

— D'accord. En tout cas, c'est sûrement Rachel qui a écrit ça, assura Gina. Comment Angela pourrait-elle savoir que sa sœur a traversé une période dépressive l'été de ses seize ans ? Mais si c'est réellement Rachel, je me demande pourquoi elle est allée prendre le nom de sa sœur...

— Oui... Qu'est-ce qu'elle y gagnerait ?

— Je n'en sais rien. En tout cas, il est clair que nous n'avons pas su voir que notre fille n'allait pas bien.

— En plein dans le mille, lâcha Roberta.

Gina ne lui répondit pas et préféra changer de sujet.

— Paul, où étais-tu passé cet après-midi ? s'enquit-elle. Je croyais que tu rentrerais directement à la maison, en quittant la boutique.

— Je suis resté tard là-bas. Ça a été plus long que je le pensais.

Elle se contenta de cette explication sommaire, ce dont il lui fut reconnaissant.

255

13.

Le lendemain matin, la première chose que fit Paul fut d'appeler Duarte. Il désirait s'entretenir quelques minutes avec lui.

— J'ai quelque chose à vous montrer. Quelque chose pour lequel j'aurais besoin de votre aide.

— Vous appelez au bon moment, répondit Duarte. J'avais l'intention de m'absenter quelques jours et il me reste encore un ou deux petits dossiers à régler avant de partir. Vous pouvez passer aujourd'hui ?

— J'arrive.

Tout en conduisant, Paul se demandait pourquoi l'inspecteur prenait des vacances précisément à une période de l'année où la police était très sollicitée. Et surtout, il regrettait de devoir se passer de lui. C'était étrange, la vitesse à laquelle il avait pris l'habitude de se reposer sur cet homme.

Il le découvrit, trônant derrière un bureau plus net que jamais. Deux agents se plaignaient du travail qu'il leur avait laissé sur les bras, mais Duarte ne semblait pas s'en soucier le moins du monde.

— Vous avez trop l'habitude que je vous mâche le boulot, répliqua-t-il.

Ils lui lancèrent une boule de papier qu'il attrapa au vol et leur renvoya aussitôt.

— Il serait temps pour vous de cesser de pleurnicher comme des gosses et de grandir un peu.

En s'asseyant en face de lui, Paul esquiva de justesse un deuxième projectile.

— Bon, ça suffit, les gars. Retournez au travail, maintenant, ordonna Duarte. Si vous passiez moins de temps à vous plaindre, il vous en resterait plus pour écluser le boulot.

Sur ces mots, il se tourna vers Paul.

— Voyons un peu ce que vous avez pour moi.

— Jetez donc un œil là-dessus, répondit Paul.

Il tira la feuille imprimée de la poche de son manteau et la fit glisser sur le bureau.

Duarte l'étudia attentivement.

— Je n'y comprends pas grand-chose, en informatique, mais il me semble que c'est une page web et que le nom d'Angela figure dans l'adresse en haut. Est-ce que ça signifie que ce truc parle d'elle ?

— Oui, ça provient même de son site web personnel. Mais je me demande si on peut se fier à l'adresse. La personne qui a conçu ce site est trop bien renseignée. Gina et moi pensons qu'il ne peut s'agir que de Rachel elle-même. Elle a probablement utilisé le nom de sa sœur, pour une raison ou pour une autre.

— Ouais, pour une raison ou pour une autre... Et vous n'auriez pas votre petite idée sur cette raison ?

— Pas la moindre. Nous en avons justement discuté hier soir, et nous n'avons trouvé aucune explication logique. J'espérais que vous auriez une idée.

Duarte soupira.

— Vous savez, Paul, il ne faut sans doute pas chercher la logique dans tout ça. Lorsqu'on a affaire à des personnes perturbées comme Angela, on ne peut plus continuer à raisonner normalement. Mais ce n'est pas le contenu de ce site qui m'intéresse. Je crois qu'il serait plus judicieux de se demander à qui il était destiné.

— Vous pensez à Rachel ou à Angela ?

— Non, je pense à vous. Peut-être que c'est vous qui étiez censé tomber dessus. Peut-être qu'il a été conçu à votre intention et qu'il contient un message pour vous. La véritable question est : qui peut vouloir vous faire parvenir un message ? Et quel est ce message ?

Duarte se renversa sur son fauteuil et contempla le plafond d'un air préoccupé.

— Bien sûr, ce n'est qu'une hypothèse, ajouta-t-il. Il ne faut pas vous polariser là-dessus. Laissons cette idée travailler toute seule ; on verra bien ce qu'il en sortira.

— Je viens de me souvenir qu'il y a une page contact sur le site. Vous savez, on clique sur l'icône « boîte aux lettres » ou sur « e-mail », et ça ouvre une page. Nous avons essayé et nous avons trouvé une adresse. L'auteur du site avait pris un pseudo — je crois que c'est comme ça qu'ils disent. *Jumelles*. Ensuite, il y avait quatre chiffres et l'adresse du serveur.

Duarte secoua la tête.

— Je n'ai pas tout suivi. D'où sortez-vous toute cette science ?

— C'est mon amie, Lacey… Elle est très douée en informatique. C'est elle qui a trouvé le site.

— Ah, oui ? A propos, je ne suis pas encore allé lui rendre visite. Pas plus qu'à votre belle-mère, d'ailleurs. Je projetais de la rencontrer cet après-midi, mais je ferais peut-être bien de remettre ça à plus tard, et de passer d'abord chez votre petite amie. Elle me montrerait le site en question. Vous dites qu'il y a d'autres pages ? Ça pourrait nous fournir une piste.

— Sur la première, elle parle de sa passion pour les antiquités. Ensuite, il y a sa biographie et la page e-mail. Je ne crois pas avoir vu autre chose. Mais je dois dire qu'après avoir lu la biographie, je n'arrivais plus à me concentrer. Ma belle-mère a l'air de s'y connaître un peu en ordinateurs... Selon elle, on peut obtenir auprès du serveur le nom de la personne qui loue l'espace pour ce site.

— Bien sûr, je m'en occupe. Je vais demander à un de mes gars de s'y mettre aujourd'hui même.

Paul se leva et rabattit son écharpe sur son cou.

— Merci beaucoup. Je suis désolé d'avoir encore usé de votre temps, d'autant plus que vous partez en vacances.

— Pas si vite, fit Duarte.

Il alla parler à voix basse à un collègue qui se trouvait deux bureaux plus loin et fit signe à Paul de le rejoindre.

— Je vous présente l'inspecteur Hal Barnes, déclara-t-il. C'est lui qui va s'occuper de cette histoire de site. Il vous préviendra dès qu'il saura à qui il appartient.

— Encore merci. Je vous suis très reconnaissant.

— Al m'a dit que c'était votre petite fille qui avait disparu, commença Barnes. J'ai vu l'avis de recherche. Si vous avez besoin de quoi que ce soit, n'hésitez pas. Je ferai tout ce qui est en mon pouvoir pour vous aider.

— Ce n'est pas exactement une petite fille, corrigea Paul, un peu embarrassé. Rachel a déjà vingt et un ans. Mais nous sommes très inquiets à son sujet.

— Je comprends. Moi, j'ai un fils de dix-huit ans. Quand un de vos enfants a des ennuis, quel que soit son âge, il redevient votre petit. C'est curieux tout de même. Et un peu effrayant.

Comme Paul hochait la tête sans répondre, Duarte se tourna vers son collègue et conclut :

— Je te tiendrai au courant de l'avancée de l'enquête à mon retour, cet après-midi.

Puis il prit Paul par le bras.

— Venez faire un tour avec moi. Nous allons grignoter un hot dog quelque part.

Ils se dirigeaient vers le hall quand Duarte lui chuchota avec des airs de conspirateur :

— N'hésitez pas à vous adresser à Barnes pour tout ce qui concerne ce site. Pendant qu'il s'en charge, vous et moi nous occuperons des choses sérieuses.

— Comment ça ?

— Mon chef m'a reproché d'être trop souvent absent du commissariat. Il paraît que je consacre trop d'énergie à votre affaire, d'autant que le FBI est sur le coup maintenant et que votre fille est majeure. Ce n'est plus une enfant. Après tout, elle a très bien pu décider d'aller trouver son bonheur un peu plus loin. Bref, mon chef prétend qu'il y a des cas urgents en attente et que je perds mon temps avec celui-ci.

— Je ne comprends pas. Si vous ne pouvez plus travailler sur l'affaire, je ne vois pas comment…

— Si le lieutenant de police n'est pas au courant, ça ne risque pas de le déranger. Ce que je fais n'est pas son problème quand je ne suis pas en service.

Duarte le gratifia d'un sourire complice.

— Al, vous feriez ça ? s'exclama Paul. Vous avez pris des congés, juste pour nous aider ?

L'autre haussa les épaules.

— Et pourquoi pas ? J'ai bien mérité un peu de repos. Je n'ai pas pris un jour de congé depuis que Johnson est entré à la Maison Blanche !

— Tant que ça ? fit Paul avec un sourire.

— Bon, admettons que c'était sous Reagan. De toute façon, c'est tellement loin que j'ai l'impression de n'avoir jamais eu de vacances. Au cas où vous ne l'auriez pas compris, c'est à cause de ça que ma femme m'a quitté.

— Et quand voyez-vous votre fils ?

— Je le vois rarement. Lorsqu'il est né, je ne me suis pas rendu compte de ce que je manquais. Le soir, à mon retour du travail, il était déjà couché. Le matin, il dormait encore à l'heure où je partais. J'étais souvent absent la nuit et, quand j'étais là, je me sentais trop fatigué pour me lever et lui donner son biberon, ou le changer. Je laissais faire ma femme en considérant que c'était normal. Je n'avais pas beaucoup de contacts avec lui. Vous voyez ce que je veux dire ?

— Oui, je vois très bien.

Paul pensa aux nombreux voyages que lui-même avait accomplis quand les jumelles étaient petites. Il s'efforçait de leur consacrer du temps lorsqu'il était à la maison, mais c'était Gina qui assumait toutes les responsabilités. Il ne s'était jamais posé de questions à ce sujet. C'était un fait acquis ; leurs rôles respectifs avaient été établis une fois pour toutes.

A l'instar de Duarte, il avait vécu peu de moments privilégiés avec les petites pendant les deux premières années. S'il avait commencé à s'intéresser à Angela, c'était parce qu'elle exigeait son attention. Elle ne cessait de le solliciter, et comme elle avait un charme fou, il ne lui résistait pas. Il s'était comporté en père avec elle.

Combien Rachel avait dû en souffrir, songea-t-il avec un éclair de lucidité.

— Paul ?

Ils s'étaient arrêtés devant un camion où l'on vendait des hot dogs. Duarte semblait attendre quelque chose.

— Excusez-moi, déclara Paul. J'étais ailleurs.

— Ne vous éloignez pas trop… Je vous demandais ce que vous vouliez dedans.

— Dans quoi ?

— Votre hot dog, répondit Duarte en levant les yeux au ciel. Pour manger. Je vous invite.

— Merci. Mais je mettrai la moutarde moi-même, ajouta Paul à l'attention du vendeur. Al, vous pourriez répéter ce que vous me disiez tout à l'heure ? Je ne suis pas sûr d'avoir bien compris.

— Oh, vous avez parfaitement compris. J'ai trois semaines de libre à consacrer à votre fille, même si j'espère ne pas avoir besoin de tout ce temps. Après tout, c'est moi que ça regarde. Je fais ce que je veux de mes loisirs !

Paul baissa la tête vers son hot dog, afin de dissimuler les larmes de reconnaissance qui lui montaient aux yeux. Il ne lui en fallait pas beaucoup, en ce moment, pour fondre en larmes.

— Je ne sais pas comment vous remercier.

— N'en parlons plus, répliqua Duarte. Tenez, j'ai une idée. Achetez donc un jouet à Lazybones. Quelque chose de rouge, qui se voit de loin.

— Laissez-moi deviner. Lazybones, c'est votre chatte.

— Ouais. Quand je suis trop longtemps absent, elle me punit.

— Ah bon ? fit Paul qui connaissait mieux les chiens. Les chats font ça ?

— Plutôt deux fois qu'une. Je crois qu'elle a dû apprendre avec ma femme. L'ennui, c'est qu'on ne divorce pas d'un chat !

14.

Leurs hot dogs terminés, Duarte quitta Paul sur le parking et se rendit directement chez Lacey. Alors qu'il venait d'entrer dans le hall de l'immeuble et foulait l'épais tapis qui recouvrait le sol, il eut un renvoi. Il fouilla dans sa poche à la recherche d'une pastille digestive.

Plutôt luxueux, songea-t-il. Comment pouvait-on dépenser autant d'argent, juste pour une maîtresse ? Il est vrai que Paul était suffisamment riche pour ne pas avoir besoin de compter.

De toute façon, Duarte avait l'impression que cette petite entorse aux bonnes mœurs touchait à sa fin. Bradley était un homme bien ; il n'allait pas prolonger indéfiniment sa liaison, surtout avec ce qui se passait en ce moment.

Arrivé sur le palier du troisième étage, Duarte appuya sur la sonnette et guetta un bruit de pas de l'autre côté de la porte. Mais il n'entendit rien. L'isolation devait être excellente. Ou alors Lacey se déplaçait pieds nus.

Comme la plupart des flics, il s'amusait à anticiper les événements. Dans ce boulot, cela devenait vite une sorte de réflexe qui vous évitait d'être pris en traître et pouvait vous sauver la vie.

Il remarqua qu'elle regardait par le judas. Se mettant bien en face, il présenta ostensiblement son badge afin qu'elle

263

puisse l'identifier. Il savait d'expérience que les gens préfèrent ouvrir à quelqu'un qu'ils voient bien. Le premier contact est déterminant. S'ils se tiennent sur la défensive avant même de vous faire entrer, cela peut fiche l'interrogatoire en l'air.

Il vit la poignée tourner, et la porte s'ouvrit en grand.

— Inspecteur Duarte, sans doute ? lança Lacey en lui tendant la main. Ravie de vous rencontrer. Paul m'a beaucoup parlé de vous.

Il lui prit la main et la serra, non sans remarquer à quel point elle était douce et blanche.

— Merci de prendre le temps de me recevoir, mademoiselle Allison.

Elle le dépassait d'une bonne tête de sorte qu'il était obligé de lever le nez pour lui parler. Avec son accoutrement — un collant de gym noir et un pull court qui laissait voir son nombril —, elle avait tout d'une longue tige de vanille.

Aïe ! Cela faisait des années qu'il n'avait pas comparé une femme à une denrée comestible. Mauvais signe, ça. Cela voulait dire qu'il était en appétit.

— Je vous en prie, appelez-moi Lacey, proposa la belle créature en souriant. Mais entrez donc. Il paraît que vous voulez voir ce que j'ai trouvé sur Internet.

— C'est ça, acquiesça Duarte, tout en songeant que cette histoire de site web lui fournissait surtout un bon prétexte pour approcher la maîtresse de Paul Bradley. Je me suis dit qu'on découvrirait peut-être une piste, quelque chose qui vous aurait échappé.

Elle le mena jusqu'à l'ordinateur et tira vers lui une des chaises zébrées. Duarte ne put s'empêcher de remarquer que l'appartement était très différent de la maison des Bradley. Sans doute était-ce fait exprès. Paul avait dû éprouver le besoin de différencier les deux territoires.

— Asseyez-vous, inspecteur. Lorsque vous m'avez appelée pour me prévenir de votre visite, j'ai chargé le site.

Duarte considéra avec une certaine méfiance le siège qu'elle lui proposait et se dit qu'après tout ça ne mordait pas. Il se demanda lequel, de Lacey ou de Paul, avait choisi ces chaises.

Ce genre de folie devait plutôt correspondre aux goûts de Lacey. Bon sang, ce qu'elle était jeune ! Paul Bradley avait bien de la chance... Enfin, inutile de rêver. Même si cette magnifique créature allait bientôt être libre, même s'il lui prenait l'idée de s'intéresser à lui — hypothèse des plus hasardeuses —, jamais il n'arriverait à affronter une telle femme.

— J'ai montré à Paul la page où elle parle de sa passion pour les antiquités, déclara Lacey, debout derrière lui. Elle ne contient rien de bien intéressant, à part le nécessaire à écrire. C'est surtout la biographie qui vaut le détour. Vous pourrez aussi jeter un coup d'œil sur la page « contact ». Mais je pense que Paul vous a déjà dit tout ça.

Elle se pencha par-dessus son épaule afin de manipuler la souris. Le nécessaire à écrire figurait en bonne place, sur la page d'accueil, comme pour signifier : « Oui, il venait bien de moi. »

A l'évidence, Angela — ou Rachel — désirait que Paul prenne connaissance du site. Et si Lacey n'avait pas cu l'idée de creuser de ce côté ? Qui d'autre dans son entourage consultait régulièrement Internet ?

La grand-mère, peut-être. Roberta Evans, qu'il n'avait pas encore interrogée. Elle devait s'y connaître puisqu'elle savait qu'on pouvait obtenir auprès du serveur des renseignements sur le propriétaire du site.

— Lui avez-vous envoyé un e-mail ? demanda Duarte, les yeux toujours rivés à l'écran. A tout hasard...

— Non, je n'y ai même pas pensé. Pourquoi ?

— Elle aurait peut-être répondu, on ne sait jamais. Si vous ou Paul lui aviez écrit, vous auriez probablement déjà une réponse. Cela aurait pu nous donner un sacré coup de pouce.

— Vous avez raison, admit Lacey en fronçant les sourcils. Je me sens stupide de ne pas y avoir pensé. Voulez-vous que j'essaie maintenant ?

— Si ça ne vous ennuie pas. Je pourrais le faire, mais je tape plutôt mal.

Lacey se pencha un peu plus.

— Pas de problème.

Il admira ses doigts, longs et effilés, pendant qu'elle pianotait légèrement sur le clavier.

« Chère Angela, j'aimerais savoir où je pourrais te trouver. Paul. »

Elle se tourna vers lui.

— Ça suffit, non ?

— Ça fera l'affaire, répondit-il en essayant de ne pas se laisser émouvoir par le doux et frais parfum qui lui chatouillait les narines. Dites-moi, avez-vous déjà rencontré Rachel ?

— Non. Jamais. Mais d'après ce qu'en dit Paul, j'imagine que c'est une jeune fille merveilleuse.

— Ce n'est pas comme l'autre — Angela. Il vous a raconté ?

— Oui. Je crois qu'il a dû souffrir bien au-delà de ce qu'on peut imaginer, pendant toutes ces années. Et Gina également, ajouta-t-elle en cliquant sur le bouton « envoi ».

En dépit des efforts qu'il faisait pour se maîtriser, le parfum de Lacey le troublait. Il craignait qu'elle n'ait remarqué la légère protubérance qui commençait à gonfler son

266

pantalon. Mais c'est d'un ton parfaitement dégagé qu'elle s'adressa à lui.

— Voilà, c'est fait. Nous n'avons plus qu'à attendre la réponse, maintenant.

Elle se pencha vers lui et, plissant le front, lui passa une main fraîche sur le front.

— Inspecteur, vous vous sentez bien ? Vous m'avez l'air un peu congestionné. Paul dit toujours que je chauffe trop ici.

Ça, pour chauffer, elle chauffe !

Il savait bien que la température n'y était pour rien.

Redescends sur terre, mon gars. Quelle connerie ! Qui t'aurait cru encore capable d'une chose pareille ?

— Je vais très bien, murmura-t-il tandis qu'elle passait le revers de sa main sur sa joue.

Sa main était froide, mais il eut l'impression qu'elle le brûlait au fer rouge. Tout son corps s'embrasa, comme s'il avait reçu une décharge.

Il recula sa chaise précipitamment, puis se racla la gorge.

— Bien, grommela-t-il. Ça y est ? C'est tout ? Il n'y a aucun moyen d'obtenir son adresse ?

— Non, elle n'est pas mentionnée. L'intérêt est justement de pouvoir communiquer tout en restant à l'abri. On rencontre pas mal de dingues sur le Net, et mieux vaut ne pas risquer de les découvrir un jour derrière sa porte.

Al trouva la force de repousser sa chaise et de se lever. Ce faisant, il frôla par inadvertance le sein gauche de Lacey et son pull doux et laineux — du cachemire ou un truc dans le genre. Voilà qu'il se sentait de nouveau tout chose.

Il se rabroua intérieurement. *Remets-toi et dépêche-toi de foutre le camp.*

267

Il fallait maintenant qu'il s'occupe de la belle-mère, probablement une vieille frustrée. Elle, au moins, devait avoir à peu près autant de sex-appeal qu'une guenon.

— L'anonymat n'est pas aussi garanti que les gens le pensent sur Internet, remarqua-t-il. N'importe quel représentant de la loi peut obtenir les coordonnées du propriétaire d'un site par le serveur.

— Vraiment ? fit Lacey en ouvrant grand ses yeux verts. Ils peuvent ? Mon Dieu ! Il faudra que je me montre prudente quand j'ouvrirai mon propre site, plaisanta-t-elle. Ou alors que j'aie des amis bien placés.

Elle lui toucha le bras et sourit. Des amis comme vous, semblait-elle dire. Mais elle plaisantait, bien sûr.

Duarte lui sourit en retour. Tout à coup, il lui vint à l'esprit qu'elle aurait très bien pu construire ce site. Il avait déjà rencontré des femmes à l'esprit tortueux, des criminelles, qui allaient parfois jusqu'à fabriquer de fausses énigmes, à seule fin de montrer qu'elles étaient capables de les résoudre. Elles espéraient ainsi épater l'homme de leur vie en se faisant passer pour de super-héroïnes dont les compétences dépassaient de loin celles de la police ou du FBI.

Toutefois, Lacey ne semblait pas appartenir à cette catégorie. D'après ce que Paul lui avait rapporté, elle avait trouvé le site aisément, en procédant comme l'aurait fait n'importe quel internaute. Elle n'avait pas cherché à aller plus loin, n'avait même pas eu l'idée d'envoyer un e-mail et ne les accablait pas de conseils pour retrouver Rachel.

Non. Lacey Allison était belle, extrêmement attirante, un peu taquine, et semblait uniquement motivée par le désir sincère de rendre service.

Ce dont il ne pouvait que se féliciter.

Il avait prévu de lui poser d'autres questions, mais ne savait plus très bien où il en était. Elle l'avait un peu trop

268

bousculé, et il s'en remettait à peine. Heureusement qu'il avait pensé à les préparer par écrit.

Tirant son petit carnet jaune de sa poche, il s'installa à un bout du grand sofa blanc, après l'avoir débarrassé d'un sac en plastique provenant d'une animalerie, d'un paquet de chips et de quelques magazines. Puis, désireux d'en finir au plus vite, il lut pratiquement mot à mot ses notes.

— Connaissez-vous une personne qui aurait pu vouloir du mal à Rachel Bradley ? Un ami du couple ? Quelqu'un de la famille ? Avant sa disparition, avez-vous entendu Paul Bradley parler de sa fille en des termes qui vous auraient fait penser qu'elle se trouvait en danger, ou qu'elle avait envie de s'enfuir ?

Après chaque question, Lacey secouait simplement la tête en souriant. A la fin, elle se leva.

— J'aurais voulu me montrer plus utile, déclara-t-elle avec regret.

Elle lui prit le bras et le raccompagna jusqu'à la porte.

— Si je peux vous aider en quoi que ce soit d'autre, surtout n'hésitez pas à me téléphoner ou à passer me voir. A n'importe quel moment.

Nul doute, elle s'était aperçue de l'effet qu'elle produisait sur lui. Et elle n'hésitait pas à se moquer gentiment de lui.

Dès qu'elle eut refermé la porte, Duarte s'adossa au mur, le temps de reprendre ses esprits, et poussa un profond soupir de soulagement.

Il savait très bien que l'attitude de Lacey, ses minauderies et tout le reste ne signifiaient rien. Beaucoup de femmes se comportaient comme elle, surtout quand elles avaient déjà une relation stable. C'était une sorte de jeu, une façon de vérifier que leur pouvoir de séduction était intact. De toute façon, qu'est-ce qu'une fille comme elle ferait d'un vieux bouc comme lui ?

Il secoua la tête afin de chasser ses pensées.

Paul Bradley ne doit pas s'ennuyer avec celle-là ! Sa femme a beau être l'une des meilleures que j'aie jamais rencontrées, doublée d'une artiste talentueuse, ça ne doit pas être facile d'oublier un corps comme celui de Lacey Allison.

Il comptait sur l'interrogatoire de Roberta Evans pour se remettre de ses émotions, mais, au premier coup d'œil, il se rendit compte qu'il s'était fait des illusions. Il savait par Paul que sa belle-mère était âgée d'une soixantaine d'années, un peu moins que lui. Mais à la place de la vieille chose ratatinée qu'il s'attendait à voir, il trouva une femme débordante d'énergie. Certes, elle ne possédait pas les atouts de Lacey, mais elle le gratifia d'un rôle de composition qui témoignait d'une intelligence aiguë. Gina et Paul avaient paru la sous-estimer. Décidément, songea-t-il, les enfants méconnaissent souvent leurs parents et se contentent de les cantonner dans leurs rôles de « bonne cuisinière », « baby-sitter de confiance », « à solliciter en cas de problèmes », ou, comme Paul au sujet de Roberta, « fauteur de troubles ».

Roberta Evans correspondait probablement à tout cela. Toutefois, il y avait autre chose, Duarte en était sûr. Et il se faisait fort de découvrir de quoi il s'agissait. Le personnage loufoque qui lui servait de façade était trop caricatural pour être vrai.

Elle remplit ses devoirs d'hôtesse, affublée d'une sorte de long caftan d'une couleur indéfinie entre le rouge et le violet et bordé aux manches et à l'encolure d'un galon à franges doré. Elle l'installa dans un canapé orange et lui servit un espresso dans une jolie tasse cerclée d'or. Ensuite, elle se mit à arpenter le salon de long en large, en parlant sans interruption. Elle portait sans cesse à ses lèvres un long fume-cigarette en argent et aspirait nerveusement… dans le vide, puisqu'elle n'avait pas pris la peine d'y introduire de cigarette. Physiquement, c'était une femme impressionnante, songea Duarte. Elle était dotée d'une imposante tignasse rouge sombre, et de longues boucles tombaient jusque sur ses épaules. Son rouge à lèvres vert renvoyait parfois des reflets mauves — du moins, à ce qu'il crut voir. Ses pommettes saillantes étaient rehaussées d'un blush exubérant, assorti à la couleur de ses cheveux.

Duarte était tout simplement fasciné. Bien qu'assis en face d'une large fenêtre qui offrait une vue époustouflante sur Gig Harbor, il pensait que rien ne pouvait rivaliser avec le spectacle qui se déroulait dans la pièce.

Qu'est-ce que cette femme avait bien à cacher ?

Il y avait quelque chose, il en aurait mis sa tête à couper. Derrière un déguisement aussi invraisemblable, elle dissimulait des petits secrets. Même son bavardage incessant sonnait faux et, sans en avoir l'air, elle se débrouillait pour noyer le poisson. En cinq minutes, elle lui en avait dit plus sur l'histoire de Gig Harbor qu'il n'avait jamais espéré en apprendre. Il se rendait bien compte que sa tirade sur l'application des lois ne servait qu'à faire diversion, mais il aurait été bien incapable de dire ce qu'elle cherchait à lui dissimuler. Elle ne manqua pas de lui transmettre de ses doléances au sujet de Gina, laquelle ne daignait pas écouter son point de vue sur la disparition de Rachel. De toute façon, elle avait l'habitude, Paul et Gina ne s'intéressaient jamais à ce qu'elle pensait.

Pourtant, c'était bien elle, Roberta, qui leur avait conseillé de rechercher le nom de la personne qui louait l'espace du site Internet. C'était elle également qui avait informé les gens de son entourage de la disparition de sa petite-fille.

Bien avant que ses propres parents ne fassent lancer l'avis de recherche officiel.

Cette fois, Duarte interrompit son monologue et se mit en rogne.

— Vous avez parlé autour de vous de la disparition de Rachel ?

— Evidemment ! Je n'allais pas rester assise en attendant que ça se passe !

— Je n'ai pas l'impression que nous soyons restés immobiles, répliqua-t-il en haussant le ton.

Elle se planta devant lui, les bras croisés, et rétorqua :

— Et comment l'aurais-je su puisque personne n'a pris la peine de me tenir au courant ?

— Peut-on savoir à qui vous en avez parlé ? Ça ne vous a pas traversé l'esprit que cela pouvait mettre Rachel en danger ?

Ses yeux lancèrent des éclairs.

— Je ne ferais jamais rien qui puisse nuire à cette enfant.

— Je n'en doute pas une seconde. Vous ne le feriez pas intentionnellement. Mais vous venez vous-même de me dire que personne ne vous tenait jamais au courant. Donc vous avez agi à l'aveuglette.

Son attitude changea tout à coup.

— Quand je disais personne, expliqua-t-elle calmement, je voulais dire Paul et Gina. Ça ne m'empêche pas d'avoir mes propres… informateurs.

— Des informateurs, c'est-à-dire des…

Il s'interrompit. Une idée venait de lui traverser l'esprit.

— Madame Evans, avez-vous eu des contacts avec Angela ?

— Jamais de la vie ! s'exclama-t-elle. Qu'est-ce qui vous fait croire ça ?

— Ecoutez, je sais que vous avez dû traverser une période difficile, lorsqu'elle est repartie pour l'orphelinat.

Elle lui jeta un autre regard furieux.

— C'est Paul qui vous en a parlé ? lança-t-elle d'un ton peu amène.

— Non, c'est votre fille. L'autre nuit, en attendant que Paul rentre du Minnesota, nous avons eu l'occasion de discuter. Elle m'a appris que vous étiez très proche d'Angela et que vous n'aviez pas approuvé leur décision de la ramener à St Sympatica.

— Ce n'est pas tant sur le fond que je n'étais pas d'accord, que sur la manière dont ils ont procédé. Elle est partie du jour au lendemain. Je n'ai même pas pu lui dire au revoir.

Elle prit place sur une chaise en face de lui, l'air à présent abattu. Ses rides semblaient s'être accusées.

— Mais je n'attends pas de vous que vous me compreniez, ajouta-t-elle.

— En effet, je pense que personne ne peut vraiment imaginer la douleur que vous avez ressentie, acquiesça-t-il doucement. Et après tout, il n'y aurait rien d'extraordinaire à ce que vous ayez revu Angela récemment. Surtout si elle se trouvait à Seattle. Vous avez du temps à rattraper ensemble.

S'il avait espéré que le coup de la compassion suffirait à lui faire avouer où se cachait Angela — à supposer qu'elle le sût —, il l'avait sous-estimée.

La tête enfouie dans les mains, elle se balançait d'avant en arrière. Il ne restait rien de la femme fière et hautaine qui lui avait ouvert la porte une demi-heure plus tôt.

Au bout d'un moment, elle leva la tête.

— J'aimerais être capable d'assumer tout ça, articula-t-elle, les yeux pleins de larmes. C'est mon rôle, après tout. Ce sont mes enfants. Je devrais pouvoir tout affronter, mieux que personne. Mais je n'y arrive pas. Je crois que je n'en ai plus la force.

De grosses larmes roulèrent le long de ses joues.

— Trouvez Rachel, inspecteur. Trouvez-la et ramenez-la à la maison… avant qu'il ne soit trop tard.

Avant qu'il ne soit trop tard.

Ces mots le frappèrent de plein fouet. Pourtant, sur le chemin du retour, il songea qu'il n'avait rien appris de plus avec elle. Il avait trouvé une sexagénaire dynamique, drôle, un peu farfelue, mais aussi courageuse et intelligente. En quelques minutes, elle s'était transformée en une vieille femme triste et effrayée, affaiblie par les épreuves de la vie et qui avait renoncé à lutter.

Quel personnage ! Il venait d'assister à une véritable performance d'actrice ! Quand toute cette histoire serait terminée, il faudrait qu'ils fassent plus ample connaissance, décida-t-il. Elle avait toutes les qualités requises pour devenir un excellent indic.

Elle était même presque trop douée. Elle avait réussi à le rouler dans la farine. Lui, Al Duarte ! Car il devait bien reconnaître qu'il n'en avait rien tiré.

Pourtant… Il lui semblait oublier quelque chose, quelque chose qu'il avait mis dans un coin de sa tête, en se promettant d'y réfléchir plus tard. A présent, il ne parvenait plus à se rappeler de quoi il s'agissait, ni même si cela concernait Lacey ou Roberta.

Ce soir-là, Paul et Gina se couchèrent tôt. Duarte avait fait diffuser l'avis de recherche dans tout l'Etat de Washington et avait également prévenu les autorités de l'Oregon et de Californie. Il ne leur restait plus qu'à attendre. Ils n'avaient pas grand espoir de dormir, mais ils étaient littéralement à bout de nerfs. L'inspecteur leur avait conseillé de se reposer afin de mieux affronter la suite des événements.

Paul préférait ne pas trop y réfléchir, justement, d'autant plus qu'il avait compris à quoi pensait Duarte. Cette idée le terrifiait. Et pourtant, il fallait bien s'y préparer. Refuser de l'envisager ne servirait qu'à souffrir encore plus le moment venu et à détruire définitivement les liens ténus qui l'attachaient encore à Gina.

Il avait déjà observé les conséquences de la perte d'un enfant chez des parents, surtout à l'occasion d'un drame. Bien souvent, ils finissaient par se séparer. Non seulement ils traversaient une douloureuse épreuve, mais en plus ils devaient supporter les assauts de la presse. Sans compter l'afflux des amis venus les réconforter, tout en dissimulant mal l'horreur que leur inspirait la catastrophe.

Paul savait de quoi il parlait, ayant lui-même l'habitude de manifester sa solidarité quand l'une de ses connaissances se trouvait frappée par le malheur. Il se rappelait parfaitement les condoléances de circonstance qu'il avait adressées à Annie en lui donnant l'accolade lorsqu'elle avait perdu sa mère. C'était la coutume. Dans ces cas-là, on disait : « Ça passera », ou « le temps guérit tous les maux » — des phrases vaines, des platitudes que la personne concernée n'avait probablement pas envie d'entendre. Paul s'en tenait généralement à une simple embrassade et à un gentil « je suis désolé pour vous ». Mais ce jour-là, même ces simples mots lui avaient paru maladroits.

Pendant qu'il réfléchissait, Gina, incapable de trouver le sommeil, toussait et n'arrêtait pas de tourner et se retourner dans le lit. Paul s'endormit vers minuit, le temps d'un cauchemar. Rachel, vêtue d'un suaire blanc et d'une large ceinture écarlate, était coincée sous un lac gelé et tentait

275

désespérément de briser la surface lisse qui la retenait prisonnière.

Paul parvenait à déchiffrer le cri silencieux qui se formait sur ses lèvres : « Pourquoi ne viens-tu pas à mon secours ? » Il essayait de lui tendre la main, mais la glace se rompait sous lui. Les eaux froides et sombres l'aspiraient, l'entraînant loin de la rive. Au moment où il parvenait enfin à l'atteindre, il comprenait avec une tristesse infinie qu'ils étaient en train de se noyer tous les deux. Il était arrivé trop tard, comme d'habitude. Trop tard pour tenir parole, trop tard pour la sauver.

Soudain, Gina apparaissait derrière lui. Elle l'agrippait et le retenait afin de l'empêcher de mourir. Un peu comme le jour où ils s'étaient rencontrés. Elle s'était installée derrière lui, sur sa mobylette, et s'était accrochée à sa taille pendant qu'il conduisait.

Il y avait longtemps qu'il n'avait pas pensé à leurs balades en mobylette. Un jour, alors qu'ils roulaient sur une route étroite, à flanc de montagne, la roue arrière avait heurté un bidon d'huile et l'engin avait dérapé, zigzaguant sur l'asphalte. Derrière lui, Gina hurlait et s'agrippait à lui de toutes ses forces. Ils l'avaient échappé belle, cette fois-là. Quand ils s'étaient enfin arrêtés, ils avaient mis pied à terre et avaint plongé leur regard dans les profondeurs du ravin. Il devait faire dans les dix mètres. Encore tout pâle et tremblant à l'idée de ce qui aurait pu leur arriver, Paul avait pris Gina dans ses bras en lui promettant de veiller désormais à ce qu'il ne lui arrive rien de mal. Il avait juré de la protéger. Toujours.

« — Toujours ?

— Oui, toujours, Gina. Je te le jure. Je ne t'abandonnerai jamais. »

Paul demeura immobile dans le lit, les yeux rivés au plafond de la chambre, à regarder l'ombre douce et mouvante d'un arbre du jardin.

Combien de fois avait-il failli à sa parole ? Combien de fois avait-il brisé les engagements qu'il avait pris en se mariant ? Et il ne parlait pas que de la fidélité. Il parlait de tout ce que l'on peut se promettre au cours d'une nuit de passion et que l'on oublie avec le temps.

Il s'était de nouveau assoupi quand il sentit Gina le secouer pour le réveiller. Dans son demi-sommeil, il crut d'abord que son cauchemar continuait. Non, c'était réel. Gina était bien en train de le sauver de la noyade. Elle les sauvait tous les deux, lui et Rachel. Se réveillant tout à fait, il eut brusquement la certitude que Gina était la seule personne capable de l'aider à remettre de l'ordre dans sa vie.

— Il y a quelqu'un à la porte, chuchota-t-elle.

Elle se glissa hors du lit et enfila son peignoir — un peignoir usé, d'un rouge délavé, dans lequel elle aimait traîner le matin avant de s'habiller pour partir au travail.

Paul se leva à son tour et enfila un jean et un pull-over. En bas, la sonnette retentissait toujours.

— Laisse-moi m'en occuper. Ce sont probablement des journalistes.

Ils avaient pris soin de brancher le répondeur avant de se coucher car, depuis la diffusion de l'avis de recherche, la presse les harcelait nuit et jour. Ils n'avaient gardé que leurs portables allumés, de façon que Rachel puisse les joindre, ainsi que Duarte. Ce dernier avait promis de les tenir au courant dès qu'il y aurait du nouveau.

Paul dévala les escaliers, tout en se maudissant de n'avoir pas fait placer un judas sur la porte d'entrée. Il ouvrit la serrure et entrebâilla prudemment le battant avec la chaîne de sécurité.

— Qui est-là ? s'enquit-il.

— Duarte. J'ai quelque chose pour vous.

Il défit la chaîne et ouvrit la porte.

— Al !

Regardant sa montre, il constata qu'il était 3 h 14 du matin.

— Vous avez vu l'heure ?

L'autre ne répondit pas, mais Paul sentit une onde de choc le parcourir tout entier lorsque Rachel fit un pas en avant et s'immobilisa sous la lumière du porche.

— Salut, papa, fit tranquillement Rachel. Ce n'était pas la peine d'ameuter la police, je vais très bien.

Stupéfait, il s'avança vers elle comme dans un rêve et la prit dans ses bras.

— Rachel… Oh, merci, mon Dieu ! Nous avons cru… Rachel, nous étions fous d'inquiétude. Nous ne savions plus quoi penser… Gina, c'est Rachel !

Il recula légèrement de façon à mieux la regarder.

— Tu n'as rien ? Mais enfin, où diable étais-tu ?

Derrière lui, Gina descendait les escaliers en courant.

— Oh, merci, mon Dieu ! Merci, mon Dieu !

Elle se précipita vers sa fille et la serra violemment contre elle.

— Ne dis rien. Il nous suffit de savoir que tu es saine et sauve.

Elle pleurait sans retenue. Un torrent de larmes déferlait sur son visage, inondant les cheveux de la jeune fille.

— Je suis allée rendre visite à une amie, à Spokane, répondit Rachel en la repoussant. Merde, je vous avais pourtant laissé un message.

— Tu as laissé un message ? répéta Gina qui riait à travers ses sanglots. Nous ne l'avons pas trouvé.

— Spokane ? Voir qui ? J'ignorais que tu connaissais quelqu'un à Spokane.

Paul regarda Duarte, comme s'il attendait de lui une explication.

— La police départementale de Spokane l'a repérée alors qu'elle errait autour d'une épicerie de banlieue. Ils l'ont reconnue à cause de l'avis de recherche, alors ils l'ont emmenée au commissariat et m'ont appelé. Je suis allé la chercher.

— Vous auriez pu nous prévenir tout de suite !

— C'est moi qui n'ai pas voulu, expliqua Rachel, agacée. Je ne me voyais pas attendre entre deux policiers, comme une gentille petite fille, que papa et maman viennent me ramener à la maison. Je suis une adulte, maintenant, même si vous persistez à me traiter comme une gamine.

Duarte leva les yeux au ciel.

— Je l'ai appelée de Seattle pour lui proposer de vous prévenir, mais elle m'a menacé de prendre la poudre d'escampette si je m'avisais de le faire. Les agents qui l'ont ramassée m'ont dit qu'elle n'avait ni voiture, ni argent. Je ne voulais pas la laisser traîner dans la rue, et c'est pour ça que je suis allé la récupérer moi-même.

— Une faveur, quoi, ironisa-t-elle.

— Ouais, voilà. J'ai dit que je voulais bien la ramener, à condition qu'elle accepte de rentrer chez elle.

— Tu ne voulais pas ? demanda Paul.

Comme elle ne répondait pas, il reprit :

— Ma chérie, j'essaie seulement de comprendre. Qu'est-ce que tu faisais à Spokane, à rôder autour d'une boutique ?

Elle émit un grognement exaspéré.

— Pour l'amour du ciel ! A t'entendre, on croirait que je m'apprêtais à faire un braquage.

Elle s'était complètement écartée de Gina et se plantait à présent devant ses parents, les mains sur les hanches.

— On m'a volé ma voiture, mon argent et mon portable. J'ai réussi à mendier de quoi passer un coup de fil, mais la cabine ne fonctionnait pas, et en plus, elle m'a bouffé mes pièces. Si la police ne m'avait pas trouvée, je serais rentrée ici en stop.

— Seigneur, heureusement que tu ne l'as pas fait ! s'écria Gina en se remettant à pleurer. Nous étions morts d'inquiétude depuis ta disparition.

Elle avança la main pour lui caresser les cheveux, mais Rachel l'esquiva.

— Maman, arrête de dramatiser ! Je n'ai jamais « disparu ». Je viens de t'expliquer que j'ai simplement rendu visite à quelqu'un. Ensuite, on m'a tout volé, et j'ai fait ce que j'ai pu pour rentrer à la maison.

— Mieux vaut tard que jamais, commenta Paul d'un ton acide.

Maintenant qu'il la savait saine et sauve, il lui en voulait du souci qu'elle leur avait causé.

— Ce n'est rien, intervint Gina en la prenant de nouveau dans ses bras. Nous sommes heureux de t'avoir avec nous, ma chérie.

— Non, ce n'est pas rien, insista-t-il. Nous étions affolés. Pourquoi ne nous as-tu pas prévenus que tu quittais la ville ? Nous ne savions pas si… Oh, et puis laisse tomber.

— Sincèrement, c'est incroyable ce que vous pouvez être ridicules.

Sur ces mots, elle éclata de rire, enleva sa veste qu'elle jeta négligemment sur son épaule et se dirigea vers l'escalier d'un pas tranquille.

— Attends ! lança Paul. Je t'interdis de monter avant de nous avoir donné une explication. Ta mère était malade d'angoisse.

— Et alors ? répliqua-t-elle en lui faisant face. Depuis quand t'inquiètes-tu de savoir ce qu'elle peut ressentir ?

Gina émit un cri étouffé. Manquant perdre son sang-froid, Paul dut faire un effort surhumain pour ne pas céder à l'impulsion de courir vers Rachel et de la secouer de toutes ses forces. Mais il ne l'avait jamais touchée, même pour la gifler. Il n'était pas de ces parents qui pratiquent les châtiments corporels, considérant que frapper un enfant ne pouvait que le rendre violent.

— Rachel, commença-t-il en maîtrisant sa colère, s'il te plaît. Il faut que nous parlions.

— Ton père a raison. Allons dans le salon.

Rachel jeta un regard en direction de Duarte.

— Ils ne peuvent pas m'obliger à quoi que ce soit, n'est-ce pas ? demanda-t-elle. Je suis majeure et j'ai le droit de faire ce qui me chante, non ?

L'inspecteur haussa les épaules.

— Oui, en effet. Mais je crois me souvenir que vous étiez moins fière de vous quand je suis arrivé au commissariat de Spokane. Vous aviez l'air de quelqu'un qui a froid et qui n'en peut plus. On dirait que vous ne vous en sortez pas toujours si bien que ça, finalement. Bon sang, qu'est-ce que ça vous coûte de faire ce que vous demandent vos parents ? Après tout, vous êtes chez eux.

Rachel se retourna sans mot dire et grimpa encore quelques marches. Puis elle s'arrêta, parut hésiter et fit finalement volte-face. Elle redescendit l'escalier et se dirigea vers le salon, en leur lançant au passage un regard peu amène. Ils lui emboîtèrent le pas. En entrant, elle jeta sa veste à terre et s'effondra sur une chaise.

— Je ne vois pas pourquoi vous faites toutes ces histoires, lâcha-t-elle. Quand je suis en Californie, je ne vous tiens pas au courant de tous mes déplacements.

— Ce n'est pas la même chose, répliqua Gina. Quand tu es chez nous, il nous est impossible de ne pas nous inquiéter si tu ne rentres pas. Rachel, nous nous étions promis de rester en contact et de nous tenir au courant de nos déplacements respectifs.

— Mais ça fait déjà plusieurs jours ! Je croyais que ce n'était plus la peine.

Comme pour le prendre à témoin, Gina se tourna vers Paul. Il contemplait sa fille comme s'il la découvrait pour la première fois. Croisant le regard de Gina, il hocha imperceptiblement la tête à son intention et s'adressa à Duarte.

— Al, est-ce que vous pouvez nous éclairer un peu ?

— Tout ce que je sais — et ce n'est pas votre fille qui a daigné me renseigner —, c'est que le gérant du magasin a appelé la police parce qu'elle demandait à ses clients de la prendre en stop. Elle cherchait quelqu'un pour l'emmener jusqu'à Seattle. Il a trouvé ça bizarre, et il n'était pas tranquille de la voir rôder dans les parages, alors il a appelé le 911. Comme je vous l'ai dit, les gars qui ont répondu à son appel ont fait le rapprochement avec la jeune fille recherchée. Ils l'ont ramenée au poste et lui ont demandé d'attendre pendant qu'ils m'appelaient. Quand le téléphone a sonné, j'étais au commissariat en train de finir de ranger mes affaires, avant de partir en vacances. J'ai demandé à parler à Rachel. La suite, vous la connaissez.

Paul se tourna vers elle, mais elle esquiva son regard. Il revint vers Duarte.

— Nous vous devons beaucoup.

— C'est vrai, ajouta Gina, les yeux pleins de larmes. Merci de tout cœur, Al.

L'inspecteur paraissait gêné.

— Ça va, ça va, répondit-il en haussant les épaules. Je vous avais dit que je ferais tout ce qui était en mon pouvoir pour vous aider à la retrouver.

Paul avait la sensation qu'il leur cachait quelque chose.

— Al ?

Mais Duarte s'était levé et se dirigeait déjà vers la porte.

— Je dois rentrer chez moi, déclara-t-il en bâillant. La journée a été longue. Je suis resté longtemps absent. Lazybones va sûrement me le faire payer cher.

Paul l'accompagna dans le hall.

— L'aller-retour a dû vous prendre quasiment toute la nuit, Al. Pourquoi vous donner tant de mal ?

Duarte haussa de nouveau les épaules.

— Je n'avais pas grand-chose d'autre à faire. L'important, c'est que vous ayez retrouvé votre fille.

— Je sais… Mais je ne crois pas un mot de toute son histoire, et je suppose que vous non plus. Il doit y avoir autre chose. Pourquoi ne me le dites-vous pas ? Elle était avec quelqu'un ?

— Vous pensez à Angela ? Je ne l'ai pas vue à Spokane.

— Mais vous l'avez cherchée.

— Bien entendu ! C'est même la première personne à laquelle j'ai songé.

— Avez-vous posé la question au type de l'épicerie ou aux policiers ? Vous leur avez demandé s'ils avaient vu quelqu'un d'autre ?

— Diable, non, répliqua Duarte avec agacement. Je n'y ai pas songé. Vous me prenez pour un inspecteur de police, ou un truc dans le genre?

Paul ne put s'empêcher de sourire.

284

— Personne n'avait rien vu, Rachel était seule.

— Et cette amie à qui elle rendait soi-disant visite ? s'enquit-il.

— J'ai comme l'impression qu'elle n'a jamais existé. Rachel n'a pas voulu nous donner son nom, et nous ne pouvions pas l'obliger à parler. Après tout, elle n'a commis aucun délit.

Duarte ouvrit la porte et sortit sur le perron.

— Ecoutez, reprit-il, vous l'avez retrouvée, c'est l'essentiel. N'essayez pas à tout prix de savoir ce qu'elle avait en tête. Vous allez vieillir avant l'âge si vous prenez les choses à cœur de cette façon.

Paul secoua la tête.

— Je ne vois pas comment je pourrais me sentir plus vieux que maintenant.

Duarte hocha la tête et lui donna une bourrade dans le dos.

— Tenez le coup. Je suis sûr que tout va finir par s'arranger.

— Vous croyez ? Vous le pensez vraiment ?

— Oui, ça passera. Le temps s'en chargera. En attendant, il ne nous reste plus qu'à méditer sur la question, comme disent si bien les Bouddhistes.

Paul acquiesça et le remercia de nouveau.

— Ce n'est rien, fit Duarte. J'attends de vos nouvelles, OK ? Nous avons encore quelques petits détails à régler.

— Angela ?

— Ou qui que ce soit d'autre, répondit-il en s'engageant dans l'allée.

Paul ferma la porte. En se retournant, il se rendit compte que Rachel se trouvait derrière lui.

— Qu'est-ce qu'il y a avec Angela ? demanda-t-elle, une lueur étrange dans le regard.

— Ma chérie, il s'est passé des choses pendant ton absence. Mais ce n'est pas le moment d'en parler. Retournons dans le salon.

— Je suis fatiguée.

— Nous avons encore beaucoup à nous dire, répliqua-t-il.

Rachel qui se dirigeait déjà vers l'escalier parut hésiter, mais elle ne se retourna pas.

— Je suis vraiment épuisée, papa.

— Je le crois volontiers. Cela dit, tu ne crois pas que nous méritons une explication, ta mère et moi ? Nous avons besoin de comprendre pourquoi tu es partie sans nous prévenir, pourquoi tu es restée absente pendant près de quatre jours sans nous donner de nouvelles. Au nom du ciel, où étais-tu, Rachel ? Qu'est-ce qui t'a pris ?

Lorsqu'elle se retourna, il vit qu'elle avait les yeux pleins de larmes. Visiblement, elle tentait de retenir ses sanglots.

— Qu'est-ce que ça peut te faire ? lâcha-t-elle. Depuis quand te soucies-tu de ce qui peut bien m'arriver ?

16.

Il était déjà 5 heures du matin. Après s'être assurés que Rachel était tranquillement installée dans sa chambre, Paul et Gina, littéralement épuisés, avaient regagné leur lit. Gina avait réussi à donner le change jusque-là mais, à présent, elle tremblait de la tête aux pieds. Paul la serra dans ses bras.

— Je ne sais pas qui elle est vraiment, murmura-t-elle. Je ne connais même pas ma propre fille.

Elle avait enfoui son visage dans son épaule. Malgré le son étouffé de sa voix, il savait qu'elle pleurait. Et elle était brûlante.

— Je vais te donner une aspirine et t'apporter un linge humide.

— Non, ne me laisse pas ! Je ne veux pas rester seule.

— Je ne m'éloigne pas. Je serai juste là, dans la salle de bains. J'en ai pour une seconde.

Mais elle s'agrippa à lui. Il sentait ses ongles dans son dos.

— Ne t'en va pas !

— D'accord, répondit-il avec douceur. Je reste tout près de toi. Essaie de dormir, Gina. Ferme les yeux.

— Je ne peux pas… Quand je ferme les yeux, je vois des choses horribles. Je vois Angela, un couteau sur la gorge de Rachel. Et ensuite, du sang.

287

Elle serra les poings.

— Du sang partout.

— A cette période de l'année, il est normal que certains souvenirs remontent à la surface.

— Non, ce que je vois n'est pas dans le passé. C'est maintenant. C'est quelque chose qui nous menace. Je l'ai senti dès que Rachel a franchi la porte, tout à l'heure.

— Chut… Ma chérie, tout va bien à présent. Rachel est de retour et elle va bien. Nous aussi nous allons parfaitement bien.

— Est-ce que c'est vrai ? Allons-nous si bien que ça ?

Il l'embrassa sur le front.

— Oui, assura-t-il. Ou en tout cas, nous ferons en sorte que ce soit vrai à partir de maintenant. C'est possible, si nous le désirons vraiment.

Mais Gina demeura silencieuse, et il ne sut pas ce qu'elle désirait vraiment. Avait-elle du mal à lui pardonner de s'être si peu impliqué dans leur mariage ?

Peut-être ne l'aimait-elle plus. Avait-elle fini par accepter la situation au point de ne même plus avoir envie d'y remédier ?

Il la serra un peu plus contre lui en se faisant la promesse de se montrer irréprochable à l'avenir. Il se sentait soulagé d'un grand poids. Petit à petit, il se laissa glisser dans le sommeil. A moitié conscient, il entendit Gina murmurer quelque chose, mais il n'eut même pas la force de lui répondre et émit un faible grognement. Soudain, un cri strident leur parvint depuis la chambre de Rachel. Brusquement réveillés, ils échangèrent un bref regard et, sans un mot, sautèrent à bas du lit pour se précipiter dans le couloir.

*
* *

— Que se passe-t-il ? s'écria Gina, affolée.

Elle se préparait déjà à affronter le même spectacle que seize ans auparavant, devant l'arbre de Noël. Elle avait conscience de friser le délire, mais ne pouvait chasser de son esprit la scène qui la hantait : Rachel couverte de sang et, près d'elle, Angela, un couteau à la main.

Il n'y avait pas une goutte de sang. Seulement Rachel, debout sur son lit, et qui continuait à hurler. Gina suivit la direction de son doigt. Une souris trottinait sur le parquet et courut se réfugier sous la haute commode.

— Oh, mon Dieu, souffla-t-elle en portant la main à sa poitrine avec un soupir de soulagement. Rach, c'est juste une...

La souris pointa de nouveau son museau à l'extérieur. Gina s'interrompit pour hurler à son tour et se précipita sur le lit près de Rachel, en relevant sa chemise de nuit au-dessus des genoux.

Paul, immobile sur le seuil, les regardait toutes les deux d'un air très intéressé. Puis il partit d'un grand éclat de rire.

— Ce n'est qu'un souriceau. Il est inoffensif, le pauvre.

— Dans ce cas, attrape-le.

— L'attraper ? Et comment suis-je censé m'y prendre ?

— Je n'en sais rien, mais attrape-le ! hurla Gina.

— Va chercher ta batte de base-ball, papa ! lança Rachel. Dépêche-toi, je ne veux pas qu'il retourne sous mon lit !

Paul ne pouvait plus s'arrêter de rire.

— Tu veux que je l'écrase avec ma batte ?

— Papaaaa ! Je t'en prie !

— Paul, elle a raison. Va prendre ta batte et arrête de rire comme ça. C'est très sérieux.

— Sérieux, hein ? Je ne pense pas que tu dirais la même chose, si tu voyais le tableau que vous formez toutes les deux sur ce lit.

Il se tordait de rire, mais parvint à se calmer suffisamment pour aller chercher la batte en question.

— Je ne vois pas comment j'arriverais à l'attraper avec ce truc-là, observa-t-il en revenant, mais si ça peut vous faire plaisir…

Le souriceau sortit de sa cachette et courut droit sur lui. Tout en exécutant un bond dans les airs, Paul abaissa la batte de base-ball avec un cri d'attaque, dans une pitoyable imitation de Bruce Lee. Le souriceau se faufila sans encombre entre ses jambes, sous le regard ahuri des deux femmes.

— Tu l'as laissé filer ! s'écria Rachel.

— Pourquoi diable as-tu sauté comme ça ? s'enquit Gina.

— Comment ça ? fit Paul.

— Elle a raison, papa. Ça t'a servi à quoi de sauter ?

— A rien du tout, répliqua-t-il en se retranchant dans sa dignité. Seulement à éviter qu'elle grimpe le long de mon pyjama.

— Le long de ton pyjama ? répéta Gina en riant. Où as-tu été pêcher une idée pareille ?

— Je n'en sais rien. Elle pouvait grimper là, aussi bien que sur ta chemise de nuit.

— Ça n'a rien à voir, observa-t-elle avec dédain. Tout le monde sait que les souris font ça.

— Elles grimpent le soir venu, le long des chemises de nuit ?

— Elles peuvent grimper le long des robes, n'importe quelle robe. N'est-ce pas, Rachel ?

Elle se tourna vers sa fille afin de quêter son approbation. Rachel riait autant que son père.

— Oui, maman, tout ce que tu veux. Tu as sûrement raison.

Plus question de dormir, à présent. Tous trois descendirent s'installer autour du comptoir de la cuisine. Rachel et Gina préparèrent des œufs et des galettes de pommes de terre, pendant que Paul s'occupait du café et des toasts.

En regardant sa fille et son mari s'activer côte à côte, Gina se croyait presque revenue au bon vieux temps. Sauf que le spectre d'Angela continuait de rôder autour d'eux, plus que jamais.

Et que dire de son mariage ? Un moment plus tôt, juste avant de s'endormir, elle avait répondu à Paul qu'elle aussi tenait à ce que leur relation de couple s'améliore. Mais maintenant qu'elle était complètement réveillée, elle pensait à Julian… Devait-elle révéler sa liaison à Paul ? Et s'il l'apprenait, lui pardonnerait-il ?

Non, sûrement pas. Lui qui s'était toujours montré d'une fidélité exemplaire, ne tolérerait pas que sa femme ait cherché amour et réconfort ailleurs, sous prétexte qu'elle souffrait de solitude.

Et d'ailleurs, la solitude ne lui servait-elle pas un peu d'alibi ? Au fond d'elle-même, Gina savait qu'elle était attachée à Julian, et réciproquement. Elle aurait menti en disant qu'elle regrettait de l'avoir rencontré.

Néanmoins, elle ne pouvait continuer cette double vie. Impossible d'abandonner sa famille pour partir avec Julian. Il fallait donc qu'elle le quitte. C'était la seule chose à faire.

Rachel prenait sa douche en savourant le confort qui lui avait fait défaut ces derniers jours. La nuit précédente, épuisée par la longue route de Spokane à Seattle, elle s'était écroulée dans son lit sans même se brosser les dents. Ensuite, il y avait eu l'épisode du souriceau — ce qui, bien qu'il l'ait empêchée de dormir, avait eu au moins le mérite de détendre l'atmosphère de la maison.

Cela faisait un certain temps qu'elle marchait sur la corde raide. D'abord, le coup de fil d'Angela. Ensuite, son enlèvement. Enfin, sa séquestration dans une misérable cabane.

Rachel ouvrit en grand le robinet d'eau froide et se plaça sous le jet. Rien de tel qu'un coup de fouet pour s'éclaircir les idées. Car à présent, elle devait décider de la conduite à tenir. Mais le jet glacé la fit seulement frissonner. Elle bondit hors de la cabine de douche et s'empara à tâtons de ce qui lui tombait sous la main afin de se sécher en vitesse.

Enveloppée dans une serviette, elle s'installa sur le rebord de la baignoire et commença à réfléchir aux récents événements. Non seulement la situation n'était pas brillante, mais le pire restait à venir.

Quand Angela l'avait débarquée sans autre forme de procès à la périphérie de Spokane, elle n'en menait pas large. De toute sa vie elle n'avait eu si peur. Elle avait marché le plus vite possible en direction de la petite épicerie, dans l'intention de téléphoner d'une des cabines. Celles-ci, malheureusement, s'étaient révélées hors service. Et lorsqu'elle avait demandé au gérant de l'épicerie d'utiliser son téléphone, il avait refusé.

Foutue Angela ! Pourquoi lui avoir tout pris — téléphone, portefeuille, argent, voiture ? Que cherchait-elle à la fin ?

Peut-être pensait-elle que cette petite mise en scène rendrait leur histoire plus crédible.

« Essaie de te débrouiller pour que ton papa chéri vienne te chercher, avait-elle déclaré. Il sera ravi, Rach. En ce moment, il doit être en train de t'imaginer, gisant dans quelque fossé, sans vie. Il sera fou de joie en entendant ta voix. »

Rachel aurait voulu lui renvoyer que leurs parents n'étaient pratiquement jamais là, mais elle s'était retenue. Hors de question également d'appeler sa grand-mère. Cette dernière menait sa propre vie — une vie mystérieuse, dont elle ne savait pas grand-chose. Même si c'était à elle que Rachel s'adressait de préférence en cas de problème, il était difficile de la faire sortir en pleine nuit pour qu'elle lui envoie un mandat. Elle était une grande fille. Elle s'était fourrée toute seule dans ce pétrin, et elle s'en sortirait seule.

Alors, elle avait entrepris d'arrêter les clients de l'épicerie.

— Est-ce que vous allez à Seattle ? demandait-elle.

Se rappelant les mises en garde de sa mère, elle ne s'adressait qu'aux couples et aux femmes seules. Avec sa chance, il n'était pas question qu'elle monte avec un homme. Ce n'était pas le moment de provoquer les ennuis.

Personne ne se dirigeait vers Seattle et, après deux heures passées à trembler de froid sous une pluie glaciale, elle fut à deux doigts de renoncer et d'appeler sa grand-mère au secours. Le temps étant plutôt clément le jour où elle avait rejoint Angela, elle ne portait qu'une veste bien trop légère pour la protéger du vent. Elle n'en pouvait plus et commençait à désespérer face aux refus réitérés des gens.

Soudain, une voiture de police pila à sa hauteur. Deux flics en sortirent et la rejoignirent. Pendant une minute qui lui parut une éternité, elle resta figée, les mains à moitié levées.

Que pouvaient-ils bien lui vouloir ? Elle n'avait rien fait. Ils ne pouvaient pas déjà savoir...

Mais les flics se contentèrent de lui demander sa carte d'identité — qu'elle n'avait plus, bien sûr — et de lui faire remarquer que ce n'était pas un temps à traîner dans les rues la nuit.

Ils lui apprirent également que ses parents s'inquiétaient affreusement à son sujet et qu'elle faisait l'objet d'un avis de recherche.

Une vague de soulagement l'envahit. Ainsi, les flics n'avaient aucune intention de l'arrêter ; ils cherchaient juste à lui venir en aide. Merci, Seigneur... Ils la firent monter dans la voiture de patrouille et mirent le chauffage à fond. L'un d'eux lui offrit même spontanément une tasse de café et un hot dog achetés dans l'épicerie.

— Tenez, ça vous fera du bien, déclara-t-il.

Il était charmant avec elle et plutôt mignon. En d'autres circonstances, elle aurait probablement flirté un peu avec lui mais, avec ce qui se préparait, mieux valait se tenir sur ses gardes. Elle ne pouvait risquer de laisser échapper quelque chose au sujet d'Angela.

Le jeune agent, Pete Lopez, lui expliqua que l'avis de recherche émanait de la police de Seattle. Ses parents étaient morts d'inquiétude ; ils espéraient qu'on la retrouverait et qu'on la ramènerait saine et sauve.

Son coéquipier n'était pas d'aussi bonne composition. Manifestement, ses réponses évasives ne le satisfaisaient pas, et il ne cessa de la harceler de questions.

Elle finit par lui raconter l'histoire mise au point par Angela : elle revenait de chez une amie qui habitait Spokane, quand on lui avait tout volé.

Le gentil policier l'avait rassurée. Elle était majeure et n'avait enfreint aucune loi en s'absentant de chez elle sans prévenir. Il lui proposa de l'emmener au poste pour attendre ses parents, ne voulant pas qu'elle reste seule dehors.

Rachel aurait préféré refuser. Elle n'avait aucune envie de se frotter à la police en ce moment. Cela dit, elle tenait là une chance de rentrer le soir même à la maison... Sans compter que la neige s'était mise à tomber quelques minutes plus tôt et qu'elle ne se voyait pas attendre dans le froid.

Elle finit par les suivre et s'installa au sec pendant qu'ils s'empressaient d'appeler ses parents. Ils tombèrent sur le répondeur. Elle aurait peut-être dû leur expliquer qu'il ne fallait pas trop attendre de Paul et Gina, qu'ils se fichaient pas mal d'elle, même s'ils essayaient de donner le change. Mais cela lui déplaisait d'avoir l'air de s'apitoyer sur son sort — du coup, elle se tut. Finalement, les agents de Spokane s'en remirent à la police de Seattle.

Duarte mit quelques heures pour arriver. Rachel avait demandé qu'on lui ouvre une cellule afin qu'elle puisse au moins s'allonger. Et c'est là qu'il la trouva.

Sur le trajet du retour, l'inspecteur tenta de lui expliquer à quel point ses parents étaient inquiets. On aurait dit qu'il cherchait à les excuser.

— Si vous avez encore l'intention de disparaître, observa-t-il, faites-le-moi savoir, que je prévienne vos parents. Savez-vous que ce que vous leur avez fait vivre est tout simplement inhumain ?

Rachel l'observa à la dérobée. Dans la pénombre du véhicule, Duarte semblait vraiment peu engageant. La colère se lisait sur son visage — bouche pincée, dents serrées. Son regard non plus ne lui disait rien qui vaille. Rien à voir avec le gentil policier qui l'avait reçue quelques jours plus tôt dans son bureau.

Ils étaient en train de passer les cascades de Seattle quand la neige se transforma en une pluie verglaçante. Sur la portion de route déneigée, la voiture glissait comme sur une patinoire. Accroché au volant, Duarte poussait un juron chaque fois qu'ils étaient déportés sur le bas-côté, sans pour autant ralentir. Le seul point positif de cette conduite de dingue, c'est qu'il ne pouvait pas lui poser de questions en même temps.

Assise à côté de ce fou du volant, Rachel paniquait. Pourquoi avait-elle accepté de se laisser reconduire par cet énergumène? Tout ce qu'elle savait de lui, c'est qu'il était flic et que ses parents l'appréciaient et lui faisaient confiance.

Et après ? Ils n'étaient pas infaillibles.

Elle non plus, d'ailleurs. La preuve : elle avait accepté de rencontrer sa sœur sans prévenir personne.

Elle pensa tout à coup que Duarte s'intéressait sûrement à Angela. L'avait-il vue à Spokane ? Avait-il succombé à son charme ?

Angela était superbe. Et quand elle ne se distinguait pas comme criminelle, elle avait certainement de quoi embobiner un homme et le tenir fermement entre ses jolis doigts.

Epuisée tant par le manque de fatigue que par les émotions, Rachel finit par s'endormir. Et ne se réveilla que lorsque Duarte s'arrêta devant chez elle.

Ses parents l'accueillirent avec une mine décomposée. On aurait dit qu'ils étaient passés sous un rouleau compresseur.

Cela lui fit de la peine de les voir dans cet état, mais il était trop tard pour regretter. Elle devait tenir bon, garder la tête sur les épaules, ne pas se laisser distraire par ses émotions.

Ses parents n'avaient pas encore vécu le pire. Restaient encore de dures épreuves à affronter.

17

Assise à la table du salon, Gina buvait son café à petites gorgées sans parvenir à se concentrer sur le travail posé devant elle. Rachel prenait une douche à l'étage et Paul était parti à *Soleil Antique*, régler quelques problèmes dont Daniel ne pouvait se charger seul. Il avait promis de rentrer le plus vite possible afin de passer un peu de temps avec sa fille. Apparemment, la vie avait repris son cours. Tout était redevenu normal — pour autant que le mot pût s'appliquer à leur famille. Sauf qu'ils n'avaient pas abordé la question du retour de Rachel à l'université et qu'elle ne semblait pas s'apprêter à partir. Elle avait peut-être décidé de prolonger son séjour au-delà des vacances scolaires.

Ce qui n'était pas plus mal, d'ailleurs. Si Rachel poursuivait ses études à l'université de l'Etat de Washington, cela leur donnerait l'occasion de se rapprocher et, qui sait, de cicatriser de vieilles plaies. Il fallait prendre l'incident de ces derniers jours au sérieux. Rachel était partie comme une voleuse et n'était revenue qu'à contrecœur. Un appel à l'aide, songea Gina. Si sa fille restait à Seattle, elle pourrait de nouveau bénéficier de ses entretiens avec Victoria et tenter de voir plus clair en elle-même.

Gina s'inquiétait de ce que Rachel exprimait son malaise par des « passages à l'acte », pour reprendre les termes de la thérapeute. Certes, la séparation d'avec sa sœur avait été traumatisante, mais elle aurait dû surmonter son chagrin depuis longtemps déjà — du moins suffisamment pour mener une existence normale.

Tiens, justement, elle était en train de descendre les marches doucement, avec précaution. Autrefois, elle les aurait dévalées quatre à quatre...

Gina posa sa tasse de café avec un soupir et repoussa le tas de papiers auquel elle n'arrivait pas à s'intéresser. Rachel entra dans le salon, qui se trouva tout à coup rempli de sa présence. Sans quitter sa mère des yeux, elle se laissa tomber dans un fauteuil et se mit à jouer avec les guirlandes du sapin.

— Pourquoi me regardes-tu comme ça ? s'enquit Gina que son regard perçant mettait mal à l'aise.

— Pour rien. J'étais simplement en train de me demander ce que tu avais prévu aujourd'hui.

— Je suis disponible. J'avais l'intention de te demander ce qui te ferait plaisir, à toi, ma chérie.

— C'est vrai ?

— Oui, bien sûr. Ça t'étonne ?

— Je ne sais pas trop, maman. J'ai l'impression de ne plus te comprendre.

Gina prit une profonde inspiration avant de répondre :

— Je crois que je pourrais te retourner le compliment, Rachel.

— Ah, oui ?

— Oui. Je continue à m'interroger sur les raisons de cette petite escapade à Spokane. Avec le temps qu'il faisait, en plus.

— Je te répète que je suis allée voir une camarade de classe.

— Une amie de Berkeley ?

— Oui. De Berkeley.

— Mais pourquoi ne nous as-tu pas prévenus que tu avais changé d'avis et que tu n'allais plus chez Ellen ?

— Ça ne m'a pas paru important puisque j'avais l'intention de rentrer le lendemain matin, comme prévu. Mais là-bas, il s'est mis à neiger et les routes étaient bloquées. Ensuite, on m'a tout volé et je me suis retrouvée coincée.

Gina ne put s'empêcher de penser à ce vieil adage : quand on ment, mieux vaut ne pas se perdre en explications. Plus on est bref, et plus on a de chances d'être cru.

— Tu aurais pu nous appeler de chez ton amie, objecta-t-elle.

— Pourquoi ? Vous étiez inquiets ?

— Pour l'amour du ciel, tu sais très bien que nous ne savions plus à quel saint nous vouer ! Ma chérie, j'ai besoin de comprendre pourquoi tu as fait ça.

Rachel sauta sur ses pieds, marcha à grands pas jusqu'à la baie vitrée et croisa les bras en regardant ostensiblement au loin.

— Peut-être que j'en ai marre de vous deux et de vos petits jeux.

— Quoi ? fit Gina, les sourcils levés. De quels jeux parles-tu ?

— Tu sais très bien de quoi il s'agit.

— Non, Rachel, je t'assure. Crache le morceau, à la fin !

— Toi et papa. J'essaie d'aborder la question depuis que je suis arrivée. Tu crois que je ne vois pas ce qui se passe ?

— Eh bien, on dirait que tu es mieux renseignée que moi, répliqua Gina avec une légèreté feinte.

Elle se sentait mal à l'aise. Rachel aurait-elle eu vent de sa liaison avec Julian ?

— Vous ne vous comportez plus du tout comme un couple marié. Toi, maman, tu es toujours par monts et par vaux, soit au bureau, soit à Camano Island.

— Mais, ma chérie, nous avons fait les magasins, coupé l'arbre de Noël. Nous sommes sortis dîner, prendre le thé… Nous avons passé beaucoup de temps ensemble. Je t'ai même proposé une fois de m'accompagner à Camano.

— Je ne vois pas pourquoi je me serais donné la peine de me taper tout ce trajet, rétorqua Rachel. De toute façon, tu n'aurais pas été vraiment avec moi. Tu as toujours l'esprit ailleurs.

Gina se mordit la lèvre pour ne pas exploser. Dans un sens, sa fille n'avait pas tort, elle n'était pas très présente en ce moment. Cependant, le reproche ne datait pas d'hier. Rachel était un gouffre sans fond. Depuis toujours, il fallait l'entourer, la rassurer. Mais ils avaient beau faire, elle n'était jamais satisfaite. Elle exigeait l'impossible.

C'était l'une des raisons qui les avaient poussés à envoyer leur fille chez un psychiatre. Les séances étaient chères et, plus d'une fois, ils y avaient mis l'argent qu'ils auraient dû investir dans leur affaire. Pourtant, ils ne regrettaient pas cet effort, même s'ils n'étaient pas sûrs qu'une thérapie fût réellement nécessaire. Après tout, elle se montrait nettement plus souple et accommodante que sa sœur. Elle n'était pas *malade*.

Victoria ne partageait pas leur optimisme. Il lui semblait parfois retrouver chez Rachel des signes de cette affection qui avait ôté à Angela tout sens moral, toute capacité à s'attacher à qui que ce soit. Il n'était pas exclu qu'elle soit atteinte d'un syndrome similaire, qui se révélait en général plus tard, à l'adolescence.

Si Gina ne se souvenait plus du nom de cette affection, en revanche, elle se rappelait parfaitement les mots de Victoria :

les enfants touchés par cette maladie pouvaient se montrer sociables et charmeurs, comme Angela, ou tranquilles et discrets. Comme Rachel.

De fait, l'été de ses seize ans, Gina s'était demandé si sa fille en était atteinte. Elle paraissait tellement déprimée à son retour de stage, repliée sur elle-même... Mais, malgré les avertissements de Victoria, Gina avait préféré mettre cela sur le compte d'un amour de vacances. D'autant que tout avait fini par rentrer dans l'ordre. Et deux ans plus tôt, quand Rachel avait quitté la maison pour aller vivre sur le campus, elle semblait parfaitement bien.

Sans aucun doute, ils devaient une fière chandelle à Victoria. Elle avait su communiquer avec leur fille, lui faire sentir qu'elle était aimée. Et Rachel avait établi avec elle un lien qui lui permettait d'envisager plus sereinement sa relation avec les autres.

En fait, songea Gina avec un serrement de cœur, ils avaient confié leur enfant à une psychiatre qu'ils considéraient à présent comme une amie de la famille. N'était-ce pas une manière de déléguer le problème, de se débarrasser d'elle, un peu comme ils s'étaient débarrassés d'Angela ?

A cette pensée, le doute l'envahit. Elle avait toujours cru qu'ils agissaient au mieux pour Rachel mais, à présent, elle n'en était plus si sûre.

— Rachel, je t'ai toujours aimée, déclara-t-elle, les larmes aux yeux. Je regrette de n'avoir pas su te le montrer. Tu as toujours été tout ce que j'avais, après Angela...

— Tout ce que tu avais ! la coupa Rachel avec dédain. Jamais tu ne m'as aimée pour moi-même ! Je n'étais qu'un pâle substitut d'Angela, aussi bien pour toi que pour papa. Vous l'avez toujours aimée plus que moi.

— Non, c'est faux !

Elle la considéra, les traits déformés par la colère.

— Bien sûr que c'est la vérité. Sinon, pourquoi est-il toujours aussi malheureux à l'approche de Noël ? Pourquoi ne pense-t-il pas plutôt à nous, qui sommes près de lui ?

Gina ne put se contenir plus longtemps. Elle avait l'impression de servir de bouc émissaire à sa fille.

— Ça suffit maintenant, décréta-t-elle sèchement. Il est temps que tu grandisses un peu.

Rachel la regarda fixement et plissa les yeux.

— Pour ça, ne te fais pas de bile, maman. J'ai beaucoup grandi ces derniers temps. Bien plus que tu ne l'imagines.

Sur ces mots, elle la planta là et se précipita dans l'escalier. Gina resta assise un long moment sans bouger, le visage dans les mains. Puis elle contempla rêveusement son alliance en la faisant machinalement glisser le long de son doigt.

Ce n'était pas ce qu'ils avaient prévu. Tout cela n'avait rien à voir avec la vie qu'ils avaient planifiée lors de leur mariage. Certes, Rachel n'était pas responsable du saccage de leur vie, mais ne pouvait-elle pas déposer les armes, pour une fois ?

D'ailleurs, pourquoi éprouvait-elle le besoin de se battre ? Elle ne se sentait pas aimée ? Elle aurait voulu qu'ils ressemblent à ces familles idéales qu'on voit dans les feuilletons télévisés, où tout le monde s'aime et où tout est parfait ?

Son attitude de la veille n'avait rien de surprenant. Elle était à bout, elle avait froid, et on l'avait ramenée à la maison contre son gré. Elle aurait sans aucun doute préféré s'en sortir seule et ne pas revenir piteusement dans une voiture de police. Oui, sa mauvaise humeur était parfaitement compréhensible.

Et puis l'incident du souriceau était venu dérider l'atmosphère. Ils avaient ri et joué ensemble, comme quand

Rachel n'était encore qu'une enfant. A quel moment les choses avaient-elles basculé ? Comment en étaient-ils venus à considérer une scène de famille toute simple comme une trêve insolite, un don du ciel ?

Gina soupira. Le plus important, c'était que Rachel fût revenue sans une égratignure. Grâce au ciel.

Ses supplications avaient été entendues, on l'avait exaucée... Gina ressentait confusément qu'il lui fallait remercier Dieu pour ce bienfait. Et une simple prière n'y suffirait pas. Le retour de sa fille valait un peu plus : il exigeait un sacrifice.

Elle demeura un long moment assise, à réfléchir. Enfin, elle prit le téléphone et composa le numéro de Julian à Camano Island.

Mon Dieu, faites qu'il soit là... Et donnez-moi la force d'aller jusqu'au bout.

— Salut, fit-il tendrement quand il l'eut reconnue. Que se passe-t-il ?

Elle se surprit à sourire, comme chaque fois qu'elle entendait sa voix.

— Il faut que je te parle, déclara-t-elle en se ressaisissant.

— D'accord. Il y a un problème ? Tu veux que je vienne ?

— Non, je serai dans la maison de Camano cet après-midi, vers 17 heures. Tu peux m'y rejoindre ?

— Bien sûr que je peux ! Gina, qu'est-ce qui ne va pas ?

— Je préfère ne pas en parler au téléphone.

— Bon. On se voit ce soir. Vers 17 heures.

Gina raccrocha et pressa ses poings sur ses yeux.

— Mon Dieu, murmura-t-elle, je sais que je vous ai déjà beaucoup demandé et que vous m'avez exaucée, au-delà de mes espérances. Aujourd'hui, c'est pour eux que je sollicite une faveur.

Faites que Paul n'apprenne jamais ce que j'ai fait. Faites que mon mari et ma fille ne le découvrent jamais.

18.

Rachel ne se montra pas à l'heure du déjeuner, et Gina mangea seule et sans entrain. Elle se força à avaler une banane et quelques biscuits salés, puis jeta ses miettes dans l'évier ainsi que le café froid qui restait dans sa tasse du petit déjeuner. Il lui restait deux heures avant de partir, et elle comptait en profiter pour travailler un peu.

En montant l'escalier, elle eut soudain envie de parler à Rachel, de tenter une réconciliation. Elle la trouva couchée dans sa chambre, le regard obstinément rivé au plafond. Ses yeux étaient rouges et gonflés, signe qu'elle avait pleuré. En temps normal, Gina lui aurait demandé ce qui se passait, elle aurait tenté de la consoler. Mais elle sentit que, cette fois, mieux valait prétendre n'avoir rien remarqué.

— C'est moi, déclara-t-elle. Ça m'aurait fait plaisir de déjeuner avec toi, tu sais.

Pas de réponse.

— Je suis juste venue te dire que je partais pour Camano dans deux heures.

— Ça ne me surprend pas.

Elle ne se laissa pas faire.

— J'ai un travail important à terminer là-bas, Rachel. Si je m'en débarrasse aujourd'hui, je pourrai rester à la maison. J'ai pensé que ça te ferait plaisir. En fait, je me demandais même si tu ne pourrais pas poursuivre tes études à l'université de l'Etat de Washington. Comme ça, tu n'aurais pas besoin de retourner en Californie.

— Je me fiche complètement de rester ou non à la maison.

Gina serra les dents.

— Ton père n'a pas appelé pendant que je prenais ma douche, ce matin ?

— Non.

— J'ai essayé de le joindre à *Soleil Antique* afin de le prévenir que je ne dînerais pas à la maison ce soir. J'ai pensé que vous pourriez sortir au restaurant tous les deux.

— Hmm.

— De toute façon, je lui ai laissé un message.

De nouveau, pas de réponse.

— Rachel, tu pourrais au moins faire un effort ! s'écria-t-elle, à bout.

Cette fois, la jeune fille se coucha sur le côté et lui tourna carrément le dos.

— Très bien, fit Gina à bout de patience. Je suis dans mon bureau. Tu sais où me trouver, tu es la bienvenue. D'accord ?

— OK.

— Je ne rentrerai pas tard ce soir. Je devrais en avoir terminé à 18 heures. Je pense être là vers 19 heures.

Elle sortit en fermant doucement la porte derrière elle, puis traversa lentement le couloir en direction de son bureau. Consciente que chacun de ses pas l'éloignait un peu plus de sa fille.

Rachel parvint à somnoler par intermittence en attendant que sa mère quitte la maison. Régulièrement, la sensation d'une lame froide posée sur sa gorge la tirait de sa torpeur, et elle revoyait alors avec une netteté implacable le regard haineux d'Angela. Même la voix de Gina qui lui parvenait de loin comme un murmure devenait dans son esprit la voix de sa sœur.

Au bout d'un long moment, la porte s'ouvrit doucement. Elle garda les yeux clos, en vain. Sa mère comprit qu'elle ne dormait pas.

— Je pars maintenant, annonça-t-elle doucement. J'ai deux ou trois choses à faire avant de prendre la route.

Devant son silence, Gina referma soigneusement la porte. Rachel suivit le bruit de ses pas qui descendaient l'escalier. Il était 15 h 05.

Elle attendit que la Crown Victoria soit partie pour se lever. Dans la salle de bains, elle s'aspergea le visage d'eau fraîche et se regarda dans le miroir.

Je n'ai pourtant pas l'air si vieux que ça. Comment se fait-il que j'aie l'impression d'avoir cent ans ?

Elle traversa le couloir et pénétra dans le bureau de sa mère. Après avoir fouillé un peu, elle trouva l'adresse de la maison de Camano Island dans le carnet de rendez-vous que Gina laissait à la maison. Elle la recopia soigneusement sur un bout de papier.

De retour dans sa chambre, elle s'assit sur le bord de son lit et appela son père à *Soleil Antique*. Elle était tellement nerveuse que ses mains tremblaient.

— Salut, Rach ! Ça va ?

— Oui, répondit-elle, la voix légèrement enrouée. Maman a essayé de te joindre. Où étais-tu ?

— Je rentre tout juste d'un déjeuner d'affaires avec un client. Je n'ai pas encore eu le temps de la rappeler. Que se passe-t-il ?

— Maman voudrait que tu la rejoignes à Camano Island, dans la maison des Albrigth.

— Ah, bon ? fit-il, surpris. Elle t'a dit pourquoi ?

— Ses essuie-glaces ne marchent plus. Il paraît qu'il va pleuvoir ce soir, et elle ne veut pas rentrer avec sa voiture.

— OK. De toute façon, il fallait que je fasse un saut là-bas pour prendre des mesures. Je dois vérifier que le buffet que j'ai trouvé pour les Albright convient.

— Tu as l'adresse ?

— Oui, dans mon carnet. Et ta mère ? Où est-elle maintenant ?

— Elle vient de partir, mais elle devait s'arrêter sur le chemin. Elle pense être à Camano vers 17 heures et en avoir terminé à 18.

— Entendu. Tu ne veux pas m'accompagner là-bas, Rach ? Nous pourrions nous arrêter sur le chemin du retour pour dîner ensemble ?

— Je… j'ai prévu autre chose, papa, bafouilla-t-elle. Mais c'est gentil de me le proposer.

— Tu es sûre ? Je n'aime pas beaucoup te laisser seule, alors que tu viens tout juste de rentrer.

— Ne t'inquiète pas. Je suis vraiment très occupée.

Et ce n'est pas un mensonge, songea-t-elle tout en raccrochant.

Ce qu'elle était en train de faire lui donnait la nausée, mais elle n'avait plus le choix. A présent, il fallait qu'elle aille jusqu'au bout.

Elle s'empara de nouveau du combiné et composa le numéro de portable qu'Angela lui avait confié. « *Personne d'autre que toi ne connaît ce numéro,* lui avait dit sa sœur. *Ne le donne à personne. Tu as bien compris ? A personne.* »

Angela décrocha à la troisième sonnerie.

— Nous y sommes, déclara Rachel. Maman doit se rendre à Camano Island. Les propriétaires de la maison sont absents. J'ai appelé papa, et je me suis arrangée pour qu'il aille la rejoindre. Il compte s'y rendre entre 17 et 18 heures.

Et elle lui dicta l'adresse de la maison de Camano.

Angela gloussa.

— Tu t'es très bien débrouillée, petite sœur. Si tout se passe comme nous l'avons prévu, j'envisagerai peut-être de te pardonner d'avoir volé ma vie.

— Il faut que tu me rendes ma voiture. Tu m'as promis de la ramener ici.

— Je ne pouvais quand même pas arriver comme une fleur, avec Gina à la maison ! Elle se serait posé des questions.

— Eh bien, maintenant qu'elle est partie, je veux ma voiture.

— C'est bon, c'est bon… Du calme, Rach ! J'ai une course à faire, je te la rapporterai plus tard.

— J'en ai besoin maintenant. Papa et maman sont partis, je n'ai pas de voiture et j'ai promis à une amie d'être chez elle vers 17 heures.

— Oh, pauvre petite chérie ! répliqua Angela, ironique. Elle ne pense qu'à sortir s'amuser pendant que…

Elle s'interrompit, puis ajouta d'une voix durcie :

— OK. Je serai là dans vingt minutes. Je déposerai la voiture au coin du pâté de maisons.

Et elle raccrocha.

Rachel frissonna, les bras enroulés autour des épaules. Comme elle ne parvenait pas à se réchauffer, elle descendit dans le salon et arpenta la pièce tout en surveillant par la fenêtre l'arrivée de sa Mustang. Elle ne se détendit que lorsqu'elle la vit passer devant le portail de la maison. Aussitôt, elle courut dans le couloir et attrapa son manteau noir dans la penderie. La nuit promettant d'être glaciale, elle prit soin de se munir de gants et d'un bonnet roses, comme il se devait.

Le double de ses clefs de voiture pendait à un crochet près de la porte de la penderie. Elle les saisit au vol et sortit en courant dans la rue.

19.

Al Duarte rentra chez lui vers 16 heures. La nuit tombait déjà et, comme toujours, cela lui fichait le moral à zéro. Vivement que l'été revienne. C'était, de loin, la saison la plus agréable dans la région, ne serait-ce qu'à cause de la longueur des soirées. Il suspendit avec soin sa veste trempée au portemanteau de l'entrée, à un endroit où elle s'égoutterait sur le carrelage, et pas sur le tapis.

Curieux comme les vieilles habitudes avaient la dent dure. Pendant leur mariage, Laura était toujours derrière son dos pour l'empêcher de mettre la pagaille. Aujourd'hui, bien qu'ils soient séparés depuis longtemps, il continuait d'obéir à ses ordres : « Accroche ta veste, Al. Ce n'est pas plus difficile que de la lancer n'importe où quand tu rentres. N'attends pas que je le fasse à ta place. »

Laura n'avait pourtant rien d'une mégère. La vérité, c'est qu'il n'avait pas l'habitude de mettre la main à la pâte. Au début de leur mariage, il pensait sincèrement qu'il était normal qu'une femme ramasse les affaires de son mari. Sa mère l'avait élevé comme ça.

Mais Laura ne l'entendait pas de cette oreille — ce qu'elle lui avait fait savoir rapidement et sans ménagement. A présent, il lui était reconnaissant de lui avoir appris à se débrouiller.

S'il avait dû compter sur quelqu'un d'autre que lui-même, il vivrait à présent dans un infâme taudis.

Il rit doucement.

Seigneur, comme cette femme me manque !

Ils allaient bien ensemble. Ils paraissaient vraiment faits l'un pour l'autre. Et ils s'entendaient à merveille.

Qu'est-ce qui avait bien pu clocher entre eux ? Il n'avait pas eu d'aventures qui auraient pu fragiliser leur mariage, comme Paul Bradley. Et il ne doutait pas une seconde de la fidélité de Laura. D'après elle, ils s'étaient tout simplement mariés trop jeunes. En devenant des adultes, ils avaient changé et s'étaient aperçus qu'ils ne concevaient pas la vie de la même façon. A un moment donné, il leur était devenu indispensable de partir. Et de recommencer leur vie séparément.

De ce côté-là, elle s'était bien débrouillée. L'année précédente, elle s'était remariée avec un type — un comptable dans une grande société — qu'elle avait rencontré lors d'une croisière. Sûr qu'il ne lui offrirait pas la même vie qu'un flic. Quand elle le lui avait présenté, Duarte s'était d'abord montré réservé, puis il avait appris à le connaître et, maintenant, il le considérait comme un brave gars.

Lui n'avait pas refait sa vie. Il consacrait trop de temps à son travail. Et à Lazybones, sa chatte.

Laquelle, bizarrement, n'était pas venue l'accueillir à la porte. La pauvre, elle se faisait vraiment de plus en plus vieille. Il lui arrivait de ne pas bouger du canapé de toute la journée.

Tout en bâillant à s'en décrocher la mâchoire, Duarte traversa l'étroit couloir en direction de la cuisine. Il avait choisi un petit appartement, idéal pour un célibataire. Pas trop de ménage, pas de longues déambulations d'une pièce à l'autre... Il valait mieux ; ses genoux donnaient des signes de faiblesse. Personne n'était au courant au boulot, parce qu'il ne voulait pas qu'on le croie bon à mettre au rencard. Enfin, il fallait bien reconnaître qu'il n'en avait probablement plus pour longtemps dans ce métier.

Bah, ça vaudrait mieux pour tout le monde. Non seulement il avait déjà dépassé l'âge de la retraite, mais il prenait de plus en plus plaisir — façon de parler — à aider les gens en dehors de son service. Ainsi qu'il l'avait fait pour les Bradley. Et pour cette pauvre gosse, Rachel. Peut-être qu'il finirait par rendre son insigne. Ou peut-être pas. Une partie de lui n'aspirait qu'à s'asseoir tranquillement au soleil. Il hésitait encore, mais il faudrait bien qu'il se décide un jour.

Dans la cuisine, il se prépara un café instantané, fort et bien chaud, comme il l'aimait. Il hésita entre une côte de porc ou un hamburger et opta finalement pour la bouteille de whisky. Il s'en servit une bonne rasade et, dès la première gorgée, il sentit son corps se détendre. Comme il buvait rarement, il ne lui en fallait pas beaucoup pour avoir l'impression d'être parfaitement heureux. Un peu d'alcool pour le réchauffer et un chat pour lui tenir compagnie, voilà qui suffisait à son bonheur.

A ce moment-là, ses yeux tombèrent sur la gamelle de Lazybones. Etrange, elle avait à peine touché à son poisson, aujourd'hui. Il fit claquer sa langue à plusieurs reprises afin de la faire sortir du petit coin douillet, sa chambre peut-être, où elle devait dormir.

— Hé, Lazy ! Où te caches-tu ? murmura-t-il doucement.

Mais elle ne se montra pas.

Peut-être était-elle malade, songea-t-il brusquement. Merde ! Il se serait bien passé de courir en catastrophe chez le vétérinaire.

Tant pis. Lazybones était son enfant, sa compagne des jours de solitude, le seul être avec qui il partageait sa vie. Pour ce qui était du mariage, il avait eu sa chance et l'avait gâchée ; il n'avait aucune envie de tenter le sort une deuxième fois. Maintenant, il se contentait d'aider les couples qui traversaient des périodes difficiles. Il se demanda si les Bradley réussiraient à prendre un nouveau départ quand tout cela serait terminé.

Selon lui, cela ne s'annonçait pas très bien. Lorsqu'il avait rencontré Lacey Allison, la maîtresse de Paul, elle lui avait paru vive, intelligente et dotée d'un grand sens de l'humour. Pas besoin de réfléchir pour comprendre ce que Paul allait chercher chez elle.

Quant à Gina Bradley, elle semblait porter un lourd fardeau. La perte d'Angela, sans doute. Et peut-être quelque chose en plus. Elle aussi semblait dissimuler un secret.

Cela avait-il un rapport avec Rachel ? Avait-elle sa part de responsabilité dans la fugue de sa fille ?

Duarte s'enfonça confortablement dans son fauteuil inclinable, juste devant l'écran noir de la télévision. Lorsque Laura était partie avec les trois quarts des meubles, il n'avait pas pris la peine d'en racheter. D'une part, il ne trouvait pas le temps de faire les magasins, et, d'autre part, son vieux fauteuil lui suffisait pour se sentir bien.

Un instant, il songea à regarder les actualités sur CNN, mais il n'avait rien mangé depuis ce matin et le whisky l'avait achevé. Il ne se sentait même pas capable de se lever pour appuyer sur le bouton.

Il pensa de nouveau à Lazybones et fronça les sourcils. Comment diable se faisait-il qu'il ne l'ait pas encore vue ce soir ? Où s'était-elle encore fourrée ? De nouveau, il la siffla. Sûr qu'elle se planquait sous son lit. Ou qu'elle dormait paisiblement sur son traversin. Elle s'étirerait paresseusement

314

quand il la réveillerait et lui, soulagé de voir que tout allait bien, se laisserait probablement tomber sur le lit.

Comment les Bradley s'étaient-ils comportés avec Rachel quand elle était rentrée à la maison ?

Décidément, il ne parvenait pas à les oublier, ceux-là ! Est-ce que Gina Bradley se doutait de quelque chose à propos de Paul ? Et lui ? Pensait-il pouvoir cacher sa liaison encore longtemps ?

Evidemment, cela ne devait pas être facile de quitter une femme comme cette Lacey Allison. Belle comme une gravure de magazine et cherchant à plaire. Tout à fait le genre de femme qui l'aurait attiré quand il n'était encore qu'un jeune homme mal dégrossi qui venait tout juste d'être reçu à l'Académie de Police. Il n'était pas mal à cette époque. Malheureusement, ses trente ans de service dans les forces de l'ordre avaient fait des ravages. Il en avait trop vu, trop entendu. De profondes rides sillonnaient à présent son front, et les cernes de ses yeux étaient au moins aussi profonds que les gorges de Mars.

Tiens, Lazybones n'était pas dans la chambre. Sur son lit, il n'y avait rien d'autre qu'un tas de vêtements. Il avait laissé tout ça ce matin ? Putain de whisky, il ne s'en souvenait pas... Non, non. Il en était sûr, il n'avait pas laissé ce bordel.

Un frisson de peur courut le long de son échine, lui faisant dresser les cheveux sur la tête.

Quelqu'un est venu ici. Quelqu'un s'est introduit dans ma chambre.

Mais pourquoi avoir sorti tous ses vêtements ? Il s'approcha de l'armoire dont la porte coulissante était restée entrouverte. Il la fermait toujours de façon à empêcher Lazybones d'y entrer. Il n'aimait pas trouver des poils de chat dans ses chaussures ou qu'elle aille faire ses besoins au milieu de ses pulls. Surtout que les petits coins des étagères n'étaient pas faciles à nettoyer, lorsqu'elle faisait ses saletés.

Son instinct lui commandait de sortir au plus vite et de demander du renfort. L'intrus était peut-être encore là. Mais sa curiosité l'emporta.

Il allongea le bras jusqu'à la porte. Avant même qu'il ait eu le temps de l'ouvrir, il reconnut le bruit sourd et familier des balles. Un silencieux... Il ne sentit absolument rien, mais il sut qu'il avait été touché lorsqu'il se sentit tourbillonner et atterrir sur son lit. Des taches de sang s'élargirent, comme des fleurs qui se déploient, sur l'édredon vert et blanc. Pendant un long moment, il resta ainsi, la tête posée sur le lit, fasciné par les formes rouges qui s'étalaient devant lui. Il était en train de plonger, il le savait. Non, il devait s'accrocher. Rassemblant ses forces, il parvint à se soulever sur ses avant-bras, puis à se lever. Il voulait voir son agresseur. Les jambes flageolantes, il fit un pas et s'effondra la tête dans l'armoire. Il tenta de s'agripper aux vêtements qui pendaient pour se redresser, mais cintres, chemises, pantalons, tout dégringola sous son poids.

En heurtant le sol, il eut la sensation que la vie s'échappait de son corps.

Non, mon Dieu, pas maintenant, je vous en prie !

Il lutta de nouveau pour se redresser, mais ne parvint pas à bouger. Déjà, sa vue se brouillait.

La dernière chose qui lui fut donnée de voir fut une plume d'un rouge brillant, criard même. Elle était posée sur le corps blanc de Lazybones.

316

20.

Paul devait partir tôt s'il voulait être à 17 heures à Camano Island.

— Gina m'a demandé d'aller la chercher, annonça-t-il à Daniel. Elle a peur de rentrer avec sa voiture. Il paraît qu'il va pleuvoir, et ses essuie-glaces ne fonctionnent pas.

— Vous partez pour la maison des Albright ? Ce soir ?

— Oui. Pourquoi ? Ça pose un problème ?

— Non… non, je ne crois pas, bredouilla Daniel.

— De toute façon, j'ai besoin d'y jeter un coup d'œil. Gina a presque terminé là-bas, et je veux vérifier que les pièces que j'avais choisies conviennent toujours.

Il leva les yeux de son bureau et observa l'expression de son assistant. Daniel avait les traits tirés et paraissait fatigué.

— Tout va bien, Daniel ? Vous êtes sûr que vous pouvez vous passer de moi ici ?

— Oui, oui, allez-y, pas de problème. J'ai besoin de vous parler, mais ça peut attendre que vous soyez moins occupé. Nous verrons ça une autre fois.

Quel jeune homme étrange, songea Paul en s'engageant sur l'autoroute qui menait à Camano. Discret, mystérieux, un peu énigmatique même. Mais sympathique et digne de confiance. De quoi voulait-il bien lui parler ? Pourvu qu'il ne lui annonce pas sa démission…

Tout en conduisant, Paul mit un CD de musique classique. Cela lui rappela l'époque où Gina et lui s'aimaient encore et partageaient la même voiture autant que possible.

Comme il regrettait de ne pas avoir eu le courage d'aller jusqu'au bout avec Lacey, de ne pas lui avoir annoncé qu'il préférait rompre. Dire qu'il devait y retourner et affronter cette épreuve de nouveau, trouver les mots justes…

Il avait déjà fait tant de mal autour de lui ! Il détestait avoir à ajouter Lacey sur la liste de ses victimes. Elle ne le méritait pas, elle lui avait tant donné… Cependant, il devait maintenant se consacrer à sa femme. Et à Rachel. Il voulait reconquérir Gina, la convaincre que leurs espoirs et leurs rêves n'étaient pas morts.

Ils pouvaient tout recommencer. Au moins essayer… Pour Rachel. Ils n'avaient pas fait assez d'efforts l'un envers l'autre, ces dernières années. Mais Gina était quand même restée. Ce qui signifiait qu'elle l'aimait encore.

Quand il arriva à Camano, il faisait nuit. Il roulait au ralenti, cherchant à distinguer la maison dans la pénombre. Il était déjà venu une fois avec Gina, tout au début, afin de discuter du style des meubles, et s'attendait à trouver des changements. Gina avait fait pas mal d'allers-retours à Camano depuis quelques mois.

Il reconnut la maison sans difficulté. Les lumières étaient allumées et la Crown Victoria de Gina garée dans l'allée. La présence d'une voiture inconnue en plus de la sienne ne le surprit pas. Sans doute un ouvrier s'était-il attardé dans la maison.

Paul se gara près de sa voiture et monta les trois marches du perron. La porte étant ouverte, il entra. Gina ne l'entendrait sûrement pas frapper si elle se trouvait quelque part à l'autre bout de la maison. Il sourit en se rappelant qu'elle appréciait ces attentions.

Finalement, il n'était pas un si mauvais mari puisqu'il pensait encore à ce genre de choses. Des petites choses intimes comme seuls en partagent les époux. Des choses qui s'installent au fil des années passées à vivre ensemble et à s'aimer.

Debout sur la terrasse de la maison de Camano, Rachel frissonnait. Elle était arrivée avant tout le monde et avait garé sa Mustang à plusieurs rues de là, afin que personne ne découvre sa présence. Bien que tout se déroulât comme prévu, elle commençait à prendre peur. N'avait-elle pas été trop loin ?

— Je veux leur parler, avait insisté Angela. J'ai des questions à leur poser et je veux pouvoir m'exprimer sans qu'on nous dérange.

— Pourquoi ne viens-tu pas les voir tout simplement à Queen Anne Hill ?

— Je ne peux pas. Tu oublies que j'ai un inspecteur aux trousses. Il faut que tu te débrouilles pour m'arranger une rencontre quelque part ailleurs. A toi de trouver la solution.

Rachel avait refusé. Angela l'avait alors menacée avec son couteau, puis avait tenté le chantage.

— Tu me dois bien ça, petite sœur. Ou tu fais ce que je te demande, ou je leur dirai que c'est toi, la coupable lors de cette nuit de Noël. Et je leur parlerai du Dr Chase, par la même occasion. Tu crois qu'ils voudront encore de toi, une fois qu'ils sauront toute la vérité ?

Rachel aurait voulu lui répondre qu'elle se trompait lourdement et que l'affection que lui portaient ses parents ne dépendait nullement de ce qu'une tierce personne pouvait leur raconter. Mais elle préférait ne pas courir le risque. Ils étaient capables de l'enfermer ! Ils avaient aimé Angela bien plus qu'elle, et cela ne les avait pas empêchés de l'envoyer au loin.

Elle avait donc accepté ses conditions. Après tout, il était possible que la situation se retourne en sa faveur. S'ils découvraient qui était la véritable Angela, peut-être descendrait-elle enfin de son piédestal. S'ils se rendaient compte à quel point elle était calculatrice et désireuse de se venger, ils ne l'aimeraient plus. Elle cesserait enfin de représenter la pauvre petite fille qu'ils avaient lâchement abandonnée.

Il faut qu'ils la rencontrent. C'est le seul moyen pour qu'ils s'intéressent enfin à moi. Jamais je ne serai de taille à lutter contre un souvenir.

Rachel ne pensait pas y arriver aussi rapidement, mais quand sa mère lui avait annoncé qu'elle se rendait à Camano Island, elle n'avait pas hésité. C'était l'endroit idéal : une maison vide, loin de la ville et des policiers trop curieux — comme ce Duarte. Au moins, il ne risquait pas de débarquer là-bas sans crier gare.

A présent, elle tremblait de peur. Angela était dangereuse. N'aurait-elle pas dû prévenir Duarte que sa sœur l'avait séquestrée et que, maintenant, elle l'obligeait à organiser une entrevue avec ses parents ? Elle avait parcouru une longue route depuis Spokane avec lui ; il avait eu le temps de s'apercevoir qu'elle lui avait menti sur toute la ligne. Si elle lui avait avoué la vérité, Angela serait maintenant sous les verrous pour séquestration abusive.

Non, songea-t-elle amèrement, il ne l'aurait pas crue. Mais Angela, si. Il lui suffirait de dire que Rachel mentait et de leur dévoiler qu'elle était une meurtrière, pour qu'il la croie, elle. Elle était si belle, si sûre d'elle...

Rachel avait beau considérer le problème sous toutes ses facettes, elle en revenait toujours aux mêmes conclusions : Angela la tenait.

Dans la voiture, Duarte lui avait donné son numéro de portable. « Au cas où vous auriez besoin de me joindre rapidement. » Elle l'avait pris sans intention de l'utiliser, mais pourquoi pas ? Il n'était pas trop tard pour le mettre au courant de ce qui se tramait.

Elle paniquait pour de bon, à présent. Quelle idiote elle avait été ! Après tout ce qu'Angela lui avait fait endurer, comment avait-elle pu croire qu'elle se contenterait d'une petite explication avec ses parents ? Elle avait une autre idée derrière la tête, cela ne faisait aucun doute.

Angela avait raison de la traiter d'imbécile ! Elle aurait dû réfléchir au lieu de foncer tête baissée dans son piège. Tout ce qu'elle voulait, elle, c'était se débarrasser de sa sœur en la montrant à ses parents sous son vrai jour…

Tout était sa faute, elle était décidément trop bête.

Impossible de réfléchir. Sa tête était vide. Elle avait passé toute la journée dans un état second, avec des envies subites de se jeter dans les bras de sa mère, afin de lui dire tout son amour et lui demander pardon, et des moments d'angoisse tels qu'elle avait du mal à respirer. Quand l'angoisse la submergeait, plus rien n'avait de sens ; elle ne savait plus qui elle était. Seuls restaient sa solitude et son désespoir.

En revanche, quand son esprit se remettait à fonctionner normalement, elle savait exactement ce qu'elle avait à faire. Comme en ce moment.

Elle chercha son portable. Elle avait bien failli l'oublier sur le siège de la Mustang mais, prise d'une impulsion, elle l'avait glissé au dernier moment dans la poche de sa veste. Quel était le numéro de Duarte, déjà ? Sur le coup, elle s'était dit qu'il était facile à retenir. Quatre fois le même chiffre, ou quelque chose dans ce genre. Non, elle se souvenait maintenant : 3-4-5-0. C'était bien ça. Mais quel était l'indicatif ?

Elle était sur le point de s'en souvenir quand tout à coup les ballons commencèrent à glisser loin d'elle. Elle mémorisait les chiffres en les emprisonnant dans des ballons rouges et brillants qui apparaissaient dans sa mémoire lorsqu'elle les appelait. Mais les ballons de Duarte ne cessaient de s'éloigner, pour se rapprocher de nouveau. Elle n'arrivait pas à tout lire. Merde, où se cachait l'indicatif ?

Soudain, elle parvint à attraper la ficelle qui retenait les ballons et lut le numéro en entier. Personne n'était arrivé à Camano, il était encore temps de tout arrêter.

Elle enjamba la terrasse et avança de quelques pas sur le carré d'herbe entre la maison et la mer. Si quelqu'un débarquait, il ne pourrait ni l'entendre, ni la voir. Elle composa fébrilement le numéro et attendit.

Allez, Al ! Décroche, bon sang !

Elle craignait de s'être trompée de numéro et commençait à se décourager quand le répondeur se mit en route. Pourquoi n'était-il pas chez lui ? S'il tardait trop, le temps qu'il consulte le message et qu'il vienne jusqu'ici, ses parents seraient partis. Angela aussi. Et elle-même passerait pour une idiote si elle l'avait fait venir pour rien.

Il fallait qu'elle lui donne une explication suffisamment vague de façon à s'en tirer avec une pirouette, si besoin était.

D'une voix tremblante, elle débita rapidement :

« Inspecteur Duarte ? C'est moi, Rachel. Vous m'aviez dit que je pouvais vous appeler en cas de besoin. Je suis à Camano Island, et mes parents vont bientôt arriver. »

Elle indiqua soigneusement l'adresse de la maison et mentionna l'heure de son appel.

« Nous ne restons ici qu'une heure environ, et j'ai bien peur que vous n'ayez pas ce message à temps. Je… je crois qu'ils pourraient avoir besoin d'aide. »

Tremblante, elle éteignit son portable et resta immobile à le contempler avec la sensation de tenir un serpent dans sa main. Avait-elle bien fait ? De nouveau, cette angoisse. Cette fois, elle la repoussa en jurant silencieusement.

Merde. Fous-moi la paix ! Fous-moi la paix !

Elle eut besoin de toute sa volonté pour rassembler ses esprits.

Une lampe s'alluma dans la maison, puis une autre. Rachel regarda les pièces s'éveiller une à une. Un rayon glissa sur la terrasse et jusqu'à la pelouse, tout près de là où elle se tenait, éclairant l'herbe et les côtes du détroit.

A présent, elle discernait l'intérieur de la pièce qui donnait sur la terrasse. Il s'agissait du salon. Ce qu'elle avait pris pour l'arrière de la maison était en fait la façade principale, car l'entrée se trouvait face à l'océan. Sa mère lui avait expliqué un jour que les maisons au bord de l'eau tournaient généralement le dos à la rue, pour que l'on puisse profiter de la vue sur la mer.

En prenant soin de rester dans l'ombre, elle suivit le faisceau de lumière et revint à la terrasse. Le salon était vide pour l'instant. Profitant de l'abri relatif des grands buissons en pots, elle se dissimula de son mieux, en choisissant un endroit qui lui permettait de surveiller la pièce et l'allée en même temps.

Quand sa mère pénétra dans le salon, Rachel ne put s'empêcher de sursauter. Gina se dirigeait droit sur elle, comme si elle l'avait vue. Mais elle s'arrêta devant la baie vitrée, le regard perdu au loin. Rachel vit qu'elle pleurait. Les larmes coulaient en abondance sur ses joues. Rachel avait de la peine, elle aurait voulu la consoler. Pourquoi pleurait-elle ainsi ?

Bientôt, une voiture qu'elle ne connaissait pas tourna dans l'allée. Un homme en sortit et entra dans la maison sans même frapper, comme s'il avait été chez lui.

Le propriétaire était revenu de vacances plus tôt que prévu. Ou l'un des ouvriers venait travailler dans la maison.

La présence de cet intrus dérangeait ses plans.

Cet imbécile allait tout fiche par terre !

De nouveau, Rachel sentit une peur incontrôlable l'envahir. Elle se mit à claquer des dents, tellement fort qu'elle craignit que sa mère ne l'entende.

L'homme rejoignit Gina.

Je l'ai déjà vu quelque part, mais où ?

Il lui dit quelque chose et elle se tourna vers lui. En tout cas, il n'était pas venu pour travailler, songea Rachel. Il portait un jean et un pull élégant. Quelques fils argentés brillaient dans ses cheveux blonds…

Ça y est ! Elle le reconnaissait ! C'était l'inconnu de la cafétéria, celui qui fixait sa mère avec tant d'insistance.

Comme hypnotisée, elle le regarda s'approcher de Gina puis la prendre dans ses bras. Il sortit un mouchoir de la poche de son pantalon et essuya tendrement ses joues. Ensuite, il l'embrassa. Longuement et passionnément. Elle avait passé les bras autour de son cou et se serrait contre lui.

Rachel n'en revenait pas. Elle avait l'impression d'assister à un baiser de cinéma.

Pourtant, c'était bien sa mère.

Qui repoussa l'homme en secouant la tête.

— Je ne peux pas, entendit Rachel malgré le roulis de l'océan et le bourdonnement incessant dans son crâne. Je ne peux pas continuer comme ça.

Les questions se bousculaient dans sa tête.

Qui était cet homme ? Avait-il vraiment une liaison avec sa mère ? Mon Dieu ! Et son père ? Etait-il au courant ? Etait-ce pour cela qu'il fuyait la maison ? Parce qu'il ne pouvait supporter l'infidélité de sa femme ?

Dans un demi-brouillard, elle entendit l'homme essayer de raisonner Gina.

— Tout ira bien, tu verras. Tout finira par s'arranger.

— Non, c'est impossible…

Il lui murmura quelque chose et la serra de nouveau contre lui. Elle se laissa faire et posa la tête contre sa poitrine. Rachel pouvait l'entendre sangloter.

Absorbée par la scène qui se déroulait sous ses yeux, elle n'entendit ni ne vit arriver la voiture. Brusquement, Paul apparut sur le seuil du salon où il s'arrêta, visiblement pétrifié. Puis il pénétra dans la pièce comme un somnambule.

Quand il avait longé le couloir qui menait au salon, Paul était à cent lieues d'imaginer qu'il trouverait sa femme dans les bras d'un autre homme.

Incapable de parler, le cœur broyé, l'esprit vide, il laissa échapper un cri mêlé de surprise et de désespoir, un cri venu du plus profond de lui-même.

En l'entendant, Gina se retourna. Elle se dégagea précipitamment des bras de l'autre homme et blêmit. Paul remarqua qu'elle avait pleuré.

Peut-être s'agissait-il seulement d'un collègue de travail, devenu son confident, qui la consolait. Elle avait dû lui parler de Rachel et des derniers événements. Oui, c'était nettement plus plausible que…

— Gina, commença-t-il en essayant de rassembler ses esprits. Gina, je…

— Que fais-tu ici ? l'interrompit-elle, manifestement affolée. Paul, pourquoi es-tu venu ?

— Je… C'est Rachel…

Il ne savait plus que dire.

— Rachel m'a dit que tu voulais… que je vienne te chercher… Enfin, il paraît que… que tes essuie-glaces ne marchent plus…

L'homme passa un bras protecteur autour de Gina, avec une expression qui ne laissait plus aucun doute quant à la nature de leur relation.

Comment avait-elle pu lui faire une chose pareille ? Paul ne connaissait que trop bien la réponse. Et il n'avait aucun droit de lui poser cette question…

Ses jambes se dérobaient sous lui. Il dut retourner s'appuyer contre le mur pour ne pas tomber.

C'est un cauchemar. Un cauchemar monstrueux… Je vais sûrement me réveiller et tout sera terminé.

Mais il ne se réveillait pas. Dans son cauchemar, une grande jeune femme blonde, vêtue d'un long manteau noir, entra tranquillement dans le salon par une autre porte. Elle traversa la pièce et vint se placer entre Gina et lui.

Elle riait.

— Eh bien, voilà qui est parfait, vraiment ! s'exclama-t-elle en se débarrassant d'un geste vif de son écharpe léopard.

Elle n'avait pas fermé le col de son manteau, et l'on pouvait apercevoir la chaîne en or, avec l'initiale A, qui pendait à son cou.

— Ça dépasse toutes mes espérances, poursuivit-elle. Maman a un petit ami, et papa, une maîtresse !

Elle s'interrompit pour observer l'air horrifié de Gina.

— Tu n'étais pas au courant, Gina ? Merde, Paul, elle ne se doutait de rien, tu te rends compte ? On s'était bien débrouillés. Mais peu importe…

— Lacey...

Sa gorge était sèche, et il dut avaler sa salive avant de pouvoir continuer.

— Qu'est-ce que tu racontes ? Où veux-tu en venir ?

Brusquement, Rachel apparut à ses côtés. Elle considérait la femme blonde avec stupéfaction.

— Lacey ? répéta-t-elle. Mais qui est Lacey ?

Paul ne répondit pas. Il demeurait comme hébété.

— Papa, tu ne la reconnais pas ? insista-t-elle. C'est Angela. Je l'ai amenée ici pour vous.

Lacey sourit.

— Elle dit la vérité, Paul. Surprise ! Salut, maman ! Tu as enfin retrouvé la petite fille que tu avais perdue depuis si longtemps. J'espère que ça te fait plaisir, au moins !

21.

C'était l'enfer. Littéralement. Paul en avait la preuve
formelle, à présent : on pouvait créer son enfer sur cette
terre.

Dans la pièce, il y avait Lacey, aux côtés de Rachel et
de Gina.

Et Rachel appelait Lacey « Angela ».

Est-ce qu'ils étaient tous devenus fous ?

Ou bien était-ce juste Rachel ? Rachel, qui était venue ici
avec Angela. La gentille Rachel, toujours calme et réservée.
Il se souvint des paroles de Victoria : « Certaines maladies
mentales ne se manifestent qu'à l'âge adulte. »

Mais cela n'expliquait pas pour autant la présence de
Lacey. Pourquoi se prêter à une telle mascarade ? Elle se
doutait qu'il s'apprêtait à la quitter, et elle avait réagi plus
mal qu'il ne le pensait.

Oui, ce devait être ça ! Il ne savait pas comment elles
s'étaient rencontrées, mais quand sa fille avait appris sa
liaison, elle avait voulu le punir. Rachel et Lacey avaient
comploté ensemble pour lui donner une leçon.

Et Angela là-dedans ?

Les questions se bousculaient dans sa tête. Il nageait dans
la plus incroyable confusion.

Il avait perdu toute notion du temps quand il entendit une voix brisée par l'émotion.

— Angela ? C'est... c'est vraiment toi ?

Brusquement, il se rappela la présence de sa femme, à quelques mètres de lui, en compagnie d'un homme qu'il n'avait tout d'abord pas reconnu, mais qui lui semblait maintenant familier. Et qui partageait visiblement une certaine intimité avec elle. L'homme, qui n'appréciait sans doute pas d'être placé au milieu de leurs histoires de famille, avait d'ailleurs reculé de plusieurs pas.

— Mais bien sûr que c'est Angela, répondit Rachel d'une voix frémissante.

De peur ou d'excitation ? Paul ne parvint pas à le déterminer.

— Je l'ai trouvée pour vous, poursuivit-elle. Pour toi, maman, et toi aussi, papa. Je sais qu'elle te manque toujours beaucoup à Noël.

Les lèvres de Gina tremblaient. Elle leva lentement les mains jusqu'à sa bouche en écarquillant les yeux.

— Trouvé ? Tu as trouvé Angela ?

Rachel acquiesça.

— Oui, quand je suis allée à Spokane. Elle voulait vous voir dans un endroit tranquille, où vous ne seriez pas dérangés. Alors, j'ai fait en sorte que vous veniez tous ici.

Gina émit un petit cri étouffé. Elle s'avança, les mains tendues, d'un pas mal assuré.

— Mon bébé, murmura-t-elle en dévisageant avec étonnement la femme qui se tenait devant elle. Je n'arrive pas à y croire. Tu as tellement changé ! Jamais je ne t'aurais reconnue. Mais c'est bien toi ?

Les larmes aux yeux, elle se tourna vers Rachel.

— C'est bien Angela ?

— Oui, maman, c'est elle.

Paul commençait à comprendre. Mais comment était-ce possible ? Lacey avait les yeux verts, pas marron, et des cheveux blonds, pas noirs. Elle avait dû utiliser des lentilles et se teindre les cheveux… Victoria ne l'avait-elle pas prévenu qu'elle pourrait aller jusqu'à se déguiser pour les approcher sans qu'ils le sachent ?

Pourtant, ce nez, ce menton… Il ne reconnaissait pas non plus les traits du visage. Rien, chez Lacey, ne lui rappelait la petite Angela.

Rien d'anormal, après tout. Angela n'avait que six ans la dernière fois qu'il l'avait vue. A présent, elle était une femme. Il le savait mieux que quiconque.

Il rougit violemment. Un haut-le-cœur le secoua, et des taches noires se mirent à danser devant ses yeux. Tout se brouillait. La seule chose qu'il percevait encore distinctement, c'était la lettre A qui brillait au cou de Lacey. Le bijou qu'il lui avait offert à Noël.

Elle voulait un A pour Allison, son nom de famille. Pas un L, pour son prénom. Un A. Elle avait insisté.

Maintenant qu'il le voyait sur sa poitrine, il comprenait.

— Pourquoi as-tu fait ça ? cria-t-il. J'étais ton père, nom de Dieu. Tu te rends compte de…

Les images défilaient dans sa tête. Lui au lit avec Lacey. En train de la taquiner. Attiré par elle au point d'avoir songé à quitter Gina.

— Seigneur… Lacey ou Angela — qui que tu sois, te rends-tu compte à quel point je me sens sale, à présent ?

Elle eut un rire moqueur.

— Voyons, Paul, tu n'as jamais été mon père. Tu es un type qui m'a adoptée et renvoyée quatre ans plus tard. Et puis c'est très bien que tu te sentes sale. C'est justement ce

330

que je voulais. Tu n'as toujours pas compris ? Exactement ce que je voulais.

Elle rit de nouveau, d'un rire malsain qui lui donna la nausée.

— C'est dans ce but que je suis venue à Seattle, que je me suis débrouillée pour que l'on se rencontre dans ce bar, que j'ai accepté de devenir la petite maîtresse stupide et soumise de Paul Bradley. Celle qui obéissait au doigt et à l'œil, en attendant patiemment que monsieur soit disponible. J'ai fait tout ça dans le seul but de savourer ce moment. Le moment où tu apprendrais que c'est à ta douce petite Angela que tu avais fait l'amour et où je verrais cette expression sur ton visage.

Enfonçant les poings dans ses poches, elle se mit à arpenter frénétiquement la pièce, visiblement folle de rage.

— Tu ne t'es jamais demandé pourquoi je ne me montrais pas jalouse du temps que tu passais avec ta famille ? C'était un peu bizarre, non, pour une maîtresse ?

— Je croyais… je croyais que ça t'était vraiment égal, bredouilla-t-il. Tu disais que tu comprenais, que c'était normal.

— Mon Dieu, ce que tu peux être bête ! s'écria-t-elle en s'approchant à tel point qu'ils se touchaient presque.

D'un seul coup, il revit son expression, ce fameux soir de Noël, lorsqu'elle lui avait craché au visage. La femme qui se tenait devant lui avait le même regard, haineux et diabolique.

— Parfois, tu es tellement bête qu'on a envie de te secouer, cracha-t-elle. Tu t'es demandé comment je m'étais sentie, moi, quand le Dr Chase me tripotait et m'obligeait à lui en faire autant ? C'est pour ça qu'il vous a dit de ne plus revenir, que je ne guérirais jamais et que je ne pourrais pas rentrer à la maison. Il voulait me garder pour lui. A six ans, j'étais déjà sa petite prostituée : « Viens là, Angela. A genoux. Fais ci, fais ça. Ah, oui, comme ça… Non, pas si fort. Plus doucement… »

Elle avait prononcé ces mots les yeux fermés, le dos tourné. Soudain, elle fit volte-face et se mit à décharger un torrent de haine sur Paul.

— Il m'a bien éduquée. Comment crois-tu que je sois devenue si experte ? Je n'ai que vingt et un ans, papa. Je suis tout juste majeure et je te faisais jouir mieux que ta femme. Où croyais-tu que j'avais appris tout ça ?

Gina poussa un cri de désespoir et tomba à genoux. Reculant comme un automate, Paul regarda Gina et les larmes qui ruisselaient sur ses joues, Rachel qui s'agenouillait auprès d'elle et lui passait un bras autour des épaules.

— Pardon, maman, murmura-t-elle. Je ne me doutais pas. Si j'avais su, jamais je n'aurais…

Paul aurait voulu s'approcher d'elles, mais il était paralysé. Il entendait à peine les mots que Lacey continuait de lui hurler au visage. Il ne savait plus qu'une chose. Il avait commis un péché terrible, l'une des pires choses que l'on puisse imaginer. Il savait aussi qu'il aurait beau prier et faire pénitence, il était désormais maudit. Jamais le Seigneur ne lui pardonnerait sa faute.

Il ne pensait pas au péché de chair, ni à l'adultère. Il pensait à ce qui s'était passé seize ans auparavant, quand il avait abandonné sa petite fille aux mains de ce monstre. Et qu'il n'avait pas été capable de voir ce qui lui arrivait.

Comment avait-il pu être aveugle à ce point ?

Il n'aurait su le dire. Mais Angela avait raison, il avait gâché sa vie. Après l'épisode de Noël, Angela avait commencé à lui faire peur, et cette peur avait pris le dessus sur son amour pour elle. La vérité, c'est qu'il n'avait plus voulu la garder près de lui, dans sa maison. Elle était un monstre,

332

un monstre qui méritait l'anathème. Et il avait choisi de la tenir à l'écart, de l'excommunier.

Nous l'avons abandonnée, sans espoir. Seule, sans personne pour la protéger.

Il comprenait maintenant combien elle avait dû se sentir perdue, chaque fois que Gina et lui repartaient de l'orphelinat en la laissant aux mains de ce malade. Il revit le Dr Chase, la dernière fois qu'ils lui avaient rendu visite. Angela avait dégagé sa main qu'il tenait dans la sienne. Elle avait couru toute seule vers la porte d'entrée et l'avait violemment claquée derrière elle...

Plein de pitié et de compassion envers elle, il sentit les larmes lui monter aux yeux et leva la tête. A sa grande surprise, il vit qu'elle pleurait, elle aussi. Son corps était secoué de sanglots silencieux, et des pleurs ruisselaient sur ses joues.

— Ma pauvre petite fille, murmura-t-il enfin d'une voix brisée. Je regrette, Angela. Si tu savais comme je regrette...

— Pourquoi m'avez-vous laissée là-bas ? gémit-elle.

— Nous pensions que c'était la seule chose à faire. Après ton geste envers Rachel...

En un éclair, il vit la colère revenir sur son visage.

— Tu n'as toujours pas compris ? hurla-t-elle. C'est Rachel qui a essayé de me tuer ! Je n'ai fait que me défendre. Pourquoi est-ce moi que vous avez mise à l'écart ?

A ces mots, le tableau vivant composé par Gina et Rachel sembla rappelé à la vie. Toujours à genoux, Gina se couvrait les yeux, comme si elle ne pouvait supporter d'en voir plus. L'homme que Paul reconnaissait maintenant comme un de leurs anciens clients se pencha vers elle. Il lui parla à voix basse.

— Si tu as besoin de moi, tu sais où me joindre.

Elle hocha silencieusement la tête. L'homme la serra dans ses bras et sortit. Quelques instants plus tard, Paul entendit sa voiture s'éloigner dans l'allée.

Il se tourna alors vers Rachel, comme s'il attendait qu'elle se disculpe.

— Angela dit la vérité, avoua-t-elle, de grosses larmes roulant sur ses joues. C'est moi qui ai essayé de la tuer.

— Arrête. C'est elle qui t'a mis ça dans la tête. Ne l'écoute pas.

— Maman, tu te souviens de ce fameux été où vous vous êtes débarrassés de moi en m'envoyant dans le Wisconsin ?

— Nous n'avons jamais voulu nous débarrasser de toi ! Je t'interdis de dire ça.

— Mais si. Le stage de chant.

Gina leva la tête. Ses yeux reflétaient une peine infinie.

— Rachel, nous l'avons fait pour toi, pas contre toi. C'est toi qui voulais suivre ce stage.

— Tu n'as pas bonne mémoire. J'ai peut-être choisi l'endroit, mais vous aviez de toute façon décidé de me trouver quelque chose pendant les vacances. Alors, j'ai eu l'idée d'aller dans le Wisconsin, pour me rapprocher du Minnesota, et essayer de trouver Angela. Et c'est ce que j'ai fait. Je suis allée la voir.

Gina lui caressa les cheveux.

— Oh, ma chérie, tu as été plutôt difficile, cet été-là. Tu ne cessais de poser des questions auxquelles nous ne pouvions pas répondre. Et après, tu nous en voulais de notre silence.

Elle s'essuya les yeux du revers de la main et ajouta :

334

— Ma chérie, nous étions persuadés de t'aider, de faire de notre mieux.

Elle se rappelait qu'au retour de Rachel, elle s'était plainte auprès de Roberta : « J'ai l'impression que nous n'en faisons jamais assez pour cette petite. On a beau essayer de la contenter, on dirait qu'elle pense toujours que nous avons une raison cachée d'agir. »

Un gouffre. Rachel avait toujours été un gouffre sans fond.

— Pourquoi ne pas nous avoir dit que tu avais vu ta sœur ?

Les yeux de Rachel se remplirent de larmes.

— Je ne pouvais pas. Vous m'auriez renvoyée.

— Comment ça ? Tu sais bien que jamais nous n'aurions…

— Vous ne vous êtes pas gênés avec Angela.

— Mais ça n'avait rien à voir ! Angela représentait un danger. Et non seulement pour toi, mais pour tout le monde.

— Non, maman. C'est ce que j'essaie de t'expliquer. Ce n'était pas Angela. C'était bien moi. Je m'en souviens maintenant. Et ce n'est pas tout. Je crois bien que c'est moi aussi qui ai tué le Dr Chase.

Angela planta ses mains sur ses hanches et éclata de rire.

— Je t'avais bien dit, Paul, que tu n'étais qu'un idiot ! Gina, tu n'es pas bien maligne, toi non plus ! Voyez un peu avec quel monstre vous avez vécu pendant toutes ces années. Alors que vous auriez pu m'avoir, moi.

Paul ignora son intervention.

— Rachel, au nom de Dieu, mais qu'est-ce que tu racontes ? Tu n'as pas tué cet homme. Jamais tu n'aurais pu faire une chose pareille. C'est encore une des monstrueuses inventions d'Angela.

— C'est ce que j'ai d'abord cru, moi aussi. Mais je commence à m'en souvenir, petit à petit. Je me souviens de cette nuit où je l'ai surpris en train de faire ces choses à Angela. Je n'ai pas pu le supporter. Je me revois en train de courir vers lui et de lui marteler le dos à coups de poing, de toutes mes forces. Il s'est retourné et a attrapé mes poignets. Il avait une expression effrayante, et quand il s'est levé pour m'étrangler, j'ai vraiment cru qu'il allait me tuer. Je me suis rappelé le couteau que j'avais pris dans la cuisine afin de me défendre si besoin était. Je l'avais caché dans une poche extérieure de mon sac à dos. Je l'ai sorti, en hurlant que je le tuerais s'il ne la laissait pas tranquille...

Elle s'interrompit.

— Continue, Rachel, insista Paul doucement. Que s'est-il passé ensuite ?

— Je...

Elle secoua la tête.

— Rien. Ensuite, je ne me souviens plus de rien.

— Parce que tu n'as rien fait, décréta-t-il. Tu ne l'as pas tué, Rachel. C'est encore un mensonge d'Angela.

— Un mensonge, intervint celle-ci, qui cessa d'arpenter la pièce. Tu veux que nous parlions de mensonges, Paul ? Et si je vous rappelais ceux que vous m'avez servis sans vergogne, toi et Gina, quand vous prétendiez que je rentrerais un jour à la maison ? Et toutes les fois où vous deviez venir me voir et où je vous ai attendus en vain ?

Elle redressa fièrement la tête et laissa échapper un rire sans joie.

— Tu sais à quoi j'occupais ces samedis où vous ne vous montriez pas ? Je « jouais » avec lui, Paul. C'est comme ça qu'il disait. Je jouais aussi avec l'un des garçons, Billy Rix. Pauvre Billy. Il haïssait le Dr Chase autant que moi. Il y avait de quoi. J'avais huit ans, et lui dix, quand Chase a commencé à nous obliger à faire des trucs ensemble. Pendant ce temps, il nous regardait. Quelquefois, il se contentait de nous faire prendre un bain et de nous commander quelques attouchements. Mais d'autres fois…

Elle s'interrompit et le regarda dans les yeux.

— Tu sais ce que ça représente, Paul ? Quand un psychiatre fait ce genre de choses ? C'est une sorte d'inceste. Un thérapeute incarne l'image du père, pour ses patients. C'est quelqu'un en qui l'on doit avoir une confiance absolue.

Elle s'arrêta devant lui. Il s'attendait à ce qu'elle lui crache à la figure, mais elle se contenta de murmurer doucement, d'un ton morne et éteint :

— Dieu, que je hais les hommes !

Paul se rappelait les moments qu'il avait passés avec la femme qui disait s'appeler Lacey. Elle se montrait si douce, si bonne. Elle était si belle… Tout cela n'avait donc été qu'une infâme comédie. Une pièce qu'elle avait écrite jusqu'à ce moment précis, où elle avait prévu de lever le voile dans le but de le détruire.

Révolté, il s'avança vers elle d'un mouvement menaçant. Angela recula jusqu'à la porte et sortit sa main droite de sa poche. Elle tenait un revolver qu'elle empoigna à deux mains avant de le pointer vers lui.

— Ne t'avise pas d'approcher, siffla-t-elle.

— Pourquoi ? répliqua-t-il, amer. Que comptes-tu faire ? Me tuer ? Nous tuer tous ? As-tu la moindre idée du nombre de fois où je me suis demandé si nous avions bien agi en te laissant là-bas ? Eh bien, maintenant, je suis sûr au moins d'une chose. Nous avons été bien inspirés ! Merci, mon Dieu ! Jamais plus je ne me réveillerai la nuit en pensant que j'ai eu tort.

Rachel s'était levée et considérait sa sœur avec horreur.

— Tu m'as promis de ne pas leur faire de mal !

— Et tu m'as crue ? fit Angela avec dédain. C'est la différence entre toi et moi. Je ne fais confiance à personne.

Elle lui adressa un sourire glacial.

— J'ai dû aussi me débarrasser de ton petit copain l'inspecteur. Dommage. Il était pas mal comme flic, mais je savais que si je vous éliminais tous les trois, il comprendrait ce qui s'était passé. Ce bon vieux Duarte m'aurait causé des ennuis. Il avait pas mal de temps à perdre.

— Quoi ? Qu'est-ce que tu as fait encore ? hurla Rachel. Oh, mon Dieu… C'est pour ça qu'il ne pouvait pas me répondre au téléphone. Qu'est-ce que tu as fait à Duarte ?

Elle se tourna vers son père.

— Papa, elle l'a tué !

— De quoi parles-tu, Rachel ? demanda-t-il, les sourcils froncés.

— Je… Papa, c'est aussi ma faute. Tout est ma faute. Je n'ai jamais rendu visite à une amie. Angela m'a enlevée. Elle m'a fait promettre d'organiser une rencontre avec vous dans un endroit discret. Elle disait qu'elle voulait seulement vous parler et que si je faisais ce qu'elle me demandait, elle ne vous révélerait pas que j'avais voulu la tuer. Ensuite, j'ai pris peur et j'ai voulu prévenir l'inspecteur Duarte. Mais il n'a pas répondu au téléphone.

— Tu voulais vendre la mèche, espèce de salope ! s'écria Angela, les traits déformés par la fureur.

Rachel la regarda fixement.

— Je n'arrive pas à croire que j'aie pu tuer ce médecin juste pour te sauver. Tu ne le méritais pas. Je regrette que tu ne sois pas morte.

Sur ces mots, elle se rua vers sa sœur, les mains tendues, comme pour la saisir à la gorge. Angela tenait le pistolet pointé dans sa direction, mais elle n'eut pas le temps de réagir. Rachel repoussa son bras armé et la jeta violemment contre le sol.

Gina et Paul, avec une impression de déjà-vu, se précipitèrent pour lui prêter main-forte. Au même moment, ils entendirent une sirène hurler au loin. Le bruit se rapprocha rapidement et ralentit quand la voiture s'engagea dans l'allée. Des lumières rouges et bleues clignotantes envahirent la pièce à travers la baie vitrée. Presque simultanément, on frappa doucement puis plus fort, à la porte d'entrée.

— Ici le shérif du comté. Ouvrez au nom de la Loi !

Paul avait bloqué au sol le bras d'Angela qui tenait le revolver, et Gina luttait afin d'empêcher Rachel d'étrangler sa sœur. Le martèlement cessa à la porte d'entrée, et deux agents firent irruption dans le salon. L'un d'eux maîtrisa Rachel, tandis que l'autre bloquait Angela et lui enlevait son arme.

La situation se calma d'un coup. L'agent qui retenait Angela l'obligea à se mettre debout et lui passa les menottes. Rachel, soutenue par l'autre agent, sanglotait sans pouvoir s'arrêter. Paul et Gina voulurent la prendre dans leurs bras, mais elle les repoussa.

— Non. Ne me touchez pas. Je ne vaux pas mieux qu'elle. Vous avez failli mourir à cause de moi.

Paul lança un regard interrogateur à l'agent qui la soutenait.

— Nous avons reçu un appel de l'inspecteur Duarte, de Seattle, expliqua ce dernier. Il nous a demandé de venir rapidement jusqu'ici. Il craignait que vous ayez besoin d'aide. Vous êtes bien Paul Bradley ?

Il hocha la tête en signe d'acquiescement.

— L'inspecteur Duarte avait reçu un message de votre fille, Rachel. Il ne savait pas trop ce qui se passait mais il nous a dit que si nous tombions sur une femme avec de longs

cheveux blonds — apparemment, celle qui avait le revolver —,
il fallait lui mettre le grappin dessus et l'embarquer.

— Duarte est vivant ? s'écria Rachel. Merci, mon
Dieu !

Elle se réfugia dans les bras de son père tandis que Gina
l'embrassait tendrement en lui caressant les cheveux.

— Il va bien ? s'enquit Paul.

— L'une des balles lui a effleuré la tempe et ça l'a un peu
sonné. On le garde en observation pour la nuit à Harborview,
mais ce n'est pas grave.

Il considéra Angela.

— Vous êtes bien Lacey Allison ?

Comme elle ne répondait pas, il se tourna vers Paul.

— C'est elle ?

— Oui, c'est elle. Alias Angela Bradley. Elle était ma
fille autrefois.

— Ah, ouais ? D'après ce que j'ai compris, c'est elle qui
a délicatement éraflé l'inspecteur Duarte.

Il se retourna vers elle.

— Il me charge de vous dire que Lazybones est toujours
sous l'effet de la drogue que vous lui avez administrée.
Pour l'instant, elle dort à poings fermés, mais dès qu'elle
sera réveillée, elle sera certainement ravie de jouer avec sa
peluche rouge.

Les yeux plissés, il fit un effort pour se rappeler la suite
du message.

— Il a dit quelque chose au sujet d'un sac provenant d'un
magasin pour animaux qu'il avait remarqué dans votre appartement. Sachant que vous n'aviez pas d'animal domestique,
il a pensé que M. Bradley vous avait chargée d'acheter le
jouet qu'il voulait offrir à Lazybones. Mais lorsqu'il l'a vu
dans son armoire, il a tout de suite compris que c'était vous

qui aviez tiré sur lui et que vous aviez laissé cette peluche en guise de carte de visite.

Il secoua la tête.

— Drôle d'idée tout de même, d'abandonner derrière soi une preuve aussi accablante. Vous comptiez éliminer toutes les personnes susceptibles de vous soupçonner, c'est ça ? Vous vouliez régler son compte à Duarte et vous occuper des autres après ? Le même soir ?

— Voyez-vous ça ! Comme il est malin ! lâcha Angela avec mépris. Peut-être aussi que j'avais envie qu'on m'attrape. Voilà ce que diraient ces crétins de psy !

— Je ne m'y connais pas beaucoup en psychologie, répliqua l'agent, mais si c'est le cas, sachez que nous sommes ravis de vous rendre ce service.

Son collègue s'entretint ensuite avec Paul, Gina et Rachel, pendant que l'autre continuait à surveiller Angela. Paul le mit au courant de ce qui s'était passé avant leur arrivée et lui raconta comment ils avaient tous atterri ici.

Quand il eut fini, les deux agents leur proposèrent de les suivre jusqu'au bureau du shérif.

— Vous devez venir tous les trois afin de faire votre déposition. Pouvez-vous vous arrêter au poste en repartant pour Seattle ? C'est sur votre chemin.

Ils étaient étrangement accommodants. Sans doute Duarte leur avait-il donné des instructions en ce sens.

— Bien sûr, répondit Paul. Je sais où se trouve le bureau du shérif. Nous vous rejoignons dans un petit moment, d'accord ?

— Aucun problème.

Les deux hommes se dirigeaient déjà vers la porte en emmenant Angela. Ils voulurent la pousser doucement pour la faire marcher devant eux, mais elle se dégagea violemment.

— Ne me touchez pas ! déclara-t-elle avec colère. Otez vos sales pattes de moi.

Elle parlait avec une sorte de sanglot dans la voix.

— Attendez, fit Paul. Attendez un peu, s'il vous plaît.

Comme ils s'arrêtaient, il s'approcha d'elle.

— Je ne comprends toujours pas pourquoi tu as fait ça. Pourquoi m'avoir joué ce tour ? Pourquoi…

Il ne pouvait se décider à prononcer la phrase qui l'obsédait.

Pourquoi avoir choisi de devenir ma maîtresse ?

— Tu n'avais aucun autre moyen de te venger ?

— Bien sûr que si. Je n'avais que l'embarras du choix. Mais ça, Paul… Ça, c'était tout particulièrement délectable. Tu veux savoir pourquoi ?

Il ne répondit pas.

— Eh bien, je vais quand même te le dire, déclara-t-elle avec un sourire méchant. Parce que tu m'as appartenu. Tu m'as appartenu comme jamais tu ne pourras appartenir à Rachel.

Après le départ des policiers, ils se retrouvèrent seuls tous les trois.

— Je ne me sens pas capable de reprendre le volant tout de suite, articula Paul, tremblant de la tête aux pieds. Est-ce que tu crois que je pourrais préparer un peu de café ?

Il osait à peine regarder Gina. Elle hocha la tête et répondit d'un ton monocorde :

— Oui. Ça ne dérangera pas les Albright.

Il avait touché le fond, il le savait. A présent, il n'avait plus aucun espoir. Rien ne serait plus jamais comme avant entre Gina et lui.

— Pourquoi n'irions-nous pas tous ensemble dans la cuisine ? suggéra-t-il avec lassitude. Nous pourrions parler, essayer de nous remettre d'aplomb avant de repartir.

— Je vais préparer le café, fit Gina, froide et distante. Seule. Je n'ai aucune envie de parler.

Il jeta un regard en direction de Rachel. Prostrée sur le canapé, elle n'avait pas bougé depuis qu'on avait emmené sa sœur.

— C'est moi qu'ils auraient dû arrêter, murmura-t-elle. Comme l'autre fois. C'est moi la coupable.

Il s'approcha d'elle et lui prit les mains.

— Tu n'as rien fait de mal, mon ange. Tu as seulement essayé de l'empêcher de se servir de son pistolet.

— Je parlais… du Dr Chase, précisa-t-elle en pleurant. Ils l'ont emmenée, et ils m'ont laissée.

Gina vint la rejoindre à son tour et passa un bras autour de ses épaules.

— Ne dis pas des choses pareilles, ma chérie. Angela a dit ça dans le seul but de te blesser. Ce n'est pas la vérité.

Devant le regard angoissé de sa fille, elle sentit une flèche lui transpercer le cœur.

— Comment peux-tu en être si sûre ? répliqua Rachel. Moi-même, je ne sais plus ! Tout ce dont je me souviens, c'est d'avoir sorti ce couteau, de l'avoir menacé en hurlant. Maman, si je ne l'avais pas tué, pourquoi aurais-je refoulé cette scène pendant tant d'années ?

— Je ne peux pas répondre à ça, intervint une voix depuis la porte. Mais ce que je peux dire, c'est que vous n'avez pas tué cet homme, Rachel.

Paul se retourna vivement.

— Daniel ?

C'était bien lui qui se tenait debout dans l'encadrement de la porte. Sur son jeune visage se reflétait l'expression triste et solennelle de quelqu'un qui a déjà vécu.

— Il faut me pardonner, Paul. Je savais qu'Angela viendrait ici ce soir, et j'aurais dû vous mettre en garde. J'ai voulu le faire, mais au dernier moment j'ai hésité. Je ne savais plus si j'avais vraiment raison d'intervenir.

Il se tourna vers Rachel.

— Vous avez dit à Angela que vous vous rappeliez un jeune garçon dans la chambre du Dr Chase, cette nuit-là. Je suis ce jeune garçon, Rachel. Et c'est moi qui ai assassiné le Dr Chase.

22.

On n'entendait que le bruit de la pluie qui crépitait sur le toit et les carreaux. Gina mit le chauffage en marche tandis que Paul s'occupait du café et fouillait dans le placard de la cuisine à la recherche du sucre et des tasses. Ils se croisèrent sans un mot, les yeux baissés. On aurait dit qu'Angela s'était immiscée entre eux. Pour toujours. Elle les regardait en riant de son rire malveillant.

Une fois le café prêt, ils s'installèrent dans la salle à manger où Daniel et Rachel étaient déjà assis. Le jeune homme était blême et frissonnant. Il leur apprit qu'il avait été témoin de toute la scène depuis la terrasse.

— Angela m'a appelé en début d'après-midi pour me prévenir qu'elle allait enfin rencontrer ses parents, racontat-il. Je n'étais pas au courant de ce qu'elle mijotait, Paul. Je pensais naïvement qu'elle voulait juste vous revoir, après toutes ces années. C'est ce qu'elle m'avait dit au début. Mais ces derniers jours, avec la disparition de Rachel…

Il secoua la tête.

— Elle m'a juré qu'elle n'avait rien à voir avec ça. Mais je trouvais qu'elle se comportait bizarrement. Un peu comme si elle était sur le point de devenir folle. Si bien que j'ai préféré venir jusqu'ici, m'assurer que tout se passait bien.

Les mains tremblantes, il porta sa tasse de café à ses lèvres et la reposa sans avoir bu.

— Je suis arrivé ici juste avant Angela et j'ai entendu tout ce qu'elle disait. Ça m'a choqué. J'ignorais que vous vous connaissiez, Paul.

Il jeta un regard en coin à Gina et rougit.

— Enfin, je veux dire, que vous vous connaissiez aujourd'hui. Au début, je ne me suis pas senti autorisé à intervenir dans vos histoires de famille. Ensuite, tout s'est passé tellement vite… Elle a sorti son arme, vous vous êtes jetés sur elle, et les agents sont arrivés.

Paul reposa violemment sa tasse sur la table.

— Il faudrait peut-être nous expliquer depuis le commencement, lâcha-t-il sèchement. Vous dites que c'est vous, le garçon que Rachel a vu à l'orphelinat. Et que vous avez tué le Dr Chase, c'est ça ? Qu'est-ce que vous faites ici ? Avec Angela ? Pourquoi êtes-vous venu travailler chez moi ? Daniel, qui êtes-vous à la fin ?

Le jeune homme parut hésiter. Puis il se ressaisit et se décida à répondre.

— A l'orphelinat, je m'appelais Billy Rix. J'ai pris le nom de Daniel Britt quand j'ai quitté St Sympatica, il y a cinq ans. Ne croyez pas que je fuyais la police. Le meurtre du Dr Chase avait été classé et je ne risquais rien de ce côté-là. C'était moi que je fuyais. J'étais horrifié par ce que j'avais fait. Mais en même temps, je savais que j'avais rendu service aux enfants de l'établissement en les débarrassant de ce…

Il regarda Paul avec insistance, comme s'il quêtait son approbation.

— C'était vraiment un monstre. Je sais que ça ne suffit pas à excuser son meurtre. Mais je voudrais que vous compreniez ce qu'il était vraiment. Donc, quand je suis

346

parti de l'orphelinat, j'ai changé de nom. J'espérais que ça m'aiderait à tout oublier, à recommencer de zéro.

Paul l'observait en silence. Pas étonnant que Daniel ait conservé si jalousement le secret sur son passé…

Daniel, Gina, Angela, lui-même. Jusqu'à Rachel. Tous avaient leur part de responsabilité dans ce qui venait d'arriver.

— Comment en êtes-vous venu à tuer le Dr Chase ? s'enquit-il.

— Je m'inquiétais particulièrement pour Angela, ce soir-là. Elle venait de fêter ses seize ans et il lui avait promis une « fête » très spéciale. C'était sa façon de lui annoncer qu'elle passerait la nuit avec lui. Comme si ça devait la réjouir…

Daniel se tut, le temps de se ressaisir.

— Je savais qu'Angela était à bout, qu'elle ne pourrait pas en supporter plus, poursuivit-il. Pour être honnête, moi non plus.

Avec un soupir, il se passa les mains sur son visage, un peu comme Paul avait coutume de le faire.

— J'étais assis dehors sur le perron quand Rachel est arrivée. Etant parmi les plus âgés, j'avais le droit de sortir, et j'allais souvent dans le jardin la nuit pour regarder les étoiles. Une façon de m'abstraire du bruit des enfants et d'être un peu tranquille. J'ai demandé à Rachel ce qu'elle faisait ici — je ne savais pas encore qui elle était. Elle m'a répondu qu'elle cherchait sa sœur jumelle, Angela. Il n'y en avait qu'une à l'orphelinat, et elle était à ce moment-là dans la chambre du Dr Chase. J'étais en train de prier pour qu'il se passe quelque chose, pour qu'on lui vienne en aide. Et Rachel est apparue.

Il se tourna vers elle.

— J'ai eu l'impression que mes prières avaient été entendues. Je me suis dit que si vous les surpreniez ensemble,
vous ameuteriez tout le monde.

— Et vous ? Pourquoi ne le faisiez-vous pas ? répliqua-
t-elle avec une pointe d'hostilité dans la voix.

— J'ai essayé, croyez-moi. Mais les Ewing ne nous ont
pas beaucoup aidés. Ils ne voulaient surtout pas alerter le
conseil d'administration de peur d'être licenciés.

Sa voix s'aigrit.

— Mme Ewing m'a accusé de tout inventer. Elle croyait
que j'étais jaloux du temps que le Dr Chase passait avec
Angela. Elle disait que j'étais un menteur pathologique et l'a
même notifié dans mon dossier. C'est pour ça que personne
n'a jamais voulu m'adopter.

Rachel le regarda droit dans les yeux, visiblement radou-
cie.

— Ça a dû être encore plus atroce pour vous, le fait que
les gens ne vous croient pas…

— C'était horrible parce que je ne pouvais rien pour
Angela. Je savais que j'allais bientôt partir, et je ne voulais
pas l'abandonner aux mains du Dr Chase.

Il ajouta à l'intention de Paul :

— J'ai montré la chambre du Dr Chase à Rachel et j'ai
attendu dans le couloir. Il n'avait pas pris la peine de fermer
à clé, et Rachel n'a eu qu'à ouvrir et entrer. Au bout d'une
minute environ, j'ai entendu crier. Un cri étouffé, plein
d'angoisse. Je me suis précipité à l'intérieur. Angela était
nue sur le lit et le Dr Chase serrait Rachel à la gorge. Elle
avait un couteau à la main. Quand il a réussi à lui attraper
le poignet et à le lui faire lâcher, je l'ai ramassé et je me
suis dirigé vers lui avec le couteau…

Il secoua la tête.

— J'agissais dans un état second. Je pense que je ne me suis rendu compte de la portée de mon geste qu'après.

Paul le considérait comme s'il le voyait pour la première fois.

— Mme Ewing m'a dit qu'on l'avait retrouvé horriblement mutilé. Castré. C'est vous qui avez fait ça ?

— Non, non. Jamais je n'aurais…

— Alors, qui ?

Daniel lui jeta un regard désolé.

— Angela ?

Il hocha la tête de nouveau.

— Elle m'a demandé d'emmener Rachel, et elle est restée seule pendant que j'aidais sa sœur à sortir de l'orphelinat.

Il se tourna vers Rachel.

— Vous voyez bien que vous ne pouvez pas avoir tué le Dr Chase. C'est moi son meurtrier.

Pour la première fois depuis le début de cette confession, Gina intervint.

— Vous auriez pu le lui dire plus tôt.

— Je suis désolé. Sincèrement. Je ne connaissais Rachel qu'à travers Angela. Je ne savais pas qu'elle avait tout oublié, et je me demandais pourquoi elle n'avait pas prévenu la police.

— Ah, oui ? Et pourquoi êtes-vous justement venu travailler avec Paul, si vous saviez qu'il était le père de Rachel ? Qu'auriez-vous fait si elle vous avait reconnu ?

— Je n'y avais pas vraiment réfléchi. Le magasin était grand, j'ai pensé que j'avais peu de chances de la rencontrer là-bas, en tout cas au début.

Rachel secoua la tête.

— De toute façon, ça n'aurait rien changé. Je me souvenais d'un garçon, c'est tout. Même maintenant que je sais que c'est vous, je ne vous reconnais pas, Daniel.

— Vous étiez en état de choc, cette nuit-là. Finalement, c'est mieux que vous n'en ayez pas conservé le souvenir.

Il se tut, prit sa tasse de café et la reposa une fois de plus sans y avoir touché. Il se recroquevilla insensiblement, comme s'il avait voulu se protéger.

— Il y a des choses que je voudrais bien avoir oubliées, moi aussi, murmura-t-il. Quand je suis retourné dans la chambre du Dr Chase, après vous avoir raccompagnée dehors, Angela y était toujours. Elle... elle...

Il implora Gina et Paul du regard.

— Ne la jugez pas trop durement. Il l'avait harcelée pendant si longtemps.

— Elle nous a dit que vous n'aviez pas été épargné, vous non plus, fit remarquer Paul doucement.

Daniel rougit, visiblement gêné.

— Vous n'avez pas à avoir honte. Vous étiez une victime, comme elle.

— A propos d'Angela, intervint Gina avec moins de ménagement que Paul, vous n'avez pas encore répondu à la première partie de ma question. Pourquoi êtes-vous venu travailler à *Soleil Antique* ?

— C'est Angela qui me l'a demandé, répondit-il. Je sais maintenant que c'était une grave erreur. Je vous jure que j'étais à des lieues de soupçonner ce qu'elle préparait. Sinon, je vous aurais prévenus.

— En somme, vous êtes innocent, dans toute cette histoire. Blanc comme neige !

— Je comprends que vous doutiez de moi, madame Bradley. Mais je vous jure que c'est la vérité. Un jour, Angela a repris contact avec moi. Nous nous téléphonions de temps en temps depuis que nous avions quitté St Sympatica. L'été dernier, elle m'a appelé pour me demander un service. Elle voulait rentrer en contact avec la famille qui l'avait adoptée quand elle était bébé, mais elle ne savait pas comment ils l'accueilliraient. Elle avait peur qu'ils la haïssent encore.

Gina en eut le souffle coupé.

— Que nous la haïssions ?

Il hocha la tête.

— Oui, c'est comme ça qu'elle m'a présenté les choses. Elle disait que les gens qui l'avaient adoptée l'avaient rendue à l'orphelinat parce qu'ils ne l'aimaient pas.

— Et vous l'avez crue ? demanda Paul.

— Ne vous connaissant pas, je n'avais aucune raison de mettre en doute ses dires. D'autant plus que, d'après elle, vous étiez au courant de ce qui se passait avec le Dr Chase, mais que vous vous en moquiez. Evidemment, j'ai eu du mal à le croire, mais Angela avait le don d'inspirer confiance.

Gina regarda son mari, qui baissa les yeux. Elle se tourna de nouveau vers Daniel.

— L'été dernier, poursuivit-il, je faisais des petits boulots. Angela m'a demandé si je voulais bien venir à Seattle pour travailler comme stagiaire. Elle disait que les gens ne refusent jamais un stagiaire motivé qu'ils n'ont pas besoin de payer.

— Et vous avez accepté ? Comme ça ?

— Pas exactement. Mais je me sentais une dette envers elle, parce que je n'avais pas réussi à la tirer complètement des griffes de Chase. Je me suis débrouillé un certain nombre de fois pour qu'elle lui échappe, mais ce n'était pas toujours possible.

Il avala péniblement sa salive, avant de reprendre son récit en s'adressant cette fois à Gina.

— Je sais que St Sympatica avait la réputation d'un établissement de qualité pour les enfants. Mais quand les fonds privés ont commencé à manquer, les Ewing ont dû rendre des comptes à l'Etat dans le but de recevoir des subventions.

C'est là que les choses ont changé. Les contrôles se sont multipliés ; tout devait être aux normes. Un scandale aurait signé la fin de l'établissement. Ceux qui sont arrivés à l'orphelinat à cette époque ne remarquaient pas la différence, mais moi, si. Les Ewing étaient à cran.

Paul hocha la tête.

— Je m'en suis douté quand j'ai rendu visite à Mme Ewing la semaine dernière. Mais revenons-en à vous. Pourquoi Angela voulait-elle que vous veniez travailler à *Soleil Antique* ?

— Au début, je croyais qu'elle voulait que j'y reste une quinzaine de jours, le temps de me faire une opinion à votre sujet. Je devais tâter le terrain, voir si vous seriez prêt à l'accueillir. Mais il ne m'a pas fallu une semaine pour découvrir qu'elle m'avait menti. Je vous ai tout de suite aimé et respecté, Paul. Et j'aimais aussi mon travail. J'ai réellement eu envie de rester. Aussi, quand vous m'avez offert de m'embaucher, je n'ai pas eu le courage de refuser.

— Qu'a dit Angela ?

— Elle trouvait ça très bien. Elle m'a encouragé à accepter.

— Et comment ! s'écria Paul avec colère. De cette façon, vous étiez parfaitement bien placé pour...

Il s'interrompit, pris d'une soudaine inspiration.

— Vous lui avez ouvert, cette nuit-là... C'est elle qui a tout détruit dans la cave de cristal, et c'est vous qui l'y avez fait entrer !

Daniel rougit violemment.

— Paul, je vous jure que je ne me doutais pas qu'elle ferait une chose pareille. Elle disait qu'elle voulait voir les objets, les toucher, afin de se sentir plus proche de vous.

Des larmes perlèrent à ses yeux.

— Je croyais qu'elle vous aimait sincèrement, vous et Gina. C'est pour ça que je lui ai fait confiance et que je l'ai laissée seule à l'intérieur, comme elle le désirait. Ce n'est que le lendemain matin…

Il essuya ses larmes.

— Paul, je regrette. Je me suis comporté comme un idiot. Si vous le permettez, je passerai le reste de ma vie à vous faire oublier mon rôle malheureux dans cette histoire.

Il n'en fallait pas plus pour attendrir Paul.

— Oh, ne vous en faites pas, lâcha-t-il en balayant l'air de la main. Vous n'êtes pas le seul qu'elle ait rendu complètement idiot.

Il se demanda si Daniel avait été au courant de sa liaison avec Lacey. Mais il n'eut pas besoin de poser la question.

— Elle ne m'a jamais dit qu'elle avait des contacts avec vous, Paul. Je la trouvais même un peu ridicule de ne pas vouloir se montrer alors que je l'assurais que vous étiez de braves gens, vous et votre femme. Et puis il y a eu le nécessaire à écrire de voyage.

— Ah ?

— Elle m'a demandé de l'apporter au magasin et de prétendre que quelqu'un l'avait déposé sur le comptoir de l'accueil le matin. Ça semblait un mensonge anodin. J'ai pensé qu'elle y avait caché un mot pour vous. Une façon de prendre contact, une surprise.

Paul soupira.

— Une surprise…

Sa surprise, elle l'avait réussie ! Il n'arrivait pas encore à se faire à l'idée que la petite fille qu'il avait élevée pendant quatre ans et pleurée si longtemps était devenue sa maîtresse… Lacey et Angela — une seule et même personne. Et lui qui ne s'était douté de rien !

— Mais quand j'ai vu les dégâts dans la cave de cristal, continua Daniel, j'ai compris qu'elle vous haïssait. J'ai commencé à envisager le pire, surtout quand elle m'a prévenu que la cave n'était « qu'un début ». Je n'avais aucune idée de ce qu'elle avait en tête, Paul. Si j'avais pu imaginer…

Il regarda Gina à la dérobée.

— Enfin, vous voyez…

Un silence pesant s'abattit sur eux.

Rachel posa son front sur la table et ferma les yeux. Gina pleurait sans bruit, le visage enfoui dans les mains. Quant à Daniel, il contemplait sa tasse d'un air pitoyable. Paul se pencha en avant, s'efforçant de contenir le rugissement mêlé de colère et de désespoir qu'il retenait depuis si longtemps.

Dehors, la pluie continuait à tomber et tambourinait à la fenêtre, comme si un esprit malin cherchait à tout prix à s'insinuer à l'intérieur.

23.

Le jour suivant, Paul, Gina et Victoria Lessing rendirent visite à Al Duarte, à l'hôpital d'Harborview.

— Ne restez pas trop longtemps, leur ordonna l'infirmière en les précédant dans la chambre. Il lui faut du repos.

— Ce n'est pas de repos que j'ai besoin. Je veux sortir de là, je veux retourner travailler, ronchonna Duarte. Il m'en est arrivé de pires, rien qu'avec les descentes dans les maisons de passe.

Il portait un bandage sur la tête, autour de sa blessure. Il considéra Paul et Gina.

— Vous deux, vous avez l'air d'en avoir bavé !

— Je ne suis pas sûr que l'on puisse déjà employer le passé, observa Paul. Mais nous avions envie de passer vous voir tous ensemble, pour parler de cette histoire. Enfin, si ça ne vous dérange pas.

— Bon sang, Paul, bien sûr que non ! Je devenais dingue ici, à attendre tout seul, sans savoir ce qui vous était arrivé.

— L'adjoint du shérif de Camano Island devait vous appeler hier soir. Il ne vous a pas mis au courant ?

— Il m'a seulement dit que Lacey, c'est-à-dire Angela, se trouvait sous les verrous et que vous alliez tous bien. Ce n'est pas la même chose que de vous voir en chair et en os et de le constater par moi-même.

— Al, intervint Gina en prenant place sur une chaise près du lit, c'était une terrible épreuve. Maintenant, tout est terminé. Grâce à vous. Je n'en reviens pas que vous ayez réussi à prévenir le bureau du shérif, dans l'état où vous étiez.

— Ouais, bon. C'est vrai que j'ai bien cru que ma dernière heure était venue. Si Angela avait su tirer, je ne serais pas là pour vous le raconter.

Il sourit.

— Rachel a eu un bon réflexe en m'appelant. Quand je suis revenu à moi, j'ai appelé le SAMU et le commissariat. Puis, après avoir pris connaissance du message de Rachel, j'ai chargé la police de Seattle de prévenir le shérif de Camano de ma part.

Il jeta un regard vers la porte.

— Justement, et Rachel ? Pourquoi n'est-elle pas là ? Elle va bien ?

— Elle a été formidable la nuit dernière, mais elle s'est effondrée pendant le trajet. Nous l'avons mise au lit en arrivant.

— Je me suis entretenue avec elle un long moment, expliqua Victoria. Et j'ai rendu visite à Angela, à Coupeville dans Withbey.

Coupeville était le commissariat principal de Camano Island.

— Elle sera sûrement inculpée de tentative d'homicide, avança Duarte. Il y aura un procès. Et Seattle la réclamera pour l'enlèvement de sa sœur.

Il but de l'eau à petites gorgées, dédaignant la paille qu'il avait posée sur la soucoupe.

— Comment l'avez-vous trouvée ? demanda-t-il à Victoria.

— Je n'ai pas le droit d'entrer dans les détails, mais je peux quand même vous dire qu'elle était plutôt calme et

356

coopérative. Presque trop, en fait. Avec un bon avocat, elle peut espérer convaincre le juge qu'elle n'était pas responsable et échapper au procès.

— Vous voulez dire qu'on la laisserait sortir ? s'écria Gina.

— Pas tout à fait. Elle serait obligée de suivre un traitement psychiatrique sérieux dans un établissement spécialisé.

— Oh, mon Dieu…

Gina avait maintenant du mal à voir en Angela la petite fille qu'elle avait aimée. Comme si cette enfant n'avait jamais existé. Comme si elle n'avait été qu'un produit de son imagination.

Paul raconta à Duarte les événements de la veille en détail.

— Pauvre Rachel, commenta ce dernier. J'aurais voulu être là pour l'aider.

— Finalement, elle ne se débrouille pas trop mal toute seule. Quand je pense qu'elle est allée de son propre chef à Camano dans l'intention de nous protéger au cas où ça tournerait mal…

— C'est la version de Rachel ?

— Oui. Apparemment, Angela l'avait appelée à la maison hier, après le départ de Gina. Elle a dit à Rachel qu'elle savait que nous nous trouverions tous les deux à Camano et qu'elle voulait nous y rejoindre. Soi-disant dans l'intention de nous avouer l'enlèvement de sa sœur. Elle voulait que tout s'arrange et que nous formions de nouveau une famille.

Duarte leva un sourcil étonné.

— Et Rachel ?

— Elle n'avait pas entièrement confiance en elle. C'est pourquoi elle est venue aussi, au cas où.

Il y eut un bref silence.

— Ça se tient, commenta Duarte. D'ailleurs, elle m'a appelé pour la même raison.

— Vous aviez des doutes ? s'enquit Paul, étonné.

— Oh, je n'en sais trop rien. Ils m'ont tellement bourré de drogues, ici, que je n'arrive même plus à réfléchir.

Il fronça les sourcils, l'air profondément absorbé.

— Victoria ? Que dit Angela ?

— Elle prétend que c'est Rachel qui a eu l'idée d'attirer tout le monde là-bas.

— Hmm... Et vous, qu'en pensez-vous ?

— Eh bien, avec ce que nous savons à présent d'Angela, j'aurais plutôt tendance à croire que c'est elle qui ment. Mais je m'inquiète pour Rachel. Cette histoire a été une dure épreuve pour elle.

— C'est à peine si elle nous a adressé la parole sur le chemin du retour.

— Je lui ai déjà proposé de l'envoyer à Falling Leaf, une clinique psychiatrique où je travaille. Rachel est fatiguée et bouleversée. Là-bas, je la verrais tous les jours, et elle pourrait prendre un peu de recul par rapport à tous ces événements.

— Et comment a-t-elle accueilli votre proposition ? demanda Duarte.

— Elle est d'accord pour y aller aujourd'hui même. Je l'y emmène tout à l'heure. Je lui ai également conseillé de poursuivre ses études à l'université de l'Etat de Washington. Je pense qu'il est indispensable qu'elle reprenne une thérapie, avec moi ou quelqu'un d'autre.

— Mais vous pensez qu'elle s'en remettra ?

— Oui, tout ira très bien, assura Victoria.

Cependant, elle avait l'air soucieuse, et son front se plissa.

— Le problème avec cette pathologie — car je pense qu'elle souffre de la même affection que sa sœur, sous une forme différente et atténuée —, c'est qu'il est difficile de déterminer, même pour un psychiatre averti, si le patient va vraiment mieux ou s'il fait seulement semblant. Pour l'instant, je ne peux pas me prononcer. Et je me sens fautive. Je n'ai pas su voir que Rachel était atteinte, elle aussi. Il faudrait avoir un autre avis sur son cas.

— Si vous pensez que c'est nécessaire, nous allons nous en occuper, intervint Gina. Vous savez que nous ferions n'importe quoi pour Rachel.

— Oui, n'importe quoi, renchérit Paul. A propos, cette histoire de site, Victoria, qu'en pensez-vous ? Et le mot que Rachel a trouvé dans sa poche ? Est-ce que c'est Angela qui conduisait la voiture qui nous a fait sortir de la route ?

— Ça, elle l'a avoué lors de son interrogatoire, répondit la thérapeute. Et elle m'a donné l'autorisation de vous le répéter. On dirait qu'elle est fière de ses actes, elle les revendique. En ce qui me concerne, je crois que tout ce qu'elle a fait est typique de sa maladie. Elle a conçu ce site en utilisant la biographie de Rachel — ou plutôt une version parfaite de sa vie — avec une sorte d'excitation perverse. L'important à ses yeux était d'observer votre réaction quand vous le découvririez, de partager vos doutes et vos peurs. En plus, elle devenait une sorte d'héroïne en vous aidant et gagnait votre affection. Peut-être qu'elle espérait que vous l'aimeriez plus que Rachel.

Paul se souvint de la formule de Lacey, la veille. « Tu m'as appartenu comme jamais tu n'appartiendras à Rachel. » Victoria allait chercher ses interprétations dans le registre de l'amour filial. Sans doute le faisait-elle exprès, afin de l'aider à se faire pardonner auprès de Gina. Mais il savait mieux que quiconque quel jeu avait joué Angela, quels subtils pièges elle lui avait tendus. Il l'avait suivie aveuglément, et cela le rendait malade rien que d'y songer.

— Paul, fit Victoria comme si elle avait lu dans ses pensées, ne cherchez pas une raison à tous les agissements d'Angela. Je vous ai déjà dit que la logique n'avait rien à voir là-dedans. Ses actes sont les conséquences d'une maladie dont nous ne savons pas encore grand-chose.

— Oui… Au fait, je m'inquiète pour Daniel depuis que je sais que c'est lui qui a tué le Dr Chase.

— En ce qui me concerne, je suis ravie, déclara Gina. Daniel avait raison de dire que ce type était un monstre. Il a mérité son sort.

— Pour une fois, je suis d'accord avec toi, renchérit sa mère en pénétrant dans la chambre d'un air dégagé.

Elle s'était enveloppée dans une cape de soie verte par-dessus un drôle de costume violet, et s'était chaussée de bottes vert pomme. Son rouge à lèvres, lui, tirait sur le rose.

— Vous avez l'air tout droit sorti de l'enfer, lança-t-elle à Duarte.

— Merci ! Je suppose que c'est votre façon de me mani-fester un peu de compassion.

— Comme si j'étais du genre à m'inquiéter pour un type comme vous.

Elle lui posa la main sur le front.

— Vous n'avez même pas de fièvre. Comment ça se passe avec vos visiteurs ?

— Je suis plein d'attentions à leur égard. Nous en arrivions justement au meilleur moment. J'allais tout leur révéler à votre sujet.

Elle leva les mains avec un haussement de sourcils étudié.

— Je ne vois pas de quoi vous parlez.

— Ou alors, vous pouvez le leur dire vous-même. Vous feriez sûrement ça mieux que moi.

— Je ne sais pas ce que vous pensez avoir découvert de si extraordinaire, mais…

— Le groupe de soutien, la coupa-t-il. Vous voyez ? C'est que j'ai mes sources, moi aussi !

Roberta fit mine de s'éventer.

— Bon, entendu.

Evitant le regard de Gina, elle lança un coup d'œil à la psychiatre et lâcha :

— J'ai seulement fait ce qu'elle m'a conseillé.

— Ce qui signifie ? demanda Gina.

— Que j'ai suivi les conseils de Victoria. Elle ne cessait de me répéter qu'il fallait que j'apprenne à me passer de vous. De toi, Gina, et aussi de Paul et Rachel. Elle me trouvait trop concernée par ce qui vous arrivait, que je devais vivre un peu plus pour moi-même.

— Maman, je ne savais pas…

— Oh, c'est fini, maintenant. Mais quand nous avons perdu Angela, j'ai eu une dépression. Paul et toi avez commencé à vous éloigner l'un de l'autre. Désolée, fit-elle à Gina qui fronçait les sourcils, mais c'est la stricte vérité. Du coup, j'ai reporté tout mon amour sur Rachel, mais vous savez à quel point elle se montrait indépendante, enfant. Ce n'est qu'en grandissant qu'elle a commencé à se confier à moi. J'avais peur qu'elle ne soit atteinte de la même maladie qu'Angela, pas de façon aussi sévère, mais tout de même. Alors, j'ai intégré un groupe d'aide aux familles dont les enfants souffrent de cette affection. Je me rends dans les hôpitaux pour soutenir des gamins maltraités ; je vais dans des centres pour femmes battues. J'imagine que je suis pour eux une sorte de grand-mère. En tout cas, c'est comme ça qu'ils m'appellent.

— Mais c'est formidable, maman ! Pourquoi ne nous en as-tu jamais parlé ?

— Parce que j'avais besoin de quelque chose qui soit rien qu'à moi, un jardin secret. Je n'avais aucune envie que ça alimente vos conversations et que vous me posiez sans cesse des questions pour savoir ceci ou cela. Si je voulais me détacher de vous, il fallait que ce soit radical.

— Ça ne t'empêchait pas de passer Noël avec nous, observa Gina avec amertume.

— Non, mais j'en avais par-dessus la tête de ces Noëls en famille.

Ces mots, lâchés sans complaisance, lui coupèrent le souffle. Elle mit un moment à se ressaisir.

— Bien, commenta-t-elle simplement. Et si, à l'avenir, tu nous disais un peu plus ce que tu ressens ?

— Je ne vois pas pourquoi, rétorqua sa mère. Toi aussi tu en avais assez des états d'âme de ton mari à la période de Noël. Mais ce qui m'agaçait par-dessus tout, c'est que tu ne faisais rien pour que ça s'améliore.

— Enfin, maman, je ne pouvais pas l'obliger à aller bien !

— Bien sûr que non. Mais tu n'as même pas essayé de l'aider. Tu t'es contentée de supporter la situation, année après année. Et plus ça durait, plus vous éleviez une barrière entre vous.

— Donc tu as pris tes distances, toi aussi. Chouette ! C'est un peu facile, non ?

— Tu as tout à fait raison, acquiesça Roberta. Pour une fois, quelqu'un dans cette famille s'est payé le luxe de faire quelque chose d'agréable et de facile.

Épilogue

Six mois plus tard

Paul se sentait fébrile. Gina avait demandé à le voir. Depuis la soirée de Camano Island, ils ne vivaient plus ensemble, et il n'avait aucune idée de ce qu'elle lui voulait. Cela avait-il un rapport avec la cave de cristal dont il avait trouvé la porte fermée à clé en arrivant à *Soleil Antique*, ce matin ?

Daniel lui avait demandé de ne pas essayer de l'ouvrir. « Faites-moi confiance », lui avait-il seulement dit.

Et Paul lui faisait confiance, justement. Le meurtre du Dr Chase remontait à de nombreuses années, comme les raisons qui avaient poussé le jeune homme à accomplir un tel geste. Depuis, il s'était racheté. Pour Paul, il pouvait travailler à la boutique aussi longtemps qu'il le voudrait. Et même lui succéder.

Paul se demandait s'il lui avait préparé une surprise dans la cave de cristal afin de le remercier de l'avoir gardé, en faisant abstraction du passé. Daniel avait été profondément soulagé de s'apercevoir qu'on ne l'arrêtait pas pour le meurtre du Dr Chase, et il s'était lancé dans son travail avec une ardeur redoublée.

Al Duarte n'y était pas pour rien. Paul lui avait tout expliqué, le passé de Daniel et ce qu'il avait enduré à l'orphelinat, en lui demandant comme une faveur de pouvoir le garder à son service — au moins quelque temps, si cela s'avérait possible. L'inspecteur avait simplement répondu qu'il voulait y réfléchir.

Non seulement il n'y avait pas réfléchi, mais il semblait avoir complètement oublié. Quand Paul avait de nouveau abordé le sujet, il s'était frappé la tempe.

« C'est sûrement à cause de cette balle qui m'a esquinté la caboche, s'était-il écrié. J'ai tout simplement oublié d'en parler à mon chef. Je n'arrive pas à me souvenir de quoi il retourne exactement. C'est au sujet de Daniel et qui, déjà ? Un Dr Machintruc ou quelque chose comme ça ? »

Par la suite, Paul, Gina et Rachel avaient décidé d'un commun accord de ne plus jamais parler du meurtre du Dr Chase et de n'en rien dire à qui que ce soit. Ils avaient eu leur lot de souffrances et n'avaient pas l'intention d'en rajouter.

Restait Angela, bien sûr. Et Victoria. Mais d'après ce que Paul savait, Angela n'avait pas abordé le sujet et Victoria n'avait pas l'intention de trahir qui que ce soit. Ce n'était pas son rôle.

Suivant les conseils de la thérapeute, Gina et lui n'avaient pas revu Angela depuis la nuit tragique de Camano Island. Ils savaient qu'elle avait réussi à charmer un célèbre avocat qui la défendait gratuitement. Comme il fallait s'y attendre, elle avait plaidé l'irresponsabilité pour éviter d'être jugée, et on l'avait envoyée à Trowbridge, un établissement psychiatrique situé dans l'est de l'Etat de Washington, pour un séjour d'une durée indéterminée. Quand les médecins jugeraient son état satisfaisant, elle aurait tout de même à affronter un procès. En attendant, Victoria surveillait son traitement et ses progrès. Cela promettait d'être long et difficile. Il était même possible qu'Angela ne soit jamais en état de quitter définitivement Trowbridge.

Les sentiments de Paul envers elle étaient partagés. Quand il pensait à Lacey, il avait le cœur brisé. Mais il ne parvenait pas à oublier le piège que lui avait tendu Angela, ni sa propre infidélité. Chaque fois qu'il y songeait, la descente aux enfers recommençait.

Malgré les événements, la vie reprenait progressivement son cours. Après un mois de soins à Falling Leaf, Rachel semblait de nouveau sur les rails. Elle vivait à la maison et suivait des cours à l'université d'été de la région. Victoria avait assuré à Paul et Gina que les séances de Rachel étaient positives. Ils pouvaient enfin souffler et vivre sans se demander ce qui allait encore leur tomber dessus.

Paul déjeunait régulièrement avec sa fille dans l'un de ces endroits un peu glauques qu'elle affectionnait. Suivant les conseils de la thérapeute, ils abordaient rarement l'épisode de Camano Island et se concentraient sur l'avenir. Jamais ils ne s'étaient sentis aussi proches.

Mais pour l'instant, il attendait Gina. Quand elle arriva vers midi, environnée d'un parfum fleuri, Paul eut l'impression qu'une bouffée d'air pur entrait dans son bureau. Ils s'étaient à peine vus durant les six derniers mois, se contentant de se téléphoner quand ils avaient à discuter de Rachel. Mais chaque fois qu'ils s'étaient rencontrés, Gina lui était apparue sous un jour différent. Parfois, elle lui rappelait la jeune femme qu'il avait rencontrée à l'université. D'autres fois, elle redevenait la mère aimante qui s'était dévouée pour ses deux petites filles. Ou simplement la femme qu'il avait tant aimée.

Jusqu'à Lacey.

Au début, le souvenir de ce qu'il avait vécu avec Lacey-Angela le hantait, prenant le pas sur tout le reste. Puis, petit à petit, cette histoire avait commencé à se perdre dans les limbes du passé, et il avait pu de nouveau penser à Gina. Gina dans ses bras, comme autrefois, lorsqu'elle se serrait contre lui jusqu'à ce qu'ils ne fassent plus qu'un.

Gina qui, à présent, l'emmenait jusqu'à la cave de cristal.

Devant la porte, elle lui tendit la clé.

— Allez, ouvre ! fit-elle avec un sourire timide. J'ai… J'y ai déposé quelque chose pour toi cette nuit.

Les yeux mi-clos, Paul tourna la clé et ouvrit la porte avec précaution, ne sachant pas ce qu'il allait trouver. Ils pénétrèrent dans la pièce, si proches que leurs bras se frôlaient. Et ce qu'il découvrit le laissa sans voix.

— Qu'en penses-tu ? s'enquit-elle comme si elle doutait d'avoir bien fait.

Incapable d'articuler un son, il regardait, émerveillé. Il avait passé des mois à replacer les pièces endommagées dans leurs boîtes pour les ranger au sous-sol, parce qu'il n'avait pas le courage de les jeter. Il les avait remplacées par quelques objets acquis récemment — vases, verres et assiettes —, qu'il avait disposés sur les étagères. Mais sa passion s'était éteinte, et il ne pénétrait plus dans la cave de cristal comme autrefois.

Et voilà qu'au centre de la pièce, se trouvait maintenant une immense sculpture de verre coloré, d'une beauté à couper le souffle. Une sculpture réalisée avec les débris des pièces détruites par Angela.

— Daniel m'a donné toutes les pièces en morceaux que tu avais rangées au sous-sol, et j'ai commandé cette œuvre à un artiste de la région, lui expliqua Gina. Je lui ai dit de ne pas oublier d'y mettre les Gallé et les Chihuly. Je sais qu'ils étaient tes préférés.

Eclairés de l'intérieur, les vestiges des formes marines du Chihuly devenaient magnifiques. L'artiste y avait incrusté les débris du Gallé en utilisant la technique du gravé en camée, dans un hommage éblouissant à l'original.

— Je n'arrive pas à croire que tu aies fait ça pour moi, articula Paul, la voix altérée par l'émotion.

— Je savais à quel point tu y tenais. C'est une idée intéressante, non ? Comme ça, les pièces ne sont pas tout à fait perdues. Ça te plaît ?

— C'est... magnifique ! s'écria-t-il en faisant le tour de la sculpture. Très différent des originaux, mais réellement magnifique !

— C'est ce que j'ai pensé également. On dirait une métaphore de la vie. Les rêves, les relations avec les gens... Tout est si fragile. Il en faut tellement peu pour tout briser. Mais dans les mains d'une personne de talent...

— Ou de quelqu'un qui aime.

Leurs yeux se rencontrèrent.

— Les dégâts ne sont peut-être pas irrémédiables, acheva-t-elle.

Il effleura le bout de ses doigts. Qu'elle ne lui retira pas. S'enhardissant, il lui prit la main.

— Tu accepterais de déjeuner avec moi ? demanda-t-il en retenant sa respiration.

— Pourquoi pas ? fit-elle après une légère hésitation. Je pense que ce serait une bonne chose.

Il pensa à lui proposer le *Four Seasons*, mais se retint à temps. Mieux valait ne pas retourner dans ces endroits qui leur rappelleraient inévitablement leurs échecs. Ils prenaient un nouveau départ.

— Je connais un petit bistrot où l'on sert de très bons hot dogs. Qu'est-ce que tu en dis ?

— Un hot dog, c'est parfait, répondit-elle en glissant son bras sous le sien. Je te suis.

Tout va s'arranger, pensa-t-il. *Merci, Seigneur !*

Deux semaines plus tard

Debout dans le parc de l'hôpital de Trowbridge, Rachel attendait. Il faisait nuit noire et un froid polaire. Ramassant une pierre, elle visa avec soin et la lança contre ce qu'elle pensait être la fenêtre de la chambre de sa sœur. L'après-midi, elle s'était introduite dans le service en se faisant passer pour une bénévole et avait repéré la disposition des chambres du premier étage. Angela était dans la 207. En partant de la 201 et en remontant vers la gauche, Rachel était à peu près certaine de frapper au bon endroit.

Et si elle s'était trompée ? Si Angela se trouvait quelque part à droite et qu'elle fût en train de réveiller un fou dangereux ? Ou pire, un violeur en série qui serait trop content de la découvrir là, dans le noir, en train de toquer à sa fenêtre ?

Allons, Rachel, du courage ! De toute façon, le type ne saurait pas comment sortir pour la rejoindre. Il n'y avait qu'Angela qui fût suffisamment maligne pour accomplir ce genre d'exploit.

De nouveau, elle tenta d'atteindre une des vitres, mais les ouvertures sur l'extérieur étaient munies de barreaux et elle dut s'y reprendre plusieurs fois. Sa ténacité ne tarda pas à être récompensée. Finalement, une lumière s'alluma, et le visage d'Angela apparut derrière un carreau.

La fenêtre à double battant s'ouvrit doucement. Rachel recula de quelques pas afin que sa sœur puisse la voir, et lui fit signe.

— Mais qu'est-ce que tu fous ici ? lança Angela à voix basse.

— Il fallait que je te voie.

— Comment se fait-il que tu te promènes en liberté ? Je croyais qu'ils t'avaient enfermée quelque part, toi aussi.

— Au début, seulement, répondit Rachel. Maintenant, je suis des cours à l'université… Enfin, c'est ce qu'ils croient. Tu peux descendre ?

Angela éclata de rire. De ce rire glacial, qui l'avait tant impressionnée à Camano.

Elle aussi riait, mais en son for intérieur. Elle imaginait sa sœur en vampire. Angela, la femme de glace, avec des stalactites à la place des dents pour sucer le sang de ses victimes. Quelle image !

— Tu veux que je descende de ma tour ? lâcha Angela d'un ton railleur. Que je vienne jouer avec toi ?

— Ne te fous pas de moi, merde ! Dis-moi si, oui ou non, tu peux descendre.

— Si je peux ? Mais ça m'a tout l'air d'un défi ! Tu crois qu'il existe sur cette terre quelqu'un qui puisse m'empêcher de faire ce que je veux ?

Elle envoya ses longs cheveux blonds en arrière d'un mouvement de tête et ferma la fenêtre. Il ne lui fallut que cinq minutes pour rejoindre Rachel sous un arbre, à quelques mètres du bâtiment.

— Tu as fait vite, commenta Rachel. Tu es sûre que personne ne t'a vue ?

— Juste un des infirmiers de garde, répondit Angela nonchalamment.

— Ah, bon ? Et il t'a laissée passer ?

— Le personnel ici, c'est du petit lait, comparé à ce bon Dr Chase. Alors, qu'est-ce que tu veux ? Tu trouves que tu n'as pas encore mis assez de bordel dans ma vie comme ça ? « Angela m'a enlevée, maman, poursuivit-elle en l'imitant. Papa, elle voulait te tuer. »

— Je suis désolée… Tu m'as manqué. Depuis toujours, tu me manques, mais je ne l'ai compris que depuis que je t'ai retrouvée.

Elle lui prit la main et la serra dans la sienne.

— Tu as les mains gelées. Regarde.

Elles n'y voyaient pas grand-chose. Rachel mit ses mains contre celles de sa sœur de façon à comparer la longueur de leurs doigts.

— Regarde, nous avons les mêmes mains. Je m'en suis aperçue en t'observant dans la cabane.

Ses yeux se remplirent de larmes.

— Nous sommes faites de la même chair, Angela. Même si nous sommes de fausses jumelles.

Sa sœur lui retira violemment ses mains.

— Tu ne me ressembles pas. Je n'ai aucune envie d'être comparée à une poule mouillée comme toi.

— Ne dis pas ça ! Je ne suis pas une poule mouillée !

Les yeux d'Angela n'étaient plus que deux fentes. Elle faisait penser à un loup.

— Et d'abord, qu'est-ce que tu es venue faire ici ?

— Je suis venue pour te voir, expliqua Rachel. Je voudrais que nous devenions amies.

— Tu plaisantes ! s'exclama Angela d'un ton plein de mépris. Comment pourrions-nous être des amies, si je suis enfermée ici ?

— Tu n'y resteras pas toujours. Victoria a dit aux parents que tu évoluais très bien. Peut-être que tu pourras bientôt sortir.

— C'est ça. Pour aller en prison ! Et toi, tu serais ma copine de cellule ? Tiens, c'est une idée. Je pourrais dire aux flics que tu as voulu me tuer quand nous étions enfants. Après tout, ce n'est pas moins grave que ce que j'ai fait : j'ai essayé de vous tuer. Pourquoi y aurait-il une différence ?

Les larmes coulaient sur les joues de Rachel.

— Je te jure que je l'avais oublié. Je ne m'en suis souvenue qu'au moment où tu m'en as parlé, dans la cabane. Je me sens tellement coupable… Quand je pense à toutes ces années que tu as passées à St Sympatica à ma place !

— Inutile de me le rappeler. Je te hais déjà bien assez comme ça.

— C'est vrai ? Tu me hais vraiment ?

— Oh, Rach, pour l'amour du ciel ! Ce que tu peux être collante ! Une vraie sangsue ! Tu laisses les gens exsangues. C'est ce que papa et maman m'ont dit, la dernière fois qu'ils sont venus me rendre visite.

— Papa et maman, ici ? Tu mens !

— Mais non. Ils viennent régulièrement me voir, et nous parlons de toi, d'ailleurs. Ils savent à quoi s'en tenir à ton sujet, maintenant. Quand je sortirai, c'est moi qui irai vivre avec eux. Il te restera la porte.

— Ce n'est pas vrai ! Tu mens ! Tu l'as dit toi-même tout à l'heure : tu ne sortiras d'ici que pour aller en prison.

— Pas si papa et maman témoignent en ma faveur. Pas s'ils racontent que tu as foutu ma vie en l'air. Mon avocat assure qu'avec ça, il peut me faire sortir.

— Ça n'est pas pour autant que tu viendrais vivre avec nous à la maison.

— Bien sûr que si. Papa et maman sont déjà d'accord.

— Arrête de les appeler papa et maman ! cria Rachel. Tu ne le faisais pas avant !

— La roue tourne, sœurette, rétorqua Angela en haussant les épaules. J'arrive. Tu pars.

— Je ne te crois pas.

Pourtant, elle commençait à douter. Angela avait toujours été la préférée de ses parents. Même son absence lui avait volé leur attention et leur amour. Pourquoi ces choses-là auraient-elles changé ?

Au fond, en venant ici, elle n'espérait pas vraiment sceller son amitié avec Angela. Elle commençait à comprendre que seule une partie d'elle-même le souhaitait. L'autre partie, le versant sombre et caché, n'aspirait qu'à se débarrasser de l'importune, une bonne fois pour toutes. Et il semblait à présent prendre le dessus.

— Et que se passerait-il si les médecins et Victoria pensaient finalement que tu es toujours dingue ? s'enquit-elle. Ils ne te laisseraient jamais sortir. Quoi que puissent dire les parents.

Angela rit.

— Ecoute, espèce de naze, ça fait maintenant six mois que j'ai affaire à cette commission d'experts en psychiatrie. Fais-moi confiance, je les ai dans la poche. Et Victoria aussi. Ils me laisseront sortir.

— Tu le penses vraiment ?

— Je ne le pense pas, je le sais, c'est tout.

— Tous ? Tu peux leur faire croire à tous que tu vas mieux, au point qu'ils te laissent sortir ?

Malgré la pénombre, Rachel crut la voir sourire.

— Petite idiote, lâcha Angela à voix basse. Je n'ai pas besoin de leur faire croire quoi que ce soit. Je tiens trois d'entre eux dans mes jolis doigts et, le moment venu, ils auront tout intérêt à dire ce que je leur demanderai. Et crois-moi, Rachel, quand je serai sortie d'ici et considérée comme guérie, tu peux être sûre que tu deviendras quantité négligeable aux yeux de papa et maman.

Rachel ne répondit pas.

— Qu'est-ce qu'il y a encore ? demanda Angela avec irritation.

Elle battait de la semelle sur le sol pour se réchauffer.

— J'avais espéré m'être trompée à ton sujet, commenta Rachel.

— Eh bien, non. Réveille-toi, il faudra t'y faire : je suis de retour.

Une lumière s'alluma brusquement au rez-de-chaussée, répandant sur elles une vague lueur. Rachel pouvait enfin discerner les traits de sa sœur.

— Tu n'as aucune affection pour eux, hein ? Tu as réussi à les convaincre du contraire, dans le but de mieux dévaster leur vie. Déjà, papa et toi… Mais ça ne te suffit pas !

— Il m'a pardonné, répliqua Angela. Et de toute façon, ce que nous avons fait ensemble ne te regarde pas.

— Si. C'est ma vie aussi. Rien de ce qu'ils font ne m'est indifférent. Tu sais qu'ils se sont réconciliés ? lança-t-elle soudain pour la provoquer.

Elle la vit retenir son souffle.

— C'est faux, lâcha enfin Angela.

— Mais si. Il n'y aura jamais de place pour toi.

Et pour moi non plus. Si Angela revient à la maison, je n'existerai plus pour eux.

Elle avait eu raison de venir jusqu'ici. Au moins, elle était au courant.

Angela agita la main devant son visage.

— Hé, Rach ! Ici, la terre. Où es-tu ?

Rachel revint doucement à la réalité. Sa voix paraissait lointaine, comme détachée.

— Dans le futur. Je tiens le futur entre mes mains.

— Oh, Rachel…

Angela tira une pomme de la poche de sa veste et mordit dedans.

— Tu sais, parfois je me demande si tu n'es pas encore plus cinglée que moi. Bon, il faut que je rentre. Ils vont s'apercevoir que je suis sortie, si je ne rejoins pas ma chambre avant la ronde.

Rachel hocha la tête.

Angela lui tapota la joue.

— A bientôt. A la maison.

Rachel la regarda faire demi-tour et prendre la direction du pavillon.

Tu as peut-être raison de croire que je suis aussi folle que toi. En revanche, tu te trompes, si tu me prends pour une idiote.

Elle plongea la main dans sa poche et en tira un calibre 22 qu'elle avait acheté l'après-midi dans la rue, à un jeune voyou de Seattle. Elle l'éleva doucement et visa le dos de sa sœur.

— Angela ! appela-t-elle.

Quand sa sœur se retourna, elle appuya sur la détente. Il y eut une bruyante détonation. Rachel regarda autour d'elle. Pas de lumières, pas de cris. Personne n'avait entendu.

Elle parcourut tranquillement les quelques mètres qui la séparaient de sa sœur. Elle s'agenouilla près d'elle et vérifia son pouls. Il ne battait plus. Elle essuya l'arme du revers de sa chemise, la mit dans les mains d'Angela, et la posa près de la tache rouge qui commençait à s'élargir sur sa poitrine. Puis elle appuya de nouveau sur la détente. Elle n'y connaissait pas grand-chose en expertise légale et en armes à feu, mais elle espérait que cela brouillerait les pistes.

Elle se releva.

374

— Tu aurais mieux fait de me croire, Angela, quand je t'ai dit que nous avions la même façon de penser. J'ai comme dans l'idée que tu prévoyais de me faire subir le même sort, un jour ou l'autre. Et pour ce qui est d'être dingue… Oui, je suis dingue. En tout cas, suffisamment pour m'assurer que tu ne viendras plus jamais foutre le bordel dans ma vie.

Sa voix n'était plus qu'un doux chuchotement.

— Tu aurais dû mourir, cette nuit-là, à Noël, sœurette. Tu as eu un long sursis.

Souriante, elle retourna à sa voiture qu'elle avait garée sur le trottoir, au bout de l'allée. Son sourire était froid, glacial, comme celui d'Angela.

Angela qui ne sourirait plus.

Carla Neggers

Piège
invisible

Mike Parisi est mort. Noyé dans sa piscine. Chargée de lui succéder au poste de gouverneur du Connecticut, Allyson Stockwell reçoit bientôt des appels anonymes, où on la menace de divulguer un secret peu glorieux de son passé sentimental.
De toute évidence, on cherche à la déstabiliser. Son ami Parisi a-t-il fait l'objet d'un ignoble chantage, lui aussi ? Sa mort est-elle vraiment accidentelle ?
Le danger se confirme avec une nouvelle alarmante : ses deux enfants, de onze et douze ans, ont quitté leur camp de vacances pour aller se réfugier chez sa meilleure amie, avocate au Texas.
Ils savent quelque chose, ou alors ont été eux aussi menacés. Une menace en rapport avec son passé ou son nouveau mandat. Sinon ils ne seraient pas allés chercher une protection loin d'elle… Mais impossible d'en savoir plus : ses enfants sont plongés dans un mutisme terrifié. Poursuivie par un ennemi invisible, Allyson n'a d'autre choix que de partir au-devant de la vérité, pour sa survie et celle des gens qu'elle aime. Un parcours qui s'annonce aussi risqué que délicat car, dans le brouillard épais où elle est obligée de naviguer à vue, elle ne sait à qui faire confiance…

BEST-SELLERS N°1

À PARAÎTRE LE 1ᵉʳ MARS 2004

RACHEL LEE

Neige
de septembre

Sa fille a fugué…

Depuis la disparition de l'adolescente, Meg a l'impression de se réveiller d'une longue torpeur. Le choc de la mort accidentelle de son mari, huit mois plus tôt, lui a masqué la détresse de sa fille.

Et en regardant autour d'elle, Meg peut presque comprendre pourquoi Allie s'est enfuie. L'atmosphère de la maison est empoisonnée par les sous-entendus et les reproches muets. Sa propre mère, qui vit sous le même toit, lui fait porter une faute d'avant son mariage, un crime ignoble dont elle se sait innocente…

A présent, Meg ne sait où chercher sa fille. Ne peut même pas se confier à son meilleur ami, qui fut celui de son mari et ne supporterait pas d'affronter certaines vérités. Elle est seule face à son drame, qui est aussi le prix des mensonges et des secrets.

Et si Meg était coupable d'une faute qu'elle-même ne soupçonne pas ?

BEST-SELLERS N°2

À PARAÎTRE LE 1ᴱᴿ MARS 2004

Charlotte Hughes

ARMES SECRÈTES

Une mutation forcée...

Flic de choc à Atlanta, Frankie Daniels se voit mutée dans un trou perdu de Caroline du Sud pour avoir eu la mauvaise idée de coucher avec son co-équipier — un homme marié, père de trois enfants, et... gendre du commissaire.

Une citadine à la campagne

Arrivée sur place, elle entreprend de montrer à ses collègues de la campagne l'étendue de ses talents, persuadée qu'un flic des villes vaut mieux qu'un flic des champs. Quelle n'est pas sa surprise de constater qu'elle se distingue surtout par ses maladresses et ses faux pas.

Un allié inattendu...

Son supérieur lui-même finirait par la traiter avec condescendance s'il ne lui faisait l'honneur de lui trouver du charme... Une lame à double tranchant. Succomber à la tentation lui vaudrait peut-être un bagne plus reculé encore !

Le défi de sa vie

Non, décidément, elle n'est pas faite pour la campagne. Ou alors, il lui faudrait être carrément différente — moins soupe au lait, plus accessible. Concilier une poigne de flic et un cœur de femme. Une transformation radicale. Autant dire impossible. La voilà confrontée au défi de sa vie...

BEST-SELLERS N°3

À PARAÎTRE LE 1ᵉʳ MARS 2004

Ann Major

Le prix du scandale

Une passion impossible...
Entre Ritz Keller et Roque Moya-Blackstone, la passion est
foudroyante. Impossible, aussi. Car la rivalité qui oppose leurs
familles de grands propriétaires texans condamne d'avance
toute union. Et de toute façon, Roque n'a pas les atouts du
mari idéal, avec sa dégaine de Latino rebelle héritée d'une mère
mexicaine...

Un destin implacable...
Pour tenter de contrer le destin, Ritz a pour allié le demi-frère
de Roque, Caleb, avec qui elle œuvre pour la réconciliation
des Keller et des Blackstone. Hélas, un soir, Caleb meurt dans
un accident de voiture et Ritz, accusée de ce drame par les
Blackstone, voit tous ses espoirs s'envoler.

Le prix du scandale...
Ritz et Roque font leur vie, chacun de son côté, et ne se
retrouvent que lorsque le hasard les pousse dans les bras l'un
de l'autre. Entre contraintes conjugales et malentendus, leur
passion a du mal à se frayer un chemin. Jusqu'au jour où Roque
décide de s'installer durablement dans la vie de Ritz. Mais un
amour scandaleux peut-il rimer avec toujours ?

BEST-SELLERS N°4

À PARAÎTRE LE 1ᴱᴿ MARS 2004

CHRISTIANE HEGGAN

L'impossible vérité

Justice.

Pour Kate Logan, ce mot a encore un sens. En tant qu'avocate, elle s'efforce de défendre ses clients contre un monde dur et cruel, sans pitié pour les plus faibles. Une véritable croisade qui la laisse parfois désemparée, l'amène à douter de ses convictions, de son métier, d'elle-même.

Or voilà que, coup sur coup, deux affaires réclament sa vigilance, son intégrité. Deux meurtres, deux suspects. Deux innocents accusés à tort, Kate en a l'intime conviction. Certes tout les dénonce, et les preuves contre eux sont accablantes. Mais justement, il y en a trop, et Kate décide de mener sa propre enquête, délicate en tout point : non seulement l'un des accusés n'est autre que son ex-mari, mais le policier en charge des deux affaires la déstabilise au plus haut point — furieux de la voir multiplier les initiatives, il se montre l'instant d'après le plus prévenant des hommes.

Peu à peu, cependant, il apparaît que les deux meurtres sont liés. Les indices se recoupent, formant un puzzle inquiétant. Les vrais coupables sont là, tapis dans l'ombre, prêts à tout pour empêcher la vérité d'éclater.

Une vérité qui est désormais pour Kate une arme de survie. La seule.

BEST-SELLERS N°5

À PARAÎTRE LE 1ᵉᴿ MARS 2004

Composé et édité
PAR LES ÉDITIONS HARLEQUIN
Achevé d'imprimer en décembre 2003

BUSSIÈRE

GROUPE CPI

à Saint-Amand-Montrond (Cher)
Dépôt légal : janvier 2004
N° d'imprimeur : 37255 — N° d'éditeur : 10299

Imprimé en France